Oliver Graf

Fast eine Jugend

sonderpunkt
Roman

12

Oliver Graf

Fast eine Jugend

Roman

sonderpunkt
verlag

Umschlaggestaltung:
georgzechner.com

Umschlagfotografie/Autorenfoto:
fotografschaft.com

Bibliografische Information der
Deutschen Nationalbibliothek
Die Deutsche Nationalbibliothek verzeichnet diese Publikation in der Deutschen Nationalbibliografie; detaillierte bibliografische Daten sind im Internet unter http://dnb.d-nb.de abrufbar.

ISBN: 978-3-95407-013-8

2. Auflage 2014
Marianne Evrard & Julia Kisker GbR
Langemarckstraße 18
D–48147 Münster
Tel.: +49-(0)-251-29 39 57
Fax: +49-(0)-2571-99 27 36
E-Mail: info@sonderpunkt-verlag.de
Internet: www.sonderpunkt-verlag.de
Druck: Augustin print & medien GmbH, Oer-Erkenschwick
Gedruckt in Deutschland!

Für

Anna-Sophie, Neele und Kilian

1.

Vorsichtig stieg ich die Treppe nach oben, bei jedem Schritt darauf bedacht, den Teller möglichst waagrecht zu halten, um die dampfende Suppe nicht zu verschütten oder über meine Daumen zu gießen, die dem tanzenden Flüssigkeitsrand bedrohlich nahe kamen. Bei dem Gedanken, mir die Finger zu verbrühen, musste ich innehalten. Nur langsam, nur nicht stolpern. Würde mir der Teller entgleiten, er würde mit Sicherheit auf den harten Stufen zerbrechen. Und Mutter hatte mich gewarnt.

Bei jeder Bewegung wogten die aufgedunsenen Bratwürstchen hin und her und stießen an Karotten- und Zwiebelstückchen, die ebenfalls in der Suppe schwammen. Der Geruch von Essig, den die Mahlzeit verströmte, hing in meiner Nase, und ich war froh, meine Portion bereits verzehrt zu haben. Mich ekelte vor diesem Gericht, einer Spezialität aus Mutters fränkischer Küche. Saure Zipfel. Alleine der Name. Aber Karolus mochte sie, er würde sich darüber freuen.

Möglichst leise, um ihn nicht unsanft zu wecken, schlurfte ich über die Fliesen des Treppenabsatzes, auf dessen Höhe sich sein Zimmer befand. Um die Tür zu öffnen, stellte ich den Teller auf dem gusseisernen Blumenständer ab, einem wuchtigen Relikt aus Mutters Kindheit und der großelterlichen Villa, das schmuck- und zwecklos in unserem Flur gestrandet war. Ich strich mit den Handflächen über meine Hose und drückte die Klinke behutsam nach unten. Die Tür schnappte auf und ich nahm den Teller wieder in beide Hände. Auf der staubigen Fläche des Blumenständers blieb ein feuchter Ring zurück. Auf mein Bemühen konzentriert, nichts von der Suppe zu verschütten, trat ich ins Zimmer.

„Karolus?“, flüsterte ich, mehr zur Suppe hin als zu seinem Bett. Aus den Augenwinkeln schielte ich auf die Decke. Ruhig. Er schien zu schlafen. Also leise weiter zum Nachttisch, um endlich den Teller abstellen und die Finger von der Umklammerung des heißen Gefäßes lösen zu können. Mit jedem Schritt streifte mein Blick die Bettdecke weiter nach oben.

Der Moment, als mir der Teller aus der Hand glitt. Das Zersplittern des Porzellans. Die prallen Würstchen, die über den Boden sprangen. Heiße Flüssigkeit, die durch die Luft spritzte, an meine Beine klatschte und in Rinnsalen daran hinunterlief. Der Schmerz des Verbrühens, den ich kaum spürte.

Mein Bruder lag mit weit aufgerissenen Augen im Bett.

Er war tot.

Ich wusste, dass er tot war.

Sein Mund stand offen und war mit halb verdautem Mageninhalt gefüllt. Das Erbrochene war die Wangen hinuntergelaufen und dort getrocknet. Flecken auf dem Kissenüberzug. Der stark säuerliche Geruch der Suppe hatte mich den galligen Gestank im Zimmer nicht wahrnehmen lassen.

Mutter musste das Zerschellen des Tellers gehört haben. Ich hatte nicht bemerkt, wie sie die Treppe nach oben gekommen war und in der Tür haltmachte. Ich fühlte sie mehr, als dass ich bewusst wahrnahm, wie sie ansetzte, um mich wegen des zerbrochenen Geschirrs und der verschütteten Suppe anzubrüllen.

Ich musste mich übergeben, rannte zum Fenster, riss es auf und kotzte die Sauren Zipfel auf die Geranien. Nach Luft ringend lehnte ich über dem Fensterbrett. Tränen brachen aus mir heraus. Nicht wegen des Todes, der hatte mich noch nicht erreicht, sondern wegen der Mahlzeit, wegen der Wursthaut, die ich, um das Essen schnell zu beenden, fast unzerkaut verschlungen hatte.

Als ich mich aufrichtete und dem Zimmer, dem Bett, meinem toten Bruder zuwandte, sah ich Mutter, wie sie dasaß und Karolus an ihre Brust drückte. Sein Rücken mir zugewandt, starrte ich in ihr Gesicht. Sie versuchte zu schreien, aber im Zimmer blieb es still. Ihr Mund stand offen und ich bemerkte das Zittern ihrer Zunge. Die feuchten Augen stachen aus dem noch immer faltenfreien Gesicht. In meiner Erinnerung war es das erste Mal, dass ich Mutter weinen sah. Mit einer Hand presste sie Karolus' Gesicht an das ihre. Wange an Wange geschmiegt liebkoste sie ihn, wie ich es nie zuvor beobachtet hatte.

Ungläubig betrachtete ich die Frau mit ihrem toten Kind im Arm. Diesen Anblick und das Gefühl, dass sie mir meinen Bruder stahl, meinen kleinen Bruder, der mir näher gewesen war als ich mir selbst, konnte ich nicht ertragen. *Lass ihn!*, trommelte es in meinem Schädel. Nicht flehentlich, sondern fordernd und aggressiv. Bebende, hilflose Wut. Ich wollte es Mutter ins Gesicht brüllen. *Lass ihn in Ruhe!* Der explodierende Zorn drängte mich, zu dem verschmolzenen Paar zu stürzen, sie an den Schultern zu packen und gewaltsam voneinander zu trennen. Ich wollte meinen Bruder für seine feige Flucht und dafür, dass er mich alleine gelassen hatte, ohrfeigen. Karolus' lebloser Körper, der nach hinten sacken würde, sein Kopf an die Bettkante schlagend, seine abrutschende Hand in die erkaltende Suppenpfütze klatschend. Dazu Mutters unberechenbare Fassungslosigkeit.

Einen möglichst großen Abstand wahrend, schob ich mich langsam zur Tür, wandte mich dann abrupt ab und stürmte aus dem Zimmer. Panisch stolperte ich die Treppe nach oben. Die schwere Tür zum Dachboden öffnete sich viel zu träge, das Quietschen, das sie von sich gab, schmerzte in meinen Ohren. Schnell zwängte ich mich durch den Spalt ins staubige Innere und lief ans Ende des Raums, dorthin, wo Karolus und ich unterhalb des Dachfensters zwei Stühle aufgestellt hatten. Dazwischen das gegen den Himmel gerichtete Fernrohr. Unser Observatorium.

Der alte Rattansessel, der mein Platz gewesen war, knarrte widerwillig, als ich mich mit Wucht auf ihn setzte. Das Schließen der Bodentür drang noch zu mir, dann wurde es still. Diese wohlbekannte Stille, in der wir uns so gerne verloren, die Abgeschiedenheit in dem von Qualen durchdrungenen Haus.

Langsam wurde der Gestank aus Karolus' Zimmer, der an mir zu haften schien, von der modrigen Luft des Dachbodens verdrängt. Ich streckte meine Hand aus und berührte den Platz meines Bruders, strich über die Sitzfläche des Stuhls. Zur Wut gesellte sich nun der Schmerz, der behände in mein Bewusstsein kroch und mir die Kehle zuschnürte. Eigentlich hatte ich das Bedürfnis zu schreien und alles in meiner Reichweite zu zertrümmern, aber ich blieb ruhig sitzen und versuchte, das Unbegreifliche zu fassen.

Verdammt, was war nur geschehen? Ich zweifelte an meinem Verstand, zweifelte an den Ereignissen, glaubte, die Bodentür würde sich jeden Moment öffnen und Karolus käme, um sich zu mir zu setzen. Aber wie die flachen Steine, die wir früher zusammen mit Vater über den See geschleudert hatten und die auf der Wasseroberfläche abgeprallt waren, so traf mich immer wieder die Realität. Ich stemmte mich dagegen, versuchte das Eindringen der Tatsache in mein Bewusstsein zu verhindern, doch mein unbeholfener Kampf gegen die Wahrheit ergab sich der Verzweiflung.

Ich versuchte zu schlucken, aber meine Zunge klebte am Gaumen. Ich musste husten. Wieder der Geschmack der Suppe, der Galle. Was war nur geschehen? Was? Die Antwort nahm mir die Luft zum Atmen.

Karolus war tot.

Dunkelheit. Unzählige Stunden hatten wir auf dem Dachboden verbracht und uns in der Dunkelheit verloren. Tagsüber saßen wir auf unseren abgewetzten Stühlen, schlossen die Augen und erzählten einander von den Farbverläufen, die wir nach dem Lidschluss beobachteten, den nach innen und außen treibenden Ringen und den Lichtblitzen, die entstanden, wenn wir seitlich auf die Augäpfel drückten. Dann hielten wir die Augen geschlossen und warteten schweigend auf die absolute Dunkelheit. Und stets bedauerten wir, unsere vom Licht entwöhnten Augen irgendwann wieder öffnen zu müssen. Voll Unbehagen tasteten wir uns dann blinzelnd in die Welt zurück, der wir durch unser Spiel für einen Moment entronnen waren.

Der Dunkelheit wegen liebten Karolus und ich auch den Winter, den wir der grellen Aufdringlichkeit des Sommers vorzogen. Spätestens wenn sich die Dämmerung über die Hügellandschaft gelegt hatte, kletterten wir auf den Dachboden und starrten in die sich einstellende Finsternis. Wir beobachteten, wie sich Nebel in Bodennähe bildete, in langen Fetzen über den Feldern hing und goldgelbe Glocken um die Straßenlaternen formte.

In klaren Nächten benutzten wir Vaters Teleskop, beobachteten damit die Sterne, suchten aber vor allem den Mond ab, um einander Krater und Formationen zu zeigen. Wir erfanden absurde Geschichten, in denen wir auf Sauriern durch die graue Landschaft des Trabanten ritten, heldenhafte Taten vollbrachten und auf der erdabgewandten Seite riesige Städte erbauten, nur von Kindern bewohnt.

Ich hatte mir das Fernrohr auf den Schoß gelegt und strich übers Metall. Meine Augen hielt ich geschlossen. Irgendwann waren die Tränen gekommen und später wieder versiegt, aber ihr Salz hatte meine Wimpern verklebt und unterstützte so meinen törichten Versuch, dem Tod meines Bruders zu entfliehen. Ich brachte es nicht fertig, mich wieder meinem Dasein zu stellen, und mit jeder Sekunde, die verfloss, ohne dass ich die Augen öffnete, wuchs meine Angst weiter.

Wie gelähmt saß ich da und hatte selbst mit dem mechanischen Streichen über das Fernrohr aufgehört. Ganz dem Versuch ergeben, meine Gedanken zum Stillstand zu zwingen, konzentrierte ich mich auf das Pochen des Blutes in meinen Schläfen.

Plötzlich merkte ich, wie das Fernrohr langsam zu Boden glitt. Das Fernrohr meines Vaters! Wütend packte ich es mit beiden Händen. Das Licht, das von den Stahlkappen reflektiert wurde, stach in meine jäh aufgerissenen Augen. Ich sprang auf und mit aller Kraft, die in mir zu explodieren schien, schleuderte ich Vaters Vermächtnis durchs geschlossene Dachfenster. Das Glas zerbarst. Splitter rieselten aufs Dach und verursachten ein tappendes Geräusch wie von dutzenden Vögeln. Ich verfolgte den Flug des Fernrohrs, sah den Bogen, den es zeichnete, doch viel zu schnell verschwand es hinter der Dachkante. Noch glaubte ich sein Rauschen in der Luft zu hören, da schlug es mit einem Knall auf den asphaltierten Hof. In diesem Moment löste sich aus dem tiefsten Inneren meines Seins ein Schrei. Ein Schrei, der seine Bestimmung in der Ewigkeit zu suchen schien und doch in der Endlichkeit verkümmerte. Die Kehle trocken und leer, saugte ich stumm die laue Abendluft des Frühsommers ein. Wie schön wäre es, jetzt die lindernde Kälte des Winters zu atmen.

Versuchten wir den Moment des Öffnens der Augen hinauszuzögern, so verhielt es sich ebenso mit dem Zeitpunkt, zu dem wir den Dachboden wieder verlassen mussten. Unserem Sträuben zum Trotz blieb aber auch dies stets unausweichlich. Meist war es Karolus, dessen Kopf langsam auf die Brust sank, was uns nach weiteren, der Müdigkeit zäh abgerungenen Minuten veranlasste, unserem Reich den Rücken zu kehren.

Nun, allein gelassen, kam mir der Gedanke, wieder nach unten zu gehen, völlig abwegig vor. Unter mir hatte sich die Hölle entfacht, die ich unter keinen Umständen betreten wollte. Und sollten die Flammen zu mir hochschlagen, dann wollte ich die Flucht ins ewige Dunkel antreten.

So stand ich am Fenster, starrte durch die gezackten Reste der Scheibe nach draußen und wartete. Wartete auf das, wie mir schien, Unvermeidbare.

Die Dämmerung hatte eingesetzt. Die Felder, die sich jenseits der Straße in verschiedenfarbigen Bahnen den Hügel hinaufzogen, verloren sich in der hereinbrechenden Dunkelheit. Ein Leichentuch, das sich sanft über die Welt breitete.

In diesen Wechsel vom Tag zur Nacht platzten plötzlich die Blaulichter des Rettungswagens, der auf unserem Hof geparkt haben musste. Stur versuchte ich die visuellen Eindringlinge zu ignorieren und doch verfolgte ich das flackernde Licht, das sich in Richtung Stadt bewegte. In seinem Heck beherbergte der Wagen vermutlich Karolus' Leiche. Auf weißes Leinen gebettet. Festgeschnallt. Die Kruste des Erbrochenen noch auf der Wange. Verklebte Haare. Augen, die verdreht zur Decke starrten. Wieder revoltierte mein Körper, wieder dieses Würgen. Vornübergebeugtes Röcheln, speichelloses Spucken. Minuten, bis die Bilder wieder verschwunden waren. Unsicheres Aufrichten, Greifen nach Halt. Der Schmerz, als die suchenden Fingerkuppen über die aus dem Fensterrahmen ragenden Glassplitter streiften und die Haut ritzten. Saugen am Finger und der metallische Geschmack des Blutes.

Als ich wieder nach draußen blickte, bemerkte ich, für mich kaum einsehbar, einen auf dem Hof parkenden Streifenwagen. Das Einsatzfahrzeug wäre für Karolus Anlass genug gewesen, nach unten zu laufen, um zu erfahren, was die Polizei hier in den langweiligen Ausläufern der Stadt zu tun hatte. Mir hingegen wäre die Zurückgezogenheit zu heilig, das Interesse zu gering gewesen, um mich auch nur aus dem Fenster zu beugen. Auch jetzt veränderte ich meine Körperhaltung nicht, saugte nur weiter am Finger.

Die Brandschutztür zum Speicher verschluckte sämtliche Geräusche von außen, Schritte auf der Treppe waren auf dem Dachboden nicht zu hören. Das Klopfen, das mich aus meiner Leere riss, war nicht mehr als ein dumpfes Pochen. „Klopfen?“, schoss es mir durch den Kopf, „klopfen, mein lieber Friedrich? Wir leben doch in einem offenen Haus.“ Bertrams Grinsen. Seine Mundwinkel, die zuckten, als hätte er selbst Mühe, seine geheuchelte Freundlichkeit zu ertragen. Das Blitzen in den Augen. Der Blick, den er ungeniert durch mein Zimmer wandern ließ. „Oder hat hier jemand etwas zu verbergen?“

Das jammernde Ziehen, das auf das Klopfen folgte, ließ die Erinnerung an Bertram ebenso schnell verschwinden, wie sie mich erfasst hatte. Eine Lichtbahn quetschte sich durch den Spalt der sich öffnenden Tür. Gleichzeitig breitete sich eine Gleichgültigkeit in mir aus, die in jede Faser meines Körpers sickerte und der ich mich bereitwillig ergab. Sollte sie doch von mir Besitz ergreifen und mich für die kommende Begegnung wappnen.

Schatten schoben sich auf den hellen Fleck, den das Licht in den Raum warf. Ich schluckte und merkte, wie sich Schweiß in meinen Handflächen bildete.

2.

„Mayday! Mayday! Flug 171 an Tower. Erbitte dringend Landeerlaubnis! Hey, hast du gehört? Flug 171 will landen! Dringend! Der Sprit ist beinahe alle!“

Ich ließ das Flugzeug in meiner Hand bedrohlich schlingern, um die unmittelbare Gefahr, in der es schwebte, zu unterstreichen.

„Ich hab keine Lust mehr nur den Tower zu spielen. Ich will endlich auch das Flugzeug!“

„Ach, komm schon, sei kein Spielverderber! Du kannst es später haben. Versprochen! Jetzt bin ich dran.“

„Nee, keine Lust mehr.“

Trotzig erhob sich Karolus und verließ den Tower, also den groben, mit dickem Faserschreiber bemalten Holzklotz. Er ging zum Sims, wo die Balken des Dachstuhls nach unten zeigten, und blickte auf den Hof.

Gut, dann wollte ich eben alleine weiterspielen. Aufgrund des Treibstoffmangels erteilte ich eigenmächtig Landeerlaubnis und setzte das Flugzeug ruppig auf der Landebahn auf, die durch aufgereihte Nägel gekennzeichnet war. Quietschend bremste die Boeing und ich konnte die Erleichterung der Passagiere über den glücklichen Ausgang förmlich spüren. Die Maschine rollte aus, wurde zum Tower gelotst und blieb dort stehen. Zufrieden richtete ich mich auf, ging zu Karolus und stellte mich neben ihn, um nichts von dem zu verpassen, was er vielleicht gerade sah. Wieder diese Ungeduld. Das lähmende Warten auf die Gäste.

Von unserer Position aus konnten wir den gesamten Hof überblicken. Auf der von Baumaschinen weniger zerfurchten Fläche waren Bierbankgarnituren aufgebaut. Auf einem der Tische reihten sich steinerne Bierkrüge aneinander, in einem steckten Servietten, aus dem nächsten ragte Essbesteck. Kartoffelsalat stand, mit Folie abgedeckt, in einer großen Schüssel bereit. Daneben zwei Laibe Brot, verschiedene Tuben Senf und eine Flasche Ketchup. Das Bierfass, mit feuchten Lappen gekühlt, stand auf einem Hocker, dahinter der Bottich mit Wasser, in dem Getränkedosen lagen. Eine Rauchfahne kräuselte sich friedlich aus dem riesigen Grill. Seit dem frühen Nachmittag drehte sich dort das Spanferkel, dessen Bratengeruch unsere Vorfreude allmählich in quälendes Verlangen verwandelte.

Niemand war zu sehen. Selbst Vater hatte seinen Platz am Grill verlassen und half vermutlich im Haus bei den letzten Vorbereitungen. Ich drehte mich um und blickte die Holzbalken des Dachstuhls nach oben, dorthin, wo heute mit großer Begeisterung das Bäumchen aufgepflanzt worden war, das vom erreichten Ziel und dem bevorstehenden Richtfest kündete.

„Was da immer so lange dauert!"

Ich wandte mich wieder zur Brüstung und suchte mit Karolus die zuführenden Straßen ab.

„Ich versteh es auch nicht!"

Wir warteten. Zähe Minuten. Konnte denn keiner der Gäste unsere Ungeduld erahnen?

„Na Jungs, schon jemand zu sehen?"

Vater kam lächelnd die letzten Stufen zu uns herauf. Er legte seine Hände auf unsere Schultern und hielt ebenfalls Ausschau.

„Nein. Leider nicht."

„Keine Bange, die werden bald kommen."

Sekunden später bog tatsächlich ein Wagen von der Hauptstraße ab und steuerte auf unser Grundstück zu. Unser Jubel verstummte jedoch, als wir die Klapperkiste von Klaus Simonis erkannten. Klaus würde nicht zum Fest bleiben und zählte daher nicht als Gast. Vermutlich war er dienstlich hier. Vorsichtig fuhr er auf den Bauplatz und parkte den Wagen mit Respektabstand zwischen Schotterhaufen und Mischmaschine.

„Mal sehen, was Klaus von mir will." Im Gehen drehte sich Vater noch zu mir um. „Friedrich, hilf bitte deiner Mutter, ja?"

Gemeinsam gingen wir nach unten. Ich bog im ersten Stockwerk ab, während Vater vors Haus trat, um den Prokuristen in Empfang zu nehmen. Kurz darauf flitzte ich mit einem Stapel Pappteller an den beiden vorbei und grüßte den alten Herrn, der mich wie immer auf der Suche nach Ähnlichkeiten zwischen Großvater und mir musterte, bevor er meinen Gruß mit spröder Herzlichkeit erwiderte.

„Guten Tag, junger Herr Aufsess. Immer fleißig? Bravo!"

Klaus Simonis war für mich ein Relikt aus einer anderen Zeit, antiquiert und kauzig. Aber seine Verschrobenheit, die sich nicht nur in breiten, meist erdfarbenen Krawatten und seinem Cord-Sakko mit Flicken verdeutlichte, verblasste gegen seine geduldige Liebenswürdigkeit. Er schien stets Zeit für uns zu haben, und wann immer wir im Büro auftauchten, durften wir mit Stempeln Staatsdokumente fabrizieren, auf der alten Schreibmaschine herumhämmern und Büroklammern zu langen Ketten ineinanderhaken. Er drehte uns so lange auf seinem Stuhl, bis wir vor lauter Schwindelgefühl und Lachen nicht mehr konnten.

Klaus Simonis hatte vor einer halben Ewigkeit im Geschäft meines Großvaters angefangen und stets den vernünftigen Gegenpol zu seinem Chef dargestellt. Trotz ihrer Streitlust waren die beiden ein erfolgreiches Gespann, bis Großvater einen Schlaganfall erlitt und sich vor allem vom Schock der Hilflosigkeit nicht mehr erholte. Als Vater die Firma übernahm, sollte Klaus die konstante Größe bleiben, bis er nun in etwa einem Jahr als Rentner in seine Heimat zurückkehren wollte. Er würde mir fehlen, der alte Herr, obwohl wir ihn siezten und ihm gegenüber Distanz zu wahren hatten, schon wegen Mutter, die ihn als zu eigenartig erachtete, um ihn wirklich mögen zu können.

Dass er nicht zum Richtfest bleiben wollte, war typisch für ihn und lag daran, dass er „niemandem auf der Tasche liegen wollte". Es war geradezu unmöglich, Klaus einzuladen oder ihm etwas zu schenken, außer wir Kinder hatten ihm einen Stein bemalt oder aus Zapfen Männchen gebastelt. Darüber konnte er sich freuen, aber als Vater ihm zum Dienstjubiläum einen Füller schenkte, war sein Unbehagen so deutlich spürbar, dass alle froh waren, als er diesen nach wenigen verdatterten Worten der Dankbarkeit beiseitegelegt hatte.

Vater und er standen noch für einen Augenblick im Hauseingang, aber als ich die Pappteller abgestellt und mit einem Bierkrug beschwert hatte, waren die beiden verschwunden. Ich maß Klaus' Besuch kurz vor der Feier einen guten Grund bei und wollte nichts von dem Gespräch verpassen. Außerdem war mir jede Art der Ablenkung willkommen, daher zischte ich in den Rohbau zurück, die ungesicherten Betonstufen hinauf, auf denen sich vereinzelt Pfützen vom letzten Regen hielten. Ich lauschte und hörte Schritte in unserem künftigen Wohnzimmer. Eilig lief ich dorthin, traf aber auf Mutter.

„Teller sind draußen. Wo ist Papa?"

„Mit Klaus nach oben gegangen. Die haben etwas zu besprechen. Lass sie ja in Ruhe!"

Schon war ich wieder draußen und schlich ins zweite Stockwerk. Oben angekommen, hörte ich die beiden mit gedämpften Stimmen diskutieren.

„... also, so viel ich gesehen habe. Dieser Betrag. Ehrlich, Herr Aufsess, meines Erachtens ist die finanzielle Lage nicht so, dass wir dieses Darlehen geben können."

„Klaus, ich danke Ihnen für Ihre Offenheit, aber ich habe meine Zusage erteilt und werde sie nicht widerrufen." Weniger energisch fuhr Vater nach einer kurzen Pause fort. „Machen Sie sich keine Sorgen, er will bald zurückzahlen."

Für einige Momente war es völlig still, sodass ich aus Angst, mich zu verraten, den Atem anhielt.

„Warum machen Sie das eigentlich? Sie können ihn ja nicht einmal leiden. Bei allem Respekt: Es ist eine Dummheit und das wissen Sie!“

Klaus flüsterte, dennoch hörte ich seine Erregung, die immer mitschwang, wenn es gegen seine Überzeugung ging und er eine Fehlinvestition witterte. Es war diese Urteilskraft gewesen, die Großvater vor manchem Fall aus himmelstürmender Höhe bewahrt haben soll.

„Was meine Sympathie angeht, da haben Sie nicht ganz unrecht. Vielleicht ist es auch nur ein niederer Instinkt, der ihn mir abhängig machen will …“

„Mit Verlaub, aber Sie sollten sich nicht von niederen Instinkten leiten lassen, wenn es sich um die Geschäftsinteressen der Firma Ihres Vaters handelt!“

„Ich darf Sie höflich korrigieren: meiner Firma … Oder vielleicht mache ich es auch für Fricka.“

„Weiß sie eigentlich davon?“

„Herr Simonis, das geht Sie nichts an, aber nein, sie weiß nichts. Und das soll auch so bleiben. Ich bin mir sicher, sie würde es wollen, aber dennoch versuchen es zu verhindern.“

Ich hörte Schritte und, um nicht bemerkt zu werden, schlich ich wieder nach oben. Von dem Gespräch hatte ich ohnehin nichts verstanden. Karolus lehnte noch immer an der Brüstung und stierte nach unten.

„Schon jemand da?“

„Noch immer nicht. Und ich habe solchen Hunger!“

Gemeinsam lümmelten wir auf unserem künftigen Dachboden und vertrieben uns die Zeit mit Jammern.

Als Vater mit Klaus zu uns kam, um ihm den Ausblick zu zeigen, überfielen wir ihn mit dem Vorwurf, warum alles so lange dauere, und ob wir nicht doch schon mal ein winzig kleines Stück vom Schwein haben könnten. „Das fällt doch niemandem auf!“

Aber er ließ sich durch unser Gejammer nicht umstimmen. „So schnell ist noch keiner verhungert."

Stattdessen erläuterte Vater in saloppem Ton, dem man die eben ausgetragene Meinungsverschiedenheit nicht entnehmen konnte, die Zubereitung des Spanferkels und beschrieb zu unserem Leidwesen wortreich den Geschmack des Fleisches. Dies mit dem offensichtlichen Hintergedanken, Klaus doch noch zum Bleiben zu bewegen, aber auch die erneut ausgesprochene Einladung wurde erwartungsgemäß ausgeschlagen.

„Ich danke Ihnen herzlich, aber ich bin eigentlich noch satt vom Mittagessen. Außerdem bin ich kein besonders guter Gesellschafter, das wissen Sie ja."

Klaus verabschiedete sich, wobei er Karolus und mir kurz über den Kopf strich und ich seinen starken Tabakgeruch wahrnahm. Er wünschte uns ein schönes Fest. Wir sollten uns den Braten richtig schmecken lassen und noch die besten Grüße an die Frau Gemahlin, falls er sie nicht mehr antreffen sollte. Dann verschwand er im Treppenhaus. Wir drei blieben auf dem Dachboden und sahen zu, wie Klaus wenig später seinen alten Peugeot vorsichtig zurück auf die Straße setzte.

Die Sonne senkte sich bereits hinter den Hügeln und färbte den Himmel in ein erstes, leicht schimmerndes Rot. Der Wind hatte aufgefrischt und die Tischdecken begannen zu flattern. Auch unser Bäumchen am Giebel beugte sich ein wenig im Wind, die daran gebundenen Bänder gaben schnalzende Geräusche von sich. Während ich noch Klaus' Wagen beobachtete, wie er die Straße entlangrollte, erkannte ich, ihm entgegenkommend, den VW-Bus der Maurer. Endlich.

„Da kommen sie!"

Erleichtert darüber, dass die Vorsehung ein Einsehen mit uns hatte und wir nicht verhungern würden, stimmten Karolus und ich ein Triumphgeheul an. Die Aussicht, bald die

Haut des Ferkels knuspern zu dürfen, ließ uns jubelnd die Stufen nach unten stürmen.

3.

„Kann ich Licht machen?“

Nachdem ich die Frage unbeantwortet gelassen hatte, hörte ich das klickende Geräusch des Schalters. Die Wucht, mit der gleichzeitig Licht in den Raum schlug, ließ mich wanken. Ich kniff die Augen zusammen und versuchte die Personen, die in meine Welt eindrangen, zu ignorieren.

„Hallo. Du bist Friedrich?“

Die gleiche Stimme. Jung, männlich. Schritte. Kleine, vom Beton gelöste Steine, die zwischen Boden und harten Ledersohlen knirschten. Blinzelnd und ohne den Kopf zu wenden, erkannte ich aus dem Augenwinkel die Gestalt eines Mannes in Polizeiuniform. Er lehnte sich, die Splitter der Scheibe ignorierend, lässig an den Fensterrahmen und sah mich geradewegs an. Seinen Blick zu erwidern erschien mir überflüssig. Ich starrte an ihm vorbei in die Nacht. Das reißende Geräusch des sich öffnenden Zippers. Der Geruch der Lederjacke, der sich mit dem seines Rasierwassers mischte. Rascheln, als er aus seiner Tasche eine Plastiktüte zog, die er in mein Gesichtsfeld baumeln ließ.

„Hast du das schon einmal gesehen?“

In der Tüte glaubte ich die Verpackung der Tabletten zu erkennen, die ich vormittags auf Karolus’ Nachttisch gesehen hatte. Sie schien leer. Die Schalen waren eingedrückt, die Folie an der Unterseite an zahlreichen Stellen gerissen.

Regungslos blieb ich stehen. Die Gleichgültigkeit hatte sich tief in mir festgesetzt und ich klammerte mich an sie, walzte die doch aufkeimenden Gedanken einfach nieder. Den

Zusammenhang gefühlt, nicht gedacht: Die Todesursache. Der Gedanke, dem nicht nachgegeben werden durfte. Die eine Frage, durch deren Beantwortung Karolus für mich ein zweites Mal sterben würde. *Lass es gut sein, Friedrich, lass es gut sein!*

Der Polizist wurde ungeduldig. „Du könntest uns helfen, eine dumme Situation schnell aufzuklären."

Dumme Situation? Die Worte frästen sich durch meine Gedanken, die einzelnen Silben spritzten durchs Gehirn. *Dumme Situation.* Sollte das die treffende Umschreibung für den Tod meines Bruders sein? Der Druck in meiner Kehle nahm wieder zu. Ich schluckte hart, drängte drohende Emotionen in mein Innerstes zurück.

Es entstand eine Pause, in der sich die zweite Person bemerkbar machte. Eine Frauenhand legte sich mit ruhiger Bewegung auf den Arm des Polizisten. Er seufzte resigniert. Während er die Plastiktüte in seine Tasche steckte, blickte er mich noch einmal an, dann verließ er den Dachboden.

Zögernd trat die Frau näher, stellte sich aber nicht vor mich, sondern blieb an meiner Seite, sodass ich sie nicht sehen konnte. Ich roch ihr zartes Parfum, den Duft ihrer Kleidung.

„Ich nehme an, das gehört dir." Sie sprach leise, aber ohne zu flüstern. „Langsam wird es etwas schwer. Kann ich es hier ablegen?"

Mit diesen Worten beugte sie sich vor und legte sacht das Teleskop auf meinen Stuhl.

„Vielleicht möchtest du sehen, ob es sehr beschädigt ist?"

Flüchtig bemerkte ich die stark verbeulte Metallkappe am vorderen Ende des Rohres. Es musste mit dieser Seite aufgeschlagen sein.

„Ich war unten auf dem Parkplatz, als ich hörte, wie das Fenster zerbrach, und plötzlich …"

Sie schien die Überflüssigkeit des Satzes zu bemerken und brachte ihn nicht zu Ende. Schweigend standen wir am Fenster. Das Zuschlagen einer Autotür, ein startender Motor. Scheinwerferlicht. Sicher der Polizeiwagen, der sich von unserem Haus entfernte. Dann Stille, die sich wie eine Decke über die Szenerie legte und der eine Einsamkeit entströmte, die mich an der Anwesenheit der Unbekannten zweifeln ließ.

Erst die plötzliche Berührung rief mir ihre Gegenwart wieder ins Bewusstsein. Fingerkuppen, die über meinen Handballen tasteten. Ihre Hand, die sie behutsam in meine legte. Durch die Zärtlichkeit und das geduldige Verharren, ohne ein unnötiges Wort, keimte in mir ein Gefühl der Geborgenheit, das ich nicht verlieren, das ich festhalten wollte, und ich erwiderte ihren sanften Druck.

So standen wir da. Hände haltend. Und als es schien, die Ewigkeit sei an uns vorbeigezogen, begann sie. Sie erzählte leise und mit emotionaler Distanz, die mir half, die Informationen aufzunehmen, ohne deren Bedeutung zu verinnerlichen. Dennoch, es wäre mir lieber gewesen, sie hätte geschwiegen. Ich regte mich nicht, hielt ihre Hand und hoffte nur, sie würde die Verbindung zwischen uns nicht lösen.

„Deine Mutter hat den Arzt gerufen, der Karolus' Tod festgestellt und die Polizei verständigt hat. Ich arbeite dort als Psychologin und wurde aufgefordert mitzukommen.

Du hast vielleicht beobachtet, wie sie deinen Bruder weggebracht haben. Wenn du möchtest und dich stark genug fühlst, kannst du ihn morgen oder übermorgen noch einmal sehen. Vielleicht hilft dir das."

Der Druck ihrer Finger hatte sich mit den letzten Worten verstärkt und ließ nun wieder langsam nach.

„Da deine Mutter einen Schock erlitten hat, wurde ihr ein Beruhigungsmittel verabreicht. Jetzt schläft sie."

Die Frau schien auf eine Reaktion zu warten, fuhr aber nach einer kurzen Pause fort.

„Ein Kollege hat Professor Seidler im Hotel erreicht."

Bei der Nennung des Namens zuckte ich unwillkürlich zusammen.

„Er will seine Vortragsreise abbrechen und so schnell wie möglich aus Toronto zurückkehren, aber er wird voraussichtlich erst morgen Abend eintreffen."

Ich presste die Kiefer fest aufeinander. Bertram. Obwohl seine verfrühte Rückkehr nicht verwunderlich war, traf mich die Nachricht unvorbereitet. Karolus und ich hatten seine ausgedehnten Dienstreisen als Zeiten gewonnener Freiheit genossen. Wie wütend war ich gewesen, als Karolus ausgerechnet jetzt krank geworden war.

„Wenn es dir recht ist, werde ich bis zu Professor Seidlers Rückkehr hierbleiben."

Mein Schweigen schien sie als Zustimmung zu werten und tatsächlich fühlte ich Erleichterung bei dem Gedanken, mit Mutter nicht allein zu sein.

„Könntest du mir vielleicht zeigen, wo ich schlafen kann?" Und mit einem Lächeln, das sich in ihrer Stimme bemerkbar machte, fügte sie hinzu: „Oder trinkst du noch eine heiße Schokolade mit mir?"

Die Art, mit der sie den Vorschlag unterbreitete, weckte den Wunsch, mich ihr anzuvertrauen. Ich beschloss, mit ihr nach unten zu gehen. Nicht gleich, noch eine Weile warten.

Und nur, wenn sie meine Hand nicht loslassen würde.

Durch eine leichte Drehung unserer miteinander verbundenen Handflächen gab ich ihr zu verstehen, bereit zu sein. Steif bewegten wir uns zur Dachbodentür. Jeder Schritt löste mich mehr aus meiner tauben Illusion und führte mich zurück in die Wirklichkeit. Mich ergriff Angst vor der Rückkehr in meine alte Welt. Ich wollte nicht wahrhaben, dass diese nicht mehr existierte. Als ich die Schwelle, die den Speicher vom Treppenaufgang abgrenzte, überschritt und die kindlich geliebte Umgebung verließ, wurde mir klar, unser Reich hier oben, unendlich traurig und doch schön, hatte nur für uns gemeinsam bestanden. Das Reich, durch geteilte Verzweiflung, Fantasie und Liebe gewachsen, war durch Karolus' Tod zerstört.

4.

Als hätte sie mein Verlangen nach Dunkelheit erahnt, machte sie nicht mehr Licht als notwendig. Nur die kleine Lampe oberhalb des Spiegels in der Diele, die wir kaum benutzten, warf ein diffuses Licht auf die dunklen Möbel.

Noch immer hatte ich die Frau nicht angesehen, hatte den Blick in den Spiegel gemieden, während wir durch den Vorraum geschlichen waren. Das Zimmer, in dem Mutter schlief, lag auf der anderen Seite des Flurs, dennoch vermieden wir jedes unnötige Geräusch.

Selbst in der Küche machte die Frau kein Licht. Der schwache Schein von draußen ließ mich kaum mehr als die Umrisse vertrauter Gegenstände erkennen. Einzig die roten Leuchtziffern der Uhr stachen aus der Dunkelheit. Es war kurz nach zehn. Mein Bruder war seit mehr als acht Stunden tot.

Die Frau drückte mich sanft auf einen der Stühle am Küchentisch, an dem wir täglich unsere Mahlzeiten einnahmen. Der polierte Tisch im Wohnzimmer mit gehäkeltem Deckchen und die samtgepolsterten Stühle blieben festlichen Anlässen vorbehalten.

Als ich saß, trennte sie unsere beiden Hände und ich spürte die Kühle an den feucht gewordenen Berührungsstellen. Sie strich mir über den Rücken, ging dann trotz der Dunkelheit zielsicher zum Kühlschrank und öffnete ihn. Licht umriss ihren Körper und ich konnte einen wadenlangen, dunklen Rock und eine helle Bluse erkennen. Auf der Arbeitsplatte bemerkte ich eine Tafel Blockschokolade. Sie griff nach der Milch, goss sie in zwei Tassen, die sie aus dem Schrank oberhalb der Spüle nahm, und erstickte das Licht wieder durch das Schließen der Tür. Ich hörte, wie sie von der Schokolade zwei Stück abbrach. Die Mikrowelle begann, von gleichmäßigem Surren begleitet, das erste Getränk zu erhitzen. Licht drang aus dem Innenraum des Elektrogeräts und als sich die Frau in diesem Augenblick zu mir umdrehte, konnte ich in dem schwachen Schein ihre Silhouette erkennen.

„Sie sind schwanger!"

Die Worte stolperten über meine Lippen. Für den Moment der Überraschung schwebte dieser Satz zwischen uns, beschämend unangemessen. Ich wurde verlegen, weniger aufgrund der Indiskretion, mehr aus schlechtem Gewissen meinem Bruder gegenüber, diese Worte als Erste nach seinem Tod gesprochen zu haben.

„Friedrich, ich würde mich freuen, wenn du mich duzen würdest. Ich heiße Antonia." Sie strich über ihren Bauch und fügte stolz „neunundzwanzigste Woche" hinzu. Ihre Augen schienen trotz der Dunkelheit zu strahlen, aber der Gedanke an das entstehende Leben wirkte wie Ironie meiner Verzweiflung.

Antonia tauschte die Tassen in der Mikrowelle und stellte das fertige Getränk auf den Tisch. Ihr zuliebe nahm ich einen Schluck. Die heiße Milch brannte auf der Zunge und drohte sich in alle Bereiche meiner Mundhöhle auszubreiten. Um nicht auszuspucken, schluckte ich unversehens. Das Brennen zog sich durch meinen Hals und weiter nach unten, aber im Magen breitete sich angenehme Wärme aus. Trotzdem rührte ich die Tasse nicht mehr an, bis sich Antonia mit ihrer dampfenden Schokolade an den Tisch gesetzt hatte.

Mit einem Mal berührte mich der Gedanke, dass mir gerade zwei Menschen in einer Person gegenübersaßen. Ich konnte mich nicht mehr erinnern, wie es gewesen war, als Mutter Karolus erwartet hatte. Obwohl, dieses Leuchten in den Augen, hätte es das gegeben, vermutlich hätte ich es nicht vergessen.

„Junge oder Mädchen?"

„Keine Ahnung. Wir möchten uns überraschen lassen."

„Namen?"

„Welche schlägst du vor?"

Ohne einen Augenblick zu zögern, antwortete ich ihr.

„Karolus."

Für einen Moment trat Schweigen ein. Es war mir nicht schwergefallen, den Namen meines Bruders auszusprechen, vor allem nicht in diesem Zusammenhang.

„Und wenn es ein Mädchen wird?"

„Nur nicht Fricka."

Sie schien Mutters Vornamen nicht zu kennen, denn sie begann zu kichern und verpasste damit der Situation eine plötzliche Leichtigkeit.

„Nein, da kann ich dich beruhigen. Wir haben nicht geplant, in Wagner-Libretti nach Namen für unser Kind zu suchen."

Leise schlürfend nahm ich einen weiteren Schluck von der Schokolade und schaute ihr zu, wie sie ihre Tasse ebenfalls an den Mund hob.

„Und dein Mann?"

Ich hoffte Antonia durch die Direktheit meiner Fragen nicht zu brüskieren, aber ich hatte keine Kraft an Sätzen zu feilen, wie Bertram es in seinen Lektionen über Höflichkeit von uns verlangte.

„Wir haben uns entschieden, von hier wegzugehen. Thorsten hat ein Angebot seiner Firma angenommen und ist bereits an die Ostsee gezogen. Jetzt sehen wir uns nur an den Wochenenden. Aber zu Beginn des Mutterschutzes werde ich ebenfalls in den Norden aufbrechen."

„Mein Vater hat die Ostsee geliebt."

Antonia erwiderte nichts, sondern stand auf und holte aus der Schublade neben der Spüle zwei Teelöffel. Und in diesem Moment erfasste mich die Erinnerung an die See und hob mich aus der düsteren Küche.

Ich sah Vater vor mir, wie er im seichten Wasser stehend einen Drachen weit über unseren Köpfen steigen ließ. Karolus und ich standen am Ufer, feinen Sand zwischen den Zehen, und blickten zwischen ihm und dem unruhig tanzenden Flugobjekt hin und her. Ganz auf die Sache konzentriert zog er an den Schnüren, bemühte sich, den Drachen gegen den böig landeinwärts blasenden Abendwind in der Luft zu halten, bis sich dieser plötzlich wild zu drehen begann und flatternd auf die Erde zuraste. Vater riss an den Schnüren, versuchte den Drachen zu retten. Er rannte rückwärts ins tiefere Wasser, bis er taumelte und schließlich nach hinten kippte. Sein Körper verschwand unter der Oberfläche, nur seine Arme ragten heraus, in den Händen Spindel und Schnur. Selbst sein Kopf tauchte kurz unter, während sich der Drache mit einem dumpfen Knall in den Sand bohrte.

Karolus und ich rollten uns lachend im Sand, japsten nach Luft und vergossen dicke Tränen der Schadenfreude. Vater schleuderte die Spindel zur Seite, watete an Land und ging vor uns in die Knie. Er schnappte sich links und rechts je einen von uns und drückte uns an sich, sodass auch unsere Kleidung, Gesichter und Haare feucht wurden.

„Ihr Rabauken!"

Er ließ sich genüsslich auf den Rücken fallen und begann, sich mit uns im Sand zu wälzen. Übermütig rangelten wir die Düne nach oben und ließen uns lachend wieder hinunterrollen. Ausgelassen feierten wir Buben unsere Kindheit, während Vater uns ungestüm mit seiner Liebe überschüttete.

Der Drache, immer wieder von einer Bö erfasst, befreite sich aus seiner Situation und tänzelte, seinen Schweif hinter sich herziehend, die Düne hinauf, um dann, von einem letzen Windstoß ergriffen, auf der anderen Seite hinuntergefegt zu werden.

Antonia war das kurze Lächeln, das die Erinnerung in mein Gesicht gezeichnet hatte, entgangen. Sie saß mir gegenüber und löffelte dicke Tropfen geschmolzener Schokolade.

„Ich mag es, wenn die Milch nur ein wenig schokoladig schmeckt und ich dafür am Ende die ganze Süße genießen kann", sagte sie.

Meine Tasse hatte ich nicht mehr angerührt. Darauf bedacht, mit dem Löffel weder an den Rand zu schlagen noch am Boden zu kratzen, begann ich die Milch mit der Schokolade zu verrühren. Vater, wie er sich den Sand aus der Kleidung schlug, Karolus, der den ramponierten Drachen aus einem Gestrüpp zog. Die Erinnerung driftete von mir weg und ließ Raum für den Gedanken, bald ins obere Stockwerk zurückkehren und dort alleine die Nacht verbringen zu müssen. Mich schauderte.

„Kann ich auch auf der Couch schlafen?"

Anstelle einer Antwort ergriff sie meine Hand, verjagte so den Gedanken und mit einem Mal fühlte ich nichts als tiefe Müdigkeit. Zug um Zug trank ich meine Tasse leer.

Wir erhoben uns gleichzeitig, ließen die Becher einfach auf dem Tisch stehen. Auch die feuchten, mit Schokolade überzogenen Löffel blieben dort, sie würden morgen an der Holzplatte kleben. Im Wohnzimmer legten wir uns Kopf an Kopf auf die L-förmige Couch und zogen uns die Wolldecken, die an jedem Fußende des Sofas lagen, bis unters Kinn.

„Denkst du, du kannst schlafen?“

„Ja. Ich fühle mich unendlich müde.“

Mein Wunsch, diesem Tag und dem Tod meines Bruders durch Schlaf schnell zu entfliehen, ging in Erfüllung. Ich stürzte in eine traumlose Leere.

Als ich am Morgen erwachte, war die Hitze des vorigen Tages verflogen und ich fror unter der dünnen Decke. Ich hielt die Augen geschlossen, hörte nur auf das Trommeln des Regens, das in die Stille des Hauses drang. Mir fiel das zerbrochene Dachbodenfenster ein. Wasser würde sich ins Kissen meines Stuhles saugen und auf dem Betonboden eine Pfütze entstehen lassen.

Ich richtete mich auf und blickte mich um. Antonia hatte die von ihr verwendete Decke gefaltet und ans Fußende der Couch gelegt. Nichts deutete darauf hin, dass sie die Nacht neben mir geschlafen hatte. Ich nahm die Tatsache ihrer Abwesenheit gleichmütig hin. Keine Trauer, keine Bedrückung. Es war, als hätte der bleierne Schlaf meine Gefühle erdrückt, der Regen meine Gedanken weggewaschen.

Ich verließ das Wohnzimmer, ging ins Treppenhaus und lief nach oben. Das Gemurmel, das aus Mutters Schlafzimmer drang, ignorierte ich. Vorbei an Karolus’ Tür. Keine Gefühle. Ohne zu zögern, betrat ich mein Zimmer, suchte im Schrank eine lange Hose, die ich gegen die kurze tauschte, und einen Pullover. Unten, an der Garderobe, schnappte ich meine Regenjacke und zog Gummistiefel an. Ich wollte raus.

Behutsam, um verräterische Geräusche zu vermeiden, öffnete ich die Haustür und trat ins Freie. Ich spürte den von Feuchtigkeit geschwängerten Wind und erste Regentropfen klatschten mir auf den Kopf.

Die kalte Luft, die ich gierig einsog, trieb die dumpfe Niedergeschlagenheit aus meinem Körper. Mit einer explodierenden Leidenschaft für das Leben knallte ich die Haustür hinter mir zu und rannte auf den Hof. Ich erkannte noch den blauen Kombi unseres Hausarztes, bevor ich über die Straße preschte und in den Feldweg einbog. Ich jagte den schlammig gewordenen Saum des brachliegenden Feldes entlang, achtete nicht auf Pfützen, lief einfach, ohne Ziel, bloß aus einer inneren Notwendigkeit heraus zu laufen.

Der Regen prasselte mir ins Gesicht, meine Haare klebten auf der Stirn und im Nacken. Feuchtigkeit kroch durch die Jacke. Die Hose sog sich voll, wurde schwer und schien mich bremsen zu wollen. Als der Weg zu Ende war, sprang ich auf das Feld, hetzte darüber, sank aber immer wieder in den matschigen Pfützen der umgegrabenen Erde ein. Ich sprang über Furchen, sank tiefer in den saugenden Schlamm. Meine Stiefel steckten für einen Augenblick fest, ich strauchelte, fing mich und rannte weiter. Irgendwann stolperte ich mehr als ich lief und trotz meines Willens bis ans Ende der Welt zu gelangen, wurde ich mit der Zeit langsamer, bis ich nicht mehr konnte und widerwillig, der Erschöpfung nachgebend, stehen blieb. Keuchend stand ich vornübergebeugt auf dem Feld. Meine Muskeln und meine Lunge brannten gleichermaßen und nur mit Mühe konnte ich mich langsam aufrichten. Ich breitete meine Arme aus und blickte in den Himmel. Regentropfen kühlten meine glühenden Wangen und flossen meinen Hals entlang in den Kragen. Triefend stand ich im Regen, bis ich mich steif wie ein Brett nach hinten fallen ließ.

Als mein Körper mit einem schmatzenden Laut im Schlamm aufschlug, wusste ich immer noch nicht, welcher unwiderstehliche Impuls mich hierher in den Dreck getrieben hatte. Ich war wie ein Stück Holz gewesen, das in den Fluss geworfen und ohnmächtig von der Strömung fortgetragen worden war.

Schwer atmend lag ich irgendwo auf diesem Feld, meine Gedanken aber wanderten zu Karolus und Vater. Ich dachte an nichts Bestimmtes, keine Begebenheiten, keine Bilder, die in mir hochstiegen, vielmehr glaubte ich die beiden zu spüren. Ein unsagbarer Schmerz begann von mir Besitz zu ergreifen, und während sich meine Kehle zuschnürte und meine Hände unbewusst im Morast gruben, begann ich zu weinen.

Die Macht der Tränen ist es, den Schmerz zu verwaschen, und so war irgendwann mein Schluchzen verebbt, meine letzte Träne vom Regenwasser verdünnt aus dem Gesicht gespült. Ich drehte mich zur Seite und rappelte mich hoch. Ohne Hast machte ich mich auf den Weg zurück, den Wiesenrain entlang und weiter auf den einmündenden Feldweg. Weder Nässe noch Wind störten mich. Meine Gedanken liefen mir voraus nach Hause, hin zu Mutter, zu Bertrams bevorstehender Ankunft. War dieser wahnsinnige Ritt über das Feld der Versuch einer Flucht vor dem mir Bevorstehenden gewesen und mein erschöpftes Niedersinken nur das Anerkennen meiner Hilflosigkeit? Unbewusst verlangsamte ich meine Schritte, je näher ich unserem Haus kam, machte sogar noch einen kleinen Umweg, um das Unausweichliche weiter hinauszuzögern. Dabei war ich mir meines Aussehens nur wenig bewusst. Überall an mir hing Dreck. Die Stulpen meiner Hose waren mit Matsch überzogen, an meiner Jacke klebte Schlamm in kleinen Batzen, von denen Rinnsale braune Streifen auf den Stoff zeichneten, mein Gesicht, meine Haare waren verschmiert.

Als ich von der Straße auf unser Haus blickte, sah ich, wie mir Antonia, am Küchenfenster stehend, zuwinkte. Während ich den Hof überquerte, öffnete sie lächelnd die Haustür. Dort, wo ich im Flur auftrat, bildeten sich braune Pfützen. Ich zog rasch Stiefel und Jacke aus, beides warf Antonia in den mitgebrachten Wäschekorb.

„Ich mache später sauber."

Sie führte mich nach oben ins Bad, begann Wasser in die Wanne einzulassen und bot sich an, trockene Sachen aus meinem Zimmer zu holen und vor die Tür zu legen. Sie stellte mir Essen in Aussicht und fragte, was ich denn von Pfannkuchen hielte, das sei nämlich etwas, das sie einigermaßen könne. Ich willigte in alles ein, fühlte mich umsorgt.

Nachdem Antonia das Badezimmer verlassen hatte, zog ich meine nassen Sachen aus und ließ sie nacheinander auf den Fliesenboden fallen. Das T-Shirt klebte am Rücken und ich hatte Mühe, es mir vom Körper zu ziehen. Langsam begann ich zu frieren und war froh über das heiße Bad. Mutter hätte mich wegen der verschwendeten Wassermenge getadelt, aber ich genoss es, bis zum Hals in die Wärme einzutauchen. Vor meinem Gesicht türmten sich Schaumberge und es knisterte von kleinen Seifenblasen, die rings um mich zerplatzen und so von der Vergänglichkeit dieser schaumigen Landschaft zeugten.

Langsam wurde ich ruhiger, waren meine Gedanken nicht mehr nur schmerzende Splitter. Das Toben auf dem Feld, das sinnlos erschienen war, hatte seine Bedeutung bekommen.

Ich dachte an Antonia. Zum ersten Mal hatte ich Gelegenheit gehabt, sie zu betrachten. Verschämte, beiläufige Blicke im Flur und im Badezimmer fügten sich mosaikartig zu einem Bild dieser Frau zusammen. Vermutlich Ende zwanzig. Dunkelbraunes, kurzes Haar. Kaum Schminke. Wenn sie lächelte, wurden ihre Lippen schmal und in den Mundwinkeln bildeten sich Grübchen. Ihr Gesicht war nicht kantig, aber die hohen Wangenknochen verliehen ihr eine gewisse Härte, die im Widerspruch zu ihren Augen stand, die sanft blickten, so sanft, wie ich Antonia kennengelernt hatte.

Ich ließ mich weiter ins Wasser sinken, zog meinen Kopf unter die Oberfläche und verharrte so für einige Sekunden.

Als ich wieder auftauchte, rutschten Schaumkronen über meine Wangen. Dann lag ich regungslos im Wasser, schloss die Augen und dämmerte in die Vergangenheit.

5.

Die Spule surrte. Der Haken samt Köder durchbrach die Wasseroberfläche, versank und zog die durchsichtige Schnur hinter sich her, an der Vater Bleikügelchen befestigt hatte. Auch der Schwimmer tauchte kurz unter, kam wieder hoch, wackelte für einen Moment, bis er ruhig auf dem See schwamm.

Vater beobachtete mich, wie ich versuchte, es ihm beim Auswerfen der Angel gleichzutun, und ich war stolz, als er anerkennend nickte. Wie er straffte ich die Leine, steckte die Rute in den Kies und legte sie über den Baumstamm, der wuchtig vor uns am Ufer lag. Die dritte Angel, die etwas abseits im niedrigen Geäst eines Baumes lehnte, ließen wir unberührt. Karolus vertraute auf seinen angestammten Platz und wir wussten, dass wir seine nah am Ufer dahindümpelnde Leine nicht neu auswerfen sollten. Mein kleiner Bruder legte ohnehin nicht viel Wert aufs Fischen. Er war gerade in dem Wäldchen hinter uns verschwunden, ausgerüstet mit einem kleinen Eimer und dem selbst erteilten Auftrag, nach Würmern zu suchen.

Vater und ich saßen schweigend an den Baumstamm gelehnt, die Ruten ragten neben uns in die Luft und wir blickten auf die Schwimmer, die vor uns im sanften Rhythmus der Wellen tanzten. Ich machte mir eigentlich nicht viel aus Angeln und vermutlich ging es Vater ebenso. Der ganze Ausflug war wohl eher eine „Männergeschichte“, der Wunsch des Vaters, alleine mit seinen Söhnen etwas zu unternehmen. Denn der Erfolg beim Angeln konnte es nicht sein – noch nie hatten wir einen selbst gefangenen Fisch mit nach Hause gebracht. Stattdessen jubelten wir Mutter jene Fische als eigene Beute unter, die wir am Ende unserer Tour bei Herrn Birkner kauften und mit Keschern aus dessen Zuchtteichen schöpften. Um glaubhaft zu bleiben, entschied sich Vater dabei immer für die etwas kleineren Fische, und während Herr Birkner mit schnellen Handgriffen die Fische aufschlitzte, ausnahm und reinigte, zwinkerte Vater uns verschwörerisch zu, machte Karolus und mich zu seinen Mitwissern, seinen Verbündeten.

Ich genoss es, mit Vater alleine zu sein. Ein drei Jahre jüngerer Bruder, fand ich, hätte noch nicht die Reife für Gespräche, wie ich sie mit Vater führen konnte. Mit der Überheblichkeit des Älteren kam mir manches von dem, was Karolus trieb, einfältig vor, wie eben, nach Würmern zu graben, wo diese doch nur in Trickfilmen als Köder taugten.

Vater öffnete seinen Rucksack und reichte mir eines der Wurstbrote, die uns Mutter mitgegeben hatte. Ich nagte die Rinde ab, kaute sie matschig, bis ich den Brei genüsslich schluckte. Karolus kam vorbei und hielt uns stolz seine „erste Ausbeute" unter die Nase, und wir bewunderten vier dicke Würmer, die sich zwischen Erdklumpen auf dem Boden des Eimers krümmten. Er lehnte das angebotene Brot mit dem Kommentar ab, keine Zeit zu haben, nahm noch einen tiefen Schluck Wasser aus der Trinkflasche und zog neuerlich voller Tatendrang von dannen.

Mir fiel wieder der gestrige Abend ein, als ich alleine im Hof mein Fahrrad geputzt hatte und Klaus Simonis nach einem Besuch bei Vater vor die Tür getreten war. Vater war mit Karolus im Haus, die beiden schauten vermutlich fern, und Mutter war in der Oper. Bertram hatte sie – wie er lächelnd behauptete – „entführt".

„Junge, das glänzt ja schon."

„Herr Simonis. Haben Sie vielleicht noch kurz Zeit? Darf ich Sie etwas fragen?"

Lächelnd nickte er seine Antwort und ich klatschte den Lappen in den Eimer, sodass das Wasser spritzte und dunkle Flecken auf den Asphalt malte. Wir setzten uns auf die Stufen vor der Eingangstür und blickten zu den Hügeln, hinter denen sich die Sonne gerade mit einem mächtigen Rot verabschiedete. Klaus fischte aus seiner Jacke eine Pfeife, die er stopfte und schmatzend anzündete.

„Was möchtest du von mir wissen?"

Ich blickte auf die Birke vor unserem Haus, deren Samen seit heute Morgen in kleinen Wolken vom Wind davongetragen wurden und den Hof mit einer gelben Schicht überzogen. Missmutig hatte Bertram beim Abholen meiner Mutter auf den Baum geblickt, hatte, während er sich die Nase putzte, in sein besticktes Taschentuch geflucht, bevor er wieder niesen musste.

„Ist es nicht komisch, dass Mama öfter mit Bertram ausgeht und fast nie mit Papa?"

„Ach, mach dir keine Gedanken! Das nennt man ein Abonnement." Er schmunzelte, bevor er fortfuhr. „Außerdem ist Bertram ein alter Freund deiner Mutter und ich denke, sie fühlt sich geschmeichelt, von ihm hofiert zu werden. Er ist eine honorige und respektierte Persönlichkeit der Gesellschaft." Er stupste mich an und fügte mit spöttischem Grinsen hinzu: „Würde dir doch auch gefallen, von einem erfolgreichen Autor und Universitätsprofessor für Alte Geschichte ausgeführt zu werden. Nicht wahr?"

Statt einer Antwort gab ich nur einen Grunzlaut von mir. Klaus zog an seiner Pfeife und blies den Rauch in die Abendluft. Ich spürte, dass ihm das Thema unangenehm war. Eine Krähe setzte sich auf einen Ast der Birke. Der Vogel forderte mit seinem scharfen Krächzen meine Aufmerksamkeit, bis er wieder davonflog und der Ast federnd noch einen schimmernden Schleier Blütenstaub in die Dämmerung entsandte.

„Wie du sicher weißt, kennen sich deine Mutter und Professor Seidler schon seit dem Studium." Auch Klaus blickte der Krähe nach, die mit einem weiteren Schrei über unser Haus hinwegflog.

„Bertram arbeitete damals als Dozent. Deine Mutter hat bei ihm Seminare belegt und er hat sie …"

Ich merkte seine Verlegenheit und wartete, ob er den Satz noch beenden würde, aber stattdessen nahm Klaus seine Pfeife aus dem Mund, sah mich an und fuhr mit ernstem Ton fort.

„Du musst diese Dinge deinen Vater oder deine Mutter fragen. Nicht mich. Ich weiß sie auch nur von dritten und fühle mich nicht nur deshalb als untauglicher Chronist dieser Geschichten."

Er räusperte sich, strich über seine Krawatte und fügte beschwichtigend hinzu: „Mach dir jedenfalls keine Sorgen, wenn Professor Seidler mit deiner Mutter die Oper besucht. Ist nichts dabei." Dann steckte er sich wieder die Pfeife in den Mund, erhob sich schwerfällig von den Stufen und beendete das Gespräch mit einem Gruß.

Mit der Ferse scharrte ich im Kies.

„Woher kennen wir eigentlich Onkel Bertram?"

„Onkel Bertram? Onkel? Wenn du willst, kannst du mir gegenüber darauf verzichten, ihn als Onkel zu bezeichnen. Deine Mutter legt vielleicht Wert darauf, aber er ist weder ihr noch mein Bruder. Nicht verwandt und nicht verschwägert. Kein Onkel."

„Und?"

Ich hatte aufgehört mit dem Fuß zu wetzen und blickte ihn ungeduldig an. Vater lächelte. Wie immer funkelten seine

Augen, denen er den Eindruck einer spitzbübischen Jugendlichkeit verdankte, dem auch Krähenfüße und Dreitagesbart nichts anhaben konnten.

„Woher wir Herrn Professor Bertram Seidler kennen? Deine Mutter kennt ihn aus Universitätszeiten."

„Und?"

„Und die beiden waren eine Zeit lang eng befreundet."

„Bis du gekommen bist?"

Mein Vater lachte.

„Es war nicht so, dass ich deine Mutter aus seinen Armen gerissen hätte, aber … na, also zumindest nicht wörtlich. Jedenfalls ist der Kontakt nie abgerissen, weshalb ihn meine Kinder auch heute ‚Onkel' nennen."

Er nahm einen Kieselstein und schleuderte ihn ins Wasser, ohne daran zu denken, dass er damit zumindest theoretisch unseren Fang gefährden könnte. Die Geste schien eine gewisse Verbissenheit, die im letzten Satz mitgeschwungen war, zu unterstreichen.

„Es beruhigt mich zu wissen, dass du ihn auch nicht besonders leiden kannst."

„Nun ja, wer mag schon den Exfreund seiner Frau. Aber was ist mit dir?"

Mit meiner Ferse grub ich weiter in dem Loch, in dem sich bereits Wasser sammelte.

„Er behandelt Karolus und mich immer von oben herab. Außerdem ist er streng und nörgelt nur herum."

„Stimmt. Bertram hat mit der Zeit den Hang zu einer griesgrämigen Autorität entwickelt. Kaum zu glauben, wenn man ihn aus seiner Sturm-und-Drang-Zeit an der Uni kennt, sich an seine euphorische Selbstverpflichtung für die Ideen der Achtundsechziger erinnert."

Vater schwieg einen Augenblick. Vielleicht überlegte er, ob er fortfahren sollte.

„Bei Licht betrachtet tritt er seine früheren Ideale mit Füßen, indem er hinter seiner sozialliberalen Kulisse ein Leben getunkt in bornierte und verstaubte Scheinmoral führt, triefend vor elitären Gedanken und Überheblichkeit. So wie diejenigen, gegen die er vor Jahrzehnten rebelliert hat. Diese Verlogenheit macht ihn mir nicht sympathischer."

Er hielt inne, sah mich aber nicht an, sondern schleuderte mit einer kräftigen Armbewegung einen weiteren Stein auf den See hinaus.

„Außerdem hat mir eure Mutter auch bereits erzählt, was wir nach Ansicht des Professors an eurer Erziehung ändern sollten. Freundliches Pausengeplapper mit einem Glas Sekt in der Hand im Foyer der Oper! Da wir aber beide diese gut gemeinten Anregungen nicht ernst nehmen, besteht für euch keine akute Gefahr."

Bei den letzten Worten strich er mir geistesabwesend über die Haare. Von seiner Argumentation hatte ich nicht wirklich viel verstanden, zumal mich der Begriff „Achtundsechziger" nur an Gründungsjahre von Fußballvereinen denken ließ. Aber ich war Vater für seine Offenheit dankbar und mehr noch dafür, dass er in mir einen gleichwertigen Gesprächspartner sah. Auch in ihm einen Verbündeten in Bezug auf Bertram zu wissen, beruhigte mich.

Eine Weile schwiegen wir und begnügten uns, die Schwimmer zu beobachten.

„Wie hast du Mama eigentlich kennengelernt?"

„Aber das weißt du doch, Friedrich. Als ich damals …"

„Ich habe sie wieder freigelassen!"

Karolus kam aus dem Wäldchen gelaufen und blieb atemlos hinter uns stehen. Der leere Eimer baumelte an seiner Hand.

„Haben sie dir leidgetan, die süßen Würmchen?"

Er streckte mir die Zunge raus und zuckte dann mit den Schultern.

„Ihr hättet sie sowieso nicht zum Fischen genommen."

„Stimmt auch wieder. Bei den mickrigen Würmern wären die Fische nämlich noch am Angelhaken verhungert." Damit stand ich grinsend auf.

„Kommt, wir fangen ja ohnehin nichts, lasst uns Steine schleudern!"

Vaters Protest, wir wären eigentlich zum Fischen gekommen, wischten wir mit unseren Erfolgschancen und der Möglichkeit, die Fische später bequem kaufen zu können, beiseite. Also begannen wir damit, flache, runde Steine zu suchen, um sie möglichst oft über die Wasseroberfläche hüpfen zu lassen. Vaters Sieg mit sechs Sprüngen schien unangreifbar, was mich mit meinen vier Abprallern resignieren ließ. Karolus hingegen, vom Ehrgeiz gepackt, suchte immer wieder neue Steine in einem immer größer werdenden Umkreis. Vermutlich hätte er noch ewig versucht Vater zu schlagen, wäre ihm nicht ein „echter Schatz" in Form einer Fünfhundert-Lire-Münze ins Auge gesprungen. Das Geldstück, durch die Witterung angegriffen, erweckte den Eindruck, es sei alt, und beflügelte Karolus' Fantasie. Mein kleiner Bruder begann von vergrabenen Piratenschätzen und königlichen Schatullen zu fabulieren und schlug unsere Einwände bezüglich Herkunft und Alter des Geldstücks müde lächelnd in den Wind. Für meinen Vorschlag, die Münze doch übers Wasser springen zu lassen – „mit der schaffst du es sicher sechs bis sieben Mal!" – hatte er nur einen verständnislosen Blick übrig, der zum Ziel hatte, mir meine unendliche Ignoranz bewusst zu machen.

Wenig später, als Karolus seine Schatzsuche und Vater und ich den Fischfang endgültig als erfolglos abgehakt hatten, packten wir unsere Sachen. Wir verteilten das Hauptgewicht unserer Utensilien wieder gleichmäßig auf Vaters Fahrrad. Karolus und ich beschränkten uns als Zeichen des guten Willens darauf, unsere Angelruten, mit Spannern festgezurrt, auf unsere Gepäckträger zu klemmen. Wir wollten in unserer Bewegungsfreiheit nicht durch zu schwere Last eingeschränkt werden und hatten darauf verzichtet, auch auf unsere Räder Satteltaschen zu montieren. Die früher angewandte Motivationshilfe unseres Vaters, von wegen Wilder Westen, Cowboy und Satteltaschen, zog nicht mehr. Die vier schwarzen, mit Lederfransen und glänzenden Schnallen verzierten Taschen hatten mittlerweile in der Garage ihre letzte Ruhe gefunden.

Unbeschwert und übermütig strampelten Karolus und ich den Weg entlang des Seeufers voraus, während Vater gleichmäßig hinter uns herfuhr und sich auch durch unser Rufen nicht antreiben ließ. Wir hielten an den Weihern von Herrn Birkner, wo wir vier Fische kauften, bevor wir weiter zum Auto radelten. Als wir endlich dort ankamen, abgekämpft und vor Kraftlosigkeit jammernd, packte Vater die Fahrräder in den Wagen.

Zu Hause brachte ich Mutter unseren „Fang" in die Küche, den sie bewundernd entgegennahm, während Karolus die Angelruten unter der Werkbank verstaute. Die Bohrmaschine auf der Arbeitsfläche brachte ihn auf die Idee, sich von Vater ein Loch in seine Münze bohren zu lassen, durch das er anschließend eine Schnur zog. Voller Stolz zeigte er uns das an der Schlaufe baumelnde Geldstück, dann lief er noch einmal in die Werkstatt, um Hammer und Nagel zu holen. Nach Vaters Zureden gab Mutter ihr anfängliches Zögern, das sie mit der Gefährlichkeit der geplanten Aktion begründete, auf und erlaubte Karolus, den Nagel selbst in die Wand zu schlagen. Wir hörten, wie er die Treppe nach oben lief, kurz hämmerte, dann über den Nagel fluchend wieder nach unten stürmte. Beim zweiten Versuch hatte er mehr Erfolg. Grinsend trat er an den Küchentisch und zerrte uns, ohne Widerspruch zuzulassen, in sein Zimmer.

Wie eine siegreich errungene Medaille hing die Münze an einem leicht verbogenen Nagel über seinem Bett.

6.

Das Badewasser hatte sich abgekühlt und ich fror. Schnell stieg ich aus der Wanne und trocknete mich ab. Wie von Antonia versprochen, fand ich vor der Tür frische Sachen und zog mich an. Mit dem Handtuch wischte ich noch über die schlammigen Schlieren am Boden, dann rollte ich meine nasse Kleidung darin ein und verließ das Bad, während sich die Wanne gurgelnd leerte.

Bereits am Treppenabsatz stieg mir der Geruch heißer Butter in die Nase, der mir bewusst machte, dass ich heute noch nichts gegessen hatte. Dennoch legte ich die Wäsche ab und ging zu Karolus' Zimmer.

Meine Erinnerungen hatten die Geschehnisse der Gegenwart aus meinem Bewusstsein gedrängt und so war ich überrascht, dass meine Hand zitterte, als ich nach der Türklinke griff. Mit einem Mal bekam ich Angst vor den Dämonen, die nach dem Tod meines Bruders in diesem Raum auf mich lauerten. Ich schloss die Augen, versuchte die Gespenster zu verjagen, bevor ich die Tür so langsam öffnete, als würde Karolus noch immer schlafend im Bett liegen.

Zögernd trat ich ein, blickte unwillkürlich aufs Bett, sah dort wieder die Leiche meines Bruders liegen. Der längst verjagte Geruch von Erbrochenem kroch mir in die Nase. Ich wankte, wandte mich ab, zwang aber meinen Blick wieder aufs Bett, das fremdartig leer war. Selbst Überzug, Kissen und Decke waren verschwunden.

Über dem Kopfende hing die Münze. Ich packte das Geldstück, aber als ich es von der Wand riss, blieb die Schnur an dem krummen Nagel hängen und zog ihn heraus. Klimpernd fiel er hinters Bett und hinterließ ein kleines trichterförmiges Loch.

Rasch, wie ein Dieb, der dem Ort seines Verbrechens entflieht, drehte ich mich um und verließ den Raum. Die Münze, wegen der ich meinen kleinen Bruder oft verspottet hatte, vergrub ich tief in meiner Hosentasche. Sie war mit einem Mal wichtig für mich geworden, weil sie meinem Bruder wichtig gewesen war. Sie war die einzige materielle Erinnerung an Karolus, die ich haben wollte. Den Rest von ihm trug ich in mir.

Antonia machte ein zufriedenes Gesicht, als ich meine Pfannkuchen aufgegessen hatte und die Gabel auf den mit Marmelade verschmierten Teller legte. Schweigend hatte sie mir während meiner Mahlzeit gegenüber gesessen, war nur aufgestanden, um mir Milch nachzuschenken.

„Weißt du, wann Bertram kommt?"

Eine vertraute Unbehaglichkeit hatte sich wieder an ihrem angestammten Platz meines Bewusstseins eingenistet. Unsicher griff ich nach dem Glas und stürzte den letzten Rest Milch hinunter.

„In etwa drei Stunden sollte er landen. Ein bis zwei Stunden später wird er hier sein."

Antonia blickte mich fragend, fast prüfend an. Sie schien meine plötzliche Unruhe bemerkt zu haben, aber nicht deuten zu können. „Was ist?", half sie ihrem Blick nach.

Ich drehte das Glas in meiner Hand, sodass die letzten Tropfen Milch am Rand weiße Schlieren zogen.

„Nichts. Mir kam nur der Gedanke …" Ich stellte das Glas ab und blickte Antonia fest in die Augen. Ich bemühte mich, meine Frage möglichst gleichmütig zu artikulieren. „Wirst du dann gehen?"

Sie senkte den Blick und betrachtete ihre Hände, die sie vor sich auf der Tischplatte verschränkt hatte.

„Verstehe mich bitte nicht falsch, Friedrich, aber ich bin zur Betreuung deiner Mutter und dir hier. Es wurde angenommen, dass mit der Rückkehr von Professor Seidler meine Anwesenheit nicht mehr notwendig sei. Wenn ihr aber wollt, kann ich noch ein wenig länger bleiben."

„Wie geht es Mama?"

„Am Morgen hat der Arzt nach ihr gesehen. Er meinte, es ginge ihr besser, aber sie bräuchte noch Ruhe. Willst du nicht einmal zu ihr gehen?"

Verlegen blickte ich an ihr vorbei aus dem Fenster.

„Ja, das sollte ich wohl tun."

Ich erhob mich, dankte Antonia fürs Essen, lobte es noch einmal und räumte das Geschirr in die Spülmaschine.

„Und Bertram?"

„Was ist mit ihm?"

„Er wird vielleicht nicht wollen, dass du bleibst."

„Es geht nicht alleine darum, was Herr Professor Seidler möchte, sondern vor allem geht es um deine Mutter und dich."

Ich konnte ein schmallippiges Lächeln nicht unterdrücken. Zögernd machte ich mich auf den Weg zu Mutters Schlafzimmer, drehte mich in der Tür aber noch einmal um und blickte zu Antonia, die am Esstisch saß und mir lächelnd nachschaute. Für einen Moment wunderte ich mich über das Vertrauen, das ich zu dieser Frau empfand. Es schien, als wäre es sie allein, die mir die Gegenwart erträglich machte.

„Es wäre schön, wenn du noch bleiben könntest."

Behutsam öffnete ich die Schlafzimmertür und streckte den Kopf durch den Spalt. Die dicken Vorhänge waren zugezogen und legten eine düstere Schwere in den Raum. Schemenhaft erkannte ich das Bett, die beidseitigen Nachttische, sah Mutter aber nicht, hörte nur ihr gleichmäßiges Atmen und wusste, dass sie schlief.

Auch eine Art der Flucht. Für einen Augenblick glaubte ich, wieder den feuchten Schlamm zu riechen.

Leise betrat ich den Raum, steuerte auf ihre Seite des Betts und schob den Vorhang ein Stück zur Seite. Mutter lag auf dem Rücken, die Decke begrub ihren schlanken Körper. Ihre Augen waren einen winzigen Spalt geöffnet, wie immer, wenn sie schlief, und ihre Lider zitterten. Sie hatte den Mund geschlossen und atmete flach durch die Nase. Ich trat einen Schritt näher. Trotz ihrer Blässe machte sie einen friedlichen, sorgenfreien Eindruck. Ich verharrte, wartete vergeblich, ob sich beim Anblick meiner schlafenden Mutter irgendein Gefühl einstellen würde, und schlich wieder aus dem Zimmer.

Der Nachmittag zog sich träge dahin, das angespannte Warten auf Bertram hatte die Zeit eingedickt. Das Grau in Grau des Tages tat sein Übriges, diese Stunden wie hinter einem schweren Schleier vergehen zu lassen. Antonia war noch einmal ins Büro gefahren, hatte aber versprochen, zu Bertrams Ankunft wieder zurück zu sein.

Ruhelos strich ich durchs Haus. Ich fand keine Möglichkeit der Ablenkung. Antonia hatte die Küche aufgeräumt, die Wäsche in die Maschine gesteckt, meine Stiefel gereinigt und die schmutzigen Stellen in Flur und Badezimmer gewischt. Alles wartete nur noch mit mir auf Bertrams Eintreffen. Von Mutter hatte ich nach wie vor nichts gehört und nahm an, sie würde noch schlafen.

Ich stolperte zum Briefkasten. Drei an Bertram adressierte Kuverts, Werbematerial eines neu eröffneten Möbelhauses, ein Angebot der Kabelgesellschaft. Die Tageszeitung lag zusammengerollt im Fach unter dem Briefkasten. Ich überflog die Titelseite. Nichts. Hatte ich wirklich für einen Moment erwartet, eine Meldung über Karolus' Tod zu finden? Aber warum sollte sich jemand dafür interessieren, dass meine Welt zusammenbrach, sich mein Ich um den Tod meines Bruders drehte, wie um einen alles verschlingenden Strudel? Wütend über meine Naivität lief ich nach oben und warf die Post auf den Küchentisch.

Im Sekundentakt wechselte ich durch Fernsehkanäle. Nichts vermochte mich zu fesseln. Der Gedanke an Bertram hatte sich festgesetzt. Ich sah ihn am Tisch sitzen, bei den gemeinsamen Abendessen, auf denen Mutter bestand. Ich hörte ihn geifern über Studenten, die immer dümmer und fauler würden, über Sekretärinnen, deren Fettleibigkeit nur von ihrer Aufmüpfigkeit übertroffen werde. Er lamentierte über die Unerträglichkeit des Universitätsbetriebs, die Respektlosigkeit gegenüber der Autorität des Professors und dessen Unterbezahlung. Ich verachtete ihn. Ich verachtete Mutter für ihren Versuch, ihn schmeichelnd wieder aufzurichten, ihn, der nicht am Boden lag, sondern sich verkannt fühlen wollte, um von ihr auf ein Podest gehoben zu werden. Er liebte es, angehimmelt zu werden. Auch in Pantoffeln wollte er der „Herr Professor" sein. Ein Bedürfnis, das Mutter mit hündischer Ergebenheit befriedigte, ohne Widerspruch. Niemals brachte sie den Mut auf, ihm seine Larmoyanz, seinen Egoismus und seine Arroganz vor Augen zu führen. Niemals auch nur der zaghafte Versuch, dies zu tun. Ich saß bei Tisch und litt unter Bertrams Geschichten ebenso wie unter Mutters devotem Gebaren. Ich konnte nicht verstehen, wie sie sich und ihre Kinder so verraten konnte.

Bertram war nicht von einem Tag zum anderen bei uns eingezogen, sondern hatte sich vielmehr mit ruhiger Penetranz in unser Leben gedrängt. Wie Nieselregen, diese mit feinen Wassertropfen gestäubte Luft, die anfangs nicht stört, aber unmerklich die Kleidung feucht und schwer werden und den Körper frösteln lässt. Uns durchjagte ein kalter Schauer, als Bertram eines Morgens im Schlafanzug an unserem Frühstückstisch erschien. Wir Kinder wurden von Mutter gefragt, ob Bertram bei uns wohnen dürfe, aber eine wirkliche Wahl hatten wir nicht.

In der vorlesungsfreien Zeit beanspruchte Bertram für sich, zu Hause ungestört an seinen Publikationen arbeiten zu können. Zu Hause! Mir drehte sich der Magen um, wenn er dabei von dem Haus sprach, das Vater für unsere Familie gebaut hatte. Damit Bertram in Ruhe arbeiten konnte, wurden das Gästezimmer umgebaut und die dort lagernde Modelleisenbahn und andere Spielsachen auf den Dachboden verbannt. Regale wurden montiert und mit Büchern vollgestopft, ein dicker Teppich auf dem Boden ausgebreitet. In die Mitte des Raumes wurde Bertrams ausladender Schreibtisch platziert.

Seit der Neugestaltung war uns Kindern das Betreten des Zimmers nur nach entsprechender Aufforderung erlaubt, aber jetzt zog es mich plötzlich in diesen Raum. Ich hatte das Bedürfnis, diese Grenze zu übertreten und etwas Verbotenes zu tun. Einen Augenblick verharrte ich auf der Schwelle, rang mit der Angst vor Entdeckung. Ich lauschte in die Stille des Hauses. Nichts. Ich betrat den Raum, die Tür hinter mir ließ ich weit offen.

Erst spazierte ich die Regale entlang, strich mit dem Zeigefinger über die Buchrücken, ohne einen Titel wahrzunehmen. Langsam versank ich in taube Selbstsicherheit. Ohne nachzudenken wanderte ich durch den Raum und setzte mich dann auf den Drehstuhl. Unbewusst begann ich mit Füllern zu spielen, die ordentlich in einer Einbuchtung der schweren Tischplatte lagen.

Das Knallen einer Autotür ließ mich hochschrecken. Der Füller, den ich eben in meiner Hand gedreht hatte, fiel zu Boden. Sein Aufschlagen wurde durch den Teppich gedämpft. Ich horchte, wartete auf Schritte, auf Stimmen, aber im Haus blieb es still. Der Stift war unter den Tisch gefallen. Ich ging auf die Knie, um ihn besser ertasten zu können. Als ich mich wieder aufrichtete, glitt mein Blick über die Front des Schreibtisches. Ich hatte ihn noch nie genauer betrachtet. Die sorgfältige Verarbeitung des dunklen Holzes, die feinen Strukturen und die polierte Oberfläche gaben ihm bei aller Wuchtigkeit eine im Detail edle Erscheinung. In der Mitte befand sich eine breite Schublade, die auf beiden Seiten bis zum Sockel von jeweils drei weiteren flankiert wurde.

Ich hielt inne, um mein Vorhaben zu überdenken, lauschte, dann zog ich vorsichtig an der mittleren Lade. Holz rieb an Holz, sträubte sich gegen das Öffnen. Mit stoßweisem Rucken vergrößerte sich der einsehbare Bereich und gab den Blick auf den Inhalt frei. Sauber geordnetes Papier mit Aufdruck, ein Stapel Kuverts, Stifte in Reih und Glied in einem dafür vorgesehen Bereich, Büroklammern in einem Holzdöschen. Alles andere als diese Ordnung hätte Bertram nicht entsprochen. Möglichst leise drückte ich die Lade wieder zu und machte mich daran, die anderen zu inspizieren. Ohne große Neugier, aber mit dem Reiz des Unerlaubten und der Genugtuung, in sein Leben einzudringen, wie er in das unsere.

Die rechte untere Lade enthielt aneinandergereiht und nach Jahreszahlen geordnet Mappen, die mit „Internationale Korrespondenz" bezeichnet waren. Sie näher zu untersuchen war mir nicht der Mühe wert und ich schloss die Lade wieder. Das Fach darüber enthielt zuoberst zwei mit Spiralen gebundene Dissertationen „zur Bewertung". Danach folgten in Schnellhefter sortierte Rundschreiben, Jahresberichte und andere Papiere, die allesamt die Universität betrafen. Ich wollte die Lade wieder schließen, doch sie verkantete sich und klemmte fest. Ruckartig bewegte ich sie hin und her, um sie zu lösen, hörte dabei ein Geräusch, das an das leise Aneinanderschlagen kleiner Metallhülsen erinnerte. Neugierig tastete ich ins Innere der Lade, die aufgrund der Tiefe des Schreibtisches einen beachtlichen Freiraum bot. Nach kurzer Suche fühlte ich eine Schachtel und griff nach ihr. Wieder das metallische Klingen. Ich betrachtete den Aufdruck. In meiner Hand lag Munition für eine Handfeuerwaffe. Ich öffnete die Verpackung und blickte auf die silberfarbigen Geschosse.

Wir hatten von Bertrams Pistole gewusst. Er hatte uns während eines Abendessens darüber informiert. Mutters zaghafter Protest wurde mit den „getrennten Verstecken von Waffe und Munition" und der „bereits gereiften Vernunft der Jungs" entkräftet. Außerdem sei ihm, einer Person des öffentlichen Interesses, zum Erwerb der Waffe von einem Freund in oberen Polizeikreisen geraten worden.

Der Fund der Munition spornte mich zur Suche nach der Waffe an. Ich stellte die Schachtel wieder an ihren ursprünglichen Platz und durchsuchte die weiteren Laden, bemüht, jede verräterische Unordnung zu vermeiden. Links oben wurde ich fündig. Schlecht versteckt hinter einem Stapel ausgebeulter Schnellhefter mit Kontoauszügen ertastete ich das kalte Metall. Vorsichtig hob ich die Waffe heraus und wog sie in der Hand. Es war eine kleine, schwarze Pistole mit kurzem, glänzendem Lauf, die in meiner Hand nicht besonders bedrohlich wirkte. Neugierig, ob sie geladen sei, untersuchte ich sie. Da ich von Waffen keine Ahnung hatte, versuchte ich besonders vorsichtig zu sein, hatte aber bald den Mechanismus herausgefunden. In der Patronenkammer befanden sich vier Kugeln.

Ich legte die Waffe vor mich auf den Schreibtisch und betrachtete das tödliche Instrument, den geriffelten Knauf, den Hahn, den Abzug, den Lauf, fand die eingestanzte Registriernummer und die Gravur des Firmennamens. Mit dem Zeigefinger begann ich die Pistole zu drehen.

Was, wenn ich mich erschießen würde?

Hier in Bertrams Arbeitszimmer. Mineralwasser im Mund, von unter dem Kinn durch den Kiefer nach oben. Mein lebloser Körper, der im Ledersessel hängt. Augen, die die Ewigkeit begaffen. Gehirn, das Bücher schändet, und ein roter Faden Blut, der den Arm entlangläuft.

Ich stoppte die Pistole in ihrer Drehbewegung, nahm sie von der Tischplatte und drehte sie mir zu. Ich legte den Daumen auf den Abzug und blickte in das Schwarz des Laufes. Sah so der Tod aus? Ein kleiner schwarzer Tunnel? Würde das Mündungsfeuer Licht bringen?

Meine Hand zitterte nicht, als ich meinen Daumen nach hinten drückte und sich der Hahn über den Lauf reckte.

Ich verringerte den Druck des Daumens, der Hahn senkte sich wieder.

Ein Spiel mit dem Tod.

Lange starrte ich in dieses schwarze Loch, bis ich merkte, dass ich an nichts mehr dachte. Es war, als wäre mein Inneres in den Lauf gesogen worden und nur noch eine Hülle meiner selbst übrig geblieben. Langsam senkte ich die Waffe, legte sie wieder auf den Tisch. Als ich meine Hand zurückzog, bewegte sich die Pistole auf der dunklen Holzplatte. In diesem Augenblick erschien sie mir erstmals bedrohlich, als hätte sie mir zugenickt, um mich ihrer Tödlichkeit zu versichern, mich an meine Angst vor dem Ende zu erinnern. Ich wollte nicht sterben. Die lockende Hoffnung, Vater und Bruder in einem Jenseits wiederzusehen, hatte sich bei mir nicht festgesetzt. Die beiden mussten in mir weiterleben. Ich war es, der ihr Andenken bewahren musste, um dieses eines Tages weitergeben zu können. Die Zuversicht auf diesen Tag ließ mich lächeln. Und so, wie sich meine Gedanken von der Waffe gelöst hatten, schweifte auch mein Blick von der Pistole ab, wanderte zum Fenster und suchte die Ferne.

Als der Augenblick den Schmerz wieder zurückkehren ließ, zuckte ich beim Anblick der Waffe zusammen. Verführerische Endgültigkeit. Und die Idee, Bertram zu erschießen. Ihn hier, in seinem Arbeitszimmer zu erwarten und einfach abzuknallen, sodass sein Blut seinen geliebten Teppich tränken würde. Sich an seinem letzten Gesichtsausdruck zu laben. Rache zu üben. Rache für seine Tyrannei, die die Unbekümmertheit unserer Kindheit durch Angst vernichtet hatte.

Bertram töten? Der Gedanke trieb hoch, verdichtete sich, verpuffte dann aber ebenso plötzlich, wie er gekommen war. Der Gedanke an Rache und Mord wurde abstoßend, wie der Anblick der Waffe. Angeekelt nahm ich die Pistole und legte sie an ihren Platz zurück. Ich hatte genug von dieser Schnüffelei, war angewidert von diesem Schreibtisch, dem Stuhl, dem Teppich und dem ganzen Raum.

Fluchtartig verließ ich Bertrams Arbeitszimmer, verkroch mich auf die Couch und versuchte mich mit einem Comic abzulenken, aber das diffuse Licht und das gleichmäßige Klopfen des Regens ließen mich langsam eindämmern.

Antonia beugte sich zu mir, streichelte wie selbstverständlich über meine Haare. Ich hatte sie nicht gehört, war weder von der Haustür noch vom Knarren des Parkettbodens im Wohnzimmer aufgewacht.

„Wie spät ist es?“

„Kurz vor sechs. Kann ich dir etwas bringen?“

„Nein, danke.“

„Professor Seidler hat vom Flughafen aus angerufen. Er ist vor etwa einer Stunde gelandet und wird bald hier sein.“

„Und Mama?“

„Sie ist wach und nach eigener Auskunft geht es ihr besser. Soll ich sie holen?“

Ich nickte. Noch einmal strich mir Antonia lächelnd über die Haare. Vermutlich hatte sie keine Ahnung, wie unendlich gut mir das tat. Dann erhob sie sich und verließ den Raum. Ich blieb noch einen Augenblick liegen. Das Comicheft war zu Boden gerutscht. Ich hob es auf und legte es auf den Tisch.

Wie sollte ich meine Mutter empfangen? Was sollte ich ihr sagen?

Noch während ich darüber nachdachte, kam sie ins Zimmer. Sie wirkte blass und müde, aber ohne zu zögern, lief sie auf mich zu und umarmte mich. Wortlos drückte sie sich an meine Brust, drückte mich an ihre. Sie begann zu zittern und presste mich noch fester an sich. Ich fühlte die Wärme ihres Körpers, ihre Hände auf meinem Rücken. Ich erwiderte die Umarmung, grub mich in ihren Nacken.

Nach einer Weile beendete sie jäh die Innigkeit des Augenblicks, löste sich von mir und wich einen Schritt zurück. Sie nahm mein Gesicht in beide Hände und starrte mich an. Sie war ungeschminkt. Tränen quollen aus ihren rot unterlaufenen Augen.

„Ich bin schuld!“

Sie sagte diesen Satz mit fester Stimme. Einmal. Dann ließ sie die Arme sinken, wandte sich ab und wiederholte die Worte als Vorwurf an sich selbst. „Ich bin schuld.“ Und nach einer weiteren Pause. „Schuld am Tod von Karolus.“

Bis zu diesem Augenblick hatte ich die Frage nach der Todesursache meines Bruders verdrängt. Einzig die Tatsache hatte gezählt. Alles andere war unwichtig gewesen. Verwirrt schaute ich an Mutter vorbei und bemerkte Antonia, die uns beobachtete.

„Warum?“, fragte ich leise und blickte auf Mutter hinab, die sich gesetzt hatte. „Warum bist du schuld an Karolus’ Tod?“

Mutter stammelte Wortfetzen, die ich nicht verstand, brach ab und verbarg schluchzend das Gesicht in ihren Händen.

„Fricka! Fricka?"

Bertrams Stimme drang von unten herauf, kam näher. Absätze, die auf Stufen schabten. Die Stimme wandte sich für einen Moment ins Schlafzimmer und flutete dann lauter und fordernder durch die Küche zu uns. Wir hatten nicht gehört, wie er gekommen war, nicht das Taxi, das ihn abgesetzt hatte, nicht die Schlüssel oder die Tür und auch nicht das Abstellen der Koffer. Erst sein Rufen machte uns seine Ankunft bewusst.

„Wir sind im Wohnzimmer!"

Mutter hatte nach zaghaftem Räuspern, das den schleimigen Belag nicht gänzlich von ihrer Stimme zu lösen vermochte, geantwortet. Sie erhob sich aus ihrer kauernden Position, stand kerzengerade zur Tür gewandt und wischte sich mit ausgestreckten Fingern die Tränen aus dem Gesicht, so, als müsste sie auf ihre Schminke achten. Und zusammen mit den Tränen wischte sie auch ihre Aufgelöstheit dezent in die Seite ihres Kleids und erweckte für das bevorstehende Wiedersehen den Eindruck ruhiger Gefasstheit.

Mit einem neuerlichen „Fricka!" rauschte Bertram ins Wohnzimmer. Betretenheit für den Bruchteil einer Sekunde, als er Mutter und mich erblickte, dann kam er auf uns zu, umarmte Mutter.

„Ach Fricka!"

Betroffenheit in der Stimme. Seine rechte Hand, mit der er eine Spur zu schnell über ihren Rücken strich. Nach einem flüchtigen Tropfen Zeit und einem hingeworfenen Kuss auf die Wange beendete er die Umarmung und machte einen Schritt zur Seite. Nun war ich an der Reihe.

„Friedrich!"

Der dunkle Maßanzug, der trotz des Fluges einwandfrei aussah, knisterte ein wenig bei dem Schritt auf mich zu. Er umarmte mich, wie damals bei Vaters Beerdigung, und klopfte mir wieder ein „Herzliches Beileid!“ auf die Schultern. Ich bewegte mich nicht, erwiderte keine seiner Gesten. Meine Arme hingen schlaff an meinem Körper. Mir wurde übel und ich malte mir aus, wie es sein würde, wenn ich ihm die Schultern hinunter auf seinen Anzug kotzte.

Aber dazu reichte die Zeit nicht. Schnell ließ er von mir ab und wollte sich wieder Mutter zuwenden, als Antonia, die er bisher nicht bemerkt hatte, mit ausgestreckter Hand auf ihn zukam.

„Herr Professor Seidler, ich bin Antonia Previer. Wir haben miteinander telefoniert.“

Überrascht ergriff Bertram die dargebotene Hand.

„Angenehm. Es freut mich, Sie kennenzulernen.“ Noch im selben Augenblick wich seine Verlegenheit einer ernsten Feierlichkeit und er legte seine zweite Hand auf ihre. „Ich danke Ihnen für alles, was Sie für meine Familie getan haben. Ich weiß das sehr zu schätzen.“

Die Hände lösten sich und es entstand eine Pause, die Bertram beendete, indem er ankündigte, sein Gepäck holen zu wollen und Mutter bat, ihn zu begleiten. Mit einem an Antonia gerichtetes „Wenn Sie erlauben?“ verließen sie das Zimmer.

Antonia und ich blieben zurück. Ungläubig starrte ich auf den leeren Türrahmen, durch den die beiden verschwunden waren.

Warum bist du schuld an Karolus' Tod?

7.

Ein perfektes Brüderpaar?

Karolus und ich waren keineswegs das perfekte Brüderpaar gewesen. Lange wussten wir nichts miteinander anzufangen und gingen uns entweder aus dem Weg oder nervten einander.

Tante Esther, die Kaffeetasse absetzend und kopfschüttelnd auf die schorfigen Kratzer blickend, die wir uns prügelnd zugefügt hatten, fand die Erklärung für unsere Streitereien im Altersunterschied. Mit der Zärtlichkeit der Intrige legte sie ihre Hand auf Mutters Arm. „Fricka, du hättest besser auf mich hören sollen."

Tatsächlich betrachtete ich Karolus damals geringschätzig als meinen kleinen, kindischen Bruder und behandelte ihn auch so. Erst Vater gab den Anstoß, dies zu ändern. Nachdem wir das Haus am Stadtrand bezogen hatten, kam er eines Tages zu mir ins Zimmer. Er setzte sich aufs Bett und tippte mit dem Zeigefinger auf das Buch, das aufgeschlagen und mit dem Rücken nach oben auf der Decke lag.

„Hab ich in deinem Alter auch gelesen. Warte, ich bekomme die Geschichte noch zusammen!"

Nachdenklich blickte er zur Decke und strich sich dabei über die Bartstoppeln unterhalb des Kinns. An meinem Schreibtisch sitzend betrachtete ich ihn, wie er versuchte sich zu erinnern. Er trug eines jener blauen Polohemden mit dem Aufsess'schen Firmenlogo auf der linken Brust.

„Fällt mir doch nicht mehr ein, wie es ausgeht. Du musst es mir erzählen, sobald du fertig bist!"

Achselzuckend nahm er seine Vergesslichkeit zur Kenntnis und kam auf den Grund seines Besuchs zu sprechen. Mutter wollte wieder zu arbeiten beginnen und zu meiner Verwunderung bat er mich, Karolus künftig ein wenig bei den Schulaufgaben zu helfen. Mein Bruder war, im Gegensatz zu mir, ein eifriger Schüler, der noch nie seine Hausaufgaben nachts schwitzend unter der Bettdecke schreiben musste. Er war auch niemals der Versuchung erlegen, aus ehrlicher Verzweiflung krank zu spielen, um einer ungenügenden schulischen Vorbereitung wirkungsvoll zu begegnen. Vater ignorierte die drohende Gefahr für meinen Bruder, wenn ich meine Erfahrungen mit ihm teilte, oder er erkannte sie nicht. Jedenfalls sagte ich meine Unterstützung zu. Einen Versuch war es wert.

Also begann ich, Diktate aus Karl-May-Romanen vorzubereiten, skizzierte die Silhouette unseres Bundeslandes, überlegte mir Rechenaufgaben, deren Ergebnisse ich mit dem Taschenrechner kontrollierte, und prüfte, mit seinem Sachbuch auf dem Schoß, Karolus' Kenntnisse über die heimische Flora. Zu meinem Erstaunen stellte ich dabei fest, dass ich mich mehr und mehr für meinen Bruder zu interessieren begann. Es machte mir Spaß festzustellen, wie pfiffig er tatsächlich war, wie flink er Zusammenhänge begriff und wie schnell er vor mir fliehen konnte, nachdem er mir frech grinsend einen Tippfehler bei der Verwendung des Taschenrechners nachgewiesen hatte. Durch seine Bitte hatte Vater es geschafft, mir meinen Bruder näher zu bringen und in ihm nicht mehr nur den kleinen Quälgeist zu sehen. Ich war erstmals stolz auf Karolus.

Mit der Zeit war die Beziehung zwischen meinem Bruder und mir immer enger geworden, von ihrer späteren Intensität war sie aber noch weit entfernt. Nur unmittelbar nach Vaters Tod klaffte eine Kluft zwischen uns, die ich, nur mit mir selbst beschäftigt, nicht wahrnahm. Wie sehr uns der unterschiedlich empfundene Schmerz entzweit hatte, offenbarte sich am Tag der Beerdigung.

Murrend hatte ich die kratzige Anzughose angezogen und dann versucht, mir die Krawatte selbst zu binden. Vater hatte es mir einmal gezeigt, aber letztendlich musste ich doch Mutter bitten, mir zu helfen. Punkt zehn Uhr hatte uns Bertram, der Mutter in der Zeit nach Vaters Tod schnell zur Seite gestanden war, von zu Hause abgeholt.

Für elf Uhr war die Beerdigung angesetzt.

Karolus und ich saßen hinten im Wagen und sprachen kein Wort. Seit ich aus dem Krankenhaus entlassen worden war, hatte er mich gemieden und es war ihm sichtlich unangenehm, jetzt mit mir die Sitzbank teilen zu müssen. Ich glaubte, in dem Verhalten seine Art der Trauer zu erkennen, dabei entging mir aber, dass er anderen mit höflicher Offenheit begegnete, die typisch für ihn war.

Am Friedhof wurden wir vom Pfarrer und den ersten Trauergästen empfangen. Die Beerdigung begann. Mir war nie klar geworden, warum wir Kinder bei dieser „Feier" dabei sein mussten. Dieses Zeremoniell half keineswegs, den Schmerz zu lindern. Zudem hatte ich von Vater bereits Abschied genommen. Den Höhepunkt dieser Tortur bildeten die Kondolenzbezeugungen. Unter der sengenden Sonne standen wir an Vaters Grab. Schweiß rann mir von der Stirn, in meinem Schädel hämmerte es und in der Platzwunde spürte ich das Pochen des Blutes. Einer nach dem anderen ergriff meine passiv gewordene Hand und drückte sie. Gesenkten Blickes beugte man sich zu mir, wurden Worte des Mitgefühls gemurmelt. Hände, die sich auf meine Schulter legten oder mir übers Haar strichen. Schon lange hörte ich nicht mehr, was mir gesagt wurde. Schon lange blickte ich den Leuten nicht mehr ins Gesicht. Halb nahm ich das Poltern der Erde auf den Sarg wahr, halb hörte ich Mutter hilflos dumme Sätze sagen wie „Er hätte sich so gefreut, Sie hier zu sehen!"

Links von mir das schlichte Holzkreuz, das das Grab vorübergehend kümmerlich schmückte. Mit Reißnägeln war daran der in Folie geschweißte Zettel mit Vaters Namen geheftet. „Georg-Martin Aufsess". Ich fragte mich, wie viele derjenigen, die sich gerade an mir vorüberschoben, sich über seinen vollständigen Namen wunderten, da sie ihn doch als

„Martin Aufsess“ gekannt hatten. Der Doppelname war eine Familientradition, die vorschrieb, erstgeborene Söhne „Georg“ zu taufen, gefolgt vom Rufnamen. Zur Zufriedenheit meiner Großeltern hatte Vater diese Konvention beibehalten, auch wenn er später oft über sein eigenes Unvermögen, dagegen zu rebellieren, gespottet hatte. *Georg-Friedrich Aufsess.*

Unendlich schien der Zug der Trauergäste, in deren versteinerte Mienen sich das Beileid gemeißelt hatte.

Anschließend: Leichenschmaus. Was für ein Wort!

Diese Verlängerung der Qual war mir unerträglich. Mit dem Hinweis auf meine Kopfschmerzen verzog ich mich nach draußen. Eine Flasche Cola in der Hand lief ich zum nahe gelegenen Park und setzte mich in den Schatten einer mächtigen Linde. Mein Sakko hatte ich ausgezogen, die Krawatte abgenommen. Ich wickelte den Strohhalm, den ich beim Hinausgehen von der Theke genommen hatte, aus seinem Papier, steckte ihn in die Flasche und stupste ihn immer wieder hinein, sobald ihn die Kohlensäure anhob. Am Stamm des Baumes lehnend, beobachtete ich die Menschen, die im Park spazierten oder sich ausruhten.

Nachdem ich ausgetrunken hatte, behielt ich den Strohhalm im Mund und kaute darauf herum. Mich überfiel bleierne Müdigkeit, die mich den Kopf zurücklegen und die Augen schließen ließ. Und wieder sah ich Vater vor mir, sah ihn wie in den Sekundenbruchteilen vor seinem Tod. Sein Entsetzen, seine Angst. Ich riss die Augen auf, gierte nach Luft, wollte so die Gedanken verjagen.

Ich blickte mich um, versuchte mich durch Betrachtung meiner Umgebung abzulenken. Eine junge Frau mit Kinderwagen spazierte vorüber. Zwei alte Männer saßen im Schatten und spielten Schach. Ein Mann lag auf der Wiese, den Kopf auf einem Rucksack, und schlief.

Nur nicht wieder die Augen schließen!

Nach einer Weile erhob ich mich, packte meine Sachen und schlenderte, mein Sakko über die Schulter geworfen, zurück. An den viel weniger gewordenen geparkten Autos erkannte ich, dass die meisten Gäste bereits aufgebrochen waren. Als ich das Gasthaus durch die Hintertür betrat und an der Küche vorbeiging, schlug mir der Gestank von altem Frittierfett in die Nase. Ich war froh, nichts gegessen zu haben.

Die Gäste, die noch geblieben waren, hatten sich an einem Tisch gruppiert, tranken Kaffee und aßen zum Nachtisch Schwarzwälder Kirschtorte. Mutter winkte mich zu sich und bat mich, Karolus zu suchen. Er hatte angekündigt, an den nahe gelegenen Bach gehen zu wollen. Mein Sakko hängte ich über eine Stuhllehne und machte mich dann auf den Weg nach draußen. Ich lief über die Wiese hin zum Bach und stellte mich an die Uferböschung. Da ich meinen Bruder nicht sehen konnte, begann ich nach ihm zu rufen. Schwitzend und genervt rannte ich den Bach entlang, brüllte dabei immer wieder vergeblich seinen Namen. Nachdem ich ein Stück gelaufen war, kam ich an eine Biegung des Baches. Auf dem am Rand gestauten Kies saß er zusammengekauert mit dem Rücken zu mir.

„Karolus!“, schrie ich noch einmal von der Böschung aus in seine Richtung, und da er nicht reagierte, sprang ich auf die kleine Halbinsel hinunter.

„Was ist bloß los mit dir? Warum rührst du dich nicht, wenn ich dich die ganze Zeit rufe?“

„Zieh ab!“

„Ich soll dich holen.“

Er machte keine Anstalten mitzukommen, deshalb schubste ich ihn von hinten.

„Kleiner, was ist los mit dir?“

Wortlos stand er auf und rempelte mich an. Um mein Gleichgewicht zu halten, machte ich einen Schritt zurück und landete mit einem Fuß im Wasser.

„Was soll das?"

Wütend sprang ich zu ihm hin und stieß ihn ebenfalls. Karolus strauchelte, fing sich aber an der Böschung. Er griff sich eine Handvoll Erde und schleuderte sie in meine Richtung. Die kleinen Klumpen trafen mich an den Beinen, prasselten neben mir ins Wasser. Ich stand einen Augenblick verdutzt da, bis ich die Fassung verlor und wütend zu meinem Bruder stürmte, der gerade versuchte, den kleinen Abhang nach oben zu klettern. Ich packte ihn, zerrte ihn nach unten. Er versuchte sich zu wehren, war mir aber unterlegen, und ich hatte keine Mühe, ihn auf den Rücken zu drehen. Ich drückte ihn gegen die Böschung, sodass er mich direkt ansehen musste, legte einen Unterarm über seine Kehle.

„Spinnst du?"

Er versuchte sich aus meinem Griff zu winden, weshalb ich ihn noch fester gegen die Erde drückte. Keuchend lag er unter mir und ich roch seinen Atem. Seine Augen funkelten vor Wut, er sah mich an, ohne zu blinzeln. Die mir entgegengebrachte Verschlossenheit der letzten Tage zerbarst unter der Wucht seines Zorns. Tränen brachen aus ihm, als er mich anbrüllte.

„Du bist schuld an Vaters Tod! Wärst du nicht gewesen, würde er noch leben!" Seine Spucke spritze mir ins Gesicht. „Ich hasse dich!"

Fassungslos über seine Worte ließ ich den Druck meines Armes schwächer werden, bis er sich aus meinem Griff befreien konnte, mich von sich stieß und ich nach hinten taumelte. Der Vorwurf, der mich benommen machte: Die Schuld an Vaters Tod!

Mit seiner geballten Wut, der ich nichts entgegenzusetzen hatte, stürzte er sich auf mich, sodass ich nach hinten fiel. Im selben Augenblick, als ich mit dem Rücken aufschlug, war er schon über mir und prügelte mit beiden Fäusten auf mich ein. Ohne den Willen zur Gegenwehr ließ ich es geschehen.

Mit der Zeit wurden seine Schläge unkontrollierter, ihre Wucht geringer. Seine Hände flogen nur mehr wild durch die Luft, um irgendwo auf meinem Körper zu landen. Meine Platzwunde hatte sich wieder geöffnet und pumpte Blut über die Schläfe.

„Du bist schuld! Ich hasse dich!“

Er schlug und heulte seine Anklage aus sich heraus. Auch ich hatte zu weinen begonnen, nicht wegen der Prügel, nicht weil ich das Gefühl hatte, mein Schädel, den er in den Kies gedroschen hatte, würde jeden Augenblick zerspringen. Vielmehr bohrte sich sein Vorwurf wie ein Stachel in meine Seele.

War ich schuld?

Irgendwann war der letzte Schlag getan und Karolus ließ sich wimmernd auf den Schotter fallen. Er saß da, zog die Beine mit beiden Armen an seinen Körper, sodass seine Knie das Gesicht berührten, und starrte ins Leere. Sein Gesicht glänzte vom Schweiß und den Tränen.

Mehr zu mir als zu Karolus stammelte ich nach einer Weile: „Es wäre besser gewesen, ich wäre gestorben.“

Er schwieg. Neben uns gab der Bach glucksende Geräusche von sich. Ansonsten war es still. Die Sonne stand hoch und brannte auf uns herab.

„Niemand hätte sterben sollen!“

Die Verzweiflung ließ seine Stimme zittern. Er stand auf, kletterte die Böschung hoch und war mit wenigen Schritten aus meinem Blickfeld verschwunden. Schwerfällig erhob ich mich und stolperte hinter Karolus her, der bereits den Weg zum Gasthaus erreicht hatte. Hatte er gehört oder gefühlt, dass ich ihm gefolgt war, oder hatte er es nur gehofft? Jedenfalls blieb er stehen und wartete.

Als ich die wenigen Schritte zu ihm gelaufen war, standen wir einander gegenüber und blickten uns lange an, ohne ein

Wort zu sprechen. Der Ausdruck in seinen Augen, die Trauer und Liebe, die sie ausstrahlten, brannten sich tief in mir ein. Er wirkte gereift. Er schien mir nicht mehr mein „kleiner“ Bruder zu sein, sondern vielmehr fühlte ich mich ihm plötzlich unterlegen. Die Verwandlung, die in Karolus vorgegangen war, linderte zwar nicht seinen Schmerz, aber seine Wut und seine Ohnmacht waren gewichen. Er schien mir unendlich weit voraus und ich beneidete ihn darum.

Mutter errötete vor Zorn, als wir ins Gasthaus zurückkamen. Sie schämte sich für die Verletzungen in meinem Gesicht, die verdreckten Hosen, die vollgebluteten, zerrissenen Hemden und für die Lügen, die wir ihr deshalb auftischten. Wir brachen eilig auf und Bertram fuhr uns nach Hause. Er blieb noch auf einen „schnellen Kaffee“ und verbrachte den Rest des Tages bei uns.

Es war der erste Tag, an dem wir uns auf den Dachboden verkrochen. Während sich Mutter und Bertram auf der Terrasse einrichteten, empfing Karolus und mich brütende Hitze, die sich tagsüber unterm Dach aufgestaut hatte und das Atmen zur Qual machte. Dennoch blieben wir und kramten aus Kisten längst vergessene Bilderbücher heraus, zauberten verstaubte Relikte unserer frühen Kindheit hervor, wie das Schaukelpferd und den kleinen Schlitten. Karolus entdeckte Vaters Aquarium und ich die seit Jahren unbenutzte Strickmaschine. Wir fanden zwei Stühle, die wir unters Dachfenster stellten, durch das die erste abendliche Brise strömte. Mal schwiegen wir, mal sprachen wir über Dinge, die uns bewegten, redeten über Vater und erzählten uns Anekdoten, die der jeweils andere mit Einzelheiten ausschmückte, bis wir schließlich wieder herumblödelten oder Belanglosigkeiten breittraten.

Wir lachten, schwiegen und trauerten gemeinsam. Wir erinnerten uns. Wir hatten uns als Brüder gefunden und ich fühlte mich in diesem Augenblick Karolus so nah wie nie zuvor.

8.

Zum zweiten Mal stand ich vor einer Leiche. Und wie damals vor meinem toten Vater, fühlte ich eine grenzenlose Leere in mir aufsteigen, als würde mein Leben versickern. Diese Leere war stärker als ich, stärker als mein geistiges Fundament, in dem ich mich sicher geglaubt und das mir die Kraft gegeben hatte, dem Leichenbestatter mit einem Nicken zu bedeuten, mich alleine zu lassen. Ich hatte mich von der simplen Phrase, dass er es jetzt besser hätte und wieder mit Vater zusammen wäre, betören lassen. Nun aber, da ich den Toten betrachtete, schrumpften diese Gedanken auf die vernichtende, unendlich traurige Wirklichkeit zusammen: Mein Bruder war tot und ich würde ihn nie wieder lachen oder weinen sehen. Ich würde mich nie wieder mit ihm freuen oder mit ihm streiten und anschließend versöhnen können. Er würde mich nicht mehr fordern, erheitern, zerstreuen. Wir würden nicht gemeinsam erwachsen. Es würde nie mehr jemanden geben, mit dem ich die Vergangenheit auf die unverwechselbare Art von Geschwistern teilen konnte. Zuversicht und Vertrauen waren von der Endgültigkeit geschlachtet worden. Leere, die selbst Trauer, Verzweiflung und Selbstmitleid verdrängte. Die betäubende Gefühllosigkeit breitete sich wie ein Fieber in mir aus.

Ich presste die Augen zusammen, als könnte ich so Tod und Leere verjagen. Schnaufend sog ich Luft durch die Nase, versuchte gegen die Schwäche anzukämpfen. Durch meinen Kopf zuckten Bilder des lachenden Karolus. Ich glaubte seine Freude zu spüren, bis ich erkannte, dass sein Lachen zu einem angsterfüllten Kreischen mutierte und sich sein Gesicht in die

Totenfratze verwandelte. Ich riss die Augen auf und blickte auf den Leichnam. Ich versuchte, mir das friedliche Bild in meine Erinnerung zu stanzen, um das Grauen zu vernichten.

Sie hatten seinen Gesichtsausdruck modelliert, die Lippen zu einem zufriedenen Lächeln geformt, die Augen geschlossen. Seine Haare waren ungewöhnlich gekämmt. Er trug einen Anzug. Der oberste Hemdknopf war geschlossen, die Krawatte eng um den Hals gebunden.

Der Anblick meines Bruders war mir fremd.

Ich hätte ihm gerne wenigstens die Haare zerzaust, um ihn mir vertrauter zu machen, aber die Angst vor einem Kontakt mit dem erkalteten Körper hielt mich zurück.

In der Leichenhalle herrschte eindringliche Stille, wie sie der Anwesenheit des Todes entsprach. Ich war alleine. Mutter hatte Karolus nicht noch einmal sehen wollen, und Antonia, die sich angeboten hatte mit mir zu fahren, wartete draußen.

Für einen Augenblick kehrte ich in Gedanken an den Tag zurück, als ich Vater zum letzten Mal gesehen hatte. Damals hatten Mutter und Karolus neben mir in der Aufbahrungshalle gestanden. Wir hatten uns an den Händen gefasst und so versucht, den Schmerz zu teilen, um ihn leichter ertragen zu können. Trotz der Trauer wollte ich mir keine Blöße geben. Zudem hatte ich damals geglaubt, für Mutter und Karolus stark sein zu müssen. Eine Einbildung, die sehr bald von der Wirklichkeit eingeholt worden war und deren Erinnerung mir nun ein bitteres Lächeln auf die Lippen zwang.

Irgendwann konnte ich die künstliche Freundlichkeit im Gesicht meines Bruders nicht mehr ertragen. Je länger ich ihn betrachtete, umso weniger wollte sein Ausdruck für mich zur Situation passen. Ich fand mich damit ab, dass die Fratze zum Zeitpunkt des Todes immer mehr meinen Vorstellungen vom Ende menschlichen Lebens entsprach.

Ich drehte mich um und ging eilig nach draußen.

Antonia hatte auf der Treppe sitzend gewartet. Sie erhob sich, als ich durch die Flügeltür trat. Wortlos gingen wir nach unten. Vor dem Gebäude begrüßte uns leichter Regen, dessen Kühle die Hitze aus meinen geröteten Wangen trieb. Wir gingen zu ihrem Wagen und fuhren los.

„Darf ich dich einmal besuchen? Ich meine, wenn du an der Ostsee bist."

Zu meiner Überraschung hatte ich die Frage tatsächlich gestellt. Wir waren eine Zeit lang schweigend gefahren, und der Kampf zwischen der Angst vor Zurückweisung und jener, Antonia nicht mehr wiederzusehen, war heftiger geworden, je näher der Zeitpunkt des Abschieds rückte.

Sie zögerte einen Moment, ehe sie antwortete.

„Natürlich kannst du kommen. Thorsten würde sich bestimmt freuen, dich kennenzulernen. Und das Baby sicher auch."

Ich starrte aus dem Fenster, konnte aber das Lächeln in ihrer Stimme hören. „Ruf mich einfach einmal an."

Sie kramte während des Fahrens in ihrer Geldtasche, die sie auf dem Schoß geöffnet hatte, und holte eine Visitenkarte heraus.

„Auf der Rückseite stehen meine neue Adresse und Telefonnummer."

Dankend nahm ich die Karte und steckte sie in meine Jackentasche.

Kurz darauf kamen wir zu Hause an. Ich wusste, sie würde nicht mehr aussteigen, sondern gleich ins Präsidium fahren. Ihre gepackte Tasche lag auf dem Rücksitz.

„Kann ich noch etwas für dich tun?"

Ich schüttelte den Kopf. „Danke für alles."

Mit diesen drei kümmerlichen Worten versuchte ich, all meine Dankbarkeit auszudrücken, und hoffte, sie würde meine Aufrichtigkeit spüren.

Antonia lächelte und strich mir noch einmal über den Kopf. „Alles Gute. Melde dich, ja?"

Mit einem Nicken stieg ich aus dem Wagen. Als Antonia vom Hof fuhr, kurbelte sie das Fenster nach unten und streckte ihre Hand in den Regen. Ich winkte zurück, und obwohl ich bei dieser Geste stets Unbeholfenheit empfand, hörte ich erst damit auf, als ihre Hand längst wieder im Auto verschwunden war. Ich blickte dem Wagen nach, dessen Rücklichter langsam im Schleier des Regens verschwammen, und dachte an unser Gespräch am gestrigen Abend.

Mutter hatte mit Bertram das Wohnzimmer verlassen. Mein Blick war noch immer wie an den Türrahmen genagelt, als die beiden flüsternd nach unten gingen. Ich hörte den dumpfen Schlag eines Koffers gegen das Treppengeländer, dem das langsam abklingende Vibrieren folgte.

Plötzlich fühlte ich, wie Antonia mich beobachtete, und sah sie fragend an. Sie kam näher, legte mir die Hand auf die Schultern und drückte mich sanft zur Couch. Sie setzte sich mir gegenüber, betrachtete ihre Hände. Kurz schien sie zu überlegen, ob sie den Faden, den Mutter durch Bertrams Ankunft verloren hatte, aufnehmen sollte. Sie entschied sich dafür, hoffte vielleicht Mutter und auch mir mit ihrer Darstellung der Dinge zu helfen.

„Du kannst dich an meinen Kollegen erinnern, der gestern mit auf den Dachboden gekommen ist? Er hat dir eine kleine Plastiktüte gezeigt und dich gefragt, ob dir der Inhalt darin bekannt vorkäme."

Sie sah mir in die Augen, und nachdem ich schweigend ihren Blick erwidert hatte, fuhr sie fort.

„Es war die Verpackung der Tabletten, die Doktor Schreiber am Bett deines Bruders gefunden hatte. Sie war leer. Nach Aussage deiner Mutter hatte sie ihm die Tabletten erst am selben Tag gebracht. Anscheinend hat Karolus alle auf einmal eingenommen. Wir gehen davon aus, dass er dies aus eigenem Entschluss getan hat und nicht auf Anraten oder Anweisung deiner Mutter."

Im Haus war es ruhig geworden. Mutter und Bertram waren nicht zu hören, obwohl ich ihre Anwesenheit spürte.

„Belastend ist für deine Mutter, dass die Medikamente nicht für Kinder im Alter deines Bruders geeignet sind, sondern nur für Erwachsene."

Eigentlich wollte ich das alles nicht hören, wäre am liebsten aus dem Zimmer gelaufen, um mir das Gespräch zu ersparen. Aber dazu war es zu spät. Einmal begonnen musste Antonia ihren Bericht auch zu Ende führen, ansonsten würden später aufkeimende Fragen meine Neugier wecken und der Kampf um das Vergessen wäre verloren.

„Die verabreichte Dosis war jedoch nicht die unmittelbare Todesursache. Sie hätte nicht ausgereicht, um tödlich zu sein, aber die Vergiftung durch die Medikamente brachte deinen Bruder zum Erbrechen. Durch die betäubende Wirkung der Tabletten war er eingeschlafen und selbst als er sich übergeben musste nicht aufgewacht. Aufgrund seiner Rückenlage konnte das Erbrochene nicht abfließen. Er ist daran erstickt."

Längst sahen wir einander nicht mehr an. Ich beobachtete Antonias Hände, wie sie ihren Ehering zwischen Daumen und Zeigefinger drehte.

„Doktor Schreiber hat nach seinem Eintreffen Polizei und Rettung verständigt."

Sie zog ihren Ring vom Finger, drehte ihn entlang seiner Längsachse und schob ihn wieder zurück, bevor sie ihn erneut abzog und wieder mit dem Spiel begann.

„Gegen deine Mutter wird vermutlich Anklage wegen fahrlässiger Körperverletzung mit Todesfolge erhoben."

Der Ring rutschte ihr aus den Fingern. Er fiel auf den Boden, rollte ein Stück über den Teppich, bis er, noch einen kleinen Haken ziehend, liegen blieb.

Ich blinzelte die Erinnerung weg und blickte wieder auf die Straße, die sich durch den stärker gewordenen Regen kaum mehr vom Grau der Umgebung abhob. Das Wasser lief mir in den Kragen und mich fröstelte. Ich sah auf die feuchten Stulpen meiner Hose und mir wurde bewusst, dass ich Antonias Wagen nachgegangen war und nun auf dem schmalen Rasenstück stand, das an der Seite unseres Hofs entlang verlief. Vor mir ragte der Stumpf der Birke aus der Erde, die Bertram kurz nach seinem Einzug hatte fällen lassen. Zögernd ging ich ins Haus.

Nachdem ich mir trockene Sachen angezogen hatte, legte ich mich mit dem Vorsatz auf mein Bett, mich an die Einsamkeit zu gewöhnen und mit dem Vergessen zu beginnen. Mit hinter dem Kopf verschränkten Händen starrte ich an die Decke und versuchte an nichts zu denken. *An nichts denken?* Wenn man es wollte, war es unmöglich. Ich schloss die Augen.

Mein Zimmer schien sich zu dehnen, die Möbel und Bilder verloren sich in diffuser Ferne, das unschuldige Weiß der Wand stahl sich ins Unbestimmte, das Fenster schrumpfte auf einen Punkt zusammen und verschwand. Absolute Ruhe. Und plötzlich ein Pochen, das aus dem Nirgendwo zu mir drang. Ich blickte mich um, erkannte die vom Lichtkranz gezeichnete Tür. Mühsam erhob ich mich und versuchte den Türgriff zu erreichen, aber er war weiter entfernt als angenommen. Es klopfte wieder. Ich ging auf die Tür zu, aber mit jedem Schritt wich sie zurück. Ich begann zu laufen und mit einem letzten Satz erreichte ich die Klinke. Neugierig öffnete ich und sah Vater am Küchentisch sitzen, auf seinem

Schoß mein Bruder. Sie hatten mich nicht bemerkt. Karolus, er mochte drei Jahre alt sein, schnitt mit einer Schere eifrig an buntem Papier herum. Vor ihm lagen bereits verschiedenfarbige Schnipsel. Ich hörte Vater fragen, was er da ausschneide und Karolus antwortete stolz: „Wünsche!"

Zuerst lachte Vater, dann blickte er Karolus lange an, bevor er mehr zu sich als zu dem Kind sagte: „Ein herrliches Alter. Wünsche erfüllen sich, indem man sie aus Papier ausschneidet."

Karolus fasste das als Lob seiner Arbeit auf, schnippelte weiter, bis er endlich die Schere aus der Hand legte und seine „Wünsche" mit Genugtuung betrachtete. Einen der Zettel hielt er Vater hin. „Hier für dich."

Vater bedankte sich und nickte. „Schon in Erfüllung gegangen."

Karolus packte den Rest der Schnipsel zusammen und lief aus dem Zimmer. Ich wollte ihm folgen, aber da hörte ich wieder das Klopfen, fühlte mich ertappt und schnellte hoch. Die Bilder stoben davon. Mutter öffnete die Tür und steckte den Kopf herein.

„Friedrich? Schläfst du?"

Ohne eine Antwort abzuwarten, trat sie ins Zimmer und setzte sich ans Fußende des Bettes. Ich richtete mich auf, tat so, als würde ich Platz machen wollen, versuchte aber nur von ihr wegzurücken. Ihr Besuch war mir unangenehm.

„Ich habe gehört, wie du zurückgekommen bist, und gedacht, du würdest kurz im Wohnzimmer vorbeisehen."

Sie sprach sanft und frei von Untertönen, dennoch wusste ich ihr nichts zu erwidern. Ich hatte allein vor der Leiche meines Bruders gestanden und der Gedanke daran machte mich stumm. Nach den Jahren beiderseitiger Entfremdung schien mir nun der Graben zwischen uns endgültig unüberbrückbar. Wir musterten einander, versuchten im Gesicht des anderen zu lesen, bis sie den Blickkontakt abbrach und auf die Bettdecke starrte. Mutter war mir bis zu diesem Moment immer jung erschienen, jetzt aber bemerkte ich ihre Falten um den mit Lippenstift zurückhaltend betonten Mund und an den Augen. Augen, die ihren Glanz verloren hatten. Mutter schien vom Leben ausgesogen und plötzlich empfand ich Mitleid für sie. Als sie wieder zu sprechen begann, war ihre Stimme kraftlos.

„Frau Previer, diese Polizistin, hat mir erzählt, sie hätte mit dir über die Pillen gesprochen."

Sie trug die Kette, die ihr Vater zur Geburt von Karolus geschenkt hatte und an der ein kleiner, in Gold gefasster Diamant hing. Wie sie es häufig tat, legte sie gedankenverloren ihren Zeigefinger auf den Anhänger und schob ihn entlang der Kette hin und her.

„Ich erwarte nicht von dir, dass du mir diesen Fehler nachsiehst, mich von meiner Schuld freisprichst. Ich kann von niemandem erwarten, das zu tun, wozu ich selber nicht fähig bin. Kein Mensch und auch nicht die Zeit wird mich von dieser Last befreien."

Eine Träne tropfte auf ihre Hand und ich fragte mich, welche Reaktion sie von mir erhoffte. Ob es nicht doch Absolution war, die sie von mir erwartete? Aber sie hatte recht, ich war nicht in der Lage, ihr beizustehen, sie in die Arme zu schließen, ihr zu vergeben. Erbarmungslose Starre hatte mich gepackt. Jede ihrer flehenden Tränen schien mein Verzeihen zu fordern und ließ doch nur meine Anklage bitterer werden. Mit jeder Sekunde, die wir schweigend verbrachten, wurde mir ihre Anwesenheit unerträglicher. Als sie wieder sprach, verkroch ich mich Wort für Wort weiter in mir und wünschte mich aus der Situation.

„Tut mir leid, dass ich zu weinen begonnen habe, aber ich fühle mich so hilflos. So unendlich schwach."

Und flüsternd fügte sie den Satz hinzu, in dem sich ihr Innerstes spiegelte. Die aus der Verzweiflung geborene Anklage an einen Gott, an das Schicksal oder wen auch immer. Der Ausdruck ihres Verlangens nach einem Ende von Schmerz und Trauer.

„Kinder sollten niemals vor ihren Eltern sterben."

Dann räusperte sie sich, wischte sich mit ungelenken Bewegungen Tränen aus dem Gesicht und stand auf.

„Ich wollte dich nur kurz sehen, mit dir sprechen. Ich lasse dich schon wieder allein."

Ihre Stimme war fest, der Ton entschuldigend. Wehmütig sah sie mich an. Sie schien zu überlegen.

„Du hast dich vor mir immer sehr zurückgezogen, warst schweigsam und verschlossen. Vor allem seit dein Vater … Es hat Karolus und dich sicherlich sehr verbunden. Ihr habt einander vertraut. Das weiß ich und das macht es für mich umso schmerzlicher. Ich wünsche dir, dass du jemanden hast oder findest, dem du dich anvertrauen kannst. Ich hege nicht die Erwartung, dass ich das sein werde, aber solltest du mich brauchen, werde ich für dich da sein."

Sie drückte mir einen Kuss auf die Stirn. Ihr tränennasses Kinn berührte dabei meine Nase und ich fühlte, wie sich ihre feuchten Lippen, die leicht an meiner Haut kleben blieben, wieder lösten. An der Tür drehte sie sich noch einmal um und lächelte traurig. Dann ging sie nach unten.

Nachdem ich noch einige Zeit auf die geschlossene Tür gestarrt hatte, löste sich langsam meine Verkrampfung. Eben hatte ich mich von Mutter noch unendlich weit weg gefühlt, hatte mir gewünscht, sie würde mein Zimmer verlassen. Nun, da sie gegangen war, vermisste ich sie, glaubte ich mich eins mit ihr durch das gemeinsame Leid. Doch sie hatte mich abgenabelt, hatte unsere Distanz akzeptiert, und ich war unsicher, ob es das war, was ich gewollt hatte. Ich fühlte mich, als hätte ich etwas verloren, das erst durch den Verlust wertvoll geworden war.

Tief atmend lehnte ich an der Wand. Den Blick geradeaus. Und leer.

9.

Das Zwielicht des Tages verlief sich in der Dämmerung des Abends und Dunkelheit schlich sich in mein Zimmer, kroch auf meinen unaufgeräumten Schreibtisch und den Stuhl, auf dem noch immer ein vor Tagen hastig abgestreiftes Hemd hing. Sie machte sich über meine mit Büchern, Autos und selbst gebastelten Flugzeugen vollgestopften Regale her und legte sich zu mir.

Ein Lichtschein presste sich durch den Spalt an der Unterseite der Tür. Ich hörte Mutter, wie sie wieder nach oben kam, vor meinem Zimmer haltmachte und klopfte. Nach einem Augenblick des Wartens flüsterte sie durch die geschlossene Tür.

„Willst du etwas essen? Ich habe für dich gekocht. Bitte komm runter!“

Ich versprach, ihr gleich in die Küche zu folgen.

Mit steifen Gliedern erhob ich mich vom Bett. Ich hatte eindeutig zu lange in der gleichen Position verharrt und jede Bewegung schmerzte. Ich streckte mich und langsam bekam ich wieder ein normales Gefühl für meinen Körper. Im Badezimmer wusch ich mich. Wieder und wieder füllte ich meine zur Schale geformten Hände und klatschte mir eisiges Wasser ins Gesicht, bis beißende Kälte auf meiner Haut brannte. Ich drehte den Hahn zu und betrachtete mich im Spiegel. Meine Wangen waren gerötet, meine Augen ebenso und Wasser tropfte auf mein Shirt, das an den nassen Stellen dunkel wurde. Ich starrte auf mein Spiegelbild, bis ich den Anblick nicht mehr ertrug.

In der Küche schlug mir der penetrante Geruch von heißem Fett, Zwiebeln und Bratkartoffeln entgegen. Ich öffnete das Fenster und begann den Tisch zu decken. Mutter bemerkte mich erst, als ich die Schublade neben ihr aufzog, um das Besteck zu holen. Sie stand in der von Kochgerüchen geschwängerten Dunstglocke, die über dem Herd hing, und lächelte mich beiläufig an. Gleichzeitig wendete sie Leberkäse im widerspenstig spritzenden Fett und bewahrte die Kartoffeln vor dem Anbrennen. Unter den Pfannen züngelten die Flammen des Gasherdes.

„Bertram ist noch an der Uni und kommt etwas später."

Ich warf ein Duett aus Messer und Gabel zurück in die Lade und ging zum Tisch. Ich legte das Besteck auf die gewohnten Plätze, aber erst als ich die Teller holen wollte, bemerkte ich, dass ich auch für Karolus gedeckt hatte. Ohne nachzudenken entfernte ich das Gedeck von Mutters Platz. Mir war danach, die Sitzordnung zu ändern.

Nachdem ich die Teller auf den Tisch gestellt hatte, setzte ich mich auf Bertrams Platz und betrachtete Mutter, wie sie, mir den Rücken zugewandt, mit Kochlöffel und Gabel am Herd hantierte. Umgeben von Dampf und zischenden Geräuschen erschien sie mir plötzlich wie eine Hexe, eine Alchemistin, die in ihrer Küche durch emsiges Rühren und Mischen von Zutaten nach dem Geheimnis suchte, den Alltag wieder hervorzuzaubern. Jemand, der allen Einsatz aufbrachte, das Vergessen, das eine verführerische Alternative bot, mit den Mitteln des Gewöhnlichen herbeizuführen, um sich aus dem Morast von Trauer und Verzweiflung zu ziehen.

Das Bild löste sich auf, als Mutter sich umdrehte und mit den dampfenden Pfannen an den Tisch kam. Ohne erkennbare Regung setzte sie sich auf Karolus' bisherigen Platz, legte ein Stück Leberkäse auf meinen Teller und häufte Bratkartoffeln daneben.

„Mehr?"

Ich verneinte, griff die Gabel und verteilte den dampfenden Berg Kartoffeln. Mutter bediente sich ebenfalls, dann saßen wir schweigend einander gegenüber, die Blicke auf unsere Teller geheftet, und aßen. Rasch war mit der Hitze auch das brutzelnde Geräusch in den Pfannen abgeklungen und es war nur noch das Klappern des Essbestecks zu hören.

„Schmeckt es?"

„Prima."

Der zaghafte und aufgrund seiner Banalität zum Scheitern verurteilte Versuch einer Unterhaltung. Wir trieben weiter in unbarmherziger Wortlosigkeit. Unser Schweigen durchzog die Szene mit einer intensiver werdenden Spannung, die den neuerlichen Anfang eines Gesprächs unmöglich machte. Mutter holte wortlos Gläser und Saft an den Tisch, stellte die nunmehr leeren Pfannen in die Spüle und ließ Wasser hineinlaufen. Aus der grünen Flasche spritzte sie Spülmittel dazu, bevor sie sich wieder setzte.

Als Mutter fertig gegessen hatte, begann sie mit dem Abwasch der Pfannen. Gummihandschuhe, die beim Anziehen schnalzten. Wasser, das in die beiden Spülbecken lief. Stumme Alltäglichkeit beim Hantieren mit Geschirr. Hatte ich vorher zögerlich gegessen, um nicht vor ihr fertig zu werden und damit die Situation aus ihrer Lähmung befreien zu müssen, spießte ich jetzt das letzte Stück Leberkäse auf die Gabel, schob es hastig in den Mund und stopfte die wenigen Bratkartoffeln nach. Auf dem Teller nur noch das dicke, gelblich glänzende Fett. Ich trank mein Glas in einem Zug aus und räumte Teller, Besteck und Gläser in den Geschirrspüler.

„War echt lecker. Danke."

Dann hastete ich aus der Küche.

Nachdem ich die Tür hinter mir geschlossen hatte, lehnte ich mich gegen die kalkige Wand und atmete mehrere Male tief durch. Eine Frage wälzte sich drängend wie eine Sturmflut durch meinen Kopf: Wie würde es in den nächsten Stunden, Tagen und Wochen weitergehen? War es möglich, sich an das Leiden zu gewöhnen, ohne den Verstand zu verlieren?

Einsamkeit legte sich tonnenschwer auf mich. Niemand, mit dem ich hätte reden können oder wollen. Nur Antonia fiel mir ein. Aber Antonia war weg, lebte wieder in ihrer Welt, war vermutlich in diese bereits zurückgekehrt, als sie wegfuhr und ihre vom Regen feuchte Hand ins Innere des Wagens gezogen hatte. Vermutlich waren meine Familie und ich für sie nichts weiter als „ein Fall“, nicht einmal ein herausragend tragischer. Jedenfalls etwas, das man nicht zu nah an sich heranlassen durfte, etwas, das Professionalität verlangte.

Vater kam mir in den Sinn und bei dem Gedanken an ihn erschütterte mich eine tiefe Sehnsucht. Für einen Moment glaubte ich Musik aus dem Wohnzimmer zu hören, Musik, die er mit unglaublicher Leidenschaft genossen hatte, von der Macht der Töne zu berauschter Begeisterung getrieben. Er hatte die Augenblicke zelebriert, in denen er sich zurückzog, um Musik zu hören. Bereits das Auswählen der Schallplatte konnte ihn in eine Art Entrücktheit versetzen, die ich zwar fasziniert beobachtete, aber nie nachvollziehen konnte. Die Unentschlossenheit ein Musikstück zu wählen, die in seiner Begeisterung für eine Vielzahl von Werken begründet war, ließ in mir stets Unverständnis für die Verzögerung aufkommen.

„Papa, nimm doch irgendeine von denen, die du bereits herausgelegt hast! Sind ja schon fünf.“

„Irgendeine?“

Kopfschüttelnd blickte er mich an und zog trotzig eine sechste und siebte Schallplatte aus dem Regal, wobei er jedes

Mal begeistert über die Hülle strich und seine Vorentscheidung mit einem Kommentar versah, etwa „die habe ich schon ewig nicht mehr gehört“ oder „das Beste, das je komponiert wurde“. Als Ergebnis des Rituals zur Auswahl des Stücks, das mit dem sorgfältigen Reinigen der Platte sein Ende fand, rotierte häufig Tschaikowskys Konzert für Violine und Orchester auf dem Plattenteller. Mit dem Senken des Tonarms und dem einsetzenden Knistern aus den Lautsprechern machte es sich Vater auf der Couch gemütlich und zog damit einen Schlussstrich unter das geschäftige Treiben zuvor.

Vaters Begeisterung für Tschaikowskys Violinkonzert war auf mich übergesprungen und nicht selten hatte ich mich zu ihm gekuschelt, um mit ihm die Musik zu genießen. Dann hielt er mich, bis der letzte Satz verklungen war und er sich widerwillig aus dem Zustand der Selbstvergessenheit löste.

Einzelne Sequenzen des Konzerts gelangten aus der Erinnerung in meine Gegenwart und setzten sich fest. Ich verspürte den Drang, dieses Musikstück sofort zu hören, und ging ins Wohnzimmer, wo noch immer Vaters Stereoanlage stand. Auch seine Plattensammlung, nach Komponisten und Interpreten sortiert, war in den letzten Jahren unberührt geblieben, die alte Ordnung unverändert. Vater hatte die Unterteilung in Unterhaltungs- und ernste Musik ignoriert und die verschiedenfarbigen Hüllen schienen die Unterschiedlichkeit seiner Sammlung repräsentieren zu wollen. Ich fand die gesuchte Platte und strich, bewusst Vater nachahmend, über die Hülle. Ich holte die schwarze Vinylscheibe heraus, reinigte sie und legte sie auf den Plattenteller. Vorsichtig setzte ich die Nadel auf und vernahm das vertraute Knistern. Auf Vaters Platz sitzend schloss ich die Augen und sog die Musik in mich.

Als der letzte Ton verklungen war, stand ich auf, um das Stück noch einmal zu hören. Ich wollte nicht, dass diese Verbindung zu meinem Vater endete. Wenn die Violine im ersten Satz nach den schmerzhaft sehnsüchtigen Passagen taumelnd dahinhetzte, dann empfand ich diese Takte wie einen Spiegel meiner Verzweiflung und meiner torkelnden Suche nach einem Ausweg. Die anschließende Erlösung durch die Erhabenheit des Höhepunkts, der von Mal zu Mal wuchtiger, glanzvoller wurde, barg für mich etwas unsagbar Beruhigendes, spendete mir auf seltsame Art Hoffnung. Gebannt hörte ich zu.

Irgendwann spürte ich Mutters Blicke auf mir. Ich musste mich nicht umdrehen, um mir Gewissheit zu verschaffen, ich wusste um ihre Anwesenheit. Und ich glaubte ihre Gedanken erraten, ihre Unruhe spüren zu können, weil ihr der einzige Mensch, der von ihrer Familie geblieben war, entglitt. Sie verließ den Raum wieder und ich blieb alleine mit der Musik zurück.

Nachdem das Stück abermals verklungen war, stand ich auf, um es ein letztes Mal zu hören, legte mich dann auf die Couch, deckte mich zu und schlief während des dritten Satzes ein.

Als ich erwachte, wirkte das Knacken der Nadel, die immer wieder in die letzte Windung der rotierenden Platte sprang, wie ein Nachhall meines musikalischen Rausches. Die Decke zur Seite werfend stand ich auf, schob den Tonarm auf die Gabel und gab dem nächtlich daliegenden Raum seine Stille zurück. Nichts außer dem Ticken der kleinen Uhr, die auf dem Regal stand. Es war halb drei.

Ohne Licht zu machen, schlich ich in mein Zimmer, zog mich aus und legte mich ins Bett. Wieder die Musik. Ich schloss die Augen und versuchte Passagen des Konzerts zu einem kontinuierlichen Strang, zu einem Ganzen zu verbinden. Bei diesem Spiel mit der Musik verlor ich mich in der

Zeit. Der Schlaf kam und ging, nur die Musik blieb, untermalte meine Traumwelt, und als ich in der Morgendämmerung wach lag, hatte sie mich noch immer nicht verlassen. Erst als ich endgültig in tiefen Schlaf fiel, wichen die Klänge.

Als ich schweißgebadet aus dem Schlaf schreckte, stand die Sonne hoch am Himmel. Zum Horror des Traums, von dem ich gehofft hatte, ihn ausgeträumt zu haben, gesellte sich die Pein des jäh wiedererwachenden Bewusstseins meiner Einsamkeit. Der Trost, den mir früher Karolus nach Nächten wie diesen gespendet hatte, würde mir heute versagt bleiben.

Der Trost nach dem Albtraum vom Tod meines Vaters.

10.

Zum ersten Mal in meinem Leben hatte ich selbstständig einen Wagen gestartet. Ich hatte beim Drehen des Zündschlüssels den Widerstand gefühlt, hatte gespürt, wie der Starter den alten Motor drängte seine Schwerfälligkeit zu überwinden. Erste ruckartige Bewegungen, die in gleichmäßiges Rotieren übergingen. Der Motor lief.

Ungläubig, mit einem kurzen Blick auf Vater, ließ ich den Zündschlüssel los und legte auch die zweite Hand aufs Lenkrad. Den Blick nach vorn gerichtet, konzentrierte ich mich nun einzig auf meine Beine und die Abfolge der Bewegungen, die er mich gelehrt hatte. Den linken Fuß gegen das Kupplungspedal gestemmt, löste ich den rechten von der Bremse, legte ihn aufs Gaspedal und drückte nach unten. Der Motor heulte auf. Schuldbewusst blickte ich zu Vater, aber der lächelte aufmunternd. Ich nahm Gas weg und versuchte noch einmal den Motor auf Touren zu bringen, dieses Mal, ohne ihn zu überdrehen. Als ich mit dem Ergebnis zufrieden war, nahm ich siegessicher langsam Druck vom Kupplungspedal.

Der Schreck, den mir der Wagen einjagte, als er um einige Zentimeter nach vorn sprang, sowie das schlagartige Absterben des Motors, verkehrten meinen erwarteten Erfolg ins Gegenteil. Verdutzt und mit anschwellendem Ärger beobachtete ich Vater, der sich jetzt vor Lachen bog. Jedes Mal, wenn er sich etwas beruhigt hatte und mich wieder ansah, prustete er von Neuem los.

„Tut mir leid …“, presste er hervor, „… aber du solltest dein Gesicht sehen.“

Ich warf ihm noch einen vorwurfsvollen Blick zu, dann drehte ich erneut den Zündschlüssel. Das bockige Rucken des Wagens gab mir sofort das Gefühl, dass wieder etwas nicht stimmte. Zu meinem Ärgernis lachte Vater nun noch mehr, wobei er „Kupplung. Tritt die Kupplung!“ prustete.

Vaters Plan, mir das Autofahren beizubringen, der heute Morgen mit einem „wir düsen mal schnell zum Baumarkt“ vor Mutter geheim gehalten worden war, entwickelte sich trotz meiner anfänglichen Begeisterung soeben zum Debakel. Nachdem ich ihm wochenlang in den Ohren gelegen war, er solle mich doch einmal fahren lassen, sollte ich nun eingestehen, ich hätte mich überschätzt?

Noch einmal konzentrierte ich mich auf die einzelnen Schritte, die er mir eingebläut hatte, und versuchte, sein Kichern auszublenden, als ich den Motor erneut startete. Während ich langsam die Kupplung losließ, versuchte ich entsprechend Gas zu geben. Und tatsächlich, nach einer Ewigkeit setzte sich der Wagen endlich in Bewegung. Ich fuhr!

Vater stieß einen Jubelschrei aus und boxte mir auf den Oberarm. Obwohl ich unendlich stolz war, versuchte ich, mich nicht aus der Ruhe bringen zu lassen, und erhöhte die Geschwindigkeit, bis ich den Fuß auf der Kupplung entspannen konnte und mit dem ersten Gang tuckernd die Schotterstraße entlangfuhr.

„Mehr Gas!"

Der Motor heulte auf, als ich das Pedal durchdrückte. Ruckartig nahm der bis dahin schleichende Wagen Fahrt auf. Vor Schreck rutschte mir der Fuß vom Gashebel. Nach einem weiteren Ruck blieben wir wieder stehen und der Motor starb ab. Vater lachte nun aus vollem Hals, aber diesmal schloss ich mich ihm an. Wir, Vater und Sohn, standen mit unserem Wagen irgendwo zwischen Feldern und Wiesen und schüttelten uns vor Lachen.

Der Fahrtwind pfiff mir um die Ohren, presste mir die Sonnenbrille auf die Nase und zwang mich, meine Kappe tief in die Stirn zu ziehen. Ich hatte auf der Rücksitzbank Platz genommen, dem wahren Thron in einem offenen Wagen, und genoss die atemberaubende Fahrt. Wir fegten über die schmalen Schotterstraßen, die mal parallel zur Autobahn, mal die Felder einrahmend verliefen. Hinter uns eine Staubwolke, die unsere Bahn markierte. In jeder Kurve drohte der Wagen auszubrechen, aber Vater fing ihn immer wieder. Steine stoben davon, knallten gegen die Unterseite des Autos. Dann wieder Vollgas, kuppeln, schalten. Wieder Vollgas. Hart bremsen. Rutschen. Bremse loslassen und das Lenkrad einschlagen. Vater war dem Fieber eines Rallye-Piloten verfallen. Wieder rutschte der Wagen in einer Kurve ab, kam ein wenig von der Fahrbahn, sodass die Hinterräder gegen den Wiesenrain stießen. Ein Schlag gegen den Wagen. Vater drehte sich kurz nach mir um, grinste und gab erneut Vollgas.

Irgendwann griff sich der Wind doch meine Kappe und sie verschwand hinter uns in der Staubwolke. Vater sprang auf die Bremse, brüllte „Siehst du!" über die Schultern, um das Autoradio zu übertönen, und setzte den Wagen zurück. Der

Staub stieg jetzt vor uns auf. Absichtlich bremste Vater etwas zu spät. Neugierig streckten wir uns aus den Sitzen und erspähten gleichzeitig die Kappe, die mit einer Staubschicht überzogen vor der Motorhaube lag.

„Na prima, danke Papa!"

Keine Ahnung, ob er mich verstanden hatte. AC/DC hämmerten vermutlich zu laut.

„You shook me all night long."

Ich sprang aus dem Wagen, hob die Kappe auf und streckte sie ihm vorwurfsvoll entgegen. Vater zuckte mit den Schultern und gab mir mit unschuldig hochgestreckten Händen zu verstehen: „Hättest du eben besser aufgepasst."

Mit vorgetäuschtem Missmut schlug ich sie auf meinem Oberschenkel ab, um ihr wieder das ursprüngliche Blau zurückzugeben.

„Komm, steig jetzt wieder vorne ein!"

Ich setzte mich neben ihn und knallte demonstrativ die Tür zu. Er sah mich belustigt an und gab gleichzeitig, ohne den Blick von mir auf die Straße zu wenden, ordentlich Gas. Einen Augenblick drehten die Räder durch, Schotter schoss davon, im Rückspiegel eine dicke Staubwolke. Blondie fetzte uns mit voller Wucht ihr *„Call me"* um die Ohren.

„Cover me with kisses, Baby! Cover me with love!"

Vaters mangelndes Gesangstalent wurde durch die Begeisterung, mit der er sang, nur unzureichend wettgemacht. Dennoch war es auf berührende Art eine Freude, ihm zuzuhören, wie er sich abmühte, um sich gegen Fahrtwind und Autoradio akustisch zu behaupten.

Als wir auf die Autobahn bogen, kippte die Chancengleichheit zu Vaters Ungunsten, da jetzt das Autoradio mit voller Lautstärke röhrte, um hörbar zu bleiben. Vater erkannte die Sinnlosigkeit dieses Wettstreits und begnügte sich damit, den Rhythmus auf dem Lenkrad mitzutrommeln. Ich legte zufrieden meinen Kopf zurück und verschränkte meine Hände im Nacken.

Ich genoss das Gefühl der Geschwindigkeit, den Fahrtwind auf der von der Sonne geröteten Haut, das Flattern der Kleidung. Ich spürte das gleichmäßige Arbeiten des Motors, die leichten Schläge, wenn der Wagen über Asphaltfugen preschte, und das Vibrieren der Bässe aus den Lautsprechern. Ich streckte meine flache Hand in den Fahrtwind, stemmte sie gegen den Widerstand, legte sie parallel zur Straße, ließ sie mit dem Druck auf- und abpendeln.

Ich dachte mich auf eine Autobahnbrücke, glaubte Vater und mich unter mir durchbrausen zu sehen, stellte mir vor, wie ich einen Blick auf mein zufriedenes Gesicht erhaschen, einen Fetzen der Musik vorbeifliegen hören würde. Die Illusion gefiel mir und mein Tagtraum ließ mich mit dem passierenden Auto in die Luft steigen. Ich begleitete fliegend diesen dreizehnjährigen Jungen, der neben seinem Vater saß und nichts tat, außer den Augenblick zu genießen.

„*Born to be wi-i-i-ld!*“

Steppenwolf fegte vibrierend aus dem Radio, passte perfekt zu meinem unbändigen Freiheitsgefühl und dem Stolz darüber, am Ende doch noch richtig gefahren zu sein. Anfahren, in den zweiten und dritten Gang schalten, den Wagen auf der Straße halten, stehen bleiben, den Motor ausmachen. Wenn das Mutter wüsste! Und dann hatte ich Vater noch zu einer Spritztour über die Autobahn überreden können.

Während wir weiter dahinbrausten, plärrte uns ABBA entgegen.

„*The winner takes it all, the loser standing small.*“

Keine Ahnung, was mich hochschrecken ließ. Das Ausbrechen des Wagens? Das Quietschen der blockierenden Reifen? Vaters Schrei?

Ich riss die Augen auf und erkannte, dass wir mit kaum reduzierter Geschwindigkeit auf das Heck eines stehenden Wagens zurasten. Sekundenbruchteile, in denen sich belanglose Details ins Gedächtnis brannten: das Funkeln des Asphalts, das silbrige Glänzen der Stoßstange, die das Sonnenlicht reflektierte, das Blinken der Warnleuchten. Ich stemmte meine Beine gegen den Boden, umklammerte mit der rechten Hand den Griff an der Tür, die Linke streckte ich von mir, im verzweifelten Versuch, die Gefahr von mir fernzuhalten.

Vater hatte das Lenkrad herumgerissen, um rechts an dem stehenden Auto vorbeizusteuern. Dabei geriet der Wagen seitlich ins Rutschen, fing sich aber wieder und schob knapp am Heck vorbei. Im Bruchteil einer Sekunde panische Erleichterung. Dann der Lastwagen auf der rechten Spur vor uns. Vaters Bemühen, das Unausweichliche zu verhindern. Der ohrenbetäubende Knall des Aufpralls.

Die Windschutzscheibe zersprang und wurde ins Wageninnere gedrückt, Stahl wurde gequetscht und verbogen. Scheinwerferglas zerbarst und die Reifen beendeten ihr Quietschen, als das Auto unter dem Lastwagen eingekeilt zum Stillstand kam. Ich wurde zur Seite geschleudert. Der Gurt fing mich, aber mein Kopf knallte irgendwo dagegen.

Plötzlich Ruhe nach dem Zusammenstoß. Der Motor lief nicht mehr. Das Radio war verstummt. Nur Dampf stieg zischend aus der Motorhaube. Druck gegen meine Schulter. Irgendeine Flüssigkeit, die auf meinen linken Arm tropfte. Wie gelähmt saß ich da, unfähig zu schreien oder zu wimmern, den Kopf zu wenden oder die Hand zu heben. Ich hielt meine Augen offen und konnte dennoch nichts sehen.

Verkeilt in der Zeit glaubte ich, die Welt stünde still.

Durch das leiser werdende Zischen hörte ich, wie sich Schritte näherten. Ich empfand nichts. Reagierte nicht. Gedämpfte Stimmen, als hätte ich Wasser in den Ohren.

„Meine Güte!"
„So eine Scheiße!"
„Ruft mal einer den Krankenwagen!"
„Junge, bist du in Ordnung?"
Jemand versuchte die Beifahrertür zu öffnen, zerrte daran herum, bis sie nachgab. Meine Hand, die den Griff noch umklammerte, wurde mitgerissen, fiel kraftlos nach unten und schlug an den Türrahmen. Jemand beugte sich über mich, nestelte am Sicherheitsgurt. Der Verschluss, der mit dem vertrauten Knacken aufsprang, so, als hätte ich mich gerade in unserer Garage abgeschnallt, um zu Karolus zu stürmen und ihm von meinen Fahrkünsten zu berichten.
Sie zogen mich aus dem Sitz und sofort ließ der Druck auf meiner Schulter nach. Sie versuchten vorsichtig zu sein, mich behutsam aus dem Wagen zu heben. Sie griffen mir unter die Achseln, schnappten meine Beine und trugen mich vom Auto weg. Ich ließ es geschehen.
„Bist du verletzt? Hast du Schmerzen?"
„Sag was, Junge!"
„Wie er blutet! Das Gesicht! Der Arm!"
Das warme Gras, auf das sie mich legten, fühlte sich gut an. Jemand tastete an meinen Hals, prüfte den Puls. Dann eine Hand, die mir die Haare, die auf meiner Stirn klebten, aus dem Gesicht strich.
„Der arme Junge!"
„Scheiße! Hast du den Fahrer gesehen?"
„Wo bleibt denn die Rettung? Verdammt noch mal!"
Obwohl mir die Sonne ins Gesicht schien und mich der Boden von unten wärmte, fror ich.
Nach einiger Zeit mischte sich zwischen das Stimmengewirr, erst leise, dann unüberhörbar, das erste Folgetonhorn. Kurz darauf waren weitere Einsatzfahrzeuge zu vernehmen, die sich dem Unfallort näherten. Kreischend laute Sirenen,

die plötzlich in einem erbärmlichen Würgen erstarben. Autotüren wurden aufgerissen. Lederabsätze. Feuerwehrleute liefen in Stiefeln über den Asphalt. Befehle wurden gebrüllt. Das Knacken von Funkgeräten. Schwere Werkzeuge, die abgelegt wurden. Ketten. Und dazu das Gemurmel der Schaulustigen, die sich von der Authentizität der Tragödie überzeugen wollten.

Ein Arzt begann ruhig auf mich einzureden. Wieder antwortete ich nicht, blieb einfach liegen. Den Einstich der Spritze merkte ich kaum, die Injektion verursachte keinerlei Schmerzen. Ich wurde auf eine Bahre gehoben und zum Rettungswagen gebracht. Das Geräusch von Stahl, der auf Stahl rollte, als die Bahre ins Fahrzeug geschoben wurde. Die leichte Erschütterung, als Sanitäter und Arzt ins Wageninnere kletterten. Das Schlagen der Hecktüren, der Fahrertür. Motorgeräusch. Rufe von Personen. Dann mit Sirene die Fahrt über die Autobahn. Zurück in die Richtung, aus der Vater und ich vor wenigen Minuten oder bereits vor Stunden gekommen waren.

Vater?

Den Kopf zum Fenster gewandt, beobachtete ich den Dampf, der aus der Teetasse stieg. Sanfte Bahnen, die durch die Luft zogen, nach oben hin breiter und durchscheinender wurden, bis sich ihre Spur gänzlich verlor. Dahinter erstreckte sich der Garten des Krankenhauses, auf dessen penibel gepflegtem Rasen vereinzelte Bäume lange Schatten warfen. Patienten in Bademänteln schlenderten durch den Park oder saßen mit ihrer Begleitung auf einer der Bänke. Hände, die sich berührten, um unzureichenden Worten Kraft zu verleihen.

Den Tee hatte Schwester Irmgard vor wenigen Augenblicken gebracht. Seither verfing sich mein Blick immer wieder in den Figuren, die der Dampf in die Luft zeichnete. Als die Tür des Zimmers geöffnet wurde, dauerte es einen Moment, bis die Druckwelle den zarten Schleier erreichte und zerriss.

„Friedrich. Besuch für dich."

Der Zeitpunkt für Antworten, vor denen ich solche Angst hatte, war gekommen. Ich fürchtete das, was Mutter mir nun sagen würde, mehr als die brennende Ungewissheit.

Während der Fahrt ins Krankenhaus hatte die Spritze ihre Wirkung getan. Injizierte Gleichgültigkeit hatte mich niedergedrückt, wie die Gurte um Brust und Beine. Die Untersuchung in der Notaufnahme überstand ich wie unbeteiligt. Beim Nähen der Wunde über dem rechten Auge hatte ich keinerlei Schmerz gefühlt. Schrammen an Stirn und Wange waren mit Pflaster versorgt worden, Abschürfungen gereinigt. Nichts durchdrang die Taubheit meines Körpers. Ich gab mechanische Antworten auf belanglose Fragen. Und die einzig wesentliche Frage, die nach meinem Vater, brachte ich nicht über die Lippen. Diese würde jetzt Mutter beantworten.

Ich schwitzte. Den Kopf noch immer zum Fenster gedreht, starrte ich nach draußen und sah dennoch den Garten nicht. Von der Tür her, in meinem Rücken, Schwester Irmgards Stimme, diesmal nicht an mich, sondern in den Gang gerichtet.

„Herr Professor, Sie können reinkommen."

Bertram?

„Aber bitte wirklich nicht länger als fünf Minuten."

Meine Finger verkrampften sich im Überzug der Matratze, zogen das Leinen zusammen, das nach oben und unten verlaufende Falten warf. Aber die Bettdecke bauschte sich unverändert über mich und verbarg meine Panik unter strahlendem Weiß.

„Friedrich!"

Lässig, geräuschvoll ergriff er den Plastikstuhl, der in der Ecke stand, stellte ihn vor mir ab und setzte sich in mein Blickfeld.

„Onkel Bertram?“

„Ja, Friedrich, ich. Weißt du, deiner Mutter geht es nicht besonders gut. Das kannst du vielleicht verstehen. Doktor Schreiber war bei ihr und hat ihr etwas zur Beruhigung gegeben. Und da habe ich mich angeboten, bei dir vorbeizuschauen. Ich kann aber leider auch nicht lange bleiben. Du hast ja die Schwester gehört.“

Er hatte die Stimme beim letzten Satz gesenkt und mir zugezwinkert. Kein Wort über Vater. Er strahlte vor Gelassenheit, keine Spur von Schwere oder Trauer. Meine Hoffnung, die durch den Tonfall, durch seine Lockerheit Nahrung bekam.

Da ich nicht an ihm vorbeisehen konnte, blickte ich ihm direkt ins Gesicht, hielt Augenkontakt. Zum ersten Mal, seit ich ihn kannte, hatte ich den Eindruck, dass er durch mein Schweigen und meinen Blick in Verlegenheit geriet. Aber vielleicht war es nur Einbildung.

„Der Arzt, eine durchaus kompetente Person, hat mir berichtet, dass dir grundsätzlich nichts fehlt. Nur ein paar Schrammen und die Platzwunde. Leichte Gehirnerschütterung, aber ich sage dir: Das vergeht. Sie wollen dich noch bis morgen früh hierbehalten, aber dann kannst du, wenn du dich gut fühlst, nach Hause.“

In der Pause, die entstand, starrten wir einander an. Er begann auf dem Stuhl herumzurutschen, bis er endlich aufstand und an mein Bett trat. Er stützte sich mit beiden Händen auf die Matratze und blickte mir fest ins Gesicht. Seine Krawatte baumelte über der Decke. Der penetrante Geruch seines Aftershaves, der mich stets an diesen Augenblick erinnern würde. Mit einem Mal kehrte die Angst wieder. Der Schweiß meiner Hände tränkte das zwischen den Fingern zusammengeknüllte Laken.

„Das mit deinem Vater tut mir natürlich sehr leid. Tragische Geschichte ist das, ganz tragisch."

Er mimte den Verzweifelten, schüttelte den Kopf, als könnte er es selbst nicht fassen.

„Es ist wirklich bedauerlich. Deiner Mutter und euch Kindern gilt mein ganzes Mitgefühl." Er räusperte sich. „Ich habe deinen Vater immer sehr geschätzt. Es ist nur ein Segen, dass er auf der Stelle tot war."

Kameradschaftlich aufmunternd klopfte er dreimal auf die Decke, dort wo er meinen Oberarm vermutete, murmelte dabei „einfach unfassbar!", seufzte und richtete sich auf.

„Also, dann bis morgen. Deine Mutter wird sich freuen, wenn du wieder zu Hause bist. Gute Nacht."

Im gleichen Moment, als er sich zum Gehen wandte, wurde die Tür geöffnet und Schwester Irmgard ließ ein mahnendes „Herr Professor!" hören. Schmunzelnd hielt er schützend beide Hände vor seinen Körper.

„Aber bitte, Schwester, nicht so streng, ich wollte ohnehin gerade gehen. Also, Friedrich …"

„Und Karolus?"

Krächzend krochen die Worte über meine Lippen.

„Ach, Friedrich, mach dir um Karolus keine Sorgen. Der Junge wird sicherlich ein wenig Zeit brauchen, aber gemeinsam werden wir das schaffen."

Selbstbewusst knallten seine Absätze auf dem Boden mit Kunststofffliesen, als er zur Tür rauschte.

„Jetzt aber Schluss. Gute Nacht und bis morgen."

Mir war nicht bewusst, wie lange ich unbeweglich und mit verkrampften Fingern dagelegen hatte, wann der Fluss meiner Tränen begonnen und wann er wieder aufgehört hatte.

Nachdem der Park von der untergehenden Sonne in orangefarbenes Licht getaucht worden war, senkte sich die Nacht über Bäume und Wiesen und legte sich zu mir ins Zimmer. Schwester Irmgard schaute herein, aber mit der geflüsterten Vermutung, ich würde bereits schlafen, schloss sie die Tür wieder.

Drei Wochen nach dem Begräbnis hatte der Albtraum von Vaters Tod zum ersten Mal mit seiner blutigen Hand meinen Schlaf verjagt und mich keuchend und zitternd in die Ecke meines Bettes getrieben. Grausige Bilder trieben an die Oberfläche. Unscharfe Reflexionen aus dem Unterbewusstsein verschmolzen mit tatsächlichen Beobachtungen und Vorstellungen, wie es gewesen sein musste. Eine schmerzhaft übersteigerte, ins Unerträgliche geschärfte Wahrnehmung des Erlebten. Ich verfolgte, wie der Wagen auf der Überholspur in die Kurve brauste und Vater das Ende des Staus zu spät bemerkte. Ich sah das Entsetzen in seinen Augen, hörte den Schrei, den die Todesangst aus seiner Kehle trieb. Die Adern an seinen Schläfen schwollen an, während er reflexartig versuchte, den Wagen aus der Gefahrenzone zu steuern.

Mit panischer Ohnmacht verfolgte ich das Schlingern des Fahrzeugs, erkannte den Lastwagen, der mit tödlich ausgebreiteten Armen zu warten schien. Die Szene dehnte sich unnatürlich in die Länge, steigerte erbarmungslos das Leiden, bis ich gierig angstvoll nach dem Aufprall wie nach Erlösung lechzte, in der Hoffnung dann dem Horror entfliehen zu können.

Statt des Zusammenstoßes fühlte ich jedoch plötzlich eine Flüssigkeit auf meinen Arm tropfen. Ohne Mühe drehte ich den Kopf, blickte nach links und erkannte Vater, der leblos im Gurt des Fahrersitzes hing. Aus seinem eingedrückten Schädel wurde Blut gepumpt, das meinen Arm besudelte.

Bei diesem Anblick erwachte ich.

Schweißüberströmt kauerte ich auf dem Bett. Im Kopf die Flut von Fotos, die ich später vom Unfall gesehen hatte, deren Details sich so ungeordnet wie ungehemmt in meine Gedanken wuchteten. Flecken geronnenen Bluts auf der Nackenstütze und den Sitzen. Die unendliche Zahl kleiner Sprünge in der Windschutzscheibe. Der Airbag, der schlapp, mit dunklen Spritzern übersät nach unten hing. Zerschrammtes und verbogenes Metall, an dem der Lack abgeplatzt war. Die Schnitte des Bolzenschneiders im Blech der Tür, mit dessen Hilfe die Feuerwehrleute Vater geborgen hatten.

Vor den Bildern flüchtend stieg ich aus dem Bett und lauschte in die Dunkelheit. Ob ich beim Aufwachen geschrien hatte? Kein Laut war zu hören. Anscheinend hatte ich niemanden geweckt, auch nicht Bertram, der „zu Mutters Bestem“ vor kurzem begonnen hatte, in unserem Gästezimmer zu übernachten.

Ich holte meine Decke, schlich in Karolus' Zimmer und legte mich leise auf den Teppich vor seinem Bett. Dankbar und mit aufkeimender Ruhe hörte ich sein gleichmäßiges Atmen, bis irgendwann der Schlaf wiederkam, der für den Rest der Nacht traumlos blieb.

Die Verwunderung meines Bruders über meine Anwesenheit auf dem Teppich legte sich mit meinen Erklärungen und den folgenden Nächten, in denen ich immer wieder in sein Zimmer schlich. Die gleichbleibende Heimsuchung durch den Albtraum. Karolus' anfängliches Mitleid stumpfte mit der Gewohnheit ab, bis er den Anlass meiner Gegenwart gänzlich verdrängt hatte. Er begann, mich durch einen Schlag mit dem Kissen zu wecken, das zielsicher auf meinem Kopf landete, woraus jedes Mal eine Balgerei entstand, die halb im Spaß und halb im Ärger über die unsanfte Weckmethode geführt wurde.

Mit der Zeit nahm die Häufigkeit des Albtraumes ab, bis er mich nur noch sporadisch aus dem Schlaf riss und etwa ein Jahr nach Vaters Tod völlig aufgehört hatte. War dies das Ergebnis erfolgreicher Bewältigung oder erfolgreicher Verdrängung? Damit nahmen aber auch meine nächtlichen Wanderungen ab. Um meinem Bruder einen Gefallen zu tun, der das gemeinsame Erwachen zu vermissen schien, hatte ich damit begonnen, schon abends in sein Zimmer zu kommen. Flüsternd lagen wir dann nebeneinander, sahen den Schatten zu, die von vorbeifahrenden Autos durchs Fenster an die Wand geworfen wurden oder lauschten dem Wind und dem Regen. Beide zufrieden über die Verlängerung der gemeinsamen Stunden.

11.

Der Traum von Vaters Tod war zurückgekehrt.

Noch zitternd und atemlos stand ich in Karolus' Zimmer und versuchte die Bilder der Vergangenheit zu verjagen. Wie ein waidwundes Tier, das sich in sein vertrautes Versteck zurückzieht, hatte ich gehofft, hier Ruhe zu finden. Langsam ging ich in die Knie, sank auf den Teppich, der von der Sonne überflutet dalag. Ich zeichnete mit den Fingern Bahnen in die kratzigen Fasern, die ich mit der flachen Hand wieder verwischte.

Nur wich die Angst diesmal nicht. Es fehlte das gleichmäßige Atmen meines Bruders, das leise Geräusch der Bettdecke, wenn er sich im Schlaf bewegte, seine vertraute Anwesenheit, sein Geruch. Es fehlte Karolus.

Mir wurde bewusst, dass ich hier, auf diesem Teppich liegend, keine Linderung meines Zustandes erfahren würde. Aber wo und auf welche Weise würde ich nun meinen Albträumen entfliehen können?

Gedankenverloren blickte ich hoch. Die Nacht hatte den Regen verjagt. Ich sah durchs Fenster auf den Baum im Garten und je länger ich nach draußen blickte, umso mehr wurde meine Aufmerksamkeit auf die gleichbleibende Unruhe gelenkt. Fast meinte ich den Lufthauch zu spüren, der durchs Geäst fuhr und sanft die Blätter hin und her bewegte.

Ich richtete mich auf und trat ans Fenster, um es zu öffnen. Ich hatte das Verlangen, das Rauschen der Blätter zu hören, den Wind zu fühlen und die Morgenluft zu riechen.

Durch die Geranien blickte ich auf die Terrasse, die sich wie eine Zunge aus dem Haus streckte. Mutter saß mit Bertram beim Frühstück. Er löffelte wie jeden Morgen – „ein kleines Laster muss man ja haben!“ – ein Ei. Sie tauchte ihr mit Butter bestrichenes Croissant in den Kaffee, beugte sich näher zu dem aufgeweichten, tropfenden Gebäck und biss ein Stück ab. Blätterteigbrösel rieselten in die Tasse.

Ich zog meine Hand zurück. Das Fenster ließ ich geschlossen.

„Ich habe die beiden heute belauscht!“

Es war nicht notwendig Karolus zu fragen, wen er meinte. Bertram hatte in den vergangenen Wochen wie Schimmelpilz unser Leben befallen.

„Und?“

Desinteressiert hatte ich mir die Frage abgerungen. Ich versuchte Bertram zu ignorieren, so gut es eben ging. Umso ärgerlicher stellte ich jetzt das nervöse Wippen meines Beins fest, Ausdruck meiner Unruhe, die mich bei Bertrams Gegenwart oder dem Gedanken an ihn erfasste.

„Sie sind unten auf der Terrasse gesessen, beim Kaffee, und dachten wohl, ich wäre mit dir unterwegs. Von meinem Zimmer aus habe ich sie belauscht. Sie haben über Papa geredet.“

In der entstandenen Pause schien es mit einem Mal totenstill, aber langsam kamen die Geräusche zurück. Das Brummen vorbeifahrender Autos. Irgendwo hackte jemand Holz.

„Und?"

Ich sah Karolus an und stoppte das Zappeln meines Beins. Er saß mir gegenüber. Durch das Dachbodenfenster kam das dämmrige Licht der untergehenden Sonne. Karolus legte den Kopf zurück und starrte nach draußen.

„Mama hat gemeint, sie und Papa wären wohl lediglich füreinander bestimmt gewesen, um dich und mich in die Welt zu setzen. Das wäre es aber dann auch schon gewesen. Sie hat gemeint, dass ihre Liebe zu Papa bald nach meiner Geburt verkümmert und erloschen sei. ‚Verkümmert und erloschen', so hat sie gesagt."

Mir fiel ein, meine Eltern nie gesehen zu haben, wie sie einander berührten. Im Gegenteil, die Vorstellung, dass Vater Mutter sanft durchs Haar streicht, kam mir ebenso absurd vor wie der Gedanke, Mutter würde zärtlich Vaters Arm berühren. Ich erinnerte mich auch an keinen noch so flüchtigen Kuss der beiden. Instinktiv war ich wohl davon ausgegangen, sie wollten uns ihre gegenseitige Zuneigung nicht zeigen. Und mit einem Mal wurde mir bewusst, dass es diese Zuneigung nicht gegeben hatte. Von Liebe ganz zu schweigen. „Verkümmert und erloschen". Diese Erkenntnis erschien mir wie die Offenbarung einer Lebenslüge. Eine Lüge, die mir meine Eltern bis zu Vaters Tod aufgetischt hatten.

Wieder begann ich mit den Füßen zu wippen.

„Sie hätten nur noch nebeneinanderher gelebt. Ohne Empfindungen. Eher mit wachsender Abneigung. Sie hat dann noch gesagt, das wäre wohl natürlich, wenn zwei so verschiene Menschen durch ihre Kinder aneinandergekettet seien."

Karolus stockte.

„Nicht dass sie uns nicht lieben würde, das hat sie betont, aber es wäre ihr einfach immer unerträglicher geworden, mit jemandem zusammenzuleben, von dem sie mehr und mehr begriff, dass er ein Versager war. Und Mama hat Bertram gefragt, ob er das verstehen könne, aber der hat nur gebrummt."

Karolus hatte bisher leise gesprochen. Als er fortfuhr, war jedoch nicht mehr als ein Flüstern zu vernehmen.

„Mama hat erzählt, früher wäre Papa anders gewesen. Bertram hat sie verbessert und gesagt, dass Papa schon immer so gewesen wäre. Er, also Bertram, hätte das von Anfang an gewusst und auch nie verstehen können, was Mama an ihm hatte finden können. Jedenfalls hatte sich seiner Ansicht nach nicht Papa verändert, sondern nur die Art, wie Mama ihn gesehen hat, nachdem die törichte Liebelei verflogen war und nichts übrig gelassen hatte. Mama hat darauf nur erwidert, Bertram habe vermutlich Recht."

Vater ein Versager?

Die Frage war damals, nach Karolus' Erzählung, unbeantwortet geblieben und ich versuchte sie auch jetzt zu ignorieren. Ich wandte meinen Blick von Mutter und Bertram ab, die nach wie vor beim Frühstück saßen, und wollte das Zimmer verlassen, als mir das kleine gerahmte Bild auffiel, das über Karolus' Schreibtisch hing. Die Fotografie war vor fast fünf Jahren entstanden und zeigte Großvater, Vater, Karolus und mich vor unserem Laden. Drei Generationen Aufsess. Stolz hatten wir uns unterhalb des schon etwas farblosen Firmenschildes platziert. Vater stand hinter Großvater, der im Rollstuhl saß, flankiert von Karolus und mir. Wir Kinder strahlten um die Wette, Vater hatte sein Fotolächeln aufgesetzt und selbst Großvater wirkte beinahe glücklich. Wir Kinder hatten nichts vom Niedergang geahnt, der sich hinter den

Kulissen abzeichnete und meine Familie in weniger als einem Jahr erreichen sollte. Vater ließ sich nichts anmerken, Mutter hatte entweder nichts gewusst oder uns nichts erzählt und Großvater lebte nach seinem Schlaganfall nur noch in seiner von Todesangst und der Sehnsucht nach dem Ende widersprüchlich durchwirkten Scheinwelt. Im Gegensatz zu mir war für Karolus das Foto frei von Widersprüchen. Er hatte es sehr gemocht und so hing es immer noch dort, wo Vater es damals in dem blassen Holzrahmen aufgehängt hatte.

Kurz überlegte ich, ob ich das Bild an mich nehmen sollte, aber ich entschied mich dagegen.

Nachdenklich verließ ich Karolus' Zimmer. Der Albtraum war verflogen, weggetragen von Erinnerungen.

Auf der Terrasse presste ich ein „Guten Morgen!“ heraus, das mit der gleichen gespielten Fröhlichkeit erwidert wurde. Bertram warf einen Blick auf seine Uhr, ließ einen Laut der Überraschung hören.

„Jetzt muss ich aber wirklich!“

Er nahm die Serviette vom Schoß, legte sie auf seinen Teller und ging. Ich setzte mich neben Mutter und schmierte mir ein Brot mit Marmelade.

„Wie hast du geschlafen?“

„Es geht.“ Ich hatte keine Lust zu reden.

Nachdem ich das erste Brot gegessen hatte und mich an das zweite machte, trank Mutter ihren letzten Schluck Kaffee und stand auf. Sie begann den Tisch abzuräumen, vielleicht, weil sie des Schweigens überdrüssig war. Sie stapelte alles aufeinander, fragte mich, ob ich noch etwas bräuchte, was ich murmelnd verneinte, und verschwand mit dem vollen Tablett im Haus. Gleich darauf kam sie wieder, wischte mit einem nassen Lappen über den Tisch und ließ mich dann alleine auf der Terrasse zurück.

Ich betrachtete die Oberfläche des Tisches, die aufgrund des Feuchtigkeitsfilms das Sonnenlicht reflektierte. Der Wind, der nach wie vor sanft durch den Garten zog, trocknete die Platte. Konturen traten hervor, die Mutters Wischbewegungen wiedergaben, und lösten sich nach und nach wieder auf.

Würde sich mein Leiden ähnlich der Feuchtigkeit auf dem Tisch verflüchtigen, bis nichts mehr davon übrig blieb? Ich spann den Gedanken weiter. Würde ich, wie die Tischoberfläche, die von Brotkrümeln und Tassenrändern gesäubert worden war, „reiner" erscheinen, wenn dies alles vorbei wäre?

Die Zeit quälte sich durch den Tag, dehnte sich ins Unerträgliche. Dennoch, als ich am Abend endlich im Bett lag, fand ich keine Antwort auf die Frage, was ich den ganzen Tag getrieben hatte. Auf dem Rücken liegend starrte ich an die Decke.

Für den kommenden Morgen war das Begräbnis angesetzt. Mutter hatte bereits den Anzug aufgebügelt und an die Schranktür gehängt. Mein Hemd für feierliche Anlässe hing daneben und erschien mir noch weißer und glatter als sonst. Die dunkle Krawatte von Bertram, die sie herausgesucht hatte, rundete die Symbolik der bevorstehenden Folter angemessen ab.

Als ich das Licht ausschaltete und der Raum in ein gleichmäßiges Dunkel tauchte, aus dem nur noch Silhouetten hervortraten, war mir wohler. Trotzdem kam der Zeitpunkt unausweichlich näher, zu dem ich morgen in den Anzug schlüpfen, mir die Hemdknöpfe bis zum würgenden obersten zuknöpfen und die Krawatte binden würde. Dann, am Treppenabsatz, würde mich Mutter in Empfang nehmen, mir über den Kopf streichen, um mein strubbeliges Haar in Form zu bringen. Vielleicht ein „Ach Friedrich, wie erwachsen du aussiehst“ oder etwas vergleichbar Hilfloses stammeln und sich dabei auf die Lippen beißen, um nicht zu weinen. Bertram würde ein unterstützendes „Junge, die Krawatte steht dir ausgezeichnet“ beisteuern – und ich würde zum ersten Mal kotzen wollen.

Die Vorschau auf die kommenden Ereignisse lief wie ein Film ab. Ich glaubte schon jetzt vor dem offenen Grab zu stehen, auf den Sarg zu blicken, wie er nach unten sinkt in das dunkle Loch, das mir bei Vaters Begräbnis als Schlund in die Ewigkeit erschienen war. Würde diese „Ewigkeit“ durch den Tod meines Bruders „endlich“ geworden sein und Licht auf Vaters Sarg scheinen? Würde ich Reste des Eichenholzes erkennen können, das seit zwei Jahren in der feuchten Erde vermoderte?

Meine Gedanken rasten um die Bilder des kommenden Tages und brannten mir die Gewissheit ein, nicht einschlafen zu können und bis zum Morgen wach zu liegen. Dennoch übermannte mich der Schlaf und strafte meine Prophezeiung Lügen.

12.

Die gedrungene Kapelle, die weißgekalkt und himmlisch sauber neben dem Friedhof stand, war von Trauergästen überfüllt. Der Geruch von Blumen und Wachs, das gemächlich von den Kerzen tropfte, erfüllte den Raum und machte mich benommen.

Die Szenerie verschwamm vor meinen Augen. Das Bunt der Kränze mischte sich mit dem Braun des Sargs, wurde von züngelnden Flammen roter Kerzen durchzogen. Über allem lag ein orangefarbener Schimmer, verursacht durch das Licht, das durch die getönten Fenster schien.

„Liebe Trauergemeinde, wir haben uns heute hier versammelt, um von unserem lieben Sohn, Bruder, Neffen und Freund Karolus Aufsess Abschied zu nehmen."

Der Pfarrer, der am Pult stand und zu seiner Rede angesetzt hatte, führte die Hand vor den Mund und verdeckte so seinen dünnen Bart und die schmalen Lippen. Er räusperte sich und nestelte einen Moment an den Papieren, die aus der ledergebundenen Mappe ragten.

Pfarrer Stauffer, der Ewald genannt werden wollte, war neu in der Stadt und ich hatte ihn zum ersten Mal gesehen, als er gestern gekommen war, um Mutter sein tief empfundenes Beileid auszusprechen. Er hatte sich eine Tasse Tee aufdrängen lassen, ebenso ein Stück Kuchen. Er wollte es bei seinem Besuch auch nicht versäumen, Mutter seine persönliche Unterstützung wie auch jene der Gemeinde zuzusagen. Diese habe sie sich nicht nur durch ihre aufopfernde Mithilfe beim halbjährlichen Wohltätigkeitsbasar und ihre aktive Rolle im Gottesdienst redlich verdient. Es sei das Mindeste, dass man in solch einer Situation für den anderen da sei. Nein, eine zweite Tasse hatte er beim besten Willen nicht gewollt, er müsse doch gleich wieder weiter. So hatte er sich mit knisternder Robe erhoben und war von Mutter nach unten begleitet worden. Ich stand auf dem Treppenabsatz und beobachtete, wie sie sich, beide in Schwarz gekleidet, voneinander verabschiedeten, wie der Priester Mutters Hand mit der seinen umschloss, und ich glaubte, die einstudierte Liebenswürdigkeit dieser Geste zu erkennen.

Unwillkürlich dachte ich beim Anblick der beiden an Bertrams mitleidiges Lächeln, wenn sich Mutter jeden Sonntag für die Messe zurechtmachte, während er in der Zeitung blätterte. Wie sie vor ihrem Aufbruch den Inhalt ihrer Geldbörse überprüfte. Ich erinnere mich an Karolus' und meine Gleichgültigkeit gegenüber ihren Kirchgängen, die sie nach

Vaters Tod begonnen hatte, und dass wir nie über die Beweggründe nachgedacht hatten.

„Diese traurige Pflicht hat uns zusammengeführt, nach dem schrecklichen Ereignis, das Karolus so plötzlich aus unserer Mitte gerissen hat. Sprach- und fassungslos stehen wir hier. Doch im Vertrauen auf Gott …"

Den ersten Sätzen seiner dem Vordruck entnommenen Rede konnte ich noch folgen, dann aber verloren seine Worte ihren Sinn und begannen wie Murmeln durch mein Gehirn zu kullern. „Unser Karolus" schien auf jeder dieser Murmeln zu stehen.

Dreimaliges Klingeln. Stille, in die sich verhaltenes Hüsteln mischte. Gesang. Der Geruch von Weihrauch in der Luft. Klingeln. Rede. Bis Bewegung in den Raum kam und wir dem Sarg nach draußen folgten, der von vier Totengräbern getragen wurde. Als wir ins Freie traten, ließ mich die plötzliche Hitze nach der Kälte in der Kapelle frösteln. Des stechenden Sonnenlichts wegen senkte ich den Kopf, aber auch, um nicht in die Gesichter der Wartenden blicken zu müssen. Mutter und ich reihten uns hinter dem Pfarrer ein und während wir durch das Spalier der Gäste schritten, legte sie mir ihre Hand auf die Schulter. Ich fragte mich, ob mich diese Geste trösten, sie stützen oder nur die Erwartung der Trauergemeinde befriedigen sollte.

Der Sarg wurde auf die Bretter über dem offenen Grab gelegt, die Schleifen des Kranzes zurechtgerückt. „Fricka, Friedrich und Bertram" stand auf der Banderole. Wir drei. Eine Familie. Die Rose, die ich in der Hand hielt, um sie später ins Grab zu werfen, gab dem Druck der Verkrampfung nach und knickte.

Der Grabstein war entfernt worden, um Karolus' Namen unter den meines Vaters gravieren zu lassen. Modrig riechende Erdhaufen lagen um das Grab herum.

Nach einer Weile hatten sich alle Trauernden um uns gruppiert. Das Gemurmel verebbte ebenso wie das Knirschen der Schritte auf dem Kiesweg. Onkel Willibald trat vor, in der Hand mehrere Blätter Papier. Onkel Willibald. Hagere Gestalt in schlabberndem Anzug. Seiner Ansicht nach befugte ihn sein Stand als ehemaliger Gemeinderat nicht nur zu jeder Rede, sondern als ältester Aufsess verstand er dies als seine Verpflichtung. Er habe auch bei diesem, wie er betonte, ihm so nahegehenden Trauerfall, die an ihn herangetragene Bitte nicht abschlagen können, um im Namen der Familie einige Worte zu sprechen. Dabei sahen wir Onkel Willibald nur ein-, zweimal im Jahr und vermutlich hatte er Mutter angerufen, um sich für die Rede anzutragen und „Stoff" zu bekommen.

Ich konnte diesen verlogenen Mist nicht mehr hören und zwang mich zur Unaufmerksamkeit. Sein Redefluss versank in dahinwabernder Monotonie. Schon Vater hatte Onkel Willibald nie leiden können, ebenso wenig wie seine Frau Esther. Vater, dem stets jede Art der Heuchelei zuwider gewesen war, hatte sich selten die Mühe gemacht, seine Antipathie ihr gegenüber zu verbergen. Trotz Mutters Bitten hatte sich durch seine unverhohlene Art und seinem von Esther bewusst gereizten Unmut häufig Streit entzündet, bei dem sich zumindest einmal der aufgestaute Hass tränenreich entladen hatte. Mutter hatte die schluchzende Tante tröstend aus dem Zimmer gelotst und Vater einen strafenden Blick zugeworfen. Betreten hatten sich die restlichen Anwesenden schnell voneinander verabschiedet. Jedoch nicht, ohne die Freude über die gemeinsame Zeit zu betonen und einen Anlass für ein baldiges Wiedersehen herbeizuwünschen.

Aber auch Mutters Sympathie für die beiden war begrenzt. Ihr Drängen auf Vaters Zurückhaltung geschah allein der „Harmonie in der Familie" zuliebe. Und dass die beiden sich nach Vaters Tod wie Efeu um uns rankten, um ihren vermeintlichen Großmut unter Beweis zu stellen, war auch für sie kaum zu ertragen gewesen.

Als Onkel Willibald seine Rede beendet hatte und sich die letzten Wortfetzen hinter den Grabsteinen verloren hatten, legte sich Schweigen wie schwerer Nebel über die Trauergemeinde. Willibald rang noch einmal gekonnt um Fassung, bevor er sich wieder in die Schar der Gäste einreihte. Esther erkannte seinen Bedarf an Beistand und legte ihre Hand auf seinen Rücken, was ihm die nötige Kraft verlieh, um durchatmen und sich aufrichten zu können.

Da löste sich eine weitere Person aus der Gruppe der Umstehenden. Herrn Thurn, Karolus' Klassenvorstand und Mathelehrer, war „es ein Bedürfnis, dem herausragenden Schüler, kollegialen Klassenkameraden und Freund Karolus Aufsess im Namen seiner Klasse sowie des gesamten Friedrich-Schiller-Gymnasiums die verdiente Ehre einer Würdigung zu erteilen und gleichzeitig dem Schmerz über den tragischen Verlust Ausdruck zu verleihen." Hölzern wie seine Rede war auch Thurns Art. Dennoch, Karolus' Faszination für Mathematik hatte die Anerkennung des Lehrers gefunden und die beiden hatten einander gemocht. Ganz im Gegensatz zum Rest der Schüler, die für Thurn nur Furcht und beißenden Spott übrig hatten.

Erst mit Thurns Auftritt kam mir der Gedanke, dass sich unter den Trauergästen auch Schulkollegen und Lehrer befinden mussten. Vorsichtig hob ich den Blick und begann die Menge abzusuchen. Die meisten hatten sich Thurn zugewandt, manche starrten zu Boden. Mit wachsendem Staunen bekam ich ein Gefühl dafür, wie viele Leute anwesend waren. Immer mehr Gesichter von Karolus' Mitschülern stachen aus der Menge, sodass ich bald annahm, es wäre die gesamte Klasse anwesend. Und je länger ich darüber nachdachte, umso weniger erstaunte es mich.

Die Menge der Trauergäste zog sich den Hügel am oberen Ende des Friedhofs bis zur umschließenden Mauer hinauf. Lehrer hatten sich um den Direktor gruppiert. Meine Klassenlehrerin, Frau Kleinhut, stand bei einer Abordnung meiner Mitschüler. Blinzelnd erkannte ich neben ihr Werner, meinen Sitznachbarn, Franziska und Henning. Charlotte, mit der ich am liebsten lernte und die mich in brenzligen Situationen immer abschreiben ließ, hatte rote Augen vom Weinen. Andreas, Max. Ferdinand, der Kleine, der sich mir gegenüber verpflichtet fühlte, seit ich ihm bei einer Prügelei an der Bushaltestelle geholfen hatte. Etwas abseits stand Thilo, der „Sitzenbleiber", dessen Anwesenheit ich am wenigsten erwartet hätte.

Derweil stakste Thurn weiter durch seine Rede. Als er geendet hatte, segnete der Pfarrer den Sarg, bevor dieser ins Grab gesenkt wurde. Mutter und ich schaufelten die ersten symbolischen Brocken Erde in die Tiefe, die polternd aufs Holz schlugen, und warfen jeder unsere Rose dem Toten nach. Als sich die Blume aus meiner schweißnassen Hand löste, knickte der Stängel, als wollte sich die Knospe verbeugen, während sie nach unten flog.

Wir traten zur Seite und ließen die anderen an die Reihe. Wie viele Häufchen Erde wurden in das Grab geworfen? Und wie viele Rosen? Wie viele Hände drückten sich in meine? Wie viel gemurmeltes Mitgefühl? Betroffenes Nicken. Tränen.

Es gelang mir, wie ein Beobachter in der Szenerie zu stehen, als wäre ich nicht wirklich daran beteiligt. Ich las in den Gesichtern und Gesten der sich aneinanderreihenden Gäste, las ihre Gedanken wie die Untertitel eines Films.

„Der arme Junge."

„Erst der Vater, dann auch noch der Bruder."

„Er sieht nicht gut aus."

„Das geht über seine Kräfte."

Und dann noch das „Aber groß ist er geworden!" derjenigen, die mich das letzte Mal bei Vaters Begräbnis gesehen hatten.

Ich war Beobachter und Beobachteter zugleich. Begafft wie ein Goldfisch im Aquarium. Ab und zu ein Finger, der die Wasseroberfläche durchbricht, damit die Reaktion des Fisches beobachtet werden kann, ob er erschreckt zusammenzuckt, sich verkriecht. Bestaunt für den Augenblick, weil man ihn schon lange nicht mehr gesehen oder noch nie in einer solchen Situation betrachtet hat, aber bald nicht mehr von Interesse. Ist ja nur ein Goldfisch. Sattgesehen. Weitergegangen.

„Er wirkt eigentlich recht gefasst."

„Wahrscheinlich steht er noch unter Schock."

Der Film lief weiter. Das ganze Programm. Auch nachdem mir die letzte Hand gedrückt und das letzte Mal ein „Aufrichtiges Beileid" zugehaucht worden war. Leichenschmaus im selben Gasthaus wie nach Vaters Begräbnis. Ich würgte ein wenig von dem Essen hinunter, aber die Bissen drohten wieder hochzukommen. Ich legte Messer und Gabel neben den beinahe unberührten Teller, faltete die geblümte Stoffserviette und stand auf. Zur Belohnung für die meines Erachtens ausgezeichnet abgelieferte Pflicht gab ich mir selbst die Erlaubnis, das Gasthaus zu verlassen. Ich fragte Mutter nicht um Erlaubnis, teilte ihr nur mit, dass ich selber nach Hause gehen wollte. Sie solle sich keine Sorgen machen.

„Aber …"

Vielleicht wollte sie die Entfernung oder die noch bevorstehende Nachspeise erwähnen, aber ich drückte ihr einen flüchtigen Kuss auf die Wange und verließ den Saal. Hemdsärmelig trat ich in das Licht des Tages.

Von Anfang an hatte ich geplant, die Stelle zu suchen, an der ich mich mit meinem Bruder vor etwa zwei Jahren geprügelt hatte. Ohne bestimmte Ahnung, was ich zu finden erwartete, lief ich den Bach entlang und kam nach einer Weile an die Biegung. Vielleicht führte der Bach etwas mehr Wasser, war die Uferböschung dichter verwachsen, aber ansonsten schien der Ort unverändert. Ich kletterte die Böschung hinunter und sprang auf den sonnengebleichten Kies. Dicht am Ufer ging ich in die Hocke und schöpfte eine Handvoll Wasser, die ich mir ins Gesicht klatschte. Die Kälte ließ mich zusammenzucken. Ich trat einen Schritt zurück und setzte mich. Dort, wo ich gestanden hatte, zeigten feuchte Steine die Abdrücke meiner Füße.

Eine Zeit lang sah ich dem Fließen des seichten Wassers zu, beobachtete die kleinen Wellen, die sich schillernd über die Steine des Flussbetts wölbten. Es war windstill. Außer dem Gurgeln des Baches hörte ich nichts. Langsam trieb mir die Hitze den Schweiß auf die Stirn. Ich zog Schuhe und Socken aus, krempelte die Hose hoch und streckte meine Beine aus, sodass die Fersen das Wasser berührten. Die Kälte ließ mich kurz innehalten, dann senkte ich die Füße weiter, grub sie ins Kiesbett und ließ sie vom Wasser umspülen. Im Bewusstsein allein zu sein, stemmte ich meine Arme nach hinten, lehnte mich zurück und hielt mein Gesicht der Sonne hin. Gedankenleer saß ich da, ganz der schmerzenden Kälte an meinen Füßen ergeben, bis diese endlich der Taubheit wich.

Es gibt ein Erschrecken, das einem den Atem aus der Lunge reißt. Ein Erschrecken, das einen so unerwartet überfällt, dass es das Herz zu zerfetzen scheint. Vermutlich hätte das laute Platschen ausgereicht, aber zusätzlich ergoss sich ein Schwall eiskaltes Wasser über mich. Japsend riss ich die Augen auf, drückte mich nach hinten, bis ich mit dem Rücken an die Böschung stieß und mich keuchend dagegen presste. In der Mitte des Baches stand eine Gestalt, die ich im ersten Moment nicht erkannte, da sie die Sonne im Rücken hatte und sich meine Augen erst wieder ans Licht gewöhnen mussten.

„'tschuldigung", sagte die Person, hingeworfen mit dem Unterton, der ein breites Grinsen verriet und unterstrich, dass dies keineswegs ernst gemeint war.

Blinzelnd ließ ich meinen Blick von den nackten Füßen, die knöcheltief im Wasser standen, nach oben wandern. Die Beine steckten in einer schwarzen, fast bis zu den Knien aufgekrempelten Anzughose, auf der sich Spritzer als dunkle Flecken abzeichneten. Die oberen drei Knöpfe des Hemds standen offen. Dann das strahlende Gesicht von Thilo.

„Sorry, aber die Versuchung war zu groß. Ich hoffe, du wirst mir eines Tages verzeihen."

Er war vom gegenüberliegenden Ufer über die dortige, etwa einen Meter hohe Böschung in den Bach gesprungen und direkt vor mir gelandet.

„Brr! Ist aber schweinekalt, das Wasser!"

Er machte einen Schritt auf den trockenen Kies und begutachtete mit gespielter Sorge seine nasse Hose.

„War gar nicht so einfach dich hier … äh … zu überraschen. Ich bin nach dem Begräbnis ein wenig herumgefahren und habe dann vor dem Gasthaus auf dich gewartet. Bist ja relativ schnell abgehauen. Hätte dich beinahe verpasst. Jedenfalls bin ich dir nachgegangen und habe gesehen, dass du es dir hier unten gemütlich machst. Also bin ich schnell ans andere Ufer und dann zu dir gehetzt. Schau mich an! Ich schwitze wie ein Schwein. Und bei alledem musste ich aufpassen, dass du mich nicht bemerkst. Hab ich doch gut gemacht, oder? Du hast mich doch nicht bemerkt, oder?" Das Grinsen wich keine Sekunde aus seinem Gesicht, und als er endete, schien es breiter denn je.

„Nee, ich hatte dich schon längst bemerkt! Hab dich gerochen, du elendes Stinktier! Ich spiele hier nur den

Erstickenden, um dir eine kleine Freude zu machen. Idiot!" Ich war wütend, aber er erwiderte nichts. Er ging in die Hocke und starrte mir geradewegs ins Gesicht.

„Was glotzt du so? Gut, wenn du gekommen bist, um mich zu erschrecken, ich gebe zu, das ist dir ansatzweise gelungen. Wenn das aber alles war, was du wolltest, dann kannst du jetzt abziehen und mich wieder in Ruhe lassen."

„Na, wer wird wegen des bisschen Wassers gleich unhöflich werden? Ich wollte mit dir plaudern, deshalb die ganze Mühe! Lockeren Einstieg ins Gespräch finden", sagte Thilo, immer noch grinsend.

„Die Mühe hättest du dir sparen können. Ich bin nicht besonders scharf auf ein Plauderstündchen, besonders nicht mit dir. Im Übrigen ist dir die Einleitung gründlich misslungen."

Thilo war mir immer suspekt gewesen. Er war in diesem Schuljahr in unsere Klasse gekommen, nachdem er „nur wegen Thurn, diesem arroganten Deppen" wiederholt hatte. Er hatte sich aber in unsere Klasse nie richtig eingefügt, suchte keine Freundschaften, sondern grenzte sich scheinbar bewusst aus. Er pendelte zwischen überheblich wirkender Introvertiertheit und Kindlichkeit. Meine bisherigen Gespräche mit ihm hatten sich daher auch auf oberflächliche Unterhaltungen beschränkt, die selten über fünf Sätze hinausreichten. Ich saß da und beobachtete ihn, wie er sich ebenfalls in den Kies setzte. Er nahm eine Handvoll Steine und begann diese einzeln und möglichst weit weg von uns ins Wasser zu schleudern. Das Lächeln war aus seinem Gesicht verschwunden.

„Schon von meiner Schwester gehört? Elisabeth. Bei uns nur Betty. Noch nie? Denk ich mir."

Der Rhythmus, mit dem er sprach, wurde durch die Bewegung seines Arms bestimmt. Seine Worte erhielten dadurch etwas Beiläufiges.

„Da du sie nicht kennst, wirst du nicht wissen, dass sie vor einem Jahr an Krebs gestorben ist. Ich will dir nichts vorheulen, auch wenn ich sie wirklich vermisse. Weißt du, für eine Schwester war sie gar keine so doofe Kuh." Er hörte auf Steine zu schleudern und kramte in seinen Hosentaschen.

„Eigentlich weiß ich nicht genau, warum ich dir das erzähle. War mir einfach ein Bedürfnis und das hatte ich bisher bei niemandem. Du darfst dich also ausgezeichnet fühlen!"

„Danke, es geht mir schon viel besser."

Er zog aus seiner Tasche eine deformierte Packung Zigaretten, fingerte eine heraus und zündete sie an. Unbeirrt und unempfänglich für meine Ironie fuhr er fort.

„Vielleicht wollte ich dir einfach nur sagen, dass du nicht der Einzige mit dieser Scheiße bist. Ich weiß, du hast bereits deinen Vater verloren und ich nehme an, du bist erfahren im Leiden und Verdrängen. Unter Umständen hast du sogar ein Rezept für mich, wie man damit fertig wird. Nicht nur mit dem Verlust des Menschen an sich, sondern auch damit, dass die eigene Familie vor die Hunde geht, dass das Zimmer unberührt bleibt und dass Geburtstage und Weihnachten zur Hölle auf Erden werden. Vielleicht hast du ein Rezept. Ich halte es zwar kaum für möglich, dass es auf mich anwendbar ist, aber man könnte es versuchen."

Ich betrachtete ihn von der Seite. Seine Miene blieb unverändert, nur wenn er an der Zigarette zog, sogen sich die Wangen nach innen und sein Mund klammerte sich um den Filter.

„Vielleicht wollte ich dir auch nur zu verstehen geben, dass du mir nichts erklären musst. Ich habe keinen Bedarf dich auszuquetschen nach der Art: ‚Erzähl mal, wie beschissen es dir geht, und ich werde versuchen dich zu verstehen'. Vielleicht wollte ich … ach, verdammt, ich weiß auch nicht, was ich wollte, warum ich dich jetzt vollquatsche, obwohl du ja deine Ruhe haben möchtest."

Ärgerlich schnippte er die Zigarette ins Wasser. Der braune Stummel tanzte an uns vorbei den Bach nach unten. Thilo sah mich kurz an und stand dann auf. Ich blinzelte zu ihm hoch, weil er wieder die Sonne im Rücken hatte. Er sah über mich hinweg.

„Ich meine das ohne Pathos, ohne Überheblichkeit oder Anbiederung, aber solltest du etwas brauchen, kannst du zu mir kommen und ich werde versuchen dir zu helfen."

Er schwieg. Ich wusste, er würde sich im nächsten Augenblick umdrehen, die Böschung hochklettern und verschwinden, und plötzlich wollte ich nicht mehr, dass er ging. Ich wollte nicht mehr alleine sein. Zwar hatte ich auch keine Lust über Karolus und dessen Tod zu reden, aber ich wollte hier und jetzt ein neues Leben beginnen. Ein Leben ohne Karolus. Und mir wurde bewusst, dass mir Thilo dazu gerade recht kam.

„Seit wann … äh … seit wann rauchst du?"

Die Frage war das Beste, was mir einfiel, um ihn am Gehen zu hindern und ihn auf die Probe zu stellen, ob er mich verstand.

„Seit etwa einem Jahr. Bescheuert, oder? Nicht zu rauchen gehört zu den Ratschlägen, die du von allen Leuten fast täglich zu hören bekommst. Von wegen schädlich und Lungenkrebsrisiko und die ganze Latte. Du weißt, dass sie Recht haben und du ein kompletter Idiot bist, aber dennoch machst du es. Ich kann dir nicht sagen, warum ich so bescheuert bin."

„Kann ich auch eine haben?"

„Mensch, du bist ja ein noch größerer Depp als ich! Hast du mir überhaupt zugehört? Deine Erste?"

„Äh. Nein."

„Lügner. Aber bitte."

Er warf mir die Packung zu und ich holte mir eine Zigarette heraus. Als ich das Feuerzeug an mein Gesicht hob, zitterte die Hand. Ich zog an der Zigarette und die Flamme beugte sich in den Tabak. Der erste Zigarettenrauch meines Lebens näherte sich brennend meinem Rachen. Ich musste husten, hielt mir die Hand vor den Mund. Thilo nahm das Feuerzeug, das ich ihm entgegenhielt, und steckte sich kommentarlos auch eine an.

Nachdem sich mein Husten allmählich beruhigt hatte, versuchte ich den Rauch im Mund zu behalten und dann genießerisch herauszublasen. Mein Gehabe sollte Zufriedenheit darüber ausdrücken, endlich wieder eine zu rauchen.

„Komm, lass das Kindergetue! Wenn ich dir schon eine gebe, dann zieh sie dir wenigstens ordentlich rein!"

Mir war nicht wohl dabei, aber da ich mir keinesfalls eine Blöße geben wollte, sog ich den Rauch tief in meine Lungen und war erleichtert, als ich nicht gleich wieder husten musste.

„Ich paffe immer die ersten Züge." Selbstsicher grinste ich ihn an und es gefiel mir, wie beim Sprechen der Rauch langsam aus dem Mund kam. „Ist gesünder so."

Thilo schüttelte nur den Kopf, dann saßen wir schweigend da und rauchten.

Die Übelkeit überkam mich ohne Vorwarnung. Schlagartig überfielen mich Schwindel und Brechreiz, in Sekunden bildeten sich Schweißperlen auf meiner Stirn. Ich konnte nicht umkippen, da ich an der Böschung lehnte, aber ich musste diese verdammte Zigarette loswerden. Thilo saß mir gegenüber und starrte in den Himmel. Zaghaft nahm ich noch einen kleinen Zug und bemerkte, dass die Zigarette erst zur Hälfte abgebrannt war. Zu früh, um sie lässig in den Bach zu schnippen.

Ich überwand mich und nahm noch einen Zug, in der verzweifelten Hoffnung, die Übelkeit ließe sich vertreiben.

Danach begann sich alles um mich herum zu drehen. Meine Hand fiel auf den Kies, die Zigarette lag zwischen den zitternden Fingern. Kalter Schweiß rann mir übers Gesicht. Mein Magen revoltierte, Galle kroch würgend die Speiseröhre hoch.

Thilo stand auf. Er beugte sich über mich, nahm mir die Zigarette aus der Hand und warf sie in den Bach. Dann schnappte er sich einen meiner Schuhe, füllte ihn mit Wasser und kippte ihn über meinem Kopf aus. Die Kälte riss mich hoch, war einen Augenblick mächtiger als die Übelkeit, aber als ich mit dem Rücken zurück an die Böschung fiel, begann ich wieder zu würgen. Thilo goss noch viermal Wasser über mich, ehe ich ihm klarmachen konnte, es sei genug, und er den Schuh zur Seite warf.

„Alles wieder okay?“

Ich brachte ein schwaches Nicken zustande.

„Hab ich dir nicht gesagt, dass ich Rauchen bescheuert finde? Wenn du wieder zu einer Zigarette greifst, denk daran, dass dir dein Körper beim ersten Mal gezeigt hat, was du ihm damit antust.“

Er setzte sich neben mich und riss einen Halm ab, den er sich in den Mund steckte. Während mich die Sonne trocknete, erholte ich mich langsam.

„Mir wird es hier zu heiß. Was hast du vor? Gehst du noch zurück ins Gasthaus?“

„Nein, ich hab mich abgemeldet. Ich will nach Hause. Für heute ist es genug.“

„Soll ich dich fahren?“

„Mit dem Roller?“

„Klar.“

„Das wäre nicht schlecht.“

„Na, dann komm mit. Ich hab einen zweiten Helm dabei, weil ich zuerst Franziska mitgenommen habe.“

Er erhob sich, reichte mir die Hand und zog mich hoch. Noch wackelig auf den Beinen suchte ich meine Sachen zusammen und folgte ihm auf den Feldweg.

13.

Hungrig öffnete ich die Tür zur Küche. Ich hatte erwartet Mutter dort anzutreffen, Radio hörend und in einer Illustrierten blätternd, aber zu meiner Überraschung war ich offensichtlich alleine. Erleichtert schnitt ich zwei Scheiben Brot ab und schmierte Butter darauf. Den ersten Bissen kauend räumte ich auf und schlich wie ein Dieb mit meinem Abendessen nach oben.

Auf dem Bett sitzend dachte ich an Thilo und an meine erste Zigarette. Dabei ertappte ich mich bei dem Gedanken, Karolus davon erzählen zu wollen. Wie oft würde mir dies noch passieren?

Beim Verabschieden hatte Thilo mich gefragt, ob ich vor den Ferien überhaupt noch in die Schule käme.

„Das Ganze ist ja sowieso schon fast gelaufen."

Bisher hatte ich mir darüber noch keine Gedanken gemacht und das sagte ich ihm.

„Also, ich würde nicht mehr kommen. Zahlt sich nicht mehr aus und bei dir würde es jeder verstehen."

Bis zum Beginn der Ferien waren es weniger als vier Wochen und meine Noten solide genug, um die Klasse nicht wiederholen zu müssen. Ein recht erfreulicher Umstand, wie Thilo neidvoll anerkannte. Andererseits hatte ich keine Lust, die Zeit zu Hause zu verbringen. Der Trott der Schule würde mich ablenken. Und wollte ich mein Leben nicht so schnell wie möglich wieder in eine normale Bahn lenken? Spontan entschloss ich mich, am nächsten Tag wieder zur Schule zu gehen.

Nur die Blicke an der Bushaltestelle, auf dem Pausenhof und beim Betreten der Klasse musste ich hinter mich bringen, dazu die Fragen, jene die gestellt und jene, die unausgesprochen bleiben würden. Dennoch war ich zufrieden mit meiner Entscheidung, aß den Rest meines Brotes und streckte mich auf dem Bett aus. Müde geworden drohte ich langsam wegzudämmern, als ich hörte, wie unten die Haustür aufgesperrt wurde. Erst jetzt kamen Mutter und Bertram vom Begräbnis zurück. Ich konnte nicht verstehen, worüber die beiden sprachen, gewann aber den Eindruck, sie wären guter Laune, und wie zur Bestätigung ließ Mutter ein nur wenig unterdrücktes Kichern hören.

Die Neugier trieb mich nach unten.

Die Tür zur Küche stand offen. Mutter lehnte, ein Glas Orangensaft in der Hand, an der Anrichte, Bertram saß am Küchentisch, vor sich eine Flasche Wein, die er mit dem Korkenzieher bearbeitete.

„Hallo Friedrich, Schatz. Freut mich, dass du zu Hause bist. Ich habe vor einer Stunde angerufen, aber du bist nicht zum Telefon gegangen."

Ich roch den Alkohol, als mir Mutter einen flüchtigen Kuss auf die Wange drückte.

„Ich war unter der Dusche."

„Schade, dass du so früh gegangen bist. Du hast Onkel Willibald verpasst. Er hat ein paar lustige Geschichten von der Familie erzählt und die ganze Runde damit aufgeheitert. Es hat richtig gut getan, über die alten Anekdoten zu lachen. Zum Beispiel hat er uns daran erinnert, wie Onkel Erwin, den kennst du doch, etwas dicker, unsportlich, ja, der Bruder von Oma, also jedenfalls, wie Onkel Erwin bei der Segelregatta 64 oder war es 65, Bertram war es 64 oder 65? Ist auch egal, jedenfalls hat Onkel Erwin die Wende verschlafen und wurde prompt von Bord geworfen und …"

Glucksend unterbrach sie sich selbst, hielt sich entschuldigend die Hand vor den Mund, bevor sie ihre Erzählung wieder aufnehmen konnte.

„… und die Rettungsmannschaft hatte ziemliche Probleme, ihn aus dem Wasser zu fischen, weil er ja mit der nassen Kleidung auch nicht leichter wurde, und dann – ich hatte mich gar nicht mehr daran erinnert – hat das Team, mit dem er gestartet war, auch noch gewonnen! Zu komisch und vor allem wie Willibald die Geschichte erzählt hat. Du hättest dabei sein sollen!"

Mutter schielte kichernd zu Bertram, den die Wiederholung dieses Highlights willibaldscher Erzählkunst nicht minder erheiterte. Ich rang mir ein Lächeln ab, dessen offensichtliche Künstlichkeit niemand wahrnahm. Als Bertram auch noch die Flasche mit einem ausgelassenen „Hopsa!" so schwungvoll öffnete, dass er ein wenig Wein verschüttete, verwünschte ich endgültig meine Neugier, die mich in diese Situation gebracht hatte. Als Ausweg nutzte ich eine kleine Lüge.

„Ich habe am Nachhauseweg zufällig einen Mitschüler von mir getroffen. Er hat gemeint, ich sollte so schnell wie möglich wieder in der Schule auftauchen. Es stehen noch nicht alle Noten fest und ich kann mich unter Umständen in dem einen oder anderen Fach verbessern."

Mutter sah Bertram einen Augenblick verdutzt an, bevor sie antwortete.

„Ich habe bereits mit Bertram darüber gesprochen und auch wir finden, dass du bald wieder in die Schule gehen solltest. Bertram fürchtet, dass du am Ende gar recht viel verpasst. Eigentlich wollte ich morgen mit dir darüber reden, aber wenn du selbst … ja, mir … uns ist das natürlich recht."

Erleichtert nickte sie Bertram zu, der gerade zwei Gläser füllte. Ich wünschte beiden eine gute Nacht und sie sollten sich den Wein noch schmecken lassen, was sie mit heiteren Reaktionen und Wünschen für meinen Schlaf, den nächsten Tag und überhaupt quittierten. Staunend und ein wenig erschüttert verließ ich die Küche. Hatte mir Mutter tatsächlich noch „Träum süß!“ nachgerufen?

Auf dem Treppenabsatz verharrte ich und lauschte. Sobald ich die Tür hinter mir geschlossen hatte, begann Mutter ihrer Freude über mich und meine Einstellung zur Schule Ausdruck zu verleihen. Ja, sie hätte schon befürchtet, wegen des Themas werde es endlose Diskussionen geben und überhaupt wirkte ich doch so vernünftig, nicht? Bertram gab nur unverständliche Laute von sich, die aber verhaltene Übereinstimmung mit ihrer Meinung bekundeten. Sie prosteten sich zu, bevor Mutter wieder begann, schnatternd den Nachmittag Revue passieren zu lassen.

Zu meiner Überraschung nahm ich Mutter ihre Trunkenheit und die daraus entstandene Heiterkeit nicht übel. Ich war nicht wütend auf sie, gönnte ihr vielmehr die vom Alkohol herbeigeführte Leichtigkeit. Sollte sie doch heute vergessen und kichern. Der Schmerz würde früh genug wiederkommen, vertieft durch Schuldgefühle, die das Nachhallen der Heiterkeit verursachen würde. Ich zweifelte nicht daran, dass sie unendlich litt.

Nachdenklich ging ich nach oben und blieb vor Karolus' Tür stehen. Aus irgendeinem Grund kam mir das Foto über seinem Schreibtisch wieder in den Sinn. Als ich sein Zimmer betrat, warf der Mond helle Flecken kalten Lichts an die Wand. Ich nahm das Bild ab und suchte nach Details. Ich starrte auf den blitzenden Stahl an den Rädern des Rollstuhls, auf die Decke in getragenen Farben um Großvaters Beine. Karolus' T-Shirt mit dem Aufdruck einer Gitarre, an das ich mich nicht mehr erinnern konnte. Um Vaters Hals die dunkle Krawatte, die sie auch seinem Leichnam umgebunden hatten. Im Hintergrund der Backsteinbau. Das Firmenschild mit altdeutschen Buchstaben, das „s“ in der Mitte ramponiert, weil vor etlichen Jahren während eines Unwetters die Lampe über dem Schild heruntergekracht war und die Aufschrift in „Auf ess“ verwandelt hatte. Darüber hatte sich Vater köstlich amüsiert.

Das Haus hatte sich, nachdem es als Teil der Konkursmasse versteigert worden war, kaum verändert. Nur boomte dort heute, die günstige Lage in der Stadt nutzend, die Filiale einer internationalen Modekette. Und so war das alte Firmenschild einer leuchtenden Reklame gewichen und die Auslagen dekorierten nicht mehr Bohrmaschinen und Rasenmäher, sondern Schaufensterpuppen, die in engen Jeans und Blusen, mit großzügig geöffneten Knöpfen und aufgerollten Ärmeln, die Mode der kommenden Saison präsentierten. Selbst Mutter shoppte manchmal dort und die Mädchen unserer Klasse verplemperten in dem Laden mit Sicherheit den größten Teil ihres Taschengeldes.

Ein wenig schwermütig wegen des Gedankens an den Niedergang des Eisenwarenladens wiegte ich das Bild in der Hand. Es war die gleiche Fotografie, die vergrößert in Vaters Büro gehangen hatte. Ich hatte ihn beobachtet, als er das Bild abgenommen und zusammen mit einem Stapel Ordner in der letzten Kiste verstaut hatte, die aus dem Geschäft abtransportiert werden sollte.

„Vielleicht hängen wir es zu Hause einmal irgendwo auf. Ansonsten können wir wenigstens den Rahmen wiederverwenden.“

Die Kiste musste nach wie vor in unserem Keller lagern, dort in der Ecke neben der Tür, wo Vater sie schnaufend abgestellt hatte. Welchen Inhalt sie abgesehen von dem Bild noch hatte, wusste ich nicht, aber Vater war sie wichtig gewesen. Es war die einzige Kiste, die noch aus dem Geschäft existierte, die einzige, die er „gerettet“ hatte.

Die letzten Wochen des Familienunternehmens, als Stück für Stück alles verkauft wurde. „Räumungsverkauf" stand auf Schriftbändern, die Vater diagonal in die Auslagen geklebt hatte. „Alles zum halben Preis" prangte dort, als der Laden sich allmählich leerte und die Bestände weniger wurden, bis letztlich „Alles um 75% billiger!" über den Ladentisch ging.

„Na, Herr Aufsess, es ist doch ein Trauerspiel, wie alles gekommen ist, oder?"

„Kein Wunder, bei der Konkurrenz heutzutage!"

„Und der Herr Vater, wie nimmt der das Ganze auf? Ach, der bekommt es nicht mehr mit. So ein Glück!"

„Was macht denn der Herr Simonis jetzt, wo alles zugrunde gegangen ist?"

„Wissen Sie schon, welches Geschäft hier reinkommt? Ein Modesalon. Interessant."

Manche kamen häufiger, um sich an dem durch die zunehmende Leere im Geschäft deutlich gewordenen Niedergang zu ergötzen. Manche kamen, wenn wir wieder unsere Preise gesenkt hatten. Andere wiederum kauften das, was sie brauchten, zum Originalpreis und reichten Vater oder Klaus Simonis schweigend die Hand. Zur letzten Gruppe zählten die wenigsten.

Nie werde ich das Gefühl vergessen, als ich am letzten Tag in den Laden kam und nur noch wenige Kisten mit Schrauben, Pinseln, Kabelbindern und anderem Kleinkram vorfand. Im hinteren Teil des Geschäfts brannte kein Licht mehr, die Regale waren abgebaut, die Schaufenster verklebt. Ein Besen lehnte geduldig in der Ecke und wartete auf seinen Einsatz. Die Klingel über der Tür war verstummt, nicht einmal die Neugierigen ließen sich mehr blicken, es gab auch nichts mehr zu sehen, nichts mehr zu holen. Vaters Büro war leer, der Teppich abtransportiert. Klaus war bereits nach Norden gezogen, Wochen früher als vorgesehen. Er wäre sicher noch geblieben, um zu helfen, aber Vater hatte ihn abgefunden und ihm versichert, er werde das alleine schaffen. Vermutlich wollte er ihm das Ende ersparen.

Ich fand Vater im Büro, als er gerade das Bild von der Wand nahm und in die Kiste legte. Dann klingelte doch noch einmal das Glöckchen über der Ladentür und er lief nach vorne zu dem Mitarbeiter des Bauunternehmens, der den Rest, der sich im Geschäft befand, abholen sollte. Als Vater zurückkam, schlug er die Laschen des Deckels ineinander und trug die Kiste nach draußen.

Mit einem Mal verspürte ich den Wunsch, die Kiste zu öffnen, um herauszufinden, was Vater wichtig genug gewesen war, um es aufzubewahren. Ich hängte das Bild an seinen Platz und ging in den Keller. Vorbei an der Küche, aus der nur noch leise Gesprächsfetzen drangen. Vermutlich hatten sich die beiden ins Wohnzimmer gesetzt, die Weingläser auf dem Couchtisch. Bertram auf dem Sofa liegend, Mutter auf dem Stuhl mit den etwas zu eng stehenden Armlehnen.

Die Glühbirne im Keller war trüb und zu dem etwas modrigen Geruch mischte sich jener von verbranntem Staub. Zwar fand ich die Kiste sofort, aber darauf stapelten sich Schachteln mit Spielzeug, Decken und anderem Kram. Außerdem lehnten an dem Turm vier Paar Skier samt Stöcken. Es dauerte einige Zeit, bis ich die Kiste zutage gefördert und den Rest wieder verstaut hatte.

Neugierig klappte ich die Flügel des Deckels auseinander. Zuoberst lag das Bild der vier Aufsess, darunter Ordner, die die Erklärung dafür lieferten, weshalb die Kiste so schwer gewesen war. Ich nahm den obersten heraus. Keine Beschriftung an der Seite, wie auch bei den nächsten, aber alle waren mit Papieren prall gefüllt. Ich stapelte einen Ordner nach dem anderen auf den Boden und fand zuletzt noch zwei Zeichnungen, die Vater neben seinem Schreibtisch an die Wand gepinnt hatte.

Die erste hatte Karolus nach einem Familienausflug gemalt. Sie zeigte uns in Wanderkleidung samt Rucksack, im Hintergrund erhob sich ein Berg mit Gipfelkreuz und Hütte. Die Wanderer standen auf einer Wiese mit Fantasieblumen und hatten alle kastenförmige Oberkörper. Arme und Beine standen im rechten Winkel als dicke Striche von den Körpern ab. Vater war nicht nur deutlich an seiner Größe erkennbar, sondern auch an dem Bart, den er sich während des Urlaubs zu Mutters Unmut stehen gelassen hatte. Mutters blonde Haare lockten sich übertrieben an den Schultern, ihre Balkenbeine wurden zur Hälfte von einem Rock verdeckt. Mein Bruder und ich unterschieden uns in der Darstellung lediglich in Größe und Haarfarbe. Meine dunklen Haare standen ebenso zu Berge wie seine, die er mit dem gleichen Gelb wie Mutters Frisur gezeichnet hatte. Bei allen zog sich der lächelnde Mund von einem überdimensionalen Ohr zum anderen, dafür waren wir ohne Nasen. Den Tropfen rund um unsere Köpfe nach zu urteilen schwitzten wir heftig. Über der Szene hing eine fette Sonne, deren Strahlen sich über das ganze Bild streckten.

Ich mochte das Bild wegen seiner Unbekümmertheit und Freude, seines kindlichen Blicks auf eine heile Welt. Die Zeichnung, die Vater von mir an die Wand gepinnt hatte, war frei von alledem. Sie war vielleicht weniger kindlich gezeichnet, aber ihr fehlte Persönlichkeit. Sie zeigte den Bau unseres Hauses. Erdhaufen, Baumaschinen, einen Lastwagen, der Ziegel anlieferte, Maurer. Sonne. Wolken. In der Beliebigkeit der Szene fand ich keine Erinnerung.

Ich legte mein Bild zurück in die Kiste und räumte alle Ordner bis auf einen wieder ein. Als Letztes kam die Fotografie oben drauf. Mit Karolus' Zeichnung und dem Ordner unterm Arm verließ ich den Keller.

Im ersten Stock war die Heiterkeit verebbt, zur Ablenkung lief nun der Fernseher. In meinem Zimmer klebte ich

Karolus' Bild an die Schranktür. Den Ordner kickte ich unters Bett. Meine Lust, in der Vergangenheit zu wühlen, war für heute vorbei.

14.

Nach einer traumschweren Nacht schreckte ich vor der Morgendämmerung hoch und verspürte kein Verlangen, noch einmal einzuschlafen. Trotz der Uhrzeit beschloss ich, mich anzuziehen und zur Schule zu radeln. Mir gefiel die Idee, mich nicht in den überfüllten Bus quetschen oder in die bereits voll besetzte Klasse kommen zu müssen.

Ich zog mich an, packte meine Schultasche. In der Küche klatschte ich Wurst zwischen zwei Brotscheiben, die ich in Folie wickelte und samt einer Banane in die Tasche stopfte. Als ich merkte, wie kühl es war, holte ich noch schnell meine Jacke. Ich zwängte mein Fahrrad aus der Garage, vorbei an Bertrams Auto vom Typ Ach-wäre-es-doch-ein-richtiger-Sportwagen.

Tau hing funkelnd an den Grashalmen und überzog die Wiesen mit einem glitzernden Tuch. Die Blätter an den Bäumen schimmerten von der Feuchtigkeit und Dunst hing über den Feldern. Ich radelte durch den frisch riechenden Morgen. Noch biss die Kälte im Gesicht und an den Fingern, aber der klare Himmel kündigte einen heißen Tag an.

An der Schule stellte ich das Fahrrad in den allerersten Ständer. Ich war viel zu früh. Vermutlich schleppten sich erst wenige Schüler, jene mit schlechten Busverbindungen, verschlafen und mürrisch durch die Gänge.

Die Tasche über die Schulter gehängt, lief ich die Stufen zum Eingang hinauf. Im Foyer empfing mich der Geruch der vertrauten Umgebung. Nervös mit den Händen in den

Jackentaschen grabend machte ich mich auf den Weg zum Garderobenraum. Meine Finger spielten mit dem Krimskrams in den Taschen. Als ich meine Unruhe bemerkte, warf ich den Inhalt der Taschen ärgerlich in den nächsten Mülleimer. Ich zog meine Jacke aus und hängte sie an einen Haken in der ersten Reihe.

Beim Verlassen der Garderobe schoss mir das Bild des fast leeren Müllsacks durch den Kopf. Ich lief zurück und blickte in den Eimer. Tatsächlich, ich hatte mich nicht getäuscht. Zwischen Kaugummiverpackung, einem zusammengeknüllten Taschentuch, den bröseligen Resten eines Schokoriegels und einem Eisstäbchen lag Antonias Visitenkarte. Ich beugte mich vor und fischte sie heraus.

Antonia Previer. Polizeipsychologin. Dienstadresse, Telefon- und Handynummer, zusätzlich noch E-Mail-Adresse. Emblem der örtlichen Polizei. Stadtwappen. Auf der Rückseite mit schnörkelloser Handschrift ihre private Adresse und Telefonnummer.

Antonia. Ich blickte auf die Uhr und fasste schnell einen Entschluss. Ich lief in meine Klasse, in der Kalle seine Jacke als Kissen auf den Tisch gelegt hatte und schlief, während Regina mit einem Heft in der Hand auf und ab ging und Französischvokabeln brabbelte. Ansonsten war noch niemand da. Ich grüßte kurz, wurde ignoriert, legte die Tasche auf meinen Platz und war schon wieder draußen. Ich lief ein Stockwerk nach oben, nahm dabei jeweils zwei Stufen auf einmal, sprintete den Korridor entlang und hielt vorm IT-Raum.

„Mist!"

Noch einmal drückte ich die Türklinke nach unten, nur zur Bestätigung, dass tatsächlich abgeschlossen war. Was hatte ich um diese Zeit auch anderes erwarten können? Ich lief nach unten zum Eingang, neben dem sich das Zimmer des Schulwarts befand. Ohne zu klopfen, stürmte ich in den

Raum. Heinz kaute sein Frühstücksbrot und war in die Tageszeitung vertieft, die aufgeschlagen vor ihm lag. Daneben dampfte eine Tasse Kaffee. Er trug seinen blauen Kittel, ohne den ihn noch nie jemand in der Schule gesehen hatte.

„Guten Morgen, Heinz! Kann ich bitte den Schlüssel für den IT-Raum haben? Ich muss noch etwas für Biologie im Internet suchen. Referat. Bin mal wieder spät dran. Du weißt schon."

Heinz wandte sich träge zu mir und kratzte sich seinen Viertagesbart. Er rasierte sich immer nur sonntags.

„Ach, der Aufsess! Immer in Eile, was? Na, ihr Jungen lernt die Langsamkeit auch noch. Spätestens, wenn ihr studiert, was?"

Sein Scherz erschien ihm gelungen und er kicherte amüsiert, bevor er weitersprach.

„Den Schlüssel kann ich dir jedenfalls nicht geben. Wo kämen wir denn da hin, wenn jeder mir nichts dir nichts einen Zentralschlüssel bekäme? Haben ja nicht einmal die Lehrer einen."

Es war immer das Gleiche mit Heinz. Erstens durfte er, seiner Position entsprechend, Schüler offiziell nicht mögen und pflegte einen entsprechend derben Umgang mit ihnen. Vielleicht ging es dabei um irgendeine geheime Schulwartehre. Insgeheim hatte er aber doch etwas für seine „Schafe" übrig und adelte die Schüler ab der achten Klasse mit der Erlaubnis, ihn zu duzen. Zweitens musste er betonen, dass er eigentlich wichtiger war als die Lehrer, denn diese waren ersetzbar, das sah man doch jedes Jahr. Er andererseits tat seinen Dienst nun schon seit 27 Jahren. „Nicht einen Tag krank. Das will was heißen!" Alle Schüler lernten diese zwei Prinzipien in den ersten Wochen der untersten Klasse.

„Heinz, schon klar, ich wollte auch nicht, dass du mir den Schlüssel gibst. Du hast natürlich recht, wo kämen wir da hin.

Aber könntest du mir bitte aufsperren? Das wäre echt eine große Hilfe. Bitte! Ich kann auch nachsehen, ob es auf der Homepage von Bayern München etwas Neues gibt, und dir das dann ausdrucken."

Er schien das Angebot abzuwägen. Schlürfend nahm er einen Schluck Kaffee aus seiner Tasse, stellte sie ab und rollte mit seinem Stuhl vom Tisch weg. Pfeifend saugte er Luft durch seine Zähne.

„Mal schauen, Aufsess. Wenn in der ersten Stunde der Hillmann drinnen ist, dann mach ich dir auf. Ansonsten müsste ich ja nochmal hoch, um nämlich wieder zuzusperren, denn die Gerstner, die pedantische Kuh, beschwert sich immer, wenn der Raum ständig für Schüler offen ist."

Respektlosigkeit gegenüber Lehrern, die nicht anwesend waren und die er nicht leiden konnte, und das waren jene, die sich öfter bei ihm über etwas beschwerten, gehörte zu Heinz' Eigenheiten. Er warf einen Blick auf den Stundenplan, nach Räumen sortiert, der auf der großen Tafel vor ihm aufgemalt war.

„Mensch, Aufsess, du hast Glück! Der Hillmann hat eine Doppelstunde mit der 7A."

Ohne weiteren Kommentar nahm er noch einen Schluck Kaffee, faltete die Serviette um sein Brot und erhob sich mit seiner typischen Gelassenheit. Ich trottete mit ihm aus der Kammer und die Treppen nach oben, wobei ich mich bemühte, ihn mit Fragen zur aktuellen Lage der Bayern bei Laune zu halten. Dabei fiel es mir keineswegs leicht, nicht völligen Blödsinn zu reden, da mich weder Fußball noch ein spezieller Verein interessierten. Seiner Euphorie für diesen Sport im Allgemeinen und den Münchner FC im Besonderen war es aber zu verdanken, dass das Wissen über das letzte Spielergebnis und den derzeitigen Tabellenplatz ausreichte, um ihn in einen Redeschwall zu versetzen. Die entsprechenden Informationen hatte ich einem Blick auf seine Zeitung zu verdanken, dessen aufgeschlagener Sportteil „Bayern nach 3:0 wieder ganz oben!“ titelte.

„Was meinst du, Heinz, heuer werden wir doch sicher wieder Meister?“

Wir erreichten den IT-Raum, den er mir, noch immer schwatzend, aufsperrte. Abschließend riskierte er noch eine Prognose fürs nächste Spiel, dann schlurfte er, zufrieden mit sich und der Fußballwelt, zurück zu seiner Zeitung und seinem Frühstück.

Leider war durch die Bedächtigkeit, mit der Heinz durchs Leben schlenderte, etliche Zeit vergangen und es blieben nur zwanzig Minuten bis zum Beginn der ersten Stunde. Ich setzte mich an einen Platz, schaltete den Computer ein und starrte ungeduldig auf den Bildschirm. Endlich erschien die Benutzeroberfläche und ich konnte mich bei meinem E-Mail-Anbieter anmelden. Schnell tippte ich Antonias Adresse von der Visitenkarte ab, zögerte beim Feld „Betreff“, ließ es für den Augenblick leer und sprang gleich in das Textfeld, um meine Nachricht zu verfassen.

Ich hielt inne. Was wollte ich ihr eigentlich schreiben? Wie sie anreden? Wie den ersten Satz beginnen? Ich war nie ein großer Briefschreiber gewesen, ganz im Gegenteil. Und nun blieb nicht mehr viel Zeit. Ohne viel nachzudenken begann ich hastig zu tippen.

„Hallo Antonia, ich wollte mich nur kurz melden. Gestern war das Begräbnis. Eine ganze Menge Leute war gekommen. Habe versucht, nicht zu viel nachzudenken. Heute bin ich wieder den ersten Tag in der Schule. Wollte selber her. Danke noch einmal für deine Hilfe. Schöne Grüße auch an das Baby. Friedrich.“

Keine Meisterleistung, aber mittlerweile war schon eine Horde Siebtklässler in den Raum gekommen und hatte begonnen Plätze zu besetzen und Computer zu starten. Noch vier Minuten bis zur ersten Stunde. Also abschicken, ohne die Mail noch einmal gelesen zu haben. Mist. „Betreff" vergessen. Auch egal. Abmelden. Fertig.

Ich flitzte nach unten und kam gerade noch rechtzeitig an meinen Platz, bevor Frau Kleinhut die Klasse betrat und vollbepackt mit Unterlagen auf das Lehrerpult zusteuerte. Ich hatte ganz vergessen darauf zu achten, wie meine Klassenkollegen auf mein Erscheinen reagierten.

„Guten Morgen."

„Guten Morgen, Frau Kleinhut!"

Wie üblich klang der Chor der Klasse ziemlich müde.

„Setzen! Wo ist das Klassenbuch?"

Lily reichte es ihr und Frau Kleinhut schlug die Seite mit der aktuellen Woche auf. „Wer fehlt?"

„Fischer." „Stamm." „Peters."

Sie trug die Namen der Reihe nach ins Buch. Dann blickte sie suchend in die Klasse, fand mich.

„Aufsess. Wieder da. Freut mich."

Der gleichgültige Ton raubte den Worten die Glaubwürdigkeit. Sie klappte das Klassenbuch zu und sortierte ihre Unterlagen, bis die rote Mappe mit den Vordrucken für „spontane Überprüfungen der Mitarbeit" zum Vorschein kam. Die Klasse hielt den Atem an. Frau Kleinhut bemerkte die Reaktion und lächelte.

„Ich darf Sie darum bitten, alle Unterlagen verschwinden zu lassen."

Sie stand auf, ging durch die Reihen und verteilte die Aufgaben, wobei sie mit entschuldigendem Ton fortfuhr.

„Wie Sie wissen, haben wir nicht mehr viel Zeit bis zur Abschlusskonferenz und bei dem einen oder anderen von Ihnen bin ich mir noch nicht sicher, welche Note die Jahresleistung am besten widerspiegelt. Um nicht Einzelne dem

Stress einer mündlichen Prüfung auszusetzen, was ich für ungerecht erachten würde, habe ich nur die Möglichkeit, bei allen die Mitarbeit schriftlich zu kontrollieren. Ich halte das – nebenbei gesagt – auch für die effizienteste Variante. Durch die Zeitersparnis können wir uns der weiteren Vertiefung des Jahresstoffs widmen. Also, in dreißig Minuten ist Abgabe. Und keine Sorge, wer in den letzten Wochen ein wenig aufgepasst hat, der wird mit diesen drei kleinen mathematischen Fragestellungen keinerlei Schwierigkeiten haben."

Sie hatte ihren Rundgang beendet.

„Sie können nun die Zettel umdrehen und beginnen."

Synchrones Stöhnen in der Klasse, nachdem jeder einen ersten Blick auf die Fragen geworfen hatte. Auch mich erfasste eine gewisse Unruhe und ich starrte Hilfe suchend in Charlottes Rücken. Von Werner brauchte ich nichts zu erwarten. Aus dem Augenwinkel sah ich, wie er nervös am hinteren Ende seines Kugelschreibers kauend auf die notwendige Eingebung wartete. Außer seinem Namen hatte er noch nichts zu Papier gebracht. Auch Charlotte signalisierte keine Unterstützung, was ich in diesem Augenblick als ausgesprochen unkollegial empfand. Demnach war ich auf mich alleine gestellt.

Dank Karolus, der mich mit seiner Begeisterung ein wenig angesteckt hatte, mochte ich Mathematik gar nicht ungern. Also riskierte ich einen zweiten Blick auf die Aufgaben und je länger ich das erste Problem durch mein Gehirn wälzte, umso mehr reifte ein Ansatz. Ich begann mit der Rechnung und fand tatsächlich zu einer Lösung. Zufrieden nahm ich mir die zweite Aufgabe vor und nach kurzer Überlegung kam mir ein Geistesblitz, der zu einem schlüssigen Ergebnis führte. Bei der dritten Frage ließ sich aber beim besten Willen kein vernünftiger Gedanke finden, sodass ich wieder zur ersten Aufgabe zurückkehrte, um den Lösungsweg zu kontrollieren. Schon nach wenigen Schritten hatte ich ein Vorzeichen vertauscht und ich begann hektisch, den Fehler zu korrigieren.

Frau Kleinhut hatte bereits in der ersten Reihe mit dem Einsammeln der Aufgabenzettel begonnen und ich würde nicht mehr fertig werden. Ich strich herum, fand noch einen Fehler, wollte auch diesen beheben. Süß grinsend zog sie mir das Blatt weg. Ich ließ mich zurück in meinen Stuhl fallen und merkte, wie ich schwitzte.

Als Frau Kleinhut die Aufgaben an der Tafel durchgerechnet hatte und die Stunde durch den Pausengong beendet worden war, begann das aufgeregte Geschnatter.

„Und?"

„Wird knapp. Bei der Letzten habe ich gar nichts."

„War sauschwer, oder?"

Die Niedergeschlagenheit derer, die überhaupt keine Ahnung gehabt hatten. Bestürzung bei jenen, die Fehler erkannten. Erleichterung bei wenigen anderen.

Der Leistungstest hatte nicht nur bei mir, sondern auch bei meinen Klassenkollegen bewirkt, dass der Tod meines Bruders für den Augenblick vergessen war. Unsere Mathematiklehrerin hatte mich in den Alltag zurückgeschleudert und mir nagende Fragen und betretenes Schweigen meiner Mitschüler erspart.

In der letzten Pause vor Mittag kam Thilo zu mir, um mich einzuladen. „Ich treffe mich mit ein paar Kumpels aus meiner alten Klasse. Donnerstags haben wir zur gleichen Zeit Mittagspause und fahren dann immer zur ‚Heißen Elke'. Du kennst die Imbissbude? Die hat spitzenmäßige Hähnchen."

Dankend lehnte ich ab, da ich bereits mit Charlotte vereinbart hatte, die Stunde zu nutzen, um mich auf den neusten Stand zu bringen.

„Aber nächste Woche gerne, wenn das Angebot dann noch steht."

„Also abgemacht."

Im Großen und Ganzen war der Schultag nicht so schlimm gewesen, wie ich befürchtet hatte. Meine Mitschüler hatten mich beinahe kommentarlos wieder aufgenommen. Vereinzelt glaubte ich neugierige Blicke zu bemerken, die aber, als sie meine Aufmerksamkeit erregt hatten, von mir abgewendet wurden, sodass ich mir meiner Wahrnehmung nicht sicher war.

Jedenfalls hatte mich der Schulalltag innerlich leergefegt und sämtliche Grübeleien verjagt. Schläfrig saß ich in der letzten Stunde und kritzelte Schlangenlinien ins Geografiebuch. Herr Erlers monotoner Vortrag konnte kaum das Interesse der Klasse auf sich und die russische Wirtschaftslage ziehen. Werner neben mir hatte den Kampf gegen die Müdigkeit bereits verloren. Ein Speichelfaden zog sich aus seinem Mund auf die Tischplatte. Auch der Rest der Schüler schien sich im Interregnum zwischen Dösen und Schlaf zu befinden und versagte Erler jede Beteiligung am Unterricht. Niemand verfolgte mehr die Zeiger der in der Klasse aufgehängten Uhr, die sich ohnehin nur in deprimierend langsamem Tempo bewegten.

Mit dem Gong änderte sich schlagartig der Zustand der Klasse. Während Herr Erler das Buch zuklappte und mit gemurmeltem Gruß aus dem Raum schritt, wurden Schultaschen auf die Tische gewuchtet, Stifte und Bücher hineingefeuert und unmittelbar nach Herrn Erler waren die ersten Schüler verschwunden.

Ich ging mit Charlotte auf den Flur. Sie wollte ebenfalls noch in den IT-Raum, um E-Mails abzurufen, und so stemmten wir uns gemeinsam gegen den Strom der von oben dem Ausgang zustrebenden Schüler. Nach der letzten Stunde war der Raum frei zugänglich, bis Heinz um fünf Uhr die Verbliebenen fluchend von ihren Plätzen verjagen und abschließen würde. Rasch ergatterte Charlotte einen der frei gewordenen Plätze, wenig später saß auch ich vor Bildschirm und Tastatur. Zuerst suchte ich die versprochene Information für Heinz. Gerüchte um Transferverhandlungen mit einem brasilianischen Stürmer. Na meinetwegen. Ich schickte den Artikel an den Drucker. Jetzt also nachsehen, ob Antonia zurückgeschrieben hatte. Da tippte mir Charlotte auf die Schulter.

„Tschüss Friedrich, ich geh jetzt."

„Ja, tschüss, bis morgen!"

Sie beugte sich zu mir, legte ihren Mund flüsternd an mein Ohr: „Ich freue mich, dass du wieder da bist!" und unterstrich dies durch einen Kuss auf die Wange.

Charlotte. Meine Lernpartnerin. Ein Kuss.

Völlig perplex blickte ich ihr nach. Ihr blonder Pferdeschwanz baumelte fröhlich, als sie in den Flur bog. Selbst als sie längst verschwunden war, starrte ich noch zur Tür, unfähig den Kuss auf der Bandbreite von Mitleid bis Zuneigung richtig einzuordnen. Ich beschloss, die Gedanken daran auf später zu verschieben und die Sache nicht zu überschätzen. „Junge, halt' den Ball flach!", würde Heinz im Fußballerjargon raten.

Apropos Heinz. Ein Blick auf die Uhr verriet, er würde pünktlich in einer Viertelstunde antraben, von der eigenen Wichtigkeit und der Aussicht auf den Feierabend getrieben.

Hastig hämmerte ich wieder die Webadresse meines E-Mail-Anbieters ein. Einloggen. Mist, beim Passwort vertippt. Doppelt Mist. Auf dem Schirm die Meldung, der Server sei zurzeit nicht erreichbar, ich solle es später noch einmal probieren. Immer wieder versuchte ich es, stets mit dem gleichen Ergebnis.

Endlich wurde mir erlaubt, meinen Posteingang zu begutachten. Eine neue Nachricht! Absender: Antonia Previer! Als ich die Mail öffnete, hörte ich, wie Heinz den Flur entlangkam. Er ließ den Schüsselbund, die Insignie seiner Macht, um den Zeigefinger rotieren und nach jeder Umdrehung in die Handfläche klatschen.

Also keine Zeit die E-Mail jetzt zu lesen, geschweige denn zu antworten. Ausdrucken, in der Hoffnung auf ausreichend Papier im Drucker. Das Schlüsselgeräusch kam näher. Polternd trat Heinz in die Tür.

„Wer von euch Computerknackern bei drei nicht aus dem Raum ist, kann was erleben! Und wer seinen Platz nicht ordentlich verlässt, ebenfalls! Eins! Habt ja doch wieder nur blöd im Internet gesurft, was? Ha, Staudacher, haben wir wieder nach irgendwelchen Schweinereien gesucht? Ich kenn' euch doch! Zwei."

Brüllend, als würde Am-Computer-Sitzen zu Taubheit führen, schritt er die Plätze ab. Geduckt startete ich in Richtung Drucker. Unglaublich, aber oben auf dem Stapel lag meine Mail und war weder Netzwerkproblemen, Papierstau noch anderen Widrigkeiten zum Opfer gefallen. Neben mir tauchte Staudacher aus der sechsten Klasse auf, griff grinsend nach den nächsten drei Blättern, „meins!", und war wieder verschwunden. Die verbliebenen Ausdrucke waren jene für Heinz. Nichts wie raus durch die Tür, noch bevor das donnernde „drei!" erklungen war. Hinter mir hörte ich Heinz fluchen, über die Jugend, die Frischluft nur noch vom Hörensagen kannte, und über das Internet, eine Seuche, die einem den letzten Funken Respekt aus dem Hirn pustete, wie mit einem Hochdruckreiniger.

Ich legte die Bayern-Meldungen ins Schulwartzimmer und schnappte meine Jacke. Den Brief von Antonia faltete ich zusammen und schob ihn trotz meiner Neugier ungelesen in die

Hosentasche. Mit einer Mischung aus Vorfreude und der Sorge, ihr Schreiben würde meine unbestimmten Erwartungen nicht erfüllen, radelte ich nach Hause.

Da ich keine Lust hatte, mich wieder an Bertrams Wagen vorbeizuzwängen, stellte ich mein Fahrrad seitlich am Haus ab und ließ das Schloss klickend einrasten. Im Vorraum schlug mir der Geruch von Schweinebraten und Reis in die Nase und während ich meine Schuhe auszog, erschien Mutter auf dem Treppenabsatz.

„Hallo Friedrich! Fein, dass du jetzt nach Hause kommst. Bertram ist auch schon da und ich mache uns etwas Schönes zum Essen. Du hast doch sicher Hunger, oder?“ Und bevor sie wieder in der Küche verschwand, rief sie noch mit verschwörerischer Stimme: „Es gibt Schweinebraten und Reis!“

Aha.

Ich ging in mein Zimmer, warf die Tasche auf den Boden, zog Antonias Brief aus der Hosentasche und legte ihn aufs Bett. Im Bad wusch ich meine Hände und ging wieder nach unten.

Mutter beugte sich gerade vor den Ofen und schob die Kasserolle mit dem restlichen Braten hinein. Neben dem Herd drei Portionen. Sie nahm die Schürze ab, die sie ohnehin nur selten trug, da sie ihr eine Hausfraulichkeit verlieh, die nicht zu ihr passte.

„Kannst du deinen Teller mitnehmen? Wir wollen draußen essen. Bertram wartet schon.“

Ich trat hinter ihr auf die Terrasse, kurzer Blickwechsel, Gruß, und stellte dann den Teller auf den vorbereiteten Platz, den Garten im Rücken. Wir wünschten uns einen guten Appetit.

„Fricka, das schmeckt ja einfach fabelhaft. Auch ein Schlückchen Bier?“

Mutter nickte und Bertram goss ihr das Glas halb voll.

„Und, Friedrich, schmeckt es dir auch?“

Kauend blickte ich von meinem Teller auf, sah Mutter an, die einen möglichst liebevollen Ausdruck in ihr Gesicht zu zaubern versuchte.

„Danke, ausgezeichnet!“

Abgesehen von meinem Wurstbrot und der Banane hatte ich den Tag über nichts gegessen und schob mir hungrig ein weiteres Stück Fleisch in den Mund. Zufrieden vermischte ich Reis mit Bratensaft, als ich eine Veränderung am Tisch wahrnahm und aus den Augenwinkeln Bertrams am Tellerrand ruhendes Besteck bemerkte. Er aß nicht mehr. Seine Arme lagen beiderseits des Tellers, die Finger der rechten Hand trommelten leise auf den Tisch. Langsam hob ich den Kopf und sah ihm ins Gesicht. Auch Mutter spürte die Gefahr, in der ihre Familienidylle schwebte, und blickte ängstlich zu Bertram, wohl ahnend, was nun kommen würde.

„Friedrich, wie oft habe ich es schon gesagt? Wenn ich dir beim Essen zusehe, fühle ich mich eher an ein Schwein an seinem Trog erinnert als an ein menschliches Wesen.“

„Bertram, bitte, lass ihn doch!“

Besänftigend legte sie ihre Hand auf seinen Arm. Ohne den Blick von mir zu wenden, antwortete er: „Fricka, merkst du nicht, dass du dem Jungen viel zu viel durchgehen lässt? Ich weiß, du möchtest besonders rücksichtsvoll sein, aber das ist der falsche Weg. Sieh dir an, wie er am Tisch lümmelt, auf die Ellbogen gestützt, wie sein Kopf beinahe den Teller, oder soll ich besser sagen ‚Fressnapf‘, berührt, wie er das Essen hineinschaufelt, wie er schmatzt und mit vollem Mund Antworten gibt!“

Bevor er die Liste noch verlängern konnte, stand ich auf. „Es gibt keine Notwendigkeit, sich das ansehen zu müssen!“

Ich schnappte meinen Teller, verließ die beiden und aß in der Küche weiter. Ich war nicht einmal besonders wütend.

Zu oft hatten Karolus und ich Bertrams Maßregelungen über uns ergehen lassen müssen. Den Kopf in die linke Hand gestützt, die Ellbogen fest am Tisch, schaufelte ich das Essen in mich hinein. Kurz überlegte ich, einen Löffel zu holen, fand es aber doch nicht der Mühe wert.

Da war sie wieder, die Erinnerung an Mutters Geburtstagsessen.

15.

Der Ostwind, der seit Tagen unaufhörlich durch die Stadt wehte, hatte den Geruch des ersten Schnees mitgebracht. Er hob die braun und dürr gewordenen Blätter hoch und ließ sie unter dem gelben Licht der Laternen tanzen. Während wir auf Bertram und Mutter gewartet hatten, waren Karolus und ich zur Straße gelaufen, wohin der Wind die meisten Blätter gefegt hatte, und hatten den Reigen beobachtet. Ein Bein auf der Straße, eines auf dem Gehsteig waren wir aufs Laub getreten und hatten uns über das Knistern gefreut, wenn die ausgetrockneten Blätter unter unserem Gewicht brachen. Ich dachte an das Rascheln des Laubes und den Klang des Windes, als wir schweigend ins Zentrum fuhren.

Suchend tasteten die Lichtkegel der Scheinwerfer durch die herbstliche Dämmerung, bis sie in die Einfahrt der Tiefgarage wiesen und mit einem Mal machtlos wurden gegenüber der Leuchtkraft der Neonröhren. Bertram lenkte den Wagen in eine Parklücke nahe dem Aufzug und stellte den Motor ab.

Es wurde Zeit.

Karolus und ich schälten uns von der schmalen Rücksitzbank des Wagens, peinlich darauf bedacht, die Türen nicht an die Betonsäulen links und rechts vom Auto zu drücken. Bertram und Mutter beobachteten uns, wie wir uns nach außen zwängten und sanft die Türen schlossen, so wie es uns Bertram gezeigt hatte. Zuknallen musste man nur billige Autos, sein Wagen hingegen zog die Türen förmlich selber zu, bis sie mit einem satten Geräusch einrasteten. Bertram nickte. Dieses Mal hatten wir es richtig gemacht. Er ergriff Mutters Hand und gut gelaunt gingen sie zum Aufzug.

Während wir warteten, nahm sich Mutter noch einmal Karolus vor. Sie zupfte an ihm herum, schob sein Sakko zurecht, drückte seine Schultern, gerade so, als würde er sich von nun an nicht mehr bewegen. Als wir in den Fahrstuhl eingestiegen waren, kam ich an die Reihe. In dem Versuch mir einen Scheitel zu bügeln, kämmte sie mit gespreizten Fingern meine Haare, anschließend zog sie den doppelten englischen Knoten von Bertrams Krawatte wieder fester.

„Der Junge darf eine deiner Krawatten tragen? Bertram, das ist wirklich etwas ganz Besonderes!"

Mutter hatte nach dieser Ankündigung die Völlig-außer-sich-vor-Freude-Nummer abgezogen, war im Schlafzimmer verschwunden, um einen Schlips auszuwählen, und war kurz darauf strahlend, als hielte sie ein Juwel in der Hand, zurückgekommen. In ihrem Gesicht die tief empfundene Freude über die familiäre Harmonie.

Einigermaßen zufrieden mit meinem Äußeren wandte sie sich ihrem Spiegelbild zu. Sie drückte ihre Frisur mit den Handflächen in Form, korrigierte mit dem Zeigefinger ihren Lidstrich.

„Warum hängen eigentlich in allen Fahrstühlen Spiegel?"

Karolus' Frage blieb unbeantwortet. Wir hatten das 42. Stockwerk erreicht. Die Metalltüren schoben sich zur Seite und wir traten aus der Kabine ins gedämpfte Licht des Restaurants. Der Fahrstuhl hatte uns nicht nur nach oben, sondern auch in eine andere Welt gebracht. Unten die kalte, von Beton, grellem Licht und dem Gestank der Abgase dominierte Tiefgarage und nun empfing uns die betörend gemütliche Atmosphäre des Lokals, in dem sich der Geruch teurer Speisen nur mühsam in der Frische der Luft hielt. Im Eingangsbereich stand ein verwaistes Pult, auf dem aufgeschlagen das ledergebundene Buch für Reservierungen lag. Davor hatte sich eine Schlange wartender Gäste gebildet, die wir, von Bertram angeführt, mit gewohnter Selbstverständlichkeit passierten.

„Ach, der Herr Professor Seidler!"

Beiläufig lockerte ich den Krawattenknopf, als mich eine näselnde Begrüßung wie ertappt aufblicken ließ und ein rotes Kostüm auf uns zuschoss. Ich sah die ausgestreckte Hand. Rote Fingernägel blitzten.

„Na, so eine Freude! Wir haben Sie schon ein wenig vermisst, mein verehrtester Herr Professor! Sie dürfen sich nicht mehr so rarmachen. Aber natürlich – ich verstehe – die Verpflichtungen!" Das Lachen ließ ihren üppigen Busen beben und die überdimensionale Brosche am Revers hüpfte dabei auf und ab. „Und was für eine charmante Begleitung? Küss die Hand!"

Zum Glück sparte sie uns Kinder mit ihrer Herzlichkeit aus. Stattdessen führte sie Mutter und Bertram flüsternd, mit einer fast unmerklichen Handbewegung in Richtung der wartenden Gäste, zum Platz.

„Touristen, die glauben, ohne Reservierung bei uns essen zu können! Herr Professor, das müssen Sie sich vorstellen, manche warten bis zu drei Stunden! Hier ist Ihr Platz. Wie immer am Fenster, nicht zu nah am Eingang, nicht zu nah am Klavier."

Karolus und ich ließen keinen Blick von ihr. Völlig eingeschüchtert rutschten wir auf die Plätze, die sie uns mit unwirscher Handbewegung zuwies, während sie Mutter dienstbeflissen den Stuhl unterschob.

„Für Sie, Herr Professor, wie immer erst die Weinkarte. Aber vorweg, ich habe einen ganz exquisiten Chardonnay hereinbekommen, der würde Ihnen bestimmt zusagen! Der steht zwar nicht auf der Karte, aber der Weinkellner weiß natürlich Bescheid. François!“

Sie rauschte davon. Ihre blonde Mähne wogte nach jeder abrupten Bewegung wie ein Weizenfeld im Wind. Mutters Augen strahlten. Sie ließ sich nur allzu gerne von diesem Getue beeindrucken. Bertram grinste zufrieden und faltete erwartungsvoll seine Hände auf dem Tisch.

„Nette Person, diese von Prassen. Unwahrscheinlich höflich und zuvorkommend. Echte Wiener Schule. Findest du nicht auch, Liebes?“

„Ganz hinreißend, das kann man wohl sagen. Überhaupt ein unübertreffliches Lokal, in das du uns geführt hast. Tausend Dank!“

Mein Blick fiel auf das Aquarium, dessen Licht sich in den Fenstern spiegelte. Das Wasser war blau beleuchtet und erinnerte an Bilder vom Eismeer. Mich fröstelte und ich bekam Mitleid mit den Fischen, da ich mir sicher war, sie würden frieren.

François trat an unseren Tisch und begann von Weinen zu schwärmen, als handle es sich um gekeltertes Gold. Ich bekam das Gefühl, er wollte mit seiner Ausdrucksweise lediglich von seinem tiefsitzenden badischen Dialekt ablenken, und stellte mir amüsiert vor, ihn mit Franz anzusprechen, dem Namen, der vermutlich in seinem Pass stand.

Nach längerem Hin und Her wurde der von Frau von Prassen vorgeschlagene und hochgelobte Chardonnay bestellt. Franz deutete eine Verbeugung an und zog zufrieden ab. Kurz darauf erschien ein anderer Kellner, brachte die Speisekarten und erbarmte sich, Karolus und mir jeweils ein Glas Zitronenlimonade zu versprechen.

Mutters Aufforderung noch im Ohr, nichts zu Teures zu bestellen, die sie uns seit Tagen eingetrichtert hatte, blätterten wir verunsichert durch die Speisekarte. Weder Burger noch Würstchen, keine Pommes, keine Spaghetti, nicht einmal Pizza oder Schnitzel. Eigentlich kam mir das Wenigste, was ich da las, bekannt vor. Hilfe suchend tauschten Karolus und ich Blicke.

„Jungs, wie wäre es mit Hühnerbrüstchen und so etwas Ähnlichem wie Bratkartoffeln?“

Dankbar für die Auswahl nickten wir Mutter unsere Zustimmung. Ketchup zu bestellen, wagten wir aber nicht. Der dritte Kellner, jener, der die Bestellung aufnahm, zeichnete sich durch eine Gefälligkeit aus, die sogar seine Kollegen als Rüpel erscheinen ließ. Als Bertram seine Bestellung aufgab, die Vorfreude ließ seine Stimme eine Spur höher klingen, blickte der Kellner für einen Moment träumerisch zur Decke.

„Vortrefflich, wenn ich das sagen darf. Zusammen mit dem Chardonnay eine Komposition des Lucullus würdig!“

Mit einer abschließenden Verbeugung drehte er sich um und strebte der Küche zu, wobei er sich erst auf halbem Wege aus seiner gebückten Haltung vollständig aufrichtete. Kurz wurde es ruhiger an unserem Tisch und erstmals nahm ich den erwähnten Klavierspieler wahr. Verhalten klang das durch Sinatra berühmt gewordene *„My Way“* durch den Raum. Aber die kellnerlose Verschnaufpause blieb nur eine kurze. Erst wurden für „die jungen Herren“ die Limonaden gebracht. Wenige Augenblicke später erschien Franz, diesmal einen Servierwagen vor sich herschiebend, auf dem der gekühlte Schatz stand. Mit dem Gesichtsausdruck eines Pfarrers bei der Segnung der Hostien zelebrierte er das Öffnen der Weinflasche. Als Bertram dann nippend den ersten Schluck nahm und genießerisch nickte, stand François die

Zufriedenheit über die anerkannte Qualität des Weines ins Gesicht geschrieben.

Während der beträchtlichen Wartezeit aufs Essen wurden zwischen Bertram und Mutter naheliegende Belanglosigkeiten ausgetauscht. Von der herbstlichen Brise und der früh hereinbrechenden Nacht kam man auf die Aussicht aus dem Fenster zu sprechen und auf das Lichtermeer der Stadt, das sich darunter ausbreitete. Zum wiederholten Mal wurde der Wein gelobt.

Auf dem überdimensionalen Teller, der vor mir abgestellt wurde, gruppierten sich übersichtlich aber dennoch verheißungsvoll Kartoffeln, grüne Bohnen und eine dekorative Orangenscheibe um zwei Stückchen Fleisch, auf denen goldgelber Käse schmolz. Karolus wurde mit einer Kopie meines Tellers versorgt, während Mutter und Bertram auf einem Oval Fisch serviert bekamen.

Ein Kellner mit gedrechselter Pfeffermühle erschien. Trotz der Größe des Utensils hantierte er mit beeindruckender Leichtigkeit, als er Pfeffer über Bertrams Fisch und – „aber ja doch!“ – über seine Kartoffeln streute.

Frau von Prassen kam an unseren Tisch, um sich säuselnd nach unserer Zufriedenheit zu erkundigen, die ihr Bertram gönnerhaft lächelnd bestätigte.

Das Gespräch während des Essens beschränkte sich auf einsilbiges Lob bezüglich der Küche, des Weins oder der Wahl des Lokals. Und die ganze Zeit über strahlte Mutter vor Wohlgefühl. Sie spendete Bertram zaghafte, aber bei den beiden als übermütig zu bewertende Zärtlichkeiten, und ich bildete mir ein, in ihren Blicken auch Stolz auf ihre Söhne zu erkennen. Karolus und ich gaben unser Bestes: kein Klappern mit Messer und Gabel, kein Schmatzen und überhaupt keine Kaugeräusche, beim Schneiden kein Kratzen auf dem Teller. Rücken gerade, kein Lümmeln, kein Ellbogen auf dem Tisch,

Serviette auf dem Schoß. Kein Hinunterstürzen der Limonade. Lautlose Zurückhaltung. Und das alles in Anzug und Krawatte.

Trotzdem waren wir beide als Erste fertig und dazu verdammt, den Erwachsenen beim Filetieren ihrer Fische, beim Untersuchen eines jeden Bissens nach Gräten und dem genüsslichen, wenn auch anfangs etwas unsicheren Kauen zuzusehen. Ein Unterhaltungsprogramm, das sich durch Längen und wenig Spannung auszeichnete. Der einzige Nervenkitzel bestand in der Frage, ob Bertram durch das Verschlucken einer Gräte einer nicht zu unterschätzenden Peinlichkeit ausgesetzt werden würde. Aber das geschah nicht und endlich wurden abschließend Münder mit Servietten abgetupft, dazu genussvolle, synchrone Seufzer ausgestoßen.

„Prost! Auf dich, meine liebe Fricka!"

Ein mit geschlossenen Augen genommener Schluck Wein. Bertram, der kurz den Mund spülte, bevor er schluckte. Das Mahl war beendet. Diensteifrige Kellner, die kaum Beachtung fanden, räumten die Teller ab.

„War alles recht?"

„Darf es noch ein kleines Dessert sein? Vielleicht ein Baiser aux amandes? Oder eine feine Zigarre an der Bar?"

„Kein Nachtisch, danke. Aber Zigarre? Da kann ich nicht widerstehen."

Angeführt von Frau von Prassen spazierten Bertram und Mutter gut gelaunt an die Bar. Karolus und ich folgten ihnen, während Kellner unseren Tisch in Windeseile abräumten, mit einem frischen Tischtuch versahen, Blumen zurechtrückten, eine neue Kerze anzündeten, und als wir zurücksahen, lag bereits glänzendes Besteck neben sauberen Tellern, auf denen sich fächerförmig gefaltete Servietten türmten.

Bertram gustierte am dargereichten Humidor. Mutter machte es sich in einem der dunklen Lederfauteuils gemütlich, die um den kleinen Tisch gruppiert waren. Zwischen den beiden stand bereits die Flasche Wein, von der ich mich fragte, wie sie uns hatte überholen können, und zwei halbgefüllte frische Gläser.

„Mama, dürfen wir uns die Fische ansehen?"

Mutter warf Bertram einen unsicheren Blick zu, der aber aufgrund der Ablenkung durch die Zigarrenauswahl nicht erwidert wurde. Sie schien die Gefahren unseres Herumstreunens gegen die Einschränkungen durch unsere Anwesenheit abzuwägen und entließ uns.

„Aber bitte gebt Acht und steht nirgends im Weg herum!"

Karolus und ich verließen die beiden, als Bertram gerade seine Entscheidung getroffen hatte und freudig auf eine der Zigarren deutete.

„Was wollen wir machen?"

Karolus zuckte mit den Schultern.

„Weiß nicht. Mal umschauen."

Wir drückten uns am Klavierspieler vorbei, der sich an einer Interpretation der Beatles versuchte, und wichen den zahlreichen Kellnern aus, die zwischen den Tischen herumschwirrten. Ein Stück folgten wir einem von ihnen, der einen Servierwagen vor sich herschob, und bogen ab, als wir einen tischfreien Platz am Fenster ausfindig gemacht hatten. Nebeneinander standen wir an der Scheibe, blickten nach unten und suchten nach Häusern, in denen Bekannte von uns lebten.

„Dort wohnt doch Onkel Willibald."

„Ist mir egal, wo der alte Schleimer wohnt. Aber hinter dem Stadion ist Charlotte zu Hause."

„Wer ist Charlotte? Kenne ich nicht."

Nach einiger Zeit konnten wir nichts Neues mehr entdecken und es wurde langweilig, die unzähligen Lichtpunkte abzusuchen. Wir drehten uns um und sahen dem Treiben im Lokal zu.

„Ich muss mal."

Karolus drückte sich von der Glasscheibe ab und marschierte in die Richtung, die ihm dezent angebrachte Schilder wiesen. Zurückgelassen blickte ich zu Mutter und Bertram. Die beiden schienen uns kein bisschen zu vermissen. Bertram paffte seine Zigarre und lächelte dabei ebenso amüsiert wie Mutter, der der Wein mittlerweile Röte in die Wangen getrieben hatte.

Ich schlenderte ziellos durchs Lokal, vorbei an der Bar und dem Klavierspieler, der gerade eine Pause machte und sich eine Zigarette angezündet hatte.

„Na, willst du dir etwas aussuchen?"

Er blickte mich freundlich an, und während er sprach, hüpfte die Zigarette in seinem Mundwinkel auf und ab.

„Was können Sie denn?"

„Was ich kann?" Er lächelte selbstsicher. „Spielen kann ich alles, aber die Frage ist, was ich in diesem Laden spielen darf."

Der Rauch stieg ihm am rechten Auge vorbei, das er deshalb zu einem Schlitz zusammengekniffen hatte. Eine Nickelbrille spannte sich vor seine dunkel unterlaufenen Augen, darüber wucherten schwarze Brauen, die teilweise von seinem strähnigen Haar verdeckt wurden. Sein oberster Kragenknopf stand offen, was die lose gebundene Krawatte nur spärlich verbarg. Der Stoppelbart rundete ein Erscheinungsbild ab, das gegen die perfekt gepflegte Umgebung des Restaurants rebellierte. Ich blickte fragend auf das Klavier, sah dort aber keine Noten. Wenn er mir das Angebot schon machte, sollte er es wenigstens nicht leicht haben. Ich grinste.

„Wie wäre es mit Tschaikowsky?"

Überrascht zog er die Augenbrauen hoch.

„Ein kleiner Fachmann, was?"

Er rutschte auf seinem Hocker ein wenig zur Seite und wies auf den frei gewordenen Platz neben sich.

„Setz dich! Für dich also Tschaikowsky, aber nur einen kurzen.“ Er deutete mit dem Daumen in eine unbestimmte Richtung hinter sich. „Ist zu anspruchsvoll für die da.“

Während ich mich neben ihn setzte, nahm er noch einen tiefen Zug und legte dann seine Zigarette an den Rand des Aschenbechers.

Mit dem ersten Ton, den er spielte, nahm er mich gefangen. Ich beobachtete die über die Tasten fliegenden Finger, ließ mich von der Musik davontragen, taumelnd wie ein Schiffbrüchiger in einem Meer von Noten und Klängen. Das Lokal, die Geschäftigkeit um uns herum schienen von uns wegzutreiben, Geräusche in der Ferne zu verstummen. Alles versank in Nichtigkeit, nur die Musik schien noch Bedeutung zu haben. Als das Stück verklungen war, schaute ich ihn fasziniert an.

„Ich habe dir ja gesagt, ich kann alles spielen. Na ja, fast alles. Eigentlich bin ich für diesen Schuppen viel zu gut, aber was macht man nicht alles für seinen jämmerlichen Lebensunterhalt. Außerdem liegen mir die Arbeitszeiten.“

Grinsend trank er sein Bier aus. Dann nahm er wieder seine Zigarette, schnippte den zu Asche gewordenen Teil ab und rauchte den Stummel zu Ende.

„Jetzt aber wieder Franky Boy. Ansonsten wird das alte Blaublut ungemütlich und das sollte unter allen Umständen vermieden werden.“

Seine Hände hatten noch nicht wieder die Tasten berührt, als der durchdringende Lärm zahlreicher zu Boden knallender Gläser jede Aufmerksamkeit auf einen Punkt im Lokal zog. Atemlose Stille. Auf dem Boden eine Lache verschiedener Flüssigkeiten, gespickt mit Scherben, Orangenscheiben und kleinen Spießen mit Oliven. Spritzer an der Wand zogen dunkle Fäden. Inmitten der Pfütze, von Gästen und Kellnern begafft, stand kreidebleich, regungslos und unendlich verlassen mein kleiner Bruder. Er starrte geradeaus, blickte an allen vorbei auf die Glasfront, in der sich aber nur das Grauen im Saal widerspiegelte.

Langsam erwachte die Szene. Gemurmel setzte ein, Gespräche wurden wieder aufgegriffen. Der Pianist spielte Sinatra. Kellner begannen Scherben aufzukehren und mit Lappen den Boden zu wischen. Frau von Prassen erschien auf der Bildfläche, kommandierte die Aufräumarbeiten, entschuldigte sich in lieblichem Singsang bei den umsitzenden Gästen und fasste gleichzeitig meinen Bruder am Arm. Sie zog Karolus aus der Lache und bugsierte ihn zu Bertram, der ihr bereits entgegenkam. Hinter ihm kramte Mutter verlegen in ihrer Handtasche.

Bertram, rot vor Wut, beugte sich flüsternd zu von Prassen, die seine Worte mit einem kurzen Nicken quittierte. Man verstand sich. Dann packte er meinen Bruder an der Schulter und schob ihn wortlos zum Fahrstuhl. Mutter und ich hinterher.

Als sich die Kabinentür schloss, beugte sich Bertram zu dem in die Ecke gedrängten Karolus, schnappte sich sein Ohr und zog so heftig daran, dass Karolus einen Schrei ausstieß.

„Du kleiner Scheißkerl! Weißt du eigentlich, was du deiner Mutter und mir angetan hast?“

Das Urteil war gefällt, der Richterspruch ohne Anhörung von Zeugen ergangen.

„Weißt du, in welche Situation du uns gebracht hast? Weißt du, wie peinlich das war? Weißt du, was mich das kosten wird? Weißt du das?“

Mit jedem Satz zog Bertram heftiger an Karolus’ Ohr, jeweils gefolgt von einem kurzen Aufschrei meines Bruders.

„Lass ihn in Ruhe! Er hat es doch nicht absichtlich getan! Lass ihn!“

Ich warf mich gegen Bertrams Arm und schlug darauf, bis er Karolus’ Ohr losließ. Schutzsuchend duckte sich mein Bruder und presste sich beide Hände aufs Ohr.

Hasserfüllt sah mich Bertram an.

Ich hatte nicht einmal bemerkt, dass er ausholte. Plötzlich klatschte sein Handrücken mit voller Wucht auf meine Wange. Sein Siegelring zog eine breite Spur über meine Haut. Mein Kopf wurde nach hinten geworfen und schlug gegen die Kabinenwand.

Bertram ignorierte Mutters entsetzten Schrei und beugte sich zu mir. Sein ausgestreckter Zeigefinger zitterte vor meiner Nase.

„Nie wieder – verstehst du mich! –, nie wieder wirst du dich mir widersetzen!"

Der Fahrstuhl reduzierte seine Geschwindigkeit und kam mit einem Ruck zum Stillstand. Noch ehe sich die Tür öffnete, hatte sich Bertram aufgerichtet, mit einer kurzen Bewegung seinen Anzug glattgestrichen und Mutters Arm untergehakt.

Er grüßte lächelnd das Paar, das vor dem Lift gewartet hatte, und zog Mutter, der es kaum gelang, ihre Fassung wiederzuerlangen, mit sich aus der Kabine. Karolus und ich stolperten ihnen hinterher in die Tiefgarage.

Bertram war mit Mutter weitergegangen, ohne sich nach uns umzudrehen. Per Knopfdruck auf die Fernbedienung wurden die Türen des Wagens aufgeschlossen und die beiden stiegen ein. Mit ohnmächtigem Zorn starrte ich auf die Lichter am Heck, als der Motor angelassen wurde und Bertram den Wagen behutsam aus der Parklücke schob.

Einen Augenblick lang vermutete ich, er würde davonfahren, aber er hielt neben uns. Wir standen an der Beifahrerseite und sahen in Mutters Gesicht, auf das zerlaufene Schminke dunkle Bahnen zeichnete, sahen das Flehen in ihren Augen und wussten, sie wünschte sich für diesen Geburtstag nur noch, dass wir ins Auto stiegen, ohne Bertram warten zu lassen.

Als sie den Blick senkte, gab ich Karolus einen Stups. „Na, komm schon. Was soll's? Aber irgendwann wird unser Augenblick kommen. Das verspreche ich dir!"

16.

Ohne mich anzusehen, spazierte Bertram durch die Küche in Richtung Arbeitszimmer. Angewidert stand ich auf, räumte den Tisch ab und ging nach oben.

Auf meinem Bett lag Antonias ausgedruckte E-Mail. Ich nahm den Zettel, blickte ihn unschlüssig an, aber mit einem Mal erschienen mir meine Erwartungen an ihre Antwort ebenso lächerlich wie die Angst vor der Enttäuschung. Ich wollte den Brief sofort lesen, legte mich auf die Matratze und faltete das Papier auseinander.

„Lieber Friedrich!"

Die Anrede ließ mich innehalten. Zu groß war der Spielraum zwischen Höflichkeitsfloskel und ehrlicher Zuneigung, als dass ich mich darüber hätte freuen können. Zu schwer rann sie mir selbst aus der Feder, weil sie selten ernst gemeint und vom ständigen Gebrauch abgenutzt war. Zu oft waren wir genötigt worden, sie ungeachtet unserer Einwände zu verwenden.

Meine Bedenken beiseite schiebend las ich weiter. Ich flog über die Zeilen, ohne den Sinn der Worte zu begreifen. Einziges Ziel dieser Hast war es, das Gefühl zu erahnen, in dem der Brief verfasst worden war, um zu entscheiden, ob ich den Zettel sofort zerreißen oder wieder und wieder lesen sollte.

Mit den letzten Absätzen wurde ich ruhiger und mir wurde bewusst, wie lang ihre Antwort im Vergleich zu meiner Nachricht war, die mir nun beschämend kurz erschien. Schnell begann ich noch einmal von vorne zu lesen.

Antonia war einer jener Menschen, die so schrieben, wie sie sprachen, bei denen man während des Lesens das Gefühl bekam, sie säßen einem gegenüber. Ich brauchte mir nicht einmal ihre Stimme in Erinnerung zu rufen, sie drängte sich von selbst auf. Und selbst als ich den Brief gesenkt hatte, wirkte ihre Stimme nach. Fast meinte ich, dass sie neben mir kniete, ihr Gesicht ganz nah dem meinem, wie vor wenigen Tagen im Wohnzimmer.

Mit geschlossenen Augen lag ich da und glaubte zu hören, wie sie mit mir sprach, doch die Bedeutung der Worte war mir gleichgültig. Spürte ich nicht wieder, wie sie mich streichelte? Spürte ich nicht ihre Hände? Ihren Atem, der sanft über meine Haut strich? Roch ich nicht den Duft ihrer Haare? Ihr Parfüm?

Ich fühlte den flüchtigen Kuss auf die Wange. Fühlte Charlottes Berührung.

Die Bilder wurden intensiver, schärfer im Detail, aber verschwommen im Ganzen. Antonia? Charlotte? Der Überblick ging verloren, Empfindungen bekamen Allmacht, Gefühle verschlangen mich. Sehnsucht nach Zärtlichkeit.

Eine Hand, die über meine Haut strich. Finger, die suchend über meinen Körper tasteten.

Fanden.

Die eigene Hand.

Die eigenen Finger.

Gepresster Atem.

Mein Körper, der sich wie an Fäden gezogen emporreckte.

Und als sich meine Erregung zuckend verkroch, entfaltete sich Raum für ein anderes Gefühl. Noch immer keuchend, die Spannung erschlaffend, drängte sich nagende Scham zu mir. Entsetzt lag ich da, wie gefroren durch Selbstverachtung und Ekel.

Eine übersteigerte Realität wurde durch eine andere abgewechselt, der Blickwinkel verkehrt. Das Pendel hatte ins andere Extrem ausgeschlagen.

Mir selbst zuwider sprang ich auf. Der unwiderstehliche Wunsch mich zu reinigen trieb mich unter die Dusche. Lindernd prasselten die heißen Tropfen auf meine Haut.

Als ich aus der Dusche stieg, waren Fliesen und Spiegel von dem waberndem Dampf beschlagen. Ich öffnete das Fenster, und während die mit Feuchtigkeit gesättigte Luft nach außen wich, reinigte ich meine Kleidung. Noch beim Verlassen des Badezimmers mied ich den Blick in den Spiegel.

In meinem Zimmer betrachtete ich für einen Moment die letzten Sonnenstrahlen, die durchs Blätterwerk der Bäume züngelten, und öffnete das Fenster. Auf dem Terrassentisch stand eines der bauchigen Rotweingläser und eine geöffnete Flasche Wein. Der Korken war zu Boden gerollt und in einer Fuge zwischen den Pflastersteinen liegen geblieben.

Dasselbe Bild wie damals, vor Jahren, als Bertram durch den von Baumaschinen aufgerissenen und vom Regen stellenweise morastig gewordenen Garten getrippelt war. In einer Hand Blumen, in der anderen eine Flasche Wein, war er über die ausgelegten Bretter getänzelt, darauf bedacht, Schuhe und Hosenstulpen sauber zu halten. Sein Gesichtsausdruck zeugte von einem gewissen Ärger über diese Unannehmlichkeiten, aber als er Vater rief, schien seine Laune ungetrübt.

„Martin! Mist! Martin? Fricka? Jemand zu Hause?“

Mit Bertrams Erscheinen hatte ich mich schnell unter das Fenster in meinem Zimmer geduckt. Als ich hörte, wie Vater ihn begrüßte, schielte ich neugierig nach unten. Vater stellte einen Klappstuhl neben den Tisch und ließ sich erschöpft nieder.

„Bertram. Was verschafft uns die Ehre?“

Er hatte den ganzen Tag an der Terrasse gearbeitet, hatte morgens begonnen, die roten und grauen Pflastersteine in den Schotter zu setzen, mit dem Kunststoffhammer festzuklopfen, ein Muster im Kopf, das man nun, nachdem etwa ein Drittel der Arbeit getan war, ansatzweise erkennen konnte. Auf den bereits fertigen Teil hatte er den Gartentisch gestellt, neben dem er nun Bertram empfing.

„Blumen? Bertram, das wäre doch nicht nötig gewesen.“

Er zog sich die Schuhe aus, streckte die Beine von sich und schenkte sich ein Glas Wein ein. Dabei vermied er es, Bertram besondere Aufmerksamkeit zu schenken, wie er ihm auch keinen Platz oder etwas zu trinken anbot, als Mutter strahlend aus dem Haus trat.

„Bertram! Was für eine Freude!“

Und als Bertram ihr lächelnd die Blumen überreichte, wiederholte sie unbeabsichtigt Vaters Worte, in welche dieser zuvor so viel Häme gelegt hatte. Bei ihr hingegen offenbarte sich das reinste Entzücken.

„Blumen? Bertram, das wäre doch nicht nötig gewesen!“

„Aber Fricka, das mache ich doch gerne für dich.“

Als sie die Blumen entgegennahm, deutete Bertram eine kleine Verbeugung an, die einer Höflichkeit Ausdruck verlieh, die Mutter zu beschämen schien. Vater schielte grinsend auf die beiden, als Mutter wie ein Teenager „Aber Bertram!“ stammelte und sich nach einem Augenblick der Peinlichkeit anbot, einen weiteren Klappstuhl zu holen.

„... und ein Gläschen! Du bleibst doch noch kurz?“

„Ich möchte wirklich nicht stören.“ Und dabei blickte er demonstrativ auf Vater. „Eigentlich wollte ich nur die Blumen vorbeibringen und – ach ja – natürlich den Wein.“ Woraufhin er Vater die Flasche hinhielt und dann, als dieser sie beharrlich ignorierte, auf den Tisch stellte.

„Ach Martin, kann ich bitte noch kurz mit dir sprechen?“

Vater sah ihn an und seufzte. „Aber gerne, Bertram. Lass uns reden!“

Hatte ich mich getäuscht oder schwang hinter der scheinbaren Langeweile ein Hauch Genugtuung? Vater schlüpfte wieder in seine Schuhe, die mit einer Dreckkruste überzogen waren, und ging voraus in den Garten, unbekümmert darüber, ob er in Matsch oder auf festes Gras trat. Kurz bevor die beiden hinter der Bauhütte verschwanden, legte Bertram seine Hand kumpelhaft auf Vaters Schultern, zog sie aber gleich wieder zurück.

Beim Geräusch von Bertrams Ledersohlen auf den Pflastersteinen wandte ich meinen Blick von der Stelle, an der damals der Schuppen gestanden hatte, und sah nach unten. Ohne mit der Flasche das Glas zu berühren, schenkte er sich ein. Noch im Stehen hob er das Weinglas an die Nase und roch daran mit leicht kreisender Handbewegung, bevor er genüsslich einen Schluck nahm. Das Seufzen, das er danach hören ließ, war Ausdruck vollkommener Zufriedenheit. Ich wurde Zeuge, wie ein Mann, der mit sich und der Welt im Einklang war, den Augenblick genoss.

Lautlos zog ich mich vom Fenster in die Tiefe meiner Einsamkeit zurück.

17.

Meine Finger schmerzten. Ich hatte das Gefühl, als würden die Kanten der Kunststoffgriffe immer tiefer ins Fleisch schneiden, die Gewichte, die an meinen Gelenken zogen, immer schwerer werden. Ich versuchte die Belastung zu verlagern, aber es nützte nichts. Der Schmerz folgte schnell wieder auf den kurzen Moment der Erleichterung. Zusätzlich noch das Reiben und die Schläge auf meine Unterschenkel.

Die Straße schlängelte sich in lang gezogenen Serpentinen durch den Wald. Der kühle Fahrtwind hier im Schatten tat gut, aber die Vorahnung auf den vor uns liegenden Feldweg ließ mich darüber nachdenken, ob ich nicht aufgeben sollte.

Aufgeben? So sehr ich mit dem Gedanken liebäugelte, wusste ich doch genau, dass es unmöglich war. Ich wäre zum allgemeinen Gespött geworden und damit wäre auch die Feier für mich gelaufen. Aufgeben war nicht drin.

Während Thilo den Roller weiter dem Treffpunkt entgegensteuerte, versuchte ich an etwas anderes als die Schmerzen zu denken. Ich versuchte das Gefühl der Schwerelosigkeit beim Verlassen der Schule heute Mittag wiederzubeleben. Das Abfallen der Last, als ich durch die breite Glastür getreten war. Die Vorfreude, mit der ich mich in die Freiheit des grellen Sommertages geblinzelt hatte. Notenkonferenz. Ein Wort, das so nüchtern klang, konnte die Erlösung im Leben eines Schülers bedeuten. Mit diesem Tag war das Schuljahr vorbei. Geschafft.

„Also mir sind die Noten ja schnuppe! Hauptsache versetzt! Und nach der Pleite im letzten Jahr denkt mein Alter genauso." Thilo war mit mir zu den Stellplätzen für Zweiräder geschlendert und stieg dort auf seine alte Vespa. „Bis in zwei Stunden bei dir!"

Er hatte sich die Sonnenbrille durchs offene Visier seines Helms geschoben, hatte den Starter etliche Male kräftig nach unten gekickt – „Dreckskiste!"–, bis der Motor ansprang. Dann war er durch die Reihe geparkter Fahrräder schwankend davongefahren.

Als ich nach Hause strampelte, beflügelte mich meine Erleichterung. Die Sache mit der Versetzung in die nächste

Klasse war keineswegs so glatt gelaufen wie ursprünglich angenommen. Wir hatten uns beinahe jeden Tag im Park getroffen und das Gefühl der Gemeinsamkeit hatte es stets geschafft, das schlechte Gewissen der Faulheit zu verdrängen. Doch jeden Morgen kehrte es zentnerschwer zurück und begleitete mich auf meinem Weg zur Schule. Murmelnd spulte ich dann Gelübde für die Zukunft ab, getrieben von der Angst vor dem Tag und dem Wissen um eine mangelhafte Vorbereitung.

Mutter schob meine schulischen Probleme sowie die anderen „unerfreulichen Veränderungen“ hauptsächlich auf Thilo, meinen „schlechten Umgang“. Ilse Fried, unsere geschwätzige Nachbarin, hatte uns im Park gesehen und ihr Tratsch hatte Mutter veranlasst, mich beim Heimkommen abzupassen. Mein Zustand, wie ich am Türrahmen lehnend vor ihr stand, bestätigte ihr Ilses unter vorgehaltener Hand geäußerte Vermutung. Der Geruch von Zigaretten und Alkohol hing unleugbar an mir und so sehr ich mich auch bemühte, mein Lallen unter Kontrolle zu halten, scheiterte ich damit ebenso wie mit dem Versuch, nicht ständig zu grinsen. Und dies trotz Mutters emotionalen Feuerwerks, das sie zwischen lautstarker Wut und tränenreicher Verzweiflung pendeln ließ.

Thilo, der mich begleitet hatte, machte mich am nächsten Tag auf meinen unangebrachten Gesichtsausdruck während ihres Ausbruches aufmerksam. Wir bogen uns vor Lachen.

Mein Schmunzeln gefror, als wir mit einem Satz von der asphaltierten Straße in einer Rinne des Feldweges landeten. Taumelnd versuchte Thilo den Roller in der Spur zu halten und ich krallte meine Finger um die Griffe. Mühsam arbeiteten wir uns weiter, bis wir Henning und Dieter in der Wiese liegend ausmachten und Thilo den Motor drosselte.

„Schnell!" Und noch einmal so laut ich konnte: „Schnell!"

Als sie mir endlich die beiden Kästen Bier abnahmen, die ich während der Fahrt, eine links, eine rechts gehalten und mit den Beinen von der Vespa weggedrückt hatte, gaffte ich fassungslos auf meine Hände. Die Finger, von roten Striemen gezeichnet, waren immer noch gekrümmt. Langsam versuchte ich sie auszustrecken.

„Ach komm schon, Heulsuse, stell dich nicht so an!"

Thilo war abgestiegen und wollte den Roller auf den Ständer heben. „Soll ich hier ewig warten, bis du dein Drama beendet hast? Runter da!"

Genervt über so viel Ignoranz gegenüber meinem Leiden stieg ich ab. Während Thilo die Vespa aufbockte, schüttelte ich meine Finger aus und blickte zu Dieter und Henning, die sich mit den Kästen auf den Weg machten.

„Hey!" Ich riss mir den Helm vom Kopf und rief ihnen hinterher. „Das Erste gehört aber mir! Hört ihr?"

Als ich mit Thilo bei den beiden ankam, ließ Henning gerade den Ersten der beiden Kästen mit einem Klatschen ins Wasser des Löschteichs fallen. Der Kasten sank auf den Grund, bis die Flaschen nur noch schwach von unten durchschimmerten.

„Henning, du bist ein Trottel!"

„Und ich dachte, der schwimmt."

Thilo griff sich eine Flasche aus dem zweiten Kasten und öffnete sie mit seinem Feuerzeug, sodass der Verschluss mit einem lauten Knall absprang und ins Gras segelte. Er hielt mir das Bier, aus dem der Schaum stieg, entgegen.

„Hier, Friedrich, unser Held, nimm!"

Von drei weiteren Flaschen flogen die Kronenkorken. Glas klang an Glas.

„Na, was sagt ihr? Ist doch ein schickes Fleckchen, oder? Wie geschaffen für unsere Feier!"

Wir befanden uns auf einem lang gestreckten Hang, dessen Mitte der ohne erkennbaren Grund angelegte Löschteich darstellte. Das Grün der Wiese war nur von der sich nach oben windenden Straße und Thilos Vespa als Farbklecks durchbrochen. Talwärts begrenzten Wälder den Hang, die den Blick auf die Stadt verbargen. Weiter hinten konnte man die Autobahn erkennen, die durch die Landschaft schnitt, und ab und zu blitzte das von einem Auto reflektierte Sonnenlicht als heller Punkt. Ansonsten erschien das Bild, das sich uns darbot, unbewegt.

„Kommt schon, wir müssen was tun! Wir sind ja nicht zum Rumstehen so früh heraufgekommen."

Thilo machte den Anfang. Dieter und ich folgten ihm.

„Und du, Henning, sorgst dafür, dass der zweite Kasten wieder auftaucht!"

Wir begannen Brennholz zu sammeln und zu einem Haufen aufzuschichten, der zu unserer Enttäuschung aber nur langsam wuchs. Von dem Turm, den wir eigentlich hatten errichten wollen, waren wir weit entfernt. Während wir den Waldrand absuchten, lenkte Henning mit Pfiffen plötzlich unsere Aufmerksamkeit auf sich. Triefend stand er in Unterhosen am Teich und hielt triumphierend den Kasten Bier in die Höhe. Grund genug für eine Pause, in der wir vier weitere Bierflaschen leerten und die beiden Kästen, diesmal an einen Pflock gebunden, in den Löschteich hängten. Dann sammelten wir weiter Reisig und Holz und schleppten es zur Feuerstelle.

Als wir uns mit unserem dritten Bier neben dem Haufen niederließen, waren unsere T-Shirts schweißnass und an unseren Hosen hingen Tannennadeln und Blätter. Dieter jammerte wegen des Harzes an seinen Händen und seiner zerkratzten Waden und beteuerte, dass er sich nie wieder freiwillig melden würde. Wir ließen sein Lamentieren unkommentiert, nur Thilo rang sich nach einiger Zeit zu einer gut gemeinten Aufforderung durch.

„Halt's Maul, altes Waschweib!"

Danach sprach keiner mehr. Ausgestreckt lagen wir nebeneinander in der Sonne, stierten in den Himmel, der sich wolkenlos über uns spannte. Ich war ausgelaugt von Hitze und Arbeit und allmählich begann der Alkohol seine Wirkung zu zeigen.

Wildgänse flogen in Formation über uns hinweg.

Die anderen waren eingeschlafen. Ich griff nach meinem Bier und trank noch einen Schluck. Nur nicht übertreiben, aber besser jetzt, da es kalt war, als später die warme Brühe. Das Etikett auf der Flasche hatte sich im Wasser etwas gelöst und war beim Herausfischen verrutscht. Ich zog das noch feuchte Stück Papier ab und formte daraus eine Kugel.

Das Warten und die Stille vermittelten mir das Gefühl, die Zeit hätte sich wieder in der Einsamkeit verloren. Hätten die drei neben mir nicht geatmet, ich hätte in der Leblosigkeit eines Bildes aufgehoben sein können.

Gelangweilt schlenderte ich zum Löschteich, in dem zahlreiche Bieretiketten trieben. Ich nahm einen Stock und rührte durchs Wasser. Der schlammige Grund wurde aufgewirbelt und die Etiketten flatterten in der Strömung.

„Durftest du als Kind nie in der Badewanne spielen?"

Thilo stand schmunzelnd neben mir und zündete sich eine Zigarette an.

„Hast du für mich auch eine?"

Wortlos reichte er mir die Packung.

Die Haut der Wurst platzte der Länge nach auf und legte das Innere frei, wie bei einer Wunde. Fett spritzte, aus dem Fleischgemisch trieben Blasen. Dieter zog den Stock mit der aufgespießten Wurst zu sich heran. Die kleine Flamme an dessen Spitze verlosch und hinterließ eine Rauchsäule, die eine Spur durch die Luft zeichnete. Gierig riss Dieter ein Stück aus der Wurst.

„Hu … ha … hu … heisch!“

Dampf stieg aus seinem aufgerissenen Mund und immer wieder schlug er kurz die Zähne zusammen, um den Bissen zu zerkleinern.

„Dieter, du bist ein echter Depp!“

„Lass ihn! Der Affe ist gerade erst vom Baum gestiegen.“

Wir saßen ums Feuer und betrachteten Dieter, wie er, eine glänzende Fettschicht um seinen grinsenden Mund, endlich den Bissen hinunterschluckte.

„Genau so, wie ich es mag!“

Die Mädchen hatten für feste Nahrung gesorgt. Karin, Franziska, Charlotte und Babs hatten Würste, Brot und Kartoffeln mitgebracht, Senf, Ketchup und eine Alibigurke.

„Und was soll das sein?“

Werner, der mit Horst kurz zuvor die Bierversorgung sichergestellt hatte, deutete auf eine weiße Schüssel.

„Pizzateig.“

„Und was willst du hier mit Pizzateig?“

„Sollen wir dir noch einen Ofen kacheln?“

„Habt ihr nie Stockbrot gegessen?“

Ich bemühte mich, den Stock gleichmäßig und nicht zu dicht an den Flammen zu drehen, aber mein Hunger machte mich ungeduldig. Gierig zog ich den heißen Strang vom Stock und kaute die noch teigige Masse.

„Schmeckt es?“

Babs saß drei Plätze weiter und lächelte mir zu.

„Noch nicht ganz fertig gebacken, aber trotzdem lecker.“

Ihre nackenlangen, hellbraunen Haare hatte sie hinters Ohr gestrichen. Die klaren, beinahe kantigen Konturen ihres Gesichts, die hohen Backenknochen, ihre weich gezeichneten

Lippen waren nur teilweise der Grund, warum sie mich so faszinierte. Sie war der Typ Mädchen, dessen Augen immer zu funkeln schienen.

„Sag, ist dein Stiefvater nicht Professor Speidler von der Uni? Irgendwas Geschichte?“

„Krass, dein Alter ist Prof an der Uni? Nicht schlecht!“

Dieter unterstrich sein Staunen über diese Neuigkeit mit einem anerkennenden Pfeifen.

„Er ist weder mein ‚Stiefvater‘ noch mein ‚Alter‘, sondern nur der Freund meiner Mutter. Und er heißt Seidler. Ohne ‚p‘.“

Ich war genervt. Zwar konnten weder Babs noch Dieter wissen, dass ich schlecht auf Bertram zu sprechen war, dennoch konnte ich meine Gereiztheit nicht unterdrücken. Missmutig schnappte ich mir eine Wurst, rammte sie auf die Spitze meines Stocks und hielt sie übers Feuer.

„Hast Probleme mit deinem Prof?“

„Dieter, tu mir den Gefallen, sei still und nimm dir noch eine Wurst!“

„Okay, Seidler, Speidler, hört sich doch ähnlich an. Und der ‚Stiefvater‘ tut mir leid. Aber das mit Geschichte stimmt, oder?“

Während Babs sprach, sah sie mich entschuldigend an. Ihr Lächeln, ihre Augen zogen dabei all meine Aufmerksamkeit auf sich. Ihre Lippen schienen sich wie in Zeitlupe zu bewegen. Jeder Ton klang nach, floss in den nächsten, dauerte, und war dann doch mit einem Mal verflogen. Wie sollte ich ihren Worten folgen können, wenn sie mich derart anblickte? Vor einem Moment hätte ich noch geschworen, einen klaren Gedanken fassen zu können. Nun aber versetzten mich ihr Blick und meine durch den Alkohol übersteigerte Wahrnehmung in einen Zustand geistiger Lähmung. Dabei spürte ich nur noch die Peinlichkeit des Errötens und hoffte, niemand würde es merken, und falls doch, der Hitze des Feuers zuschreiben.

„Friedrich? Geschichte, oder?"

„Äh, ja. Alte Geschichte."

Ich zwang mich, meinen Blick von Babs zu wenden, um mich aus der lähmenden Verlegenheit zu reißen. Ich setzte an und nahm einen tiefen Schluck aus der Bierflasche.

„Hey, Babs, wieso kennst du Friedrichs Stiefvater – oder was auch immer?"

„Meine Schwester hat von ihm erzählt. Sie macht nächste Woche Prüfung bei ihm."

Henning kam von hinten und hielt mir ein frisches Bier vor die Nase. „Und, was sagt sie? Wie ist er?"

Babs zögerte. Sie zog ihre Unterlippe ein und schien zu überlegen, ob sie mir die Information anvertrauen könnte.

„Mach dir keine Sorgen, Babs. Friedrich ist mit seinem Seidler so übers Kreuz, der redet mit dem nicht einmal das Nötigste! Oder?"

Thilo blickte mich an und ich nickte. Derart ermuntert gab Babs die Schilderung ihrer Schwester wieder, den Frust einer Studentin über den unnachsichtigen Prüfer und eine kaum zu bewältigende Stoffmenge. Vom breiten Verständnis für Babs' Schwester fand die Diskussion einen gleitenden Übergang auf das gespannte Verhältnis zwischen Lehrkörper und Schüler im Allgemeinen. Und während sie ihren Höhepunkt im unnachgiebigen Auftreten von Frau Kleinhut fand, dämmerte ich langsam weg. Die Lider schlossen sich wie Rollläden. Mein Kopf gab der Schwerkraft nach und sank nach vorne auf die Brust. Flüstern. Flüstern und das Gefühl beobachtet zu werden.

Ich schreckte hoch. Den Stock mit der Wurst hielt ich immer noch umklammert.

„Na, Friedrich? Müde? Iss vielleicht etwas."

Unfähig, einen eigenen Gedanken zu fassen, folgte ich der Aufforderung. Mein Mund war trocken und die Wurst schmeckte verbrannt. Ich würgte den nur halb zerkauten Brocken hinunter und spülte mit Bier nach.

„Vielleicht solltest du dich mit Babs' Schwester treffen und mit ihr über euren gemeinsamen Freund plaudern?"

„Vielleicht."

Das Lagerfeuer hatte sich in einen Haufen Glut verwandelt. Schwelende Hitze drang aus den rot schimmernden Holzresten. Ab und zu züngelte eine kleine Flamme hoch, um gleich darauf wieder zu verschwinden. Die Mädchen waren von Franziskas Mutter abgeholt worden.

„Kein Qualmen, solange meine Mama da ist!" Nachdem wir uns bereit erklärt hatten, Bierflaschen und Zigaretten für den Moment verschwinden zu lassen, hatten sie uns das restliche Essen dagelassen – „als Mitternachtssnack oder Frühstück".

Jetzt wurde kaum noch gesprochen. Dieter und Thilo alberten noch ein wenig, Werner schwieg bereits seit einer Weile. Ich stocherte lustlos mit einem Stock in der Glut, eine Zigarette im Mundwinkel. Henning und Horst flüsterten, kicherten, prosteten sich zu.

„Ach! Scheiße!"

Mir war die Zigarette aus dem Mund gerutscht und hatte auf meinem Oberschenkel eine Brandspur gezogen.

„So ein Mist! Mir reicht's!"

Ich stand auf, kickte die Zigarette in die Glut und trank den Rest meiner Flasche leer, die ich danach einfach hinter mich auf die Wiese warf. Stolpernd verließ ich die anderen und torkelte nach unten an den Waldrand zum Pinkeln. Als ich zurückkam, grinste Henning breit. In seiner Hand hielt er ein Blatt Papier.

„Na schau mal einer an. Der Friedrich. Wer hätte das von unserem Freund erwartet?"

„Echt? Was denn? Lass mich mal sehen!"

Henning reichte den Zettel an Dieter weiter, der nach einem kurzen Blick auf mich neugierig zu lesen begann.

„Was?"

Der Boden schien zu schwanken und ich bemühte mich um einen möglichst souveränen Gesichtsausdruck zu meinen ausgleichenden Bewegungen.

„He, Friedrich!"

„Was? Verdammt!"

Mit Ausnahme von Dieter, der noch immer las, lächelten mich alle süffisant an und kosteten meine Neugier und meine Unbeholfenheit aus.

„Friedrich, du bist ein richtiger Schwerenöter, was?" Henning suchte in der Runde nach Bestätigung. „Mit Mädchen hat er es jedenfalls!"

Auch Dieter hatte nun zu Ende gelesen und sah grinsend von dem Papier hoch.

„Mit Charlotte turtelt er herum …"

„Gar nicht wahr!"

„… bei Babs fällt er regelmäßig in Ohnmacht …"

Aufgrund meiner Verlegenheit verzichtete ich auf weiteren Protest.

„… und dann hat er noch eine sehr – sagen wir – ‚ausführliche Brieffreundschaft' mit einer Polizistin!"

Antonia!

Der Drucker hatte also doch nicht gesponnen, obwohl ich es fünfzehn Mal kontrolliert hatte. Irgendwie muss die Mail doch noch in der Ablage gelandet sein.

„Ihr Schweine, wo habt ihr das her?"

Wütend starrte ich in die Runde. Feixende Gesichter, die im Schein der Glut und des Mondlichtes die Vertrautheit der

Freundschaft abgeworfen hatten. Ich wollte mich auf Dieter stürzen, ihm den Brief entreißen, aber mit dem letzten Funken Vernunft, den mir der Alkohol und mein Zorn gelassen hatten, gestand ich mir ein, nicht annähernd eine Chance gegen ihn zu haben. Außerdem reichte er in diesem Augenblick den Zettel an Horst weiter.

„Horst hat den Wisch im Computerraum gefunden. War doch nett, ihn mitzubringen! Wer weiß, wer den sonst …"

Mit drei Schritten war ich durch den Gluthaufen und stürzte mich auf Horst. Ich drückte ihm den Unterarm gegen den Kehlkopf und riss ihm den Zettel aus der Hand.

Sie waren in Regionen meines Lebens eingedrungen, die den Tod meines Bruders betrafen und die ich seit Wochen vor mir und vor allen zu verbergen versuchte. Nur ab und zu blinzelte ich in diesen Abgrund. Und immer, wenn ich mit Antonia Kontakt hatte. Antonia, die Karolus nie gekannt hatte, war meine Brücke zu ihm geworden. Horst hatte mein Geheimnis aus der Verborgenheit gezerrt und nun saßen sie hier und amüsierten sich darüber.

Wütend schlug ich zu, versuchte meine Faust, die den Brief umklammert hielt, in Horsts Gesicht landen zu lassen, aber meine Hiebe wurden abgewehrt. Da packte mich Dieter, zerrte mich weg. Horst rappelte sich hoch, holte Schwung und dann krachte seine Faust auf meinen Mund und meine Nase. Mein Kopf wurde von der Wucht des Schlages nach hinten geschleudert. Dieter und ich stürzten, rollten den Abhang hinunter, bis wir nebeneinander im Gras liegen blieben.

Meine Unterlippe war aufgeplatzt. Blut rann mir in den Mund und mischte sich mit Speichel. Pochend schwoll meine Nase an. Das Atmen fiel mir schwer und ich drehte mich zur Seite, spuckte. Mit geschlossenen Augen und von den anderen ignoriert, blieb ich liegen. Den Brief von Antonia fest in meiner Faust.

Als ich erwachte, stand die Sonne bereits über dem Hügel, der dem unseren gegenüberlag, und warf lange Schatten ins Tal. Es war noch kühl und Tau funkelte auf den Wiesen. Mein Schlafsack war feucht und klamm.

Sie hatten mich in den Schlafsack gesteckt.

Der Alkohol hatte seine betäubende Wirkung noch nicht gänzlich verloren, aber jeder Herzschlag hämmerte den Kopfschmerz tiefer in mein Bewusstsein. An meiner Nase fühlte ich die Schwellung. Meine Lippen brannten und ich fühlte die Bahnen verkrusteten Blutes, die mein Gesicht überzogen. Trotz der klaren Luft des Morgens stieg mir der Geruch des Rauches in die Nase, der an mir haftete. Mich ekelte. Ich hob ein wenig den Kopf und erkannte die anderen, die neben mir ruhig in ihren Schlafsäcken lagen.

Die Anstrengung meinen Kopf zu halten schien meinen Schädel zum Bersten zu bringen. Ich legte mich wieder zurück und hoffte auf erlösenden Schlaf, während die Schallplatte des Selbstmitleids in der Rille mit dem Schwur „Nie wieder Alkohol!“ hängen blieb.

18.

Am Fenster lehnend versuchte ich mich möglichst unauffällig zu verhalten, ertappte mich aber, wie ich wieder an der offenen Tür vorbei in den Raum stierte. Verlegen lenkte ich den Blick zurück in das Heft, das ich im Vorübergehen mitgenommen hatte.

„Filmtage im Audimax – Orson Welles Reprise“.

Wer zum Teufel war Orson Welles?

Nur noch wenige kamen den breiten Flur entlang, der die Erhabenheit des Gebäudes widerspiegelte. Unbewegt lauschte ich vorbeieilenden Schritten. Das Klacken harter Absätze, das von den Wänden zurückgeworfen wurde und sich rasch entfernte, bis es sich im Treppenhaus verlor. Irgendwo rieben Gummisohlen auf den Fliesen und das Quietschen hallte durch die Gänge.

Es roch nach Farbe. Die Schilder neben den zahlreichen Türen stachen wie schwarze Löcher aus dem makellosen Weiß der frisch gestrichenen Wände.

„Historisches Institut. Lehrstuhl für Alte Geschichte. Sekretariat."

Und daneben: „Lehrstuhlinhaber Univ. Prof. Dr. Bertram Seidler."

Vor einer knappen Stunde hatte ich mich von den beiden getrennt. Babs und ich hatten uns zuvor am Südausgang des Bahnhofs getroffen und dann die Straßenbahn zum Humboldtplatz genommen. Auf der Suche nach dem Prüfungszimmer waren wir durch den alten Teil der Universität geirrt, bis wir Ines schließlich fanden, die mit einer Handvoll anderer Studenten auf ihr Kolloquium wartete.

„Ihr seid ja viel zu früh. Ich war noch nicht dran."

Nervös saß sie auf einem der Stühle und blätterte in dem Buch auf ihrem Schoß. Sie ließ die Seiten über ihre Daumen mal nach hinten, dann wieder nach vorne fliegen.

„Wo war das nur schnell?"

Zahlreiche Passagen waren markiert, an den Rändern befanden sich Notizen.

„Wir lassen dich besser in Ruhe."

Babs und ich schlenderten den Gang hinunter und blieben in einiger Entfernung stehen. Ich hatte mir ihre Schwester anders vorgestellt und bemerkte auf den ersten Blick keinerlei Ähnlichkeit zwischen den beiden. Ines hatte nichts von Babs' Attraktivität, sie wirkte pummelig und ihre Locken, die sie mit einer nervösen Handbewegung immer wieder im

Nacken zu einem Zopf zusammenfasste und dann fallen ließ, waren ungepflegt. Fand ich Babs in ihrer weißen Bluse und der Dreiviertelhose umwerfend, so war mir das Sommerkleid von Ines zu farbenfroh, zu groß gemustert, zu gewollt.

Als nach einer Weile ein Student mit gesenktem, aber erkennbar rotem Kopf aus dem Prüfungszimmer kam, klappte Ines erschrocken ihr Buch zu. Sie versicherte sich, an der Reihe zu sein, warf ihre Unterlagen in die Tasche und als Babs ihr noch einmal aufmunternd zulächelte, schloss sie bereits die Tür hinter sich.

Es war Babs' Idee gewesen, sich mit Ines an der Universität zu treffen, damit ich Bertrams berufliche Seite kennenlernen könnte, „sozusagen aus erster Hand". Ein Vorschlag, dem ich nichts hätte abgewinnen können, wäre Babs nicht bereit gewesen, mich zu begleiten. Bertrams berufliche Facette war mir gleichgültig, mir genügte die private, die ich bis zum Erbrechen kannte.

Wenig später erzählte Ines mit vor Aufregung geröteten Wangen, aber stolz grinsend: „Ich weiß nicht, was die anderen so schlimm an ihm finden. Natürlich verlangt er viel, aber – nichts für ungut – wir sind ja auch nicht mehr in der Schule!"

Mir wurde schlecht von dem euphorischen Geplapper und als sich die beiden Schwestern freudestrahlend und ineinander gehakt verabschiedeten, weil sie ihre Mutter anrufen und dann ins Kaffeehaus wollten, war mir das auch recht.

An meinem Spiegelbild im Fenster vorbei blickte ich in den Park, der sich vor dem Gebäude ausbreitete. Studenten lagen auf der Wiese und lasen oder schliefen mit hochgeschobenen T-Shirts in der Sonne, rauchten, unterhielten sich. Eine Gruppe veranstaltete ein Picknick samt karierter Decke und Korb. Auf den Wegen, die sich gitterförmig durch das Grün zogen, bummelten Spaziergänger mit umgehängten Taschen und viel Muße.

Hinter mir verließ Bertrams Sekretärin ihren Posten und ging den Flur entlang zur Toilette. Dauerwelle, die Bluse mit Pailletten und stonewashed Jeans vermittelten ein Modebewusstsein, das sich vor Jahrzehnten verankert und jeder Weiterentwicklung widersetzt hatte. Ein kurzer Blick ans andere Ende des Flurs, wo vor dem Prüfungszimmer die nur langsam kleiner werdende Gruppe von Studenten wartete. Laut Ines beendete Bertram seine Kolloquien nie vor sechs Uhr.

Mein Puls ging schneller. Der Augenblick war gekommen. Ohne zu zögern ging ich ins verwaiste Sekretariat, vorbei am Tresen, der das Reich der Assistentin von der Zone für Studenten abgrenzte. Die Tür zu Bertrams Büro stand halb offen und ich zwängte mich durch den Spalt. Rasch inspizierte ich den Raum und suchte nach einem passenden Versteck. Auf Zehenspitzen huschte ich hinter einen der roten, bodenlangen Vorhänge.

Ich lauschte. Die Sekretärin kam nicht mehr ins Büro, sondern angelte sich nur schnell ihre Handtasche vom Tresen. Durch den Schlitz zwischen zwei Vorhängen sah ich, wie sie die schwere Holztür hinter sich zuzog. Ein Schlüssel wurde ins Schloss geschoben, herumgedreht und in dem Moment, als der Riegel in die Fuge schnappte, wurde mir klar, dass ich nicht im Geringsten daran gedacht hatte, wie ich das Büro wieder verlassen könnte. Was für ein grenzenloser Idiot! Ich hatte nur einen halben Plan gehabt. Und mit der Erkenntnis traf mich die Angst vor Bertram wie ein Keulenschlag.

Zaghaft, als wäre ich mir nicht sicher, allein zu sein, lugte ich hinter dem Stoff hervor. Die mir gegenüberliegende Wand wurde von einem dunklen Regal eingenommen, das von oben bis unten mit Büchern vollgestopft war und das nur den Platz für die hohe Tür frei ließ, die auf den Gang führte. Links, dem

Sekretariat gegenüber, stand ein wuchtiger Schreibtisch, der mich zusammen mit dem ledernen Drehstuhl an seinen monströsen Zwilling erinnerte, den keuchende Möbelpacker – von Bertram dirigiert – in unser Haus geschleppt hatten. Dahinter hing ein überdimensionales Gemälde, das eine Szene aus der antiken Mythologie zeigte. „Sterbender Achilles". Auf der anderen Seite des Raums eine Sitzgruppe, überzogen mit braun geripptem Stoff. Davor ein Tischchen, auf dem Fachzeitschriften dekorativ aufgefächert lagen. An dieser Wand hingen zwischen Urkunden und Auszeichnungen großflächige Gruppenfotos und Bilder aus Bertrams akademischem Leben. Auf einem von ihnen, um das sich die anderen zu gruppieren schienen, winkte er in dunkler Robe lächelnd und mit generöser Geste einem nicht sichtbaren Publikum zu. Ein anderes Bild zeigte ihn bei der Entgegennahme einer kleinen, glänzenden Statue. Im Hintergrund Männer in dunklen Anzügen, die mit feierlichem Gesichtsausdruck applaudierten, den Blick auf Bertram gerichtet.

Geräusche auf dem Flur riefen mir wieder meine Lage ins Bewusstsein. Ich wartete, bis es still wurde. Dann schlich ich zur Tür und drückte die Klinke nach unten. Wie erwartet war abgeschlossen.

Leise fluchend lief ich ins Sekretariat, nur um bestätigt zu bekommen, dass sich auch dort die Tür nicht öffnen ließ. Nicht in der Lage das Büro verlassen zu können, war ich dazu verdammt, auf das Unausweichliche zu warten. Unfähig, über Ausreden oder eine Möglichkeit der Flucht nachzudenken, setzte ich mich auf die Couch. Die aufmüpfige Neugier, die mich zu diesem Wagnis getrieben hatte, war verflogen und machte der Wut über meine Dummheit Platz. Die Vorstellung, wie mich Bertram hier finden und bestrafen würde, bemächtigte sich meiner. Wie er mich mit vor Wut an den Schläfen hervortretenden Adern und bebenden Lippen anbrüllen, wie sich Speichel in seinen Mundwinkeln in kleinen Blasen sammeln würde.

Regungslos saß ich da, unfähig, mich aus dieser Lähmung zu lösen. Nur mein Blick wanderte unstet über die Bilder an der Wand, ohne die Situationen auf den Fotos zu erfassen. Bis ein kleines Porträt, das am äußersten Rand gleich neben der Tür hing, meine Aufmerksamkeit auf sich zog. Das Bild war mit Passepartout und schmalem Rahmen umfasst, ein schwarzes Band spannte sich über die rechte untere Ecke. Es zeigte das freundliche Gesicht eines älteren Herrn, der eine Hornbrille trug, die die neckisch wirkenden Augen einrahmte. Leicht hängende Backen, kleiner Mund. Strähnige, dunkle Haare, die sich nur widerwillig nach hinten bogen. Falten, die von der Nase zu den Mundwinkeln führten. Falten, die die Stirn zerfurchten. Mir kamen die markanten Züge bekannt vor. Suchend strich mein Blick wieder über die Fotowand, bis ich das Bild fand, auf dem der Mann Hände schüttelnd mit Bertram abgelichtet war. Beide trugen Anzüge, wobei jener von Bertram deutlich eleganter war. Und auch sein Lächeln war strahlender, überlegen, oder wirkte das nur so, weil der andere kleiner, schmächtiger war? Aber wieder die gleichen blitzenden Augen.

Ich suchte weiter. Dort, auf dem Gruppenbild standen die beiden am rechten Ende der mittleren Reihe nebeneinander. Hier Bertram am Rednerpult und der Mann als einer der Zuhörer hinter ihm.

Mein Interesse war geweckt. Ich wollte wissen, wer die Person war, die nicht zu Bertram passen wollte und dennoch auf so vielen Bildern zu sehen war, die ihn anscheinend durch sein berufliches Leben begleitet hatte. Vorgebeugt kniete ich auf der Couch, kaute auf meiner Unterlippe und suchte die Fotos nach dem mittlerweile vertraut gewordenen Gesicht ab.

Metall schlug gegen Metall. Ich schreckte hoch. Ein Schlüssel, der ins Schloss gesteckt wurde.

Verdammt! Wie lange war ich schon in Bertrams Büro? Ein Gespräch, das vom Flur in den Raum klang. Bertrams Stimme.

Panik erfasste mich.

Ich stürzte von der Couch, stieß mich am Tischchen. Eine der Zeitschriften glitt zu Boden. So leise ich konnte hastete ich ins Sekretariat, während die Tür zum Büro aufgezogen wurde. Bertram und ein anderer Mann traten diskutierend in den Raum, während ich um den Tresen bog. Ich duckte mich, ging auf die Knie und rutschte auf allen vieren weiter.

„… und das Quellenverzeichnis? Sie wollen mir wohl nicht weismachen, dass Sie und der Kommilitone Köster …"

„Herr Professor, ich kenne Kösters Arbeit ebenso wenig wie seine Bemerkungen über die punischen Kriege. Es muss sich dabei wirklich um einen Zufall handeln."

Kriechend erreichte ich den Schreibtisch der Sekretärin, drückte mich dahinter. Ich wagte kaum zu atmen.

„Sie wollen also behaupten, dass Sie auf den gleichen – ich möchte sagen – frivolen Gedanken gekommen sind wie der Kollege Köster? Dann muss ich Ihnen aber sagen, ich weiß nicht, was ich für verwerflicher halte."

Die Tür zum Flur wurde geschlossen. Schritte.

„Bitte nehmen Sie Platz und lassen Sie uns gemeinsam einen Blick auf die Formulierungen des Kollegen werfen."

Absätze auf dem Parkettboden. Die Verbindungstür zwischen den Räumen wurde aufgestoßen.

Ich war inzwischen unter den Schreibtisch, in den Bereich zwischen den beiden Schubladenkästen, der durch eine Rückwand abgeschirmt wurde, gekrochen, zog meine Füße nach und kauerte mich zusammen.

„Nur eine Minute. Ich bin gleich zurück."

Meine Wangen, meine Ohren glühten. Mein Herz pumpte das Blut laut durch die Adern; ein Hämmern, das mich verraten musste. Das Zittern der verkrampften Arme. Die Schritte kamen näher. Bertram trat ins Sekretariat. Näher. Er ging ums Regal herum, ging zum Schreibtisch. Ich vergaß zu atmen. Schweiß rann mir über die Stirn. Wie sollte er mich jetzt nicht bemerken?

Der Lufthauch seiner Bewegung strich über meine feuchte Wange. Seine Hosenbeine vor meinem Gesicht. Ich konnte Mutters Waschmittel riechen. Die Schuhspitzen berührten meine Hand. Konnte man vor Angst in Ohnmacht fallen? Ich zitterte und mir wurde schwarz vor Augen.

Bertram riss die oberste Lade des Schreibtisches auf. Kunststoffrollen schrammten über Metallschienen, Büroklammern flogen durcheinander, Stifte rollten und wurden abgebremst. Er griff sich einen Schlüssel und ging zu einem der Schränke. Ich beobachtete, wie er in die Knie ging, aufschloss und den Rollladen zur Seite schob. Seine Finger tippten von Buchrücken zu Buchrücken, bis er fündig wurde. Er zog ein in schwarzes Leinen gebundenes Buch aus dem untersten Fach und richtete sich auf. Seine Schuhspitzen drehten sich mir zu.

Endlose Sekunden, in denen er in dem Buch blätterte.

Als er es zuklappte, zuckte ich wie ertappt zusammen, aber Bertram ging ohne Umschweife in sein Büro zurück. Ich hörte das Schlagen der Tür, ohne dass diese schloss. Stattdessen sprang sie federnd wieder auf.

Minutenlang starrte ich auf meine Hand, deren Zittern nicht abnehmen wollte. Mein nach hinten gebogener Rist schmerzte, ebenso wie meine Knie.

Die Diskussion zwischen Bertram und seinem Gast wurde nun leiser geführt. Selbst als das Pochen in meinen Ohren abgeklungen war, konnte ich die Worte nicht unterscheiden.

Schlüssel?

Hatte Bertram nicht eben einen Schlüssel aus der Schublade geholt? Vielleicht hatte ich Glück! Auf die Geräusche im Nebenraum lauschend kroch ich vorsichtig aus meinem Versteck und rutschte auf Knien so weit, dass ich in die noch immer geöffnete Lade sehen konnte. Zwischen Stiften, Rollen mit Klebestreifen und Radiergummis lag in einer Schale – eine Handvoll Schlüssel. Alle mit Etikett versehen. Bertrams Akkuratesse, die die Organisation des Instituts durchwirkte. „Dissertationen". „Habilitationen". Ich musste die Anhänger etwas drehen, um die Beschriftung lesen zu können. „Forschungsantr.". „Ersatz". „Publikationen". „Konferenz-293". Ein weiterer hatte sich ins Fach für Büroklammern verirrt. „Konferenz-257".

Ersatz!

Auch die Größe stimmte. Während die kleineren Schlüssel vermutlich zu Büroschränken passten, glichen sich jene für die Konferenzzimmer und „Ersatz".

Vorsichtig hob ich den Schlüssel aus der Plastikschale, zuckte bei jedem Geräusch zusammen. Dann verbarg ich ihn in meiner Faust, unsicher, ob ich auf Bertrams Aufbruch warten oder sofort versuchen sollte aus dem Büro zu kommen. Im Nebenzimmer war das Gespräch in gleichbleibender Lautstärke im Gang.

Ich schnürte meine Turnschuhe auf und lockerte die Bänder, um leise herausschlüpfen zu können. Staub wirbelte auf und schimmerte im einfallenden Sonnenlicht, als ich mich erhob und die Schuhe links und rechts an meinen Gürtel band. Besser ein Fluchtversuch, als zusammengekauert unter dem Schreibtisch gefunden zu werden.

Auf Socken schlich ich um den Schreibtisch, erstarrte, als das Parkett an einer Stelle knacksend meinem Gewicht nachgab. Ich hielt den Atem an und horchte. Bertram dozierte ohne merkbare Veränderung. Also weiter. Als ich einen Blick über den Tresen riskierte, konnte ich durch den Türspalt einen Arm erkennen, der auf der Lehne der Couch lag. Ich schnappte unzusammenhängende Wortfetzen auf, über deren Sinn ich aber nicht nachdachte. Nur leise weiter.

Die Schuhe baumelten an meiner Hüfte. Vorsichtig schob ich mich zur Tür. *Behutsam den Schlüssel ins Schloss setzen!* Wie die Hand plötzlich wieder zitterte. Der Bart passte in den Schlitz. Zuversichtlich, mich dennoch zu Langsamkeit zwingend, ließ ich Zacke für Zacke bis zum Anschlag ins Schloss gleiten. Der Widerstand gegen die Drehung des Schlüssels wurde stärker, bis der Riegel zur Seite flog und im gleichen Moment die Holztür unüberhörbar aufsprang. Ich hatte vergessen, mich dagegen zu drücken!

Das Gespräch im Nachbarraum brach ab. Kurzes Schweigen.

„Was war das?"

„Ich weiß nicht, Herr Professor ..."

Eilige Schritte.

Ich riss die Tür auf. Mit einem Satz war ich draußen. Blitzschnell zog ich den Schlüssel aus dem Schloss und steckte ihn von außen wieder an. Schlug die Tür zu. Rannte. Hinter mir wurde die Tür wieder aufgestoßen. Ein Lichtstrahl der niedrig stehenden Sonne fiel durchs Büro und erhellte den dämmrig daliegenden Korridor.

„Hey! Bleib stehen!"

Ich bog um die Ecke, lief die Treppe nach oben, nahm drei Stufen auf einmal. Absätze, die in schneller Folge hinter mir auf die Fliesen schlugen.

„Du sollst stehen bleiben! Mistkerl!"

Ich hechtete weiter. Bertram blieb nach den ersten Stufen stehen, beugte sich über das Geländer und brüllte nach oben.

„Du kommst nicht weit!"

Atemlos rannte ich noch eine Etage höher. Einer der beiden Schuhe löste sich und flog zur Seite. Ich blieb stehen, schnappte ihn.

„Ich habe dich ohnehin erkannt!“

Im nächsten Stockwerk bog ich ab und lief den Flur zurück. Bertrams hämisches Lachen im Rücken, das mich weitertrieb.

„Hast du gehört? Ich habe dich erkannt!“

Ich rannte weiter, bog zweimal nach rechts und umrundete so den Innenhof des quadratisch angelegten Gebäudes zur Hälfte. Niemand war mir bisher auf meiner Flucht begegnet.

Die Treppen nach unten stolpernd zog ich meine Schuhe wieder an. Meine Lungen brannten. Schweiß perlte die Schläfen hinunter.

Im ersten Stock versperrte mir eine Gruppe Studenten, die aus einem Hörsaal quoll und auf der Treppe nach unten drängte, den Weg. Meine Atemlosigkeit so gut wie möglich verbergend mischte ich mich unter die Menge. Gemeinsam schoben wir uns im Erdgeschoss an der Portierloge vorbei, bis ich mit den anderen aus dem Gebäude gespült wurde.

Der Wind trocknete meine Stirn. Ich erlaubte mir wieder, frei zu atmen, und sog gierig die frische Luft ein. Ich war entkommen. Aber Bertrams Lachen hallte in meinem Schädel und ich wagte nicht, mich umzudrehen. Seine Stimme donnerte noch immer hinter mir her.

„Ich habe dich erkannt!“

19.

Keuchend kämpfte ich gegen den Fahrtwind und die Erschöpfung. Mein Mund war ausgetrocknet, das Schlucken mühsam. Die Knie brannten in immer wiederkehrendem Wechselspiel, mit der zermürbenden Regelmäßigkeit eines Pendels. Meine Hände umklammerten krampfhaft den Lenker.

Ich starrte auf die Straße, auf den Asphalt, der sich in Bahnen unterschiedlicher Grauschattierungen unter mir durchzog, den weißen Streifen, der links von mir brüchig entlanglief und die Fahrbahn vom Radweg trennte. Mein Schatten neben mir, der über die Halme der Wiese zappelte und sich beruhigte, wenn ein Feldweg in die Hauptstraße mündete.

Ich bildete mir ein, stillzustehen, indem ich meine Wahrnehmung verkehrte und mich zum Zentrum machte, um das sich alles bewegte. In meiner Vorstellung drehten sich die Räder meines Fahrrades, weil sich die Straße wie ein riesiges Laufband unter mir durchschob. Bäume, Sträucher und Wiesen wurden an mir vorübergezogen und Autos waren nur deshalb schneller, weil sie auf Bahnen standen, die sich schneller bewegten.

Aber die einlullenden Gespinste perlten ab, verloren sich, weil ein Gedanke durch mein Hirn hämmerte, ohne dass ich es hätte verhindern können.

Ich war auf der Flucht.

Einer hilflosen, panischen Flucht, die den Makel der Sinnlosigkeit trug. Ich war auf der Flucht vor dem Flächenbrand meiner Angst, ohne zu begreifen, dass ich ihr nicht entkommen konnte. Man konnte aus eigenem Antrieb versuchen, in die Unendlichkeit zu rasen und sich dabei vor körperlicher Anstrengung den Leib auskotzen, aber man konnte seinen Dämonen nicht entfliehen. Unausweichlich setzten sie sich fest, fraßen sich wie Parasiten ins Bewusstsein. Und dann hörte man sie, die Angst, die einen erzittern ließ. „Du kannst mir nicht entfliehen. Ich bin ein Teil von dir. Du und ich, wir sind eins."

So fest ich in die Pedale trat, ich konnte Bertrams Gesicht mitsamt seinem selbstsicheren Grinsen nicht verjagen. Seine

Stimme schien mich zu durchfluten. „Du kannst mir nicht entfliehen! Ich habe dich erkannt!“

Mir wurde speiübel. Etwas schien meine Zunge gepackt zu haben, um sie mir aus dem Mund zu reißen.

Wo war ich? Würgend rollte ich aus, bemerkte den Gestank der Tierkörperverwertung. Unbewusst war ich in südlicher Richtung aus der Stadt geradelt.

Ohne auf den Verkehr zu achten, kreuzte ich die Fahrbahn. Hupen irgendwo hinter mir. Neben mir. Ein Auto, das vorbeiraste. Nur weg hier. Wieder stieg ich so fest wie möglich in die Pedale, als könnte ich damit meine Angst zertreten. Und dennoch hallte Bertrams Stimme in mir nach. „Du kannst mir nicht entfliehen! Ich habe dich erkannt!“

Ich hatte das kleine, braune Etwas zu spät bemerkt. Im ersten Augenblick hielt ich es für eine Katze, die über den Weg streunte, aber das fusselige Ding war zu klein und bewegte sich mit seinen kurzen Beinen zu ungeschickt, zu hektisch. Mit zitterndem Körper starrte mich das Tier an. Ich riss den Lenker herum, kam von der Fahrbahn ab und spürte einen dumpfen Schlag gegen das Vorderrad. Als ich gegen die Steinmauer prallte, hörte ich ein Krachen, das aus meinem Schädel drang. Für einen Moment verlor ich das Bewusstsein.

Als ich wieder zu mir kam, durchzuckten grellbunte Blitze das Bild des sich über mir drehenden Vorderrads. Ich blieb liegen, fand nur die Kraft, das Fahrrad von mir wegzustoßen. Wozu auch je wieder aufstehen?

Langsam kam das Gefühl für meinen Körper wieder und offenbarte sich in stechenden Kopfschmerzen. Blut rann mir über die Schläfe. Meine Lippe war wieder aufgerissen und prüfend tastete ich mit der Zunge über die Zähne.

Doch der Schmerz hatte mein Lamentieren hinweggefegt und mit jedem Augenblick, den ich tatenlos neben der

Steinmauer lag, wuchs meine Wut. Wozu diese gedankenlose Flucht? Wie viel Zeit hatte ich damit vergeudet? Ich hörte nicht mehr drohend Bertrams peitschende Stimme, selbst die Angst, die mich getrieben hatte, war plötzlich verpufft.

Mit einem Tritt gegen das Fahrrad rappelte ich mich hoch und blickte mich um. Das Tier war verschwunden, keine Menschenseele zu sehen. Ich betrachtete die brennenden Schürfwunden, an denen feuchtes Fleisch rötlich schimmerte, und mein mit Blut besprenkeltes T-Shirt.

Mit einem Mal wusste ich, was ich zu tun hatte. Die Schmerzen ignorierend richtete ich mein Fahrrad auf und inspizierte es kurz. Der Lenker war verbogen, das Vorderrad ebenso, die Kette herausgesprungen und die Halterung des vorderen Schutzblechs gebrochen, sodass es klappernd gegen den Rahmen schlug.

Humpelnd begann ich den Haufen Schrott zu schieben, erst die Steinmauer entlang und dann durch das Tor des Stadtparks, der mein Ziel gewesen war. Thilo würde mit Sicherheit bereits bei unserem Treffpunkt sein und je näher ich kam, umso mehr wuchs meine Zuversicht. Meine Bewegungen, die anfangs steif gewesen waren, wurden schneller. Es konnte mir mit einem Mal nicht rasch genug gehen.

Von Weitem erkannte ich den alten Tischtennistisch aus Beton und die beiden Bänke. Zwar war Thilo nirgends zu sehen, aber sein Roller stand an der üblichen Stelle, und noch während ich näherkam, drückte er sich aus den Büschen und zog sich den Zipper seiner Hose zu. Er setzte sich auf die Lehne der Parkbank, zündete sich eine Zigarette an und sah gelangweilt in meine Richtung. Erst nach einer Weile schien er mich zu erkennen und grinste. Als ich ihn erreicht hatte, zog er anerkennend die Mundwinkel nach unten und nickte.

„Du siehst gut aus.“ Er nahm die Dose Bier, die auf dem Tischtennistisch stand, und trank sie mit einem langen Schluck leer. „So ein Zufall, bin gerade fertig. Möchtest du auch eines? Der optische Eindruck, den du vermittelst, deutet an, du könntest eines vertragen.“

Thilo zeigte auf die Ladung Bier, die auf dem Trittbrett seines Rollers stand. „Bedien dich!“

Scheppernd fiel mein Fahrrad zur Seite. „Yep.“

Ich drehte eine der Dosen aus dem Plastik und warf sie Thilo zu. Das übliche Gesöff, aber wenigstens kalt.

„Und?“

Ich nahm ein weiteres Bier und drückte den Verschluss auf. Der Schaum, der aus der Öffnung quoll, machte mir meinen Durst bewusst und gierig begann ich zu trinken. Das Metall kühlte meine geschwollenen Lippen und ich genoss die Linderung. Als ich absetzte, rann ein rötlich gefärbter Tropfen Bier die Dose nach unten.

„Was und?“

„Friedrich, ich muss dir ehrlich sagen, du siehst nicht gerade wie nach drei Wochen Erholungsurlaub aus.“

„Unten, an der Steinmauer. Ein Tier ist mir vors Rad gelaufen. Vermutlich einer von diesen kleinen, degenerierten Kötern.“

Mit einem zweiten Zug trank ich die Dose leer, wobei mir Bier aus den Mundwinkeln aufs T-Shirt tropfte.

„Du solltest zum Arzt gehen.“

„Gleich.“

Das Metall knackste, als ich die Dose zerdrückte. Scheppernd landete sie auf dem Haufen, der sich bereits unter dem Tisch befand. Thilo schaute mir ruhig zu, wie ich mir noch ein Bier nahm, es öffnete und trank.

„Hast du eine Zigarette?“

Er hielt mir seine Packung hin. „Alter Schnorrer.“

Während ich rauchte, entfaltete sich die Wirkung des Alkohols. Empfindungen wurden intensiver, Wahrheiten freigelegt und alles Relativierende weggespült. Wie Wasser sich bei Ebbe zurückzieht und den Blick auf den zerklüfteten Untergrund freigibt, so war jeglicher Großmut abgeflossen und enthüllte mit schmerzhafter Klarheit meinen brennenden Hass.

Ich glaubte zu schwanken, musste mich am Tisch festhalten, versuchte die Emotion mit Bier wegzutrinken, aber ich konnte Bertrams Anblick nicht verjagen. Mal zog er genüsslich an einer Zigarre, dann faltete er die Zeitung auseinander, richtete sich ein Kissen im Rücken zurecht, nahm einen Schluck Wein, den er im Mund spülte. Es ging ihm gut, mein Gott, wie prächtig fühlte er sich bei jedem der Bilder, die mir durchs Gehirn spukten. Ich ertrug es nicht. Der Hass schlug erbarmungslos zu, nahm mir die Luft zum Atmen.

„Alles okay?"

Ich blickte Thilo ins Gesicht, versuchte in den vertrauten Augen Halt zu finden.

„Kennst du Hass, Thilo? Zersetzenden Hass, der sich einschürft in die Seele? Hass, den du anfangs nicht als solchen wahrnimmst, der sich erst offenbart, wenn er tiefe Gräben gefressen hat. Hass, der von dir Besitz ergreift, gegen deinen Willen, gegen deine Vernunft. Du erkennst die Gefahr, bist aber machtlos. Und irgendwann kommt der Moment, in dem du bemerkst, du kannst nicht anders: Du hasst. Abgrundtief. Ausweglos. Unauslöschlich."

Wir starrten uns an. Thilo hatte mich mit seinem Blick ebenso fixiert wie ich ihn. Nun entließ ich ihn, senkte langsam meinen Kopf.

„Kennst du das, Thilo? Weißt du, wovon ich spreche?"

„Scheiße, nein! Ich weiß es nicht! Dieser Hass ist mir fremd und dem Himmel, der Hölle oder wem auch immer sei Dank dafür. Ich gehöre zu der Sorte Mensch, die sich vor solch zerstörerischen Empfindungen sicher fühlen."

„Und? Woher nimmst du diesen Glauben?"

„Wohl aus der infantilen, aber deshalb nicht weniger kuscheligen Ansicht, dass nicht sein kann, was nicht sein darf. Aus der Überzeugung, dass ich mir solchen Hass im Haushalt meiner Emotionen nicht leisten kann."

Seine Erklärung stellte mich nicht zufrieden, aber ich beließ es dabei und trank trotzig mein Bier aus. Mir fehlten ohnehin die Worte, ihm meine Empfindungen zu erklären, die sich aus Erinnerungen nährten. Waren es überhaupt Erinnerungen oder der Ausblick in die Zukunft, eine Ahnung des immer Wiederkehrenden?

Wie ich Bertram gegenübersaß, ihm zusah, wie er sprach, wie er gestikulierte, wie er bei der Betonung der Worte Tröpfchen spuckte und ich nicht verstand, was er erklärte. Ich fühlte mich in seiner Gegenwart wie ein Idiot. In seinem Blick erkannte ich sein Urteil. Nicht gleichwertig. Seiner Aufmerksamkeit nicht würdig. Und ich wurde nervöser. Vielleicht sollte ich doch mitreden, etwas Intelligentes einwerfen. Der Wunsch nach Anerkennung rang die Angst vor der Bloßstellung meiner Dummheit nieder. Ich feilte an meiner Wortwahl, wartete auf einen günstigen Augenblick, aber beim ersten Ton, der mir über die Lippen kam, wusste ich, dass ich wieder in die Falle getappt war. Sein Blick, sein mitleidiges Lächeln bestätigten mir, dass das, was ich sagte, nur seine Geringschätzung rechtfertigte. Ich ergab mich meiner Dummheit, akzeptierte seine Überlegenheit. Stotternd beendete ich den Satz, der mir beschämend einfältig geraten war. Dann schwieg ich, bis ich, als Gipfel meiner fehlerhaften Selbsteinschätzung, die Chance auf einen rehabilitierenden Beitrag zu erkennen glaubte. Und so ging es weiter. Immer wieder ließ ich mich verführen, nur um mich erneut erniedrigen zu lassen, bis er lächelnd von mir abließ, das Schlachtfeld räumte und mich zurückließ, zerfetzt und zerbissen. Ob Hass immer von Minderwertigkeitsgefühlen getragen oder zumindest daraus geboren wird? Vom Gefühl der Unterlegenheit und dem Zorn darüber?

„So, Meister, und jetzt? Ins Krankenhaus?"

„Gib mir bitte noch eine Zigarette, ja?"

Rauchend stieß ich mich vom Tisch ab und machte mich auf den Weg. „Danke und tschüss. Wir sehen uns später."

„Dein Rad?"

„Das klaut bestimmt keiner."

„Sag mir noch eines."

Im Gehen drehte ich mich noch einmal um. „Was?"

„Kennst du Liebe, Friedrich? Kennst du das Gefühl?"

Ich nahm einen Zug von der Zigarette, betrachtete den blutigen Filter.

„Meine Liebe ist tot. Außerdem, mit der Liebe ist es doch wie mit dem Hass, oder? Man spürt sie immer erst dann, wenn sie schmerzt."

Ich wandte mich ab und ging.

„Diesmal hast du keine Ahnung. Hast du gehört, Friedrich, du hast keinen blassen Schimmer von der Liebe!"

Ohne mich noch einmal nach ihm umzudrehen, zuckte ich mit den Schultern.

Die Haut widersetzte sich dem Eindringen der Nadel, bis sie dem Druck nachgab und die Spitze ins Fleisch drang. Der plötzliche, stechende Schmerz verdeckte den bisherigen, der pochend meine untere Gesichtshälfte durchzogen hatte. Kalter Schweiß sammelte sich auf meiner Stirn. Mich fröstelte. Mein Blick pendelte zwischen Doktor Schreiber und den Instrumenten, die glänzend auf dem weißen Tuch lagen. Ein Tropfen Blut bahnte sich seinen Weg übers Kinn. Die gebogene Nadel wurde durchs Fleisch geschoben und auf der anderen Seite der Wunde, dort, wo die Spitze wieder durch die Haut treten sollte, formte sie eine Beule an meiner Lippe. Der Schmerz ließ mein Kinn zittern.

„Komm schon Junge, gleich haben wir es."

Wieder gab die Haut nach und die Nadel stieß durchs Gewebe. Doktor Schreiber packte mit der Zange die Spitze und zog die Nadel durch den gestochenen Kanal.

„Hättest dir eben vorher überlegen müssen …" Ich hatte Doktor Schreiber von Anfang an im Verdacht, mir diese Nadel nicht aus medizinischen, sondern aus erzieherischen Gründen zu setzen. Die örtliche Betäubung hatte er mit Hinweis auf den Wundschock unterlassen. Mit einer Drehung des Handgelenks hatte er den Faden um die Spitze der Zange gewunden und zog den Knoten zu. Das Zerren an meiner Lippe, eine andere Nuance des Schmerzes. Abschneiden des Fadens. Erneutes Desinfizieren. Bekannter Schmerz.

„Dass ich das doch noch kann? Ist fast wie Radfahren."

Ausziehen der Handschuhe, die sich schnalzend von den Fingern lösten.

„Der Faden wird sich innerhalb einer Woche auflösen." Er nahm die Brille von der Nasenspitze und steckte sie in die Brusttasche. „Sollte es Probleme geben, dann schau einfach noch einmal vorbei."

Ich war entlassen und rutschte von der Liege.

„Danke, Doktor."

Er streckte mir die Hand entgegen. „Gern geschehen. Und pass das nächste Mal besser auf!"

Als ich an der Tür war, rief er mich noch einmal. „Schöne Grüße an die Frau Mama."

Dann beugte er sich über seinen Schreibtisch und drückte den Knopf der Gegensprechanlage. „Marie, ist noch jemand gekommen? Nein? Dann können Sie für heute auch Schluss machen. Danke. Schönen Abend."

Mit leisem Gruß zog ich die Tür hinter mir zu und ging zum Ausgang. Die spärlich beleuchteten Räume waren leer, nur die Arzthelferin saß noch an der Anmeldung über Karteikarten.

„Friedrich!"

Erschrocken drehte ich mich um. Ich hatte Mutter im Halbdunkel des Wartezimmers nicht bemerkt.

„Hallo Mama!"

Ihre Augen verengten sich, die Brauen schoben sich zusammen. Bestürzt sah sie vor sich die Bestätigung des Erwarteten. Auf die Idee, dass das Bild, das ich abgab, eine Fälschung sein könnte, kam sie nicht. Und so schien mein Alibi für den Nachmittag wasserdicht zu sein.

„Komm, gehen wir!"

Sie bückte sich um ihre Handtasche und ging mit energischen Schritten voran. „Auf Wiedersehen!"

Von der Aufnahme echote es eine Verabschiedung. Schweigend verließen wir die Praxis. Sie lief die Treppe nach unten auf den Parkplatz, ich hinterher wie ein geprügelter Hund.

„Schöne Grüße soll ich von Doktor Schreiber bestellen."

Mutters Reaktion war kaum hörbar. Erst als wir im Auto saßen, wurde sie laut. „Sieh mal, wie du aussiehst! Eine Schande! Überall das Blut, die Hose zerfetzt ... und du stinkst wie einer dieser Penner vom Bahnhof. Erbärmlich. Was fällt dir eigentlich ein? Möchtest du dich schon mit fünfzehn komplett kaputtmachen? Von wem hast du diesen Blödsinn? Sicher von diesem Thilo oder einem dieser anderen sogenannten Freunde, die nur unfähige Idioten sind und bleiben werden. Aber du, Friedrich, du?"

Mutter feuerte die immer gleichen Worthülsen frustrierter Eltern auf mich ab.

„Ich bin so unendlich enttäuscht. Denkst du eigentlich einen Augenblick auch an uns? Kannst du nicht etwas Reife und Verantwortungsbewusstsein zeigen und dir vorstellen, wie es mir, wie es Bertram in seiner Stellung …“ Während sie aus der Parklücke schob, entlud sich ohne Unterlass ihr emotionales Gewitter. Das Klingeln des Mobiltelefons rettete mich. Sie atmete einmal tief durch und hob ab.

„Aufsess. – Ach, Bertram, du bist es. – Auf dem Weg nach Hause. Wir waren beim Arzt. Friedrich hat sich die Lippe aufgeschlagen. – Keine Ahnung. Ich glaube gestolpert. – … ja, wieder im Park mit seinen ‚Freunden‘. Dementsprechend … – Was?! Oh nein, das ist doch nicht möglich! – Weißt du, wer …? – Gott sei Dank warst du im Büro und hast ihn vertrieben … – Nicht auszudenken! – Ja natürlich, das können wir verschieben. Komm nach Hause, sobald du kannst. – Wie? – Ja, mache ich gerne. Mit Spätzle? – Gut, bis dann.“

Sie legte das Telefon in die Mittelkonsole. Wortlos starrte sie auf die Straße. Dann fuhr sie mit einem Ruck an und fädelte sich in den Verkehr ein. „Jemand hat versucht in Bertrams Büro einzubrechen.“

Meine Erwiderung gelang als Mischung aus Schock und Neugier, die offensichtlich glaubhaft genug war, um Mutter weiter von meinem Zustand abzulenken. „Wirklich? Und?“

Wir fuhren den Ring entlang der alten Stadtmauer.

„Er ist früher ins Büro zurückgekommen, da sich einige Studenten kurzfristig abgemeldet haben – du weißt ja, da ist er großzügig – und er hat den Eindringling verjagt.“

Wieder hörte ich Bertrams Stimme, den Satz, der durch den Gang hinter mir hergellte: „Ich habe dich erkannt!“

Wir waren auf eine der sternförmig aus der Innenstadt führenden Straßen abgebogen. Wieder kam die Angst hoch, die ich schon überwunden glaubte. Ich versuchte mich zu beruhigen, starrte aus dem Fenster.

„Dann hat er ja Glück gehabt. Wurde etwas gestohlen?“

„Ich denke nicht. Soweit er erzählte, wollte der Student mit einem geklauten Schlüssel gerade ins Büro."

„Ein Student?" Hatte sie mein Erstaunen bemerkt? Warum hatte ich mich auch ihr zugewandt?

„Ja, wer soll es sonst gewesen sein? Ein Professor vielleicht? Bertram vermutet, der Eindringling war auf die Fragen für die schriftliche Prüfung aus. Oder er wollte die Publikation stehlen, an der Bertram gerade arbeitet."

Ich blickte wieder aus dem Fenster. Trotz des Schmerzes in der Lippe konnte ich ein erleichtertes Grinsen nicht unterdrücken.

„... obwohl er einen Verdacht hat, will er die Polizei nicht einschalten. Aber du kennst ihn ja ..."

Ich hörte ihr nicht mehr zu und irgendwann beendete sie auch ihren Bericht. Die feierlich anmutenden Altbauten der Innenstadt waren der monotonen Tristesse der Vorstadt gewichen. Hochhäuser reihten sich aneinander, dazwischen ein Supermarkt, ein geducktes altes Einfamilienhaus oder ein Spielplatz mit gefärbtem Asphalt anstelle von Gras.

20.

Das Schreiben an Mutter war die einzige Post, die ich an meinem Geburtstag aus dem Briefkasten nahm. Kaum enttäuscht betrachtete ich das blaugrüne Kuvert. Fast hätte man meinen können, die ungleichmäßigen Lettern, getippt mit einer alten Schreibmaschine, hätten sich zufällig zu einer Anschrift zusammengefügt. Im linken, oberen Eck ein dunkelblauer Stempel, hastig hingedrückt. „Staatsanwaltschaft". Adresse.

Neugierig hielt ich den Brief gegen das Sonnenlicht. Er war dünn, ein Blatt Papier, aber ich konnte dennoch nichts erkennen. Ich legte das Schreiben auf den Küchentisch und ging wieder auf die Terrasse.

Der Wind hatte die Seite verblättert, die ich zuvor angesehen hatte. Ich setzte wieder meine Sonnenbrille auf, rutschte auf den Stuhl und fuhr mit aufgestützten Armen fort, lustlos durch Vaters Unterlagen zu stöbern. Ohne eine Ahnung zu haben, was ich mir davon erhofft hatte, war ich trotzdem enttäuscht. Ich hatte mich durch Angebote, Bestellungen, Wareneingänge und Auslieferungen, Rechnungen, Geschäftsnotizen und vieles mehr gewühlt, ohne auch nur irgendetwas zu finden, das mich interessiert und den Aufwand gerechtfertigt hätte.

Auch der anfängliche Zauber, Briefe und Dokumente meines Vaters in Händen zu halten, war mit der Langeweile verblasst. Dennoch hielt ich aus irgendeinem Grund an dieser Beschäftigung bereits seit drei Tagen fest.

Seit drei Tagen Ferien. Thilo und die meisten anderen der Clique hatten entweder mit ihrer Ferienarbeit begonnen oder waren – wie Charlotte – mit ihren Eltern bereits in den Urlaub gefahren.

Ich überflog die Beschriftung der letzten beiden Einlegeblätter im Ordner – „Steuerberater“, „KFZ“ – und beschloss, auf den Lesegenuss zu verzichten. Ich hob den Papierstapel der linken Seite über den Bügel und klappte den Deckel zu. Im Keller legte ich den Ordner auf den Stoß der sechs, die ich bereits durchgesehen hatte, zuunterst jener, der wochenlang unter meinem Bett gelegen hatte und mir am Montag zufällig wieder in die Hände gefallen war. Ich beugte mich über den Karton und griff mir drei der kleinen Schnellhefter. Warum nicht die als Nächstes?

Erst in meinem Zimmer betrachtete ich die drei gelbblauen Umschläge, auf denen Vater mit schlampiger Handschrift Zeiträume notiert hatte. Vor mir lagen Kontoauszüge der letzten vier Jahre vor dem Zusammenbruch des Geschäfts. Ein Hefter fehlte, vermutlich lag er noch in der Kiste, aber ich hatte weder Lust wieder in den Keller zu laufen noch mit der Durchsicht sofort zu beginnen. Stattdessen lümmelte ich mich gelangweilt vor den Fernseher und ließ mich vom Nachmittagsprogramm berieseln. Von einer Actionserie, bei der auf Teufel komm raus herumgeballert wurde, ohne dass jemand dabei verletzt worden wäre, wechselte ich auf eine der belanglosen Talkshows, bei der sich Gäste mit durch Piep-Tönen überdeckten Schimpfwörtern bewarfen.

Plötzlich wurde mir wieder bewusst, dass heute mein Geburtstag war. Ich mochte das Gefühl. Nicht wegen der Geschenke, die ohnehin so gut wie ausblieben, sondern weil ich ein Jahr älter wurde. Sechzehn. Das war ein Alter, nach dem sich ein Fünfzehnjähriger unendlich sehnen konnte. Karolus hätte sich mit mir gefreut.

Karolus.

Nach wie vor peinigte es mich, über ihn in der Vergangenheitsform zu sprechen, zu denken, und immer wieder erlag ich der törichten Hoffnung auf einen Irrtum, um den Schmerz zu ertragen.

Es gab Phasen, in denen ich nicht an Karolus dachte, Phasen, in denen es keine Trauer gab. Im Park mit den Kumpels, bei Bier und Musik. Wenn ich mit Charlotte unterwegs war, sie nach Hause brachte und sich alles nur um die Frage drehte, ob ich ihr zum Abschied einen Kuss geben könnte. Mit Thilo auf der Vespa, wenn wir auf der Höhenstraße die Serpentinen nahmen, das rasende Wechselspiel zwischen Licht und Schatten, die immer enger werdenden Kurven, bis sich die Straße öffnete und den Bergkamm entlangzog.

Und darauf folgten stets schuldbewusste Augenblicke, in denen ich mich dafür schämte, wieder nicht an meinen toten Bruder gedacht zu haben. Der Vorwurf, ihn verraten, mit dem Vergessen begonnen zu haben, lastete dann zentnerschwer auf mir. Und es half nichts, mir einzubläuen, dass ihn permanentes Gedenken nicht mehr lebendig machen würde. „Du musst dein Leben weiterleben!“, hämmerte ich mir ein – und es änderte doch nichts.

Mit einer abrupten Handbewegung wischte ich meine Tränen weg. Ich hatte mich doch eben noch über meinen Geburtstag gefreut. *Schau fern! Schau, was läuft!* Ich drückte mich tiefer in die Couch. Dunkel gekleidete Sicherheitskräfte trennten aufgebrachte Talkgäste. Aufmunternde Worte und das schneeweiße Lächeln des Moderators führten nicht zur Versöhnung. Da konnte man eben nichts machen. Schlussmelodie. Ovationen des Publikums. Winkender Moderator, winkende Gäste. Mediale Hochkultur.

„Friedrich! Schatz, wach auf!“

Mutter hatte den Fernseher abgeschaltet. War ich durch das plötzliche Fehlen des Hintergrundgeräuschs wach geworden oder durch Mutters Versuche, mich zu wecken?

„Alles Gute zum Geburtstag!“

Ich richtete mich auf, empfing ihren Kuss. „Danke, Mama!“

Sie setzte sich auf die Lehne, strahlte mich an und streckte mir das Geschenk, das sie hinter ihrem Rücken verborgen hatte, entgegen.

„Ich hoffe, du freust dich!“

„Danke.“

„Mach schon auf!“

Mutter war vom Überraschungseffekt ihres Geschenks überzeugt, was sich in ihrer gesteigerten Ungeduld verdeutlichte. Ich übernahm die Rolle des Aufgeregten, der durch vorsichtiges Schütteln auf den Inhalt des Päckchens zu schließen versuchte, dann aber von der Neugier überwältigt an der Schleife riss. Je weiter ich das Geschenk auspackte, umso mehr strahlte Mutter.

„Na?"

Ich ließ mir Zeit, lugte unter das Papier, versuchte ein letztes Mal zu raten.

„Und?"

Mein erstauntes Gesicht, meine Sprachlosigkeit freuten sie so sehr, dass sie in die Hände klatschte.

„Cool!" Ich umarmte sie, das Paket mit dem Mobiltelefon in der Hand. „Danke!"

„Hauptsache du hast eine Freude! Komm mit!"

Sie stand auf und ging zum Wohnzimmertisch, auf dem eine Schokoladentorte stand. Ich machte mir nicht die Mühe, um die Couch herumzugehen, sondern sprang über die Lehne und folgte ihr. Wir aßen jeder zwei Stück Kuchen mit gezuckerter Sahne, während sie mir berichtete, was es mit dem Brief der Staatsanwaltschaft auf sich hatte.

Wir hatten beide nicht gehört, wie Bertram nach Hause gekommen war. Mutter zuckte zusammen, als sie sich nach dem Einräumen der Kuchenteller in den Geschirrspüler aufrichtete und Bertram vor ihr in der Tür stand.

„Mein Gott Bertram, hast du mich erschreckt!"

„Tut mir leid, Fricka, das wollte ich nicht." Er gab ihr einen flüchtigen Kuss auf die Wange.

Ich stellte eben die Torte kalt und beugte mich hinter der Kühlschranktür hervor. „Hallo Bertram."

„Friedrich." Jovial nickte er mir kurz zu.

„Möchtest du auch ein Stück Kuchen? Friedrich und ich hatten gerade welchen."

Bertram zog seine Unterlippe nach oben, was einen eher dümmlichen Ausdruck auf sein Gesicht legte. „Hm?" Er ließ die Unterlippe mit einem saugenden Geräusch zurückschnalzen. „Ach, ich hätte lieber etwas Deftiges. Du kannst mir doch sicherlich eine Kleinigkeit zaubern, oder?"

Mutter öffnete den Kühlschrank. „Lass mich nachsehen, was ich zu Hause habe. Wie wäre es mit einem Steak? Leicht durchzogen, aber nur vom Schwein. Trotzdem ein schönes Fleisch. Mit Kräuterbutter, dazu ein bisschen Reis und einen kleinen Salat?"

Nachdem von Bertram keine Antwort kam, er zumindest auf ein Alternativangebot zu warten schien, suchte Mutter weiter. Ich wurde bei der Erstellung des Speiseplanes nicht benötigt, ging ins Wohnzimmer, legte mich wieder auf die Couch und sah mir mein neues Handy an. Aus der Küche hörte ich Mutters Menüvorschläge.

„… ich kann auch einen Sauerbraten aus dem Gefrierfach holen …"

„Na, ich weiß nicht. Hast du nicht irgendetwas … Leichteres … vielleicht mit Pilzrahmsoße … Fricka, was ist das für ein Brief? Staatsanwaltschaft? … Haben sie?"

„Sie haben. Lies selber!"

Kurze Pause.

„Aber das ist ja großartig! Mir fällt ein Stein vom Herzen. Stell dir nur vor, was das für mich und meinen Ruf an der Universität hätte bedeuten können … und auch für dich … wenn diese Trottel wirklich ein Verfahren eröffnet hätten!"

Wieder eine Pause. Laut las er das Ende des Schreibens noch einmal. „… teilen wir Ihnen mit, dass die Anklage wegen unterlassener Aufsichtspflicht und fahrlässiger Körperverletzung mit Todesfolge …" – durchatmen – „… fallen gelassen wird!"

Schweigen. Bertram faltete das Papier zusammen, steckte es wieder ins Kuvert.

„Fricka, vergiss das Kochen! Wir gehen essen!"

„Bertram, ich habe eigentlich keinen Hunger."

„Aber ich! Und wie! Außerdem muss das gefeiert werden!“

Mutter senkte die Stimme. „Und der Junge?“

„Was ist mit ihm?“

„Er hat doch heute Geburtstag. Ich möchte ihn nicht gerne alleine lassen.“

„Dann soll er doch mit! Oder vielleicht will er auch hier bleiben. Hat vermutlich sowieso lieber seine Ruhe.“

Diese These, mit Inbrunst postuliert, schob er vor sich her, als er ins Wohnzimmer dampfte. Feierlich streckte er mir die Hand entgegen.

„Alles Gute zum Geburtstag, mein Junge!“

Wie ich es hasste, wenn er mich „mein Junge“ nannte. Diese Mischung aus Überheblichkeit und Besitznahme.

Ich griff nach seiner Hand. „Danke.“ Kurzer Druck. Schmales Lächeln.

„Deine Mutter und ich wollen essen gehen. Möchtest du mitkommen?“

Sollte ich es auf mich nehmen und mir den Geburtstag vermiesen, nur um ihm den Abend etwas weniger angenehm zu gestalten? Ich entschloss mich gegen die mit Bösartigkeit gepaarte Selbstgeißelung.

„Schon okay, ich bleibe lieber zu Hause.“

Mutter war am Eingang aufgetaucht und ich blickte aufmunternd zu ihr. „Macht euch einen schönen Abend, ihr habt etwas zu feiern!“

„Wirklich, Friedrich? Ist das in Ordnung? Ich meine …“

„Klar! Mach dir keine Sorgen.“

Mutter hatte sich bereits verabschiedet. Sie hatte mir einen Kuss auf die Stirn gedrückt, lachend den Abdruck ihres Lippenstifts wieder weggewischt und war in ihrem Kostüm davongerauscht. Kurz darauf kam Bertram ins Wohnzimmer, holte umständlich sein Portemonnaie aus der Hosentasche, zog einen Schein heraus und reichte ihn mir.

„Besorg dir etwas, das du dir sonst nicht kaufen würdest. Alles Gute noch einmal."

Kein „mein Junge". Ich nahm das Geld und steckte es ein, ohne hinzusehen. „Danke, Bertram."

Dann war auch er verschwunden. Ich wartete, bis die Haustür ins Schloss gefallen war, ging zum Küchenfenster und sah zu, wie die beiden in den Wagen stiegen und davonfuhren. Ich brachte mein neues Telefon nach oben, nahm die Schnellhefter von meinem Schreibtisch und die in der Schublade versteckten Zigaretten, von denen ich mir auf der Terrasse eine anzündete. Ich kam mir bescheuert vor, alleine zu rauchen, vermisste den Genuss des gemeinsamen Erlebnisses. Bildete ich mir nur ein, dass die Zigarette anders schmeckte? Dennoch rauchte ich weiter und machte dabei einen zufriedenen Gesichtsausdruck, als ob mich jemand beobachten würde.

Ich nahm den ersten der kleinen Schnellhefter und begann, ihn durchzusehen.

„Da hockt ja der alte Stinkstiefel!"

Ich fuhr hoch. „Thilo!?"

Er hatte sich ums Haus geschlichen und stand nur drei Meter von der Terrasse entfernt. Ich hatte weder seine Vespa noch ihn gehört.

Grinsend kam er mir entgegen. „Was dachtest du, wer ich bin? Babs! Oder dein Charlottchen?"

„Wären mir beide lieber! Was macht denn so ein Praktikantenfrischling um diese Zeit hier? Solltest du nicht schon im Bett liegen und dich ausschlafen?"

„Ach, halt die Klappe! Sollte ich dich an deinem Geburtstag alleine herumsitzen lassen?" Er warf einen Blick auf das Heft in meinem Schoß. „… Zahlen schmökernd? Du lässt es ja krachen! Bereitest du dich auf die Steuerprüfung vor oder zählst du vorsichtshalber schon mal das Geld für die Rente?"

„Geld, das du gerade versuchst, dir sauer zu verdienen!"

„Bitte komm mir nicht wieder mit Arbeit! Ich hab die Schnauze voll davon."

„Nach drei Tagen?"

„Genau, nach drei Tagen! Also Schluss damit, ja! Hier, mein besonders einfallsreiches Geschenk. Aber die Hälfte gehört mir!"

Er stellte einen Sechserpack Bier auf den Tisch.

„Gläser? Zur Feier des Tages?"

„Wenn wir schon so nobel bei dir auf der Terrasse sitzen, warum nicht?"

Als ich mit den Gläsern nach draußen kam, hatte Thilo die Flaschen geöffnet und wartete. Ich reichte ihm ein Glas, in das er geübt Bier eingoss, ohne dass der Schaum zu sehr wuchs. Als er fertig war, knallte er die Flasche auf den Tisch.

„Ein kaltes Bier perfekt eingeschenkt. Prost!"

„Ich bin noch nicht so weit." Halb Bier, halb Schaum. So gut wie fertig. „Prost!"

Mühsam quälte ich mich durch die Schaumkrone.

„Herrlich! Friedrich, so lässt es sich leben. Weißt du was, du solltest wirklich froh sein, dass du in diesem Sommer noch nicht malochen musst und die Ferien genießen kannst. Lass dir das von einem Vertreter der schwer arbeitenden Bevölkerung gesagt sein."

Simultan nahmen wir einen weiteren Schluck.

„Du solltest wegfahren. Italien. Ich würde sofort abzischen." Er pfiff durch die Zähne und ahmte mit einer Handbewegung ein startendes Flugzeug nach.

„Und mit welchem Geld? Außerdem lässt mich meine Mutter sowieso nicht."

„Lass dir etwas einfallen! Ich finde immer eine Ausrede. Heute, zum Beispiel, haben sie mich um die Brotzeit geschickt und beim Zurückfahren ist mir der Sprit ausgegangen. Peinlich, sag ich dir. Jedenfalls bin ich erst eine Stunde später wieder auf die Baustelle gekommen. Kalter Leberkäse sorgt nicht gerade für Stimmung."

„Und?"

„Ich habe ihnen erzählt, dass ich die Frau des Chefs, die ohnehin niemand leiden kann, mit einem anderen Kerl gesehen habe und ihr nachgefahren bin, um herauszufinden, wohin es geht. Golfplatz. Das fanden die jedenfalls spannend genug, um mir die Verzögerung glatt zu verzeihen."

„Das ist Rufmord aus niederen Beweggründen!"

„Nee, denn ich habe sie wirklich gesehen, wie sie ins Café gegangen ist. Golftasche im Cabrio. Rate mit wem?"

Ich versuchte dreimal die Verabredung der Frau zu erraten und gab auf. Thilo triumphierte mit einem mir gänzlich unbekannten Namen, was mir schneidende Häme einbrachte. Dann referierte er weiter aus dem Erfahrungsschatz seiner dreitägigen Berufskarriere.

Bis die anderen kamen.

Henning und Dieter brachten ebenfalls sechs Flaschen Bier, die sie aber im Nu selbst ausgetrunken hatten. Karin schaute für ein kurzes „Hallo!" vorbei und überließ uns eine Flasche Rotwein aus dem Keller ihres Vaters. „Prima Tropfen!"

Babs kam. Zur Begrüßung umarmte sie mich und gab mir einen Kuss auf den Mund. „Alles Gute!"

Thilos Grinsen zeigte mir, dass mein Versuch, wenigstens einen Hauch von Selbstsicherheit zu bewahren, gründlich misslang. Babs fegte mich wieder völlig weg.

Zwischen Alkohol und Albernheiten plätscherte der Abend dahin. Nach Sonnenuntergang flackerten drei Teelichter in orangenen Gläsern und beleuchteten spärlich die Gesichter der Umsitzenden. Dieter bekam Hunger und ich taute drei Pizzen auf.

Ab zehn Uhr verzogen sich die meisten. Gelalltes Lob für Kochkünste, letzte Gratulationen. Schließlich saßen nur noch Henning, Thilo und ich rauchend auf der Terrasse.

„Sag mal, was machst du mit den Kontoauszügen? Kassensturz?"

Henning hatte sich einen der Schnellhefter geschnappt und winkte damit.

„Sind von meinem Vater. Hab sie gefunden, zusammen mit anderem Zeug. Das sehe ich mir durch."

„Wozu?"

Ich streckte die Hand aus und Henning gab mir den Hefter zurück.

„Weiß nicht. Einfach so."

„Nun ja, jeder sucht sich ein Hobby. Nicht wahr, Thilo?"

Thilo grunzte eine undefinierbare Antwort. Henning stand auf. „Wollen wir gemeinsam fahren?"

„Bin zu Fuß hier. Wollte in Ruhe was trinken."

„Dann schwing dich bei mir hinten drauf."

Ich begleitete die beiden vors Haus. Henning setzte sich aufs Fahrrad und Thilo richtete sich auf dem Gepäckträger ein. Johlend und in Schlangenlinien fuhren sie vom Hof.

Ich räumte den Tisch ab, entsorgte Kippen, Pizzareste und Flaschen, spülte die Gläser und versuchte die allgemeine mütterliche Ordnung wieder herzustellen.

Als ich die Schnellhefter in die Hand nahm und nach oben ging, hing Hennings Frage noch immer in meinem Kopf.

„Wozu?"

Ich lag bereits im Bett, als ich das Garagentor quietschen hörte und kurz darauf die Haustür geöffnet wurde. Bertrams Stimme im Flur. Ein schmaler Lichtstreifen, der sich durch den Türschlitz quetschte und wieder verschwand. Dann legte sich bleierne Stille über das Haus.

Vor meinen Augen tanzten noch immer die tiefschwarzen Ziffern auf dem weißen Papier.

Ich hatte meinen Entschluss gefasst.

Morgen würde es losgehen.

Henning hatte mir den Hefter in die Hand gedrückt. „Wozu?"

Mit der Zahnbürste im Mund, einhändig blätternd, hatte mich die Antwort in Form einer Zahl angesprungen. Ein Betrag, dessen Höhe mich ungläubig ausspucken ließ. Ich wusch mir das Gesicht, bevor ich wieder auf das Papier sah. Das Ergebnis war das gleiche geblieben.

Die Buchung, die Vater mit einem Schlag in finanzielle Schwierigkeiten gebracht hatte, hatte sechs Nullen, keinen Empfänger und keinen verzeichneten Verwendungszweck.

21.

Der dritte Lastwagen in Folge donnerte vorüber, in seinem Sog eine dicke Staubwolke. Zeitungsfetzen wirbelten durch die Luft. Die freien Bänder an meinem Rucksack, den ich zwischen meine Füße gestellt hatte, flatterten aufgeregt. Fluchend drehte ich mich zur Seite.

Blöde Idee. Saublöde Idee!

Aber bevor ich mich wieder der Straße zuwandte, bog ein gelber Kadett knirschend auf den Seitenstreifen. Ich vergewisserte mich, dass niemand sonst in der Nähe war, auf den der Fahrer warten konnte, und schulterte meinen Rucksack.

Staunend darüber, dass dieses Fabrikat roststellenfrei noch Straßen befuhr, öffnete ich die Beifahrertür. Hinter dem Steuer saß ein alter Mann und lächelte abwesend. Gefärbtes Haar über die Glatze gekämmt, buschige Augenbrauen kräuselten sich hinter dicken Brillengläsern in robuster Fassung. Bis auf wenige Stoppeln, die der Rasierklinge entkommen waren, war er glatt rasiert.

Er machte eine einladende Handbewegung auf den Beifahrersitz.

„Sie können gerne ein Stück mitfahren, junger Mann."

Er siezte mich!

„Darf ich?"

Ich deutete auf sein Sakko auf dem Beifahrersitz. Er nickte, wartete, bis ich eingestiegen war, und während ich die Jacke auf die Rücksitzbank legte, stierte er wieder in den Seitenspiegel. Er ließ zwei Autos passieren, dann lenkte er vorsichtig in den Verkehr.

„Ich fahre die Hauptstraße Richtung Norden. Mein Haus liegt etwas abseits, aber sagen Sie einfach, wenn Sie aussteigen möchten."

Seine Stimme war dünn, die Worte durch gepresstes Hüsteln unterbrochen und ich hatte Mühe ihn zu verstehen. Die Fahrgeräusche des Wagens taten ihr Übriges.

„Hauptstraße ist wunderbar. Ich möchte sowieso weiter nach Norden. Danke fürs Mitnehmen."

Er erwiderte nichts. Übers Lenkrad gebeugt starrte er vor sich hin und schien seine gesamte Aufmerksamkeit zu benötigen, um den Wagen auf der Fahrbahn zu halten. Mit der Zeit fasste ich etwas Vertrauen in seine Fahrkunst und begann, die vorbeiziehende Landschaft wahrzunehmen. Rapsfelder malten die sanften Hügel sattgelb, Wege zogen braune Pinselstriche zum wolkenlosen Himmel. Realer Kitsch.

Ich dachte an den heutigen Morgen.

„Ich fahre weg."

Sie hatte anscheinend nicht richtig verstanden.

„Ich werde Antonia besuchen, du weißt schon, die Polizistin, die das Kind bekommt. Sie hat mich eingeladen."

Ich log. Zwar hatte ich einen Besuch bei Antonia vorgesehen, aber sie wusste nichts davon. Außerdem war mein eigentliches Ziel ein anderes, aber Mutter wäre von diesem noch weniger begeistert gewesen.

„Sie hat mir geschrieben, dass sie mitten im Umzug steckt und noch das Babyzimmer streichen und andere Dinge erledigen will …" Wenn ich einmal im Lügen war, fand ich es gar nicht so schwer. „Da ich ja ohnehin nichts zu tun habe, habe ich angeboten, ihr zu helfen."

Mutter blickte mich erstaunt an. „Ich wusste nicht, dass du Kontakt zu der Frau pflegst."

Schulterzucken. Pause.

„Kann denn ihr Mann nicht helfen?"

„Der ist tagsüber in der Arbeit. Die beiden können zwei Hände mehr einfach gut gebrauchen und sobald wir fertig sind, komme ich zurück."

Wieder entstand eine Pause, die für meinen Geschmack zu lang geriet. Mutter war von der Idee nicht sonderlich angetan.

„Ich langweile mich zu Hause. Alle meine Freunde arbeiten oder sind mit ihren Familien im Urlaub, den wir ja auch in diesem Jahr nicht machen werden."

Der Versuch einer kleinen Injektion schlechten Gewissens vor dem Hintergrund, dass wir seit Bertrams Einzug nicht mehr weggefahren waren.

„Ich melde mich und du kannst mich auf meinem Handy erreichen."

„Du fährst mit der Eisenbahn!"

„Ja, natürlich. Wie sonst?"

„Gut, und ich hör von dir mindestens einmal am Tag! Verstanden?"

„Klar."

„Und schreib mir die Nummer dieser Polizistin auf! Für alle Fälle."

Als ich zwanzig Minuten später nach unten lief, lag auf der Anrichte ein Zettel mit der falschen Telefonnummer. Ziffernsturz. Kann in der Eile jedem passieren. Mutter goss die Blumen vorm Haus, als ich den Rucksack ins Auto warf.

„Hab noch was vergessen!"

Mit wenigen Schritten und einer plötzlichen Idee war ich wieder im Haus. Ich lief in Bertrams Arbeitszimmer. Irgendwo in seinem Schreibtisch hatte er doch seine Kontoauszüge. Ich öffnete eine Schublade nach der anderen, mich zur Behutsamkeit zwingend, um keine Unordnung zu schaffen.

Und plötzlich lag sie wieder vor mir. Die Waffe!

„Friedrich, kommst du? Ich warte!"

„Komme gleich. Bin schon fertig!"

Ohne zu zögern, ohne nachzudenken, nahm ich die Pistole und steckte sie in die Tasche. Dann suchte ich weiter, fand ähnliche Schnellhefter wie jene meines Vaters, die unter meinem Bett lagen. Ich schlug einen auf und sah in die oberste Zeile des ersten Blattes.

„Friedrich, was machst du noch? Dein Zug."

Die Kontonummer stimmte nicht mit jener überein, auf die Vater das Geld überwiesen hatte. Wäre auch zu einfach gewesen. Sorgfältig legte ich alles zurück. Als ich Mutters Schritte hörte, rannte ich in die Küche und riss die Kühlschranktür auf.

„Was machst du denn so lange?"

„Ich wollte mir noch ein Brot für die Fahrt mitnehmen."

„Wir haben es eilig, Schatz. Ich treffe mich gleich mit Frau Meiser in der Stadt. Komm schon, du kannst dir unterwegs etwas kaufen!"

Ich schnappte einen Apfel und ging mit Mutter zum Auto. Beim Anschnallen fühlte ich die Waffe in der Innentasche meiner Jacke. Warum hatte ich sie bloß mitgenommen? Bertram würde sie vermissen. Was hatte ich mir nur dabei gedacht? Panik ließ meine Hände schweißnass werden, aber jetzt war es zu spät. Minuten später bogen wir auf den Vorplatz des Bahnhofs.

Durch einen Schlag gegen den Wagen wurde ich jäh aus meinen Gedanken gerissen. Erschrocken blickte ich zurück, sah das Baustellenschild, das an einem hölzernen Ständer in die Straße ragte und wackelte. Der Alte hatte es touchiert, was ihn aber nicht aus der Ruhe brachte.

Wir fuhren durch eines der zahlreichen Käffer, die sich entlang der Hauptstraße nach Norden aneinanderreihten. Gedrungene Fachwerkhäuser mit Blumenkästen vor den Fenstern, Kupfertafeln über den Eingängen. Marktplatz mit Brunnen. Kleine Läden, vor denen sich Rentner unterhielten, Mütter ihre Kinder in Buggys schoben und Jugendliche sich gegenseitig Zeitschriften zeigten.

Mutter hatte in zweiter Spur geparkt, war nicht mit ausgestiegen, sondern gleich weiter in Richtung Innenstadt gefahren. Frau Meiser wartete seit zehn Minuten im Café mit der Bestellung von Mohnschnitte und Cappuccino.

Sie steckte mir noch zwei Geldscheine zu. „Kauf dir etwas zu essen! Und …“ Ein weiterer Schein wanderte in meine Hand. „… hier, für die Zugkarte.“

Ich steckte das Geld in meine Hosentasche.

„Danke, Mama, damit werde ich schon auskommen.“

Kurze Verabschiedung. Ein flüchtiger Kuss auf die Wange, bei dem die Lippen nicht die Haut des anderen berührten und dennoch ein schmatzendes Geräusch von sich gaben. Ich ging zum Bahnhofsgebäude, drehte mich um und winkte kurz.

Unentschlossen las ich den Fahrplan, bevor ich mich zu Fuß auf den Weg zur Umgehungsstraße machte. Nach einer Stunde am Straßenrand, unzähligen Flüchen auf vorbeifahrende Autos und dem wiederholten Schwur, nach den nächsten drei Fahrzeugen zum Bahnhof zurückzugehen, hielt endlich der Alte an.

„Sie müssen hier aussteigen."

Ich hatte nicht bemerkt, dass der Wagen langsamer geworden war, um in einen der Wege einzubiegen, die von der Hauptstraße abgingen.

„Hier kommen Sie bestimmt schnell weiter."

„Bestimmt! Vielen Dank!"

Ich sah ihm nach, wie er den Weg entlangfuhr, bis er in einigen hundert Metern von den Feldern verschluckt zu werden schien. Eigentlich konnte ich doch ganz zufrieden sein: Es war noch nicht einmal Mittag und ich war schon ein gutes Stück weit gekommen. Mit dem Daumen nach oben streckte ich dem herankommenden Wagen meinen Arm entgegen.

Schuhe. Wie kamen Schuhe in den Straßengraben? Auf den letzten Kilometern hatte ich drei einzelne neben der Straße liegen gesehen, niemals ein Paar. Wo waren nur immer die zweiten? Nun fiel mir ein schwerer, vermutlich einmal schwarzer, knöchelhoher Schnürschuh auf, dessen Bänder nicht mehr in den Löchern hingen und der frech seine Zunge herausstreckte. Nummer vier.

„Hast du Hunger?"

Der Mann, der mich an der Tankstelle aufgelesen hatte, lächelte mich an. „Wir könnten uns im nächsten Ort Wurstbrötchen kaufen. Da gibt es bestimmt einen Metzger."

Seine weißen Zähne strahlten. Gel schimmerte in seinen Haaren. Eine feingliedrige Goldkette hing ihm über den Kragen des eng anliegenden Shirts, das durch das Weiß seinen braunen Teint betonte. Eine verspiegelte Sonnenbrille spannte sich in engem Bogen über seine Augen.

„Gerne."

Es war mittlerweile nach drei, den Apfel hatte ich längst gegessen.

Wir hielten im nächsten Dorf, und während er im Laden war, spazierte ich zum Brunnen und betrachtete die funkelnden Geldstücke im Wasser. Ich dachte an die Münze von Karolus, die mir beim Packen wieder in die Hände gefallen war und die ich bei mir trug.

Der Tag war brütend heiß geworden. Meine Jacke hatte ich im Rucksack verstaut und ich tauchte meine Arme bis über die Ellbogen ins kalte Wasser.

„Angenehm, oder?"

Der Mann war aus dem Geschäft gekommen und trug in jeder Hand eine kleine Plastiktüte. „Komm, lass uns weiterfahren!"

Wir aßen während der Fahrt. Er hatte für jeden zwei Schnitzelsemmeln und Dosen mit Cola gekauft.

„Mein Name ist übrigens Tim."

Ich schluckte den Bissen. „Friedrich."

Er streckte mir die Hand entgegen. „Freut mich!"

Tim also. Der vierte Fahrer in fast fünf Stunden. Meine Zufriedenheit bezüglich der zurückgelegten Strecke war deutlich abgeflaut.

Wir fuhren weiter nach Norden. Das Autoradio lieferte gefällige Hintergrundmusik für unsere Plauderei. Die Landschaft hatte sich kaum verändert, nur statt der Rapsfelder zogen sich jetzt Weiden über die Hügel, auf denen schwarz gefleckte Kühe faul in der Sommerhitze lagen. Ab und zu kleckten zurechtgestutzte Wäldchen dunkle Ausnahmen ins leuchtende Grün der weiten Wiesenstücke.

Ich packte meine leere Dose in die Plastiktüte zu den zusammengeknüllten Folien der Semmeln.

„Hier, du kannst meine auch gleich haben."

Tim stürzte den letzten Rest seines Getränks hinunter und hielt mir die Dose hin. Hatte ich mich getäuscht oder hatte er sie absichtlich nicht gleich losgelassen? Unsere Finger berührten sich. Er lächelte. Aus Verlegenheit lächelte ich zurück.

„Danke. Wirf den Sack einfach hinter den Sitz, dann stört er dich nicht weiter."

Als ich mich wieder nach vorne richtete, legte er beiläufig seine Hand auf meine Lehne.

„Warum bist du eigentlich alleine unterwegs, Friedrich? Bist du von zu Hause abgehauen?"

Etwas verunsichert erzählte ich von Charlotte in Italien, schwadronierte über Langeweile und davon, dass ich einfach raus wollte. Tim hörte aufmerksam zu und nickte verständnisvoll. „Recht hast du!"

Seine Hand auf meiner Lehne machte mich nervös. Ich faselte von einer Freundin, die ich besuchen wollte, und – unzusammenhängend – von Mutter, die mich zum Bahnhof gebracht hatte. Ich lächelte verlegen, lugte zu ihm, erkannte seine Selbstsicherheit. Meine Unruhe beflügelte meinen Redefluss und ich erzählte eine von Thilos Baustellengeschichten, als mich seine Finger plötzlich am Hals berührten und zu meinem Ohr glitten.

Ich stockte.

„Erzähl doch weiter! Ich mag es, wenn du erzählst. Also, was war mit Thilo?"

Seine Stimme war ruhig, sanft und fordernd zugleich. Mit der Rückseite seiner Finger streichelte er meinen Hals.

Ich wusste nicht, was ich sagen sollte. Schluckte. Umfasste mit meiner rechten Hand den Griff der Tür, während sich meine andere in der Polsterung des Sitzes verkrampfte.

„Nehmen Sie bitte die Hand weg." Ich hatte geflüstert, räusperte mich, versuchte es noch einmal. „Tim, nehmen Sie bitte Ihre Hand weg!"

Seine Finger ruhten keinen Augenblick, wanderten auf und ab, fanden mein Ohrläppchen, massierten es sanft, während er mit der anderen Hand lässig lenkte.

„Friedrich, komm, genieß die Fahrt! Es ist doch so schön hier. Entspann dich, ja?"

Meine Angst lähmte mich. Gedanken rasten ohne einen Anhaltspunkt durch jeden Winkel meines Gehirns, sammelten unzusammenhängende Bilder. Eine in einem Waldstück liegende, mit weißem Laken bedeckte Leiche. Ein Vermisstenbild im Aushang der Schule. Die klaffende Wunde an einem Hals. Mein Hals. Karolus' Gesicht, als ich ihn gefunden hatte.

Monoton presste ich wieder den Satz heraus.

„Nehmen Sie die Hand weg!"

Wie durch einen Glassturz drang seine Stimme zu mir.

„Sei ganz ruhig, Friedrich! Relax!"

Worte wie Klingen, die die Seele ritzten.

Bebend beugte ich mich nach vorn. Seine Hand folgte nicht der Bewegung meines Körpers, glitt von meinem Ohrläppchen. Schlaff ließ er seine Finger hängen.

„Bleiben Sie stehen!"

„Sei kein Spielverderber! Wo willst du eigentlich hin? Ich fahr dich. Wir können ja gemeinsam noch ein bisschen nach Norden tingeln. Was hältst du davon?"

„Bleiben Sie stehen!"

„Aber Friedrich."

Seine Hand legte sich kraftvoll in meinen Nacken.

Ich zwang mich zur Ruhe, lehnte meinen Kopf zurück, erwiderte für den Augenblick seinen Druck, während ich meine Hand in den Rucksack gleiten ließ. Lächelnd sah ich ihn an, sah ihm ins Gesicht. In den Gläsern seiner Brille spiegelten sich die Fahrbahn, die Wiesen. Dahinter konnte ich die Schatten seiner Augen erahnen, wie sie zwischen der Straße und mir pendelten. Seine Gesichtszüge waren entspannt. Selbstgerechte Zufriedenheit. Ich bemerkte den Glanz auf seinen Lippen.

Meine Angst war verschwunden.

Eine schnelle Bewegung.

Ein Ruck ging durchs Auto, als er das Lenkrad verriss. Der Wagen schlingerte, wurde in die Mitte der Straße geworfen.

„Bleiben Sie stehen!“ Meine Hand an seinem Schädel, die Waffe gegen seine Schläfe gepresst. Die Macht, die ich fühlte.

Als er bremste, wurde ich in den Gurt gedrückt. Der Wagen brach aus, geriet außer Kontrolle und rammte einen Reflektor am Straßenrand. Berstender Kunststoff spritzte über die Motorhaube. Dann wurden wir über die Straße geschleudert, und als der Wagen auf der Gegenfahrbahn zum Stehen kam, war der Motor abgestorben.

Tims Oberkörper sackte nach vorn, seine Stirn landete auf dem Lenkrad. Ich stemmte die Wagentür auf und stieg aus.

Tim wandte sich zu mir, sah mich voller Hass an. „Du kleiner Scheißer!“ Er flüsterte, wurde aber mit jedem Wort lauter, bis er schrie und Geifer von seinen Lippen spritzte. „Du Arschloch! Verpiss dich! Hörst du? Verpiss dich! Ich hoffe, du schmorst hier auf diesem gottverlassenen Fleck! Keine Sau soll dich mitnehmen! Keine Sau! Hörst du? Du Scheißkerl sollst schmoren!“

Ich trat die Tür zu und ging vom Wagen weg. In der einen Hand den Rucksack, in der anderen die Waffe. Ich hörte, wie er den Wagen startete und langsam losfuhr. Er ließ das Fenster hinunter und brüllte mir nach.

Ich drehte mich um, hob meinen Arm und streckte die Pistole in seine Richtung, den Finger am Abzug. Seine Stimme erstarb. Ich ließ den Rucksack fallen und umklammerte mit der zweiten Hand die Waffe.

Schwarzer Qualm stieg von den Reifen auf und im nächsten Augenblick raste Tim davon. Erst als er hinter der nächsten Biegung verschwunden war, senkte ich die Waffe. Mit einem Mal fühlte ich mich unendlich müde. Ich fiel auf die Knie, die Pistole glitt aus meiner Hand. Ich würgte, merkte, wie mir Tims verdammte Semmeln wieder hochkamen, und erbrach in den Straßengraben.

22.

Das Mobiltelefon zeigte 17 Uhr 23. Mutter hatte besorgt angerufen. Ich beruhigte sie, log, ich hätte einen Anschlusszug verpasst und käme vermutlich erst spät an. „Wir hören uns morgen."

„Ja, morgen. Pass gut auf dich auf!"

Die Sonne näherte sich dem Horizont, auch wenn der Weg in die Nacht noch Stunden dauern würde und die Hitze des Tages bleiern zwischen den Hügeln hing. Kein Lüftchen regte sich.

Ich ging entlang des elektrischen Weidezaunes, der abseits der Straße verlief. Kühe lagen im abgefressenen Gras, leckten stumpfsinnig ihre Nasenlöcher. Wie sie ignorierte auch ich die vorbeifahrenden Autos. Ich hatte keine Lust mehr zu trampen, wollte zu Fuß ins nächste Dorf, um etwas zu trinken zu kaufen. Dann würde ich weitersehen.

Den Kopf gesenkt blickte ich auf meine Beine, die mit jedem Schritt Halme zur Seite knickten und Heuschrecken oder Schmetterlinge zur Flucht zwangen. Ich beobachtete einen Zitronenfalter, der sich ein Stück vor mir ins Gras setzte und als ich herangekommen war flatternd Reißaus nahm.

Ich hatte das neben mir rollende Auto anfangs nicht bemerkt und es dauerte eine Weile, bis ich das monotone Knattern des Dieselmotors einordnen konnte. Dennoch setzte ich stur einen Fuß vor den andern, ignorierte selbst das blecherne Hupen des Wagens.

Scher dich zum Teufel!

Dann eine männliche Stimme. „Hey, du da!“ Ein Pfiff. Hupen. „Bist du taub!“ Kichern. Eine Dose, die vor mir in die Wiese flog.

Ohne stehen zu bleiben, drehte ich mich dem Auto zu. Neben mir rollte ein alter Mercedes, an dessen Unterkante der Rost wie Flechten über den Lack wucherte. Der Fahrer, nur ein wenig älter als ich, hatte sich weit aus dem Fenster gestreckt und sah übers Autodach zu mir. Das Mädchen neben ihm beugte sich auf die Fahrerseite und lenkte. Aus dem hinteren Fenster ragten Beine.

„Na endlich. Ich dachte schon, du seist Autist oder so was.“ Der Junge ließ sich ins Wageninnere gleiten und fuhr an den Straßenrand. Ich blieb stehen und wartete.

„Hi, ich bin Sven.“ Er war ausgestiegen und lehnte sich an die Motorhaube.

„Was willst du?“

„Schlecht drauf, was? Zigarette?“ Er holte eine Schachtel aus der Brusttasche seines Hemds, dessen obere Knöpfe offen standen. Er zündete sich eine an und warf mir, auf mein Nicken hin, die Packung zu.

„Kennst du dich hier in der Gegend aus?“

Ich nahm mir eine Zigarette. „Ein wenig.“

Ich trottete zu ihm hin und als er mir Feuer gab, hielt er seine Hand schützend vor die Flamme, obwohl kein Wind wehte.

„Wir wollten zum See und wissen nicht, wo der beste Zugang ist. Du weißt schon, nicht der ganz offizielle.“

„An der Indianerfeuerstelle?"

„Wie?"

Verlegen über meine unbedachte Antwort nahm ich einen tiefen Zug, ehe ich antwortete.

„Als Kinder haben wir den Platz so genannt. Wir waren früher öfter dort. Fischen."

„Zeigst du uns den Weg? Wir können dich dann auch absetzen, wo es für dich bequem ist." Und nachdem ich nichts erwiderte, fügte er hinzu: „Du kannst dich uns aber auch anschließen. Nicht wahr?"

Das Mädchen vorne nickte. „Klar kann er. Wird schon nicht stören." Sie lachte und streckte mir die Hand entgegen. „Ich bin Anna."

„Friedrich."

Im gleichen Augenblick verschwanden die Beine aus dem hinteren Fenster, die Autotür öffnete sich und ein Mädchen stieg aus. Grinsend kam sie auf mich zu. „Friedrich? Ich bin Elena, Annas Schwester."

Sie war offenbar die Jüngere der beiden, trotzdem schätzte ich sie etwas älter als mich. Im Gegensatz zu ihrer Schwester, die dunkelblondes Haar hatte, das diese schulterlang und artig hinters Ohr gelegt trug, waren Elenas längere Haare fast schwarz und einzelne Strähnen fielen ihr ins Gesicht. Sie trug ein ärmelloses Shirt, das ebenso eng anliegend wie kurz war und den Kontakt mit ihren Hotpants mied.

„Hi, freut mich."

Um Lässigkeit bemüht zog ich an der Zigarette, aber ihr Anblick nahm mich gefangen und der Versuch, meine Verlegenheit zu verbergen, misslang. Sie war ungeschminkt. Ihre Lippen waren rot und voll, ohne unnatürlich zu wirken, und ihre kristallklaren blauen Augen schienen nicht weniger als die Welt erobern zu wollen.

„Fährst du mit? Wir wollen unten zelten."

Ich hustete verlegen. Elenas gesamte Erscheinung strahlte eine berauschende Sinnlichkeit aus und sie schien sich ihrer Wirkung bewusst zu sein. Sie lächelte amüsiert und meine Unsicherheit wuchs mit der Aufmerksamkeit, die sie mir schenkte.

„Also zeigst du uns den Weg?"

„Wir können es ja versuchen."

„Prima."

Elena stieg wieder in den Wagen, während Sven den Kofferraum öffnete, in dem bereits drei Rucksäcke, die Zelttasche, Schlafsäcke, Isomatten, Turnschuhe, eine Decke, ein Fahrradmantel, unzählige CD-Hüllen, ein Grillgitter und zwei leere Doppelliterflaschen Wein lagen. Mit einer Handbewegung schaffte er Platz für meinen Rucksack.

„Ist ein bisschen ein Durcheinander."

Sven war bereits eingestiegen, als ich die hintere Tür öffnete. Auf der Seite, auf der ich sitzen sollte, stand eine Kühltasche. Sie war schwer und unbeholfen versuchte ich, sie in die Mitte zu wuchten. Am Boden vor mir lagen unzählige leere Getränkedosen.

„Hast du genug Platz?"

„Ja. Danke."

Vorsichtig stellte ich meine Füße auf die Dosen, schnallte mich an und legte den Arm auf die Kühltasche. Erst jetzt fiel mir auf, dass Elena mich beobachtet hatte.

„Braver Junge." Sie griff, ohne den Blick von mir zu wenden, nach hinten und legte grinsend auch ihren Gurt an.

Musik donnerte aus den Boxen. „*Come as you are.*" Die tiefen Töne wummerten durchs Auto und ich fühlte die Vibrationen in allen Fasern meines Körpers. „*And I swear I don't have a gun. No I don't have a gun.*" Schmerzhaft kratzte die Verzweiflung in der Stimme von Kurt Cobain. Ich dachte an die Waffe in meinem Rucksack. Dachte an Tim. „*No I don't have a gun.*"

Lügner, dachte ich.

Ich vermied den Blick zu Elena. Ihr Bild genau vor Augen, war es auch eigentlich nicht nötig, sie anzusehen, dennoch musste ich den Drang unterdrücken mich zu vergewissern, dass sie wirklich neben mir saß. Ich starrte nach draußen, als müsste ich darauf achten, die Abfahrt nicht zu versäumen, obwohl ich genau wusste, dass wir vorher noch durch die nächste Stadt mussten.

Wir hielten an der Tankstelle. Anna hatte Sven angestoßen und mit einem Nicken in die Richtung gedeutet.

Verbale Kommunikation war nicht möglich. „*My girl, my girl, don't lie to me, tell me where did you sleep last night.*" Die gleiche Stimme. Die gleiche Angst. Die gleiche Verzweiflung.

Die Musik erstarb, als Sven den Motor abstellte. Elena und Anna eilten in die Tanke.

„Das kann länger dauern."

Sven und ich schlenderten ein paar Schritte hinunter zur Straße und er bot mir eine Zigarette an.

„Ich werde mich revanchieren."

„Heißt das, du willst mitkommen?"

Wann hatte ich meine Entscheidung getroffen? Gleich, als mir das Angebot gemacht worden war oder als Elena aus dem Wagen stieg? Als sie die Kühltasche öffnete und Bierdosen verteilte und mich dabei verschwörerisch anlachte? Oder als der Alkohol Wirkung zeigte und ich die leere Dose belustigt auf den Haufen zu meinen Füßen warf?

„Wenn das Angebot noch gilt."

Sven grinste mich an. „Keiner freut sich mehr als ich, wenn du verstehst."

Wir kauften noch vier Flaschen Wein, Zigaretten und Sandwiches für den ersten Hunger. Anschließend versuchten wir, die leeren Dosen in den einige Meter entfernten Mülleimer zu werfen. Scheppernd landeten sie auf dem Asphalt, tanzten um den Ring des Mülleimers oder wurden direkt versenkt, wofür wir uns jedes Mal abklatschten. Lange nachdem wir das Auto für dosenfrei erklärt hatten, kamen Elena und Anna kichernd zurück.

Die Kohlen glühten kaum noch. Nur an wenigen Stellen stach rötlicher Schimmer aus dem tiefen Schwarz. Es war kühl geworden, zumindest hier am Wasser.

„Ich hole was zum Kuscheln."

Sven stand auf, stieß dabei an eine der leeren Flaschen und ging zum Wagen. Als er wiederkam, legte er Anna einen Schlafsack um die Schultern.

„Hab euch Turteltäubchen auch einen mitgebracht."

Er trat hinter Elena und mich und breitete den Schlafsack wie eine Decke auf unsere Rücken. Elena nahm einen Zipfel und zog ihn sich vor die Brust.

„Danke."

Ich hatte die Stelle sofort wiedererkannt. Nur wenige Meter von dort, wo jetzt frech der Mercedes parkte, hatte Karolus seine Münze gefunden. Die Münze, die jetzt in meiner Tasche steckte. Ich hatte wieder an unsere Ausflüge hierher gedacht, daran, wie Steine übers Wasser hüpften, an das Geräusch, wenn der Angelhaken die Wasseroberfläche durchdrang, und wie auf dem Nachhauseweg der Wind durch die Haare pfiff.

Die Gedanken an die Vergangenheit waren verflogen, verjagt vom Duft der Haut, der Elenas Körper entströmte, dem Duft ihrer Haare. Ihr Kopf lag auf meinen Schultern, ihre Hand auf meinem Rücken. Ich drückte sie sanft an mich.

Ihre Berührung fegte alles andere in die Bedeutungslosigkeit.

Wir saßen paarweise nebeneinander auf der Decke und blickten auf den ruhig daliegenden See, hörten auf das gemächliche Plätschern der Wellen. Die dritte Flasche Wein wurde durchgereicht. Keiner sprach ein Wort. Die Zeit schien stillzustehen. Bis Anna Sven etwas ins Ohr flüsterte, ihn an der Hand fasste und aufstand.

„Wir gehen schon mal ins Zelt."

Elena und ich blieben sitzen. Alleine mit ihr fühlte ich meine Unsicherheit zurückkehren.

„Frierst du noch?" Sie hatte bereits meinen Sweater übergezogen, bevor wir von Sven den Schlafsack bekommen hatten.

„Nein, aber ist dir jetzt kalt?"

„Nein. Na ja, vielleicht ein bisschen."

Im Versuch mich zu wärmen, begann sie meinen Rücken auf und ab zu streichen.

„Möchtest du deinen Pulli wiederhaben?"

„Nein, danke. Wird schon besser." Das holperte. Und wieder wusste ich nicht, was ich sagen, was ich tun sollte.

Elena ließ ihre Hand nun langsamer über meinen Rücken gleiten, strich bis zum Hals hinauf, berührte den Haaransatz, kämmte mir im nächsten Anlauf mit ihren Fingern durchs Haar. Ich drehte mich zu ihr, sie hob den Kopf von meiner Schulter. Langsam näherten wir uns. Ihre Hand lag auf meinem Hinterkopf und ihre Finger bewegten sich kreisend. Unsere Lippen trafen sich. Eine zitternde Berührung. Ein Augenblick Zerbrechlichkeit. Dann öffnete sie ihren Mund und ich spürte ihre suchende Zunge. Ich schloss die Augen und tauchte in die Welt, die nur aus diesem Kuss bestand und dennoch die Unendlichkeit in sich barg. Ihre Zunge spielte mit meiner, schmiegte sich an sie, tanzte mit ihr, zog sich zurück, aber nur, um drängender wiederzukehren.

Mein Sein auf einen Kuss reduziert.

Dann ließ sich Elena zurücksinken. Ich versuchte vergebens, ihrer Bewegung zu folgen, damit sich unsere Lippen nicht voneinander trennen mussten. Als sie lag, lächelte sie mich an. Ihre Augen, die selbst im Dunkel der Nacht leuchteten. Ich legte mich neben sie, zog den Schlafsack über uns. Sehnsüchtig saugende Münder. Das Beben der gierenden Zungenspitzen. Ein Schauer, der mich aufstöhnen ließ.

Meine Erregung hatte jede Unsicherheit verjagt. Elenas Zärtlichkeit verschlang mich und ich fiel in bodenloses Verlangen, das mir den Atem nahm. Alles drehte sich und dennoch stand die Welt still.

Mit einer Hand strich sie mir durch die Haare, die andere wanderte über meinen Rücken. Auf den Ellbogen gestützt streichelte ich ihre Stirn, während meine freie Hand ihre Erkundungstour begann und sich von der Hüfte aus vortastete. Meine Finger gruben sich unter den Pullover, strichen über das Shirt, suchten einen Eingang, um darunter zu schlüpfen. Als sie ihre Haut berührten, zuckte Elena zusammen.

„Kalt?"

Sie nickte lächelnd und ich zog meine Finger zurück.

„Nein, lass sie."

Sie ergriff meine Hand und legte sie wieder auf ihren Bauch. Danach krochen ihre Fingerkuppen unter mein Shirt, strichen elektrisierend über meine Haut. Ich wollte ihr näher sein, sie vollkommen spüren und schob mich auf sie, drängte mein Knie zwischen ihre Beine.

„Mist!"

Ich hatte die Flasche umgestoßen und der restliche Wein ergoss sich auf Elenas Fuß, den sie rasch wegzog. Ich richtete mich auf, nahm die Flasche und warf sie in die Wiese.

„Tut mir leid."

Elena hatte sich auf beide Ellbogen gestützt, lächelte.

„Macht nichts."

Ich beugte mich wieder zu ihr, während sie langsam den Kopf in den Nacken legte. Ich küsste ihr Kinn, ihren Hals. Ich schob meine Hand wieder unter ihr Shirt, streichelte ihren flachen Bauch, tastete über die Rippen nach oben, erreichte ihren BH. Elena atmete tief. Ich übersäte ihre Wange mit Küssen, wanderte zu ihrem Ohrläppchen, saugte an der zarten Haut. Meine Hand glitt weiter, berührte die Wölbung ihrer Brust. Ich hauchte einen Kuss in ihr Ohr. Ihr Keuchen, das mich ermutigte. Meine Finger, die sich tastend weiter schoben.

Jäh zerplatzte der Augenblick.

Elena setzte sich mit einer heftigen Bewegung auf, stieß mich zur Seite. Der Gedanke, zu weit gegangen zu sein, zuckte durch meinen Kopf.

Fassungslos starrte ich sie an.

„Was …?"

„Entschuldige!" Sie rappelte sich hoch. „… ich glaube … mir wird schlecht."

Ich wollte sie halten, doch sie riss sich los.

„Nicht! Ich meine richtig schlecht."

Sie stolperte einige Schritte zu einem Gebüsch in der Nähe und übergab sich. Sie erbrach, stöhnte, würgte wieder.

„Elena!" Noch ehe ich bei ihr war, stürzte Anna aus dem Zelt zu ihrer Schwester und hielt sie. Hilflos stand ich daneben. Der Gestank von Galle und Alkohol schlug mir in die Nase, aber schlimmer war die Enttäuschung, die mich packte und unbarmherzig aus dem Traum holte, der soeben ins Gebüsch gespien worden war.

Sven trat zu mir, legte mir seine Hand auf die Schulter. „Friedrich, das hast du ja prima hingekriegt!"

23.

Der Mond warf eine silberne Bahn auf das Schwarz des Sees, aber der Streifen konnte der Dunkelheit des Wassers nichts anhaben. Ich saß am Steg und sah Sven zu, wie er jauchzend auf mich zuschwamm, tauchte und, als sein Kopf wieder die Oberfläche durchbrach, einen Freudenschrei über den See gellen ließ.

„Hey, Frosch, du versäumst was!"

Er legte sich auf den Rücken, strampelte mit den Füßen, sodass das Wasser hoch aufspritzte und die Tropfen im Mondlicht funkelten.

Ich dachte an Elena, wie sie vornüber gebeugt von Anna ins Zelt geführt worden war. Kein Blick, kein Abschied. Auch Anna hatte weder Sven noch mich angesehen, war ganz die fürsorgliche Schwester gewesen. Nacheinander waren sie durch den Spalt gekrochen. Das reißende Geräusch, das durch die Stille trieb, als Anna den Zipper energisch von innen zuzog, hing mir im Ohr. Auch jetzt, am Steg sitzend, glaubte ich den Reißverschluss zu hören. Ich hatte mich bereits dreimal umgedreht und hoffnungsvoll zum Ufer geblickt, wo sich das Zelt schwach in der Dunkelheit abzeichnete. Keine Gestalt, die durch die Nacht huschte, über die Planken zu mir auf den Steg trippelte, mich von hinten umarmte. Ich schloss die Augen beim Gedanken an ihre Hände auf meiner Brust, an ihre Lippen, die Küsse auf meinen Hals legten.

Hingebungsvoll badete ich in mit Alkohol angerührtem Selbstmitleid. Was hatte ich nicht alles versäumt? War ich nicht an der Schwelle zum pubertären Himmel plötzlich in den Abgrund gestoßen worden? Meine uferlose Enttäuschung erstickte jede Sorge um Elena. Ich hatte geträumt, ich hielte das Glück der Welt in Händen und die Macht des Zaubers würde niemals vergehen.

„Na, noch immer am Trübsal blasen?“ Sven schwamm ruhig vor mir.

„Du hast ja keine Ahnung.“

„Wäre es besser gewesen, du wärst nicht mitgekommen und hättest alles verpasst?“

„Scheiße, nein. Weiß nicht. Nein.“

„Du scheinst dir deiner Sache nicht sehr sicher zu sein, aber hier eine Binsenweisheit: Schmerz und Freude sind Gegensätze, die zusammengehören, sich gegenseitig bedingen, wie – wie das Leben den Tod. Die einzige Frage dabei ist nur, in welchem Maß kannst du Glück empfinden? Je mehr du dazu in der Lage bist, umso mehr wirst du auch unter Schmerz leiden.“

Er tauchte unter, tauchte wieder auf, den Mund voll Wasser, das er in einem dünnen Strahl ausspuckte.

„Zwei Sachen noch. Es ist egal, ob du aus der Gesellschaft heraussttichst und von allen in gleichem Maße verachtet wie bewundert wirst, oder ob du ein Normalo bist, den niemand um etwas beneidet, oder besser, der glaubt, dass er von niemandem beneidet wird. Es kommt einzig darauf an, ob du fühlen kannst. Und das kannst du dir nicht aussuchen. Falls du mit deiner Fähigkeit zu empfinden nicht zufrieden bist, kannst du versuchen dagegen anzukämpfen, aber du wirst deine Gefühle nicht dauerhaft bezwingen.“

Er hatte aufgehört zu quatschen. Regungslos trieb er auf dem Rücken liegend im Wasser.

„Bist du fertig mit deinem Mist oder kommt noch ‚zweitens‘?“

Sven hob den Kopf aus dem Wasser, sodass seine Ohren wieder über der Oberfläche lagen. „Was?“

„Zweitens?“

„Ach ja, zweitens. Hm. Ich sollte wohl nicht nachts betrunken im See schwimmen und laut übers Leben nachdenken.

Nimmt den Genuss am Bad und kommt doch nur Blubbern heraus."

Damit drehte er sich um und schwamm vom Steg weg. Ich blickte ihm nach, wie sein Kopf im Rhythmus der Schwimmbewegungen durch die Furche des Lichts trieb. Irgendwann ließ ich mich zur Seite kippen und klatschte ins Wasser.

„Sven, du hast einen kompletten Knall!"

„Steh nicht bibbernd rum und glotz blöd! Hilf mir lieber!"

Mühsam schälte ich mich aus dem triefenden Shirt, das widerspenstig an meinem Oberkörper klebte, und trocknete mich mit dem Handtuch, das er mir zugeworfen hatte, ab.

„Klar helfe ich dir, aber ich sage dir, du bist total bescheuert! Das ist sinnlos und blöd!"

„Du hörst dich beinahe an wie Anna."

Der alte Diesel tuckerte Zentimeter für Zentimeter auf mich zu. Langsam gewöhnten sich meine Augen ans grelle Licht der Scheinwerfer.

„Und?"

„Kann ich noch nicht sicher sagen."

Der Wagen rollte noch ein Stück.

„Und jetzt?"

„Ist breit genug. Aber noch einmal: Es ist saublöd!"

„Halt die Klappe und gib Acht!"

Ich trat einen Schritt zurück und die Vorderräder erreichten die ersten Planken. Der Wagen war genau in der Mitte, hatte jedoch auf beiden Seiten nicht mehr als eine Handbreit Platz. Dennoch schob sich der alte Mercedes langsam auf dem Steg nach vorn. Brett für Brett ächzte unter dem Gewicht des Wagens und schien erleichtert zu seufzen, wenn Sven darüber hinweggefahren war. Schließlich stand ich am Ende des Stegs. Sven fuhr weiter auf mich zu und ließ mir nur die Wahl zwischen Wasser oder Motorhaube. Ich kletterte nach vorn zur Windschutzscheibe und weiter über das offene Fenster ins Auto. Sven sah mich zufrieden an.

„Du hast zwar Elena und damit auch Anna ausgeschaltet, aber jetzt bin ich trotzdem froh, dass du mitgefahren bist. Und das sag ich nur ungern."

Er reichte mir ein Bier aus der Kühltasche.

„Wie viele sind noch da?"

„Genug für die Nacht."

Wir öffneten die Dosen, tranken. Sven machte das Autoradio an, stellte lauter. Schweigend hörten wir David Bowie zu.

„*Oh no, not me, we never lost control. You're face to face with the man who sold the world.*"

Wir öffneten die Autotüren, kippten die Lehnen der Sitze nach hinten und blickten auf die Wellen, die im Lichtkegel der Scheinwerfer glitzerten. Als das Lied verebbte, stellte Sven das Radio leiser.

„Wo willst du eigentlich hin?"

Die Frage hing in der Luft wie eine Sprechblase und je länger ich über sie nachdachte, umso weniger wusste ich eine Antwort. Vermutlich würde sich Sven mit einer einfachen Lüge zufriedengeben, aber ich hatte das Gefühl, ihm und mir Ehrlichkeit schuldig zu sein. Ich setzte die Bierdose an, trank, behielt die Flüssigkeit im Mund, spürte das Perlen der Kohlensäure, ehe ich schluckte.

„Es hört sich doof an, aber ich weiß es nicht genau."

Er erwiderte nichts, schien auf eine weitere Erklärung zu warten. Genüsslich nahm er einen Schluck Bier, stellte dann die Dose aufs Armaturenbrett und schaltete die Scheinwerfer aus. Mit hinter dem Kopf verschränkten Armen lehnte er sich zurück. Sein Warten drängte mich zurück in mein Leben, erinnerte mich wieder an meine Zweifel.

„Ich bin auf der Suche nach Antworten auf Fragen, die mich nicht loslassen. Ich habe keine Ahnung, wo oder wie ich diese Antworten finden soll und wenn ich ehrlich zu mir wäre, würde ich mir eingestehen, nur nach der Bestätigung meiner Hoffnungen zu lechzen. Weißt du, in meinem Puzzle fehlen Teile, die für das Ganze entscheidend sind. Fehlt einer, ist der Rest wertlos. Und ein Gefühl sagt mir, diese Teile liegen nicht bei mir zu Hause unterm Sofa. Und entweder finde ich alle notwendigen Antworten und mein Puzzle fügt sich zu einem Bild zusammen, oder meine Suche bleibt erfolglos und damit ohne Ende. Dann bleibt die Hoffnung, dass meine Fragen an Bedeutung verlieren."

„Bis du aufgibst?"

„Bis ich aufgebe."

„Und was, wenn dir das Bild, das du zusammenfügst, nicht gefällt, weil es deine Hoffnungen nicht erfüllt?"

Ich zuckte mit den Schultern. Leichter Wind war aufgekommen und zog durchs Auto. Die Wellen plätscherten munter gegen den Steg.

„Sind wir zu ernst?"

„Ich glaube ja. Prost."

„Prost."

„Ich muss mal."

Ich kletterte aus dem Wagen, klammerte mich ans Dach und arbeitete mich langsam auf dem schmalen Streifen, den das Auto vom Steg freigelassen hatte, nach hinten. Auch an Land war die Hitze des Tages von der drängenden Kühle des Sees vertrieben worden. Das Gras war feucht, die Luft klar und erfrischend. Ich blieb einen Augenblick am Ufer stehen und schaute an Steg und Wagen vorbei aufs Wasser, dessen Wellen das Mondlicht wie mit tausenden kleinen Spiegeln reflektierten.

Ich blickte den Strand entlang, dem Sven mit seinem Autoradio die Ruhe stahl. Einige Schritte von mir entfernt hob sich das Zelt als schwarzer Fleck vom dunklen Hintergrund der Wiese ab. Leise ging ich hinüber und kniete mich vor den Eingang. Der Zipper der äußeren Plane war nicht geschlossen und die beiden Seiten hingen schlaff nach unten. Dahinter spannte sich das Fliegennetz. Mit einer Hand hob ich die Plane zur Seite, starrte angestrengt ins Innere und konnte doch nur Schemen erkennen. Zwei undefinierbare Körper, die nebeneinanderlagen. Ich drückte meine Stirn gegen das Netz und wartete, bis sich meine Augen besser ans Dunkel im Zelt gewöhnt hatten. Beide schliefen auf der Seite. Elena lag zur Wand gedreht, ein Bein aus dem Schlafsack gestreckt.

Wie sie wohl im Schlaf aussah? Zu gerne hätte ich ihr Gesicht, ihre entspannten Züge betrachtet. Ich würde der Versuchung nicht widerstehen können, ihre weiche Haut zu berühren und ihr sanft über die Wange zu streichen. Sie würde lächeln, bestimmt würde sie lächeln.

Als ich mich aufrichtete, schmerzten meine Beine. Meine Augen würden die Dunkelheit nicht durchbrechen und ich würde Elenas Gesicht nicht sehen können. Anna würde nicht verschwinden, damit ich an ihrer Stelle neben Elena liegen könnte. Ich akzeptierte, dass die Gelegenheit verstrichen war, aber das Verlangen, mich an Elena zu schmiegen, ihre Wärme zu spüren, sie zu betrachten, zu halten und ihren Körper zu riechen, pulsierte in mir und ich schwor mir, dies eines Tages zu tun. Mit dieser Gewissheit, die mir meine Trunkenheit soufflierte, lief ich zurück zum Steg.

Sven saß im Schneidersitz auf dem Dach des Wagens. Eine glühende Zigarettenspitze hing vor seinem Gesicht. Neben ihm stand die Kühltasche, aus dem Auto dröhnte Musik. Ich kletterte über den Kofferraum aufs Dach, setzte mich neben ihn und streckte meine Beine über die Windschutzscheibe.

„Pass auf die Scheibenwischer auf! Ich kann mir beim besten Willen keine Reparatur leisten."

Ich kramte meine Packung Zigaretten aus der Hosentasche, fingerte mir eine heraus und legte die Schachtel neben mich.

„Bedien dich!"

„Danke, ich werde darauf zurückkommen."

„Was ist eigentlich mit Elena?"

„Wie bitte?"

„Na, ich meine, kannst du mir etwas über sie erzählen? Ich weiß gar nichts von ihr ..."

„Wenn du etwas wissen willst, dann frag sie. Lerne sie kennen, wenn sie dich lässt. Alles andere wäre Tratsch. Ich bin mir sicher, wenn sie etwas über dich wissen möchte, dann wird sie dich fragen. Sollte sie das nicht tun, ist auch klar, woran du bist."

„Weißt du, Sven, wärst du nicht so ein verdammter Klugscheißer, dann wärst du vielleicht sogar sympathisch."

„So etwas in der Art wirft mir Anna auch immer wieder vor. Aber was solls, niemand ist perfekt – auch wenn ich ziemlich nah dran bin!"

Mit gespielter Überheblichkeit klemmte er seine Zigarette zwischen die Spitzen von Zeige- und Mittelfinger und nahm einen tiefen Zug.

„Warum habt ihr Elena eigentlich mitgenommen und seid nicht zu zweit hierher gefahren? Sie stand doch eurem romantischen Tête-à-Tête im Weg."

„Soweit ich unterrichtet wurde, hatte Elena ziemlichen Zoff mit ihrer Mutter und Anna hat sie einfach eingepackt. Wie du dir vorstellen kannst, hat sich meine Begeisterung in bescheidenen Grenzen gehalten. Deshalb habe ich mich auch so selbstlos für alle gefreut, als wir dich aufgegabelt haben. Konnte ja kein Mensch ahnen, dass man euch zwei nicht allein lassen kann."

Er schmunzelte, begann dann aber anscheinend über etwas nachzudenken. Er kippte sich den Rest seines Biers in den Mund, drückte die leere Dose zusammen und warf sie ins Innere des Autos.

„Das bringt mich natürlich wieder zu der alten Frage, warum die meisten eher Zoff mit ihrer Mutter als mit ihrem Vater haben?"

„Ist das so? Na, vielleicht weil Mütter meist mehr Zeit mit den Kindern verbringen und daher mehr involviert sind?"

„Ach, noch einer, der auf alles eine Antwort weiß. Aber meine Theorie lautet anders: Mütter versuchen ihre Kinder zu verstehen! Ich halte das für Anmaßung, weil sie ihren Blickwinkel nicht ändern können. Es mag gut gemeint sein, wird aber dadurch nicht besser. Väter hingegen sind froh, wenn sie nicht zu sehr ins Vertrauen gezogen werden, außen vor bleiben. Letztlich stehen sie dem Gefühlsleben ihrer Sprösslinge ignorant gegenüber. Hauptsache das Ergebnis stimmt und sie können damit hausieren gehen."

Sven war mit seiner Einschätzung zufrieden, nickte bestätigend und langte in die Kühltasche nach einer frischen Dose.

„Du hast anscheinend ein prima Verhältnis zu deinen Eltern."

„Ob du es glaubst oder nicht, aber das habe ich. Sagen wir es so: Die Fronten sind geklärt und wir behandeln einander fair. Das einzig Beunruhigende ist, dass meine Alten wirklich versuchen verständnisvoll zu sein. Sie bemühen sich ehrlich, sich zu erinnern, wie es für sie als Jugendliche war. Aber ich nehme an, man kann sich ewig und drei Tage schwören, nicht auch nur ansatzweise wie seine Eltern zu werden, und dennoch kommt der Fluch zu gegebener Zeit unaufhaltsam über jeden."

Er machte eine wegwerfende Handbewegung, verschüttete dabei etwas Bier. Der Gedanke, selbst einmal Vater zu sein, kam mir absurd vor. Ich überlegte, was ich davon halten sollte: Ich mit einem Kind. Kompletter Blödsinn. Ich trank die Dose leer, um den Gedanken wegzuspülen. Außerdem galt es, mitzuhalten.

„Hast du Geschwister? Meine Schwester ist sechs Jahre älter. Ich verstehe mich prima mit ihr, aber im täglichen Leben verbindet uns wenig. Dazu ist der Altersunterschied zu groß. Aber die beiden …“, er machte eine Kopfbewegung hin zum Ufer, „Anna und Elena sind als Geschwister ein eigenes Kapitel, das ich noch immer nicht verstanden habe. Die beiden reizen einander, streiten mit hemmungsloser Bösartigkeit, aber nach außen sind sie wie Pech und Schwefel, helfen sich, stehen füreinander ein. Sollte ich es wagen, eine Aussage von Anna über ihre Schwester, die im Streit gefallen war, zu wiederholen, muss ich sehen, dass ich in Deckung komme.“ Er schüttelte verständnislos den Kopf.

„Hast du nun Geschwister oder nicht?“

Zum ersten Mal nach Karolus' Tod hatte ich die Frage zu beantworten. Bisher hatten immer alle davon gewusst und ich die Tatsache nie erklären müssen. Während Svens Bericht über Anna und Elena hatte ich gehofft, er würde die Frage, die er als rhetorische Einleitung gesetzt hatte, vergessen. Jetzt hatte er sie wiederholt und wartete auf eine Antwort.

„Mein kleiner Bruder ist vor wenigen Wochen gestorben.“

Ohne Sven anzublicken, begann ich mit belegter Stimme von Karolus zu erzählen, aber ich drohte zu verzweifeln, weil ich nicht die treffenden Worte fand. Stockend berichtete ich von seinem Tod, wie ich ihn gefunden hatte, und versuchte zu erklären, wie sehr er mir fehlte, wie sehr mich der Verlust schmerzte. Aber ich stocherte doch nur in einem Haufen unzulänglicher Ausdrücke, also schwieg ich, um einen klaren Gedanken zu fassen.

„Ich hatte eine Pistole in der Hand und in den Lauf gestarrt. Und dabei nur einen Gedanken, der durchs Hirn jagte: der Gedanke, abzudrücken."

Ich war müde und hatte keine Lust mehr, über Dinge zu sprechen, die bislang verborgen geblieben waren. Ich hatte mich einer Person anvertraut, die ich kaum kannte. Ich bekam das Gefühl, zu viel von mir preisgegeben zu haben. Zweifellos hatte mich der Alkohol gesprächig gemacht. Andererseits hatte ich vielleicht unbewusst nur auf eine Gelegenheit gewartet, um die Schleuse zu öffnen. Vielleicht hatte es mit Sven um drei Uhr nachts auf dem Dach eines rostigen Mercedes sitzend sein müssen, unter uns die Musik, vor uns der See, zwischen uns die Kühltasche und hinter uns zerborstene Träume.

Sven schwieg und ließ mir Zeit mich zu beruhigen. Als er anfing zu sprechen, fühlte ich mich erleichtert und weniger allein.

„Ich weiß, ich bin ein Klugscheißer, aber darf ich dazu etwas sagen?"

„Nur zu, mein Herr!"

„Selbstverständlich beneide ich dich nicht um deine Erfahrung und hoffe inständig, nicht selbst in eine solche Situation zu kommen, aber ich bewundere dich. Du hast deine Furcht vor dem Leben gegen jene vor dem Tod in die Waagschale geworfen. Man könnte sagen, deine Angst vor dem Ende hätte schwerer gewogen und du hättest deshalb nicht abgedrückt. Ich behaupte aber gegenteilig, du hattest den Mut zu leben, hast es mit der Existenz aufgenommen und dich nicht feige in den Tod verdrückt."

Er zündete sich eine meiner Zigaretten an. Die Flamme tauchte sein Gesicht in orangefarbenes Licht.

„Wie auch immer, du hast dich nicht erschossen. Aber vielleicht versuchst du es wieder, stellst dich noch einmal vor die Wahl zwischen Tod und Leben, denn die endgültige Entscheidung ist erst dann gefallen, wenn dir die Kugel durch den Schädel gefahren ist. Man mag diese Endgültigkeit positiv sehen, ich hingegen lebe lieber mit der Freiheit mich erschießen zu können, als es wirklich zu tun. Und hoffentlich sterbe ich mit neunzig friedlich an Heiligabend, wenn draußen Schnee fällt – und alle so richtig in Stimmung sind.“

„Warum an Heiligabend? Warum willst du den Leuten, die dich dann noch mögen, den angeblich schönsten Tag des Jahres versauen?“

„Keine Ahnung. Vielleicht zeigt es meine gehässige Ader. Oder es enthüllt die Sehnsucht, dass mein Tag X an den anderen nicht spurlos vorübergehen soll. Aber wahrscheinlich habe ich das auch nur so gesagt.“

Er machte eine Handbewegung, bei der ihm die Zigarette aus den Fingern rutschte. Der glühende Punkt flog durch die Luft, schlug auf der Motorhaube auf und rollte dann ins Wasser. „Mist!“

Er lehnte sich zurück und starrte in den Himmel.

„Andererseits war die Wahl meines Todestages unter Umständen nicht Ausdruck meiner Gehässigkeit, sondern vielmehr meiner Liebe zum Leben, denn wenn ich schon sterben muss, dann wenigstens am – wie hast du gesagt? – schönsten Tag des Jahres.“

„Und wieso soll das jetzt als Nachweis für deine Liebe zum Leben taugen?“

„Ah, keine Ahnung, aber jetzt muss ich mal.“

Das Auto wackelte, als Sven auf den Kofferraum kletterte und sich wieder neben mich setzte.

„Sag mal, die Fragen, die sich dir stellen: Du weißt, dass du mir die noch nicht gesagt hast, oder?"

„Ich weiß."

„Ich wollte dich nur erinnert haben, falls du sie mir sagen wolltest und es nur vergessen hast."

„Danke. Will ich aber nicht."

„In Ordnung."

Zwei weitere leere Dosen flogen ins Innere des Wagens.

„Neues Bier, neues Glück."

Wir prosteten einander zu.

Plötzlich sprang Sven auf.

„Pixies! Ich liebe dieses Lied!"

Ich hatte nicht hingehört, war in Gedanken wieder zu Elena gekrochen. Eine Vorstellung, die der Suff wie Treibholz gegen die Planken meines Bewusstseins drückte.

Sven stand neben mir und spielte hingebungsvoll Luftgitarre. Er ging in die Knie, um zuckend seinen Körper wieder in die Höhe zu reißen. Er jagte das Solo kreischend über den See, während die Finger seiner linken Hand über das imaginäre Griffbrett flogen.

„*Where is my mind? Where is my mind? Way out in the water, see it swimming!*"

Ich stellte mich ihm gegenüber, spielte die Begleitgitarre, die aber nicht weniger Leidenschaft verlangte. Wie gegengleiche Pendel bewegten wir uns hin und her. Das Auto wippte im Rhythmus auf und ab.

„Wie kommt eigentlich das Bier aus dem Alkohol? Scheiße, umgekehrt natürlich! Wie kommt der Alkohol aus dem Bier?"

„Du meinst: ins Bier. Gärung."

„Nein, ich meine raus. Beim alkoholfreien Bier."

Mit gespielter Aufregung untersuchte ich meine Dose, hielt sie mir vors Gesicht, um die Aufschrift in der Dunkelheit entziffern zu können.

„Trinken wir hier alkoholfreies Bier, oder was? Mach keine Witze bei einer so ernsten Angelegenheit!"

„Nee, das ist schon in Ordnung. Solltest mittlerweile bemerkt haben, dass es kein Alkoholfreies ist."

„Schwein gehabt."

„Ja, Schwein gehabt."

Ich glaube, wir dachten beide darüber nach, was wir für Glückspilze wären. Stupide grinsend schwelgten wir in der Seligkeit des Rausches.

„Und aus dem Kaffee?"

„Was? Alkohol aus dem Kaffee? Da ist meines Wissens gar keiner drinnen."

„Koffein, du Depp."

„Weiß ich doch."

Schweigen. Sven betrachtete seine Zigarette.

„Und warum prellen sie nicht auch das Nikotin völlig aus dem Tabak?"

„Würdest du sowieso nicht rauchen. Rauchst auch heute keine Leichten. Trinkst kein alkoholfreies Bier. Vermutlich keinen entkoffer… entkof… koffeinfreien Kaffee."

„Stimmt! Würde ich nicht, mach ich auch nicht. Das wäre ja wie … na, ich weiß nicht … wie … AC/DC ohne Angus."

„Toller Vergleich!"

„Findest du?"

Ich gab darauf keine Antwort mehr.

Als es dämmerte, pendelte die letzte Flasche Wein zwischen uns.

„Es wird hell."

„Dauert noch."

„Sollen wir schlafen?"

„Ich möchte noch den Sonnenaufgang sehen."

„Das wird schwierig, da die Sonne selten dort aufgeht, wo sie untergeht und wir gestern den Sonnenuntergang vor uns hatten."

„Jetzt noch schlafen?"

„Nee!"

„Hast recht. Wäre wie alkoholfreies Bier."

24.

Die Erde bebte. Im Delirium nahm ich die Erschütterungen wahr und mich durchjagte die Angst, den Halt zu verlieren. Dennoch war ich unfähig zu einer Reaktion, mein Wille machtlos gegenüber dem Körper. Die Luft war von ohrenbetäubendem Dröhnen erfüllt, als würde mein Kopf unter einer Waschschüssel aus Metall stecken und jemand mit einem Hammer daraufschlagen.

Ich öffnete die Augen einen Spalt, ausreichend für einen zusätzlichen Schmerz, der mich durchbohrte, als Licht auf die Netzhaut traf. Ich stöhnte, kniff die Augen wieder zusammen und legte den Arm als zusätzlichen Schutz darüber.

Wieder dieses Hupen. Das Trommeln der Faust auf dem wackelnden Autodach.

„Nicht, nicht!"

Kurze Pause.

„Einen Helden der Nacht hätten wir wach bekommen."

Hupen, trommeln, hupen, trommeln. Mein Kopf drohte jeden Augenblick zu zerspringen.

„‚Nicht, hab ich gesagt!"

Ich rappelte mich auf die Knie. Neben mir auf dem Autodach lag Sven und schlief.

„Wie spät ist es?“

„Gleich neun.“

Anna stand auf dem schmalen Streifen Steg, den der Wagen gelassen hatte, und hielt sich an der Autotür fest.

„Prima Idee, den Wagen auf den Steg zu fahren. Wahre Meisterleistung!“

„Hey, lass mich! Er hat es sich nicht ausreden lassen.“

Sie schüttelte den Kopf.

„Wo ist Elena?“

„Sie packt das Zelt zusammen.“

„Wie geht es ihr?“

„Jedenfalls besser als euch beiden.“ Sie schaute auf Sven. „Wie lange habt ihr geschlafen?“

„Weiß nicht. Drei Stunden?“

„Das muss reichen für dieses Elend!“

Sie nahm eine leere Bierdose, beugte sich nach unten und ließ blubbernd Wasser hineinlaufen, das sie über Svens Gesicht auskippte. Sie hörte damit auch nicht auf, als ihm Wasser in die Nase rann und er prustend den Kopf in die Höhe riss.

„Was?“

„Guten Morgen, mein Schatz.“

Sven schüttelte sich, fuhr sich mit der Hand übers nasse Gesicht.

„Bist du verrückt? Wie spät ist es?“

„Kurz bevor ich dich samt der Schrottkarre in den See fahre.“

Damit stieg Anna ins Auto und ließ den Motor an.

„Nein! Spinnst du! Lass mein Auto!“

Langsam setzte sich der Wagen auf dem Steg in Bewegung. Rückwärts.

Sven sah mich an. „So eine blöde Kuh.“

Ich drehte mich um, sah zu, wie sie den Wagen langsam zurückschob. „Macht sie richtig gut.“

„Ja, fahren kann sie."

An Land sprangen wir beide vom Dach.

„Danke, Schatz."

Sven wollte Anna umarmen, ihr einen Kuss geben, aber sie stieß ihn von sich.

„Du stinkst!"

Ich ging zu Elena, die auf einer Tasche saß und den beiden belustigt zuschaute. Verlegen blieb ich neben ihr stehen.

„Guten Morgen. Wie geht's?"

„Danke. Besser. Und dir?"

„Das blühende Leben."

„Hast dich tapfer gegen Sven geschlagen. Er hat schon genügend auf dem Gewissen."

Damit stand sie auf und ging zum Wagen, um ihren Schlafsack zu verstauen. Ich sah ihr nach. Sie trug wieder ein eng anliegendes T-Shirt, unter dem sich die Träger des BHs abzeichneten, und Hotpants. Als sie sich umdrehte und mich noch einmal anlächelte, strich sie sich eine Strähne hinters Ohr. Dann ging sie zu Anna und tuschelte mit ihr.

„Und wie viele hast du auf dem Gewissen?"

Frustriert hatte ich den Satz vor mich hingemurmelt. Elena schien mir unerreichbarer und begehrenswerter denn je.

Sven unterbrach mein sinnloses Schmachten. „Springst du mit ins Wasser?"

Er stand am Steg und deutete mir, zu kommen. Er hatte sich bereits sein T-Shirt ausgezogen und stand nur noch in Unterhosen da, die Daumen in den Gummi gehakt. Mir war die Vorstellung, mich vor Anna und Elena auszuziehen, peinlich, aber ich konnte mir im Augenblick nichts Schöneres vorstellen, als ins kalte Wasser zu springen, den Kater zu ersäufen. Ich ging zum Auto, wo die Mädchen warteten.

„Aber nicht gucken!"

„Niemals!"

Jauchzend sprang Sven ins Wasser. „Komm schon, Frosch!“

Ich zog mein T-Shirt aus, blickte noch einmal zurück an Land, wo die Mädchen aber nicht zu sehen waren, und warf meine restlichen Klamotten neben die von Sven. Ohne zu zögern, sprang ich hinterher.

Als mein Kopf die Oberfläche durchbrach und mir die Kälte des Sees die Nebelschleier aus dem Gehirn fegte, wurde mir bewusst, wie betrunken ich noch war. Hätte ich mich ansonsten vor den Mädchen ausgezogen? Dennoch, ich genoss das Bad, fühlte mich frei, fühlte meine eigene Kraft. Ich tauchte, presste meine Lungen aus, bis ich es nicht mehr aushielt.

Hastig zog ich meine Unterhose hoch, aber der dünne Stoff klebte auf der nassen Haut, sodass ich mit dem Gleichgewicht zu kämpfen hatte. Dann zog ich mir meine Hose an. Aus Gewohnheit kramte ich in den Taschen, prüfte den Inhalt und stieß dabei überrascht auf Karolus’ Münze, die ich völlig vergessen hatte. Während Sven noch immer weit draußen schwamm, zog ich das Geldstück aus der Hosentasche und legte es mir in die Handfläche. Ich suchte das Ufer ab und fand ohne Mühe die Stelle wieder, an der wir damals gestanden hatten. Karolus, Vater und ich, übermütig Steine über das Wasser springen lassend.

Ich verbarg die Münze in meiner Faust, nur die Schnur baumelte heraus. Karolus hatte sie nicht auf den See hinausschleudern, hatte sie behalten wollen. Ich umklammerte das Stück Metall noch fester. Was bedeutete mir diese Münze? War sie mir teuer als Erinnerungsstück an meinen Bruder? Hatte ich Angst, ihn ohne diese Münze zu vergessen?

Anna und Elena warteten beim Auto.

„Bin gleich wieder da.“

Während ich den Strand entlanglief, spannte ich die Schnur zwischen beiden Händen und riss sie mit einem Ruck ab. Der Baumstumpf, an dem wir vor Jahren gefischt hatten, lag unverändert am Ufer. Ich setzte mich. Verklärte Erinnerung trug den Verlust schmerzhaft ins Bewusstsein. Es war nichts Tröstliches in meiner Rückkehr an diesen Platz. Ich fühlte mich bestätigt, weder Orte noch Dinge zu brauchen, um mich an meinen Bruder zu erinnern. Mehr noch, ich bekam Angst, seinem Tod, dem Herrn über meine Gedanken, nie entfliehen zu können.

Ich drehte die Münze in der Hand, ließ sie durch meine Finger rollen. Knallig rote Striemen zeigten die Stellen, an denen sich beim Abreißen die Schnur in die Haut geschnitten hatte. Impulsiv spürte ich das Verlangen, mich von ihr zu trennen.

Aber Karolus hat diese Münze geliebt!, bäumte es sich in mir auf. *Du darfst diesen Teil deines Bruders nicht wegwerfen!*

Doch durch diesen innerlichen Protest wurde mir erst recht bewusst, was ich zu tun hatte. Diese Münze war kein Teil meines Bruders. Mein Bruder war tot. Und ich konnte mein Leben nicht dieser Tatsache unterwerfen. Ich würde auch nicht täglich Saure Zipfel essen, nur weil mein Bruder sie geliebt hatte. Und ich würde nicht diese Münze mit mir herumschleppen, nur weil sie für ihn als Zehnjährigem wichtig gewesen war.

Mit diesem Gedanken ging ich in die Knie, klemmte das Geldstück zwischen Zeigefinger und Daumen und zog den Arm nach hinten.

Die Münze nicht zu weit hinausschleudern, sie würde sich in der Luft drehen und – ohne auch nur einmal aufgesprungen zu sein – ins Wasser stechen. Aber weit genug, damit sie nicht gegen die Wellen am Ufer klatschte. Auch musste ich vermeiden sie zu kräftig zu werfen, sie würde vielleicht einmal aufspringen, dann aber zu hoch steigen und sich drehen. Ich hatte Karolus versprochen, er würde es damit sechsmal schaffen.

Ich zielte und schleuderte die Münze aufs Wasser. Sie sprang einen Meter vor mir das erste Mal auf, stieg nur leicht, landete wieder flach auf der Oberfläche, sprang wieder und wieder und wieder, bis sie einen letzten kleinen Satz machte und versank. Fünfmal.

Jedenfalls hätte er mich damit geschlagen.

Zufrieden erhob ich mich, sah kurz den aus fünf Zentren nach außen treibenden Wellen zu und ging, als sie im gleichmäßigen Wogen des Sees verschwunden waren, zum Auto zurück. Während ich zu den anderen schlenderte, nahm ich mir das Versprechen ab, mich nicht zu schämen oder ein schlechtes Gewissen zu haben, wenn ich zum ersten Mal Karolus' Todestag vergessen sollte. Ich schwor mir, würde ich dann mein Versäumnis bemerken, dankbar dafür zu sein und ohne Umschweife in die nächste Bar zu gehen, um auf meinen Bruder zu trinken.

Die drei lehnten am Wagen und alberten herum. Sven hatte sein T-Shirt nicht wieder angezogen, sondern nur über seine nasse Schulter geworfen. Er rauchte, hielt mir die Packung entgegen, aber ich lehnte kopfschüttelnd ab.

„Wo willst du hin? Wo sollen wir dich absetzen?"

Die Frage traf mich unerwartet. Ich hatte bisher nicht darüber nachgedacht, was ich jetzt machen sollte.

„Was treibt ihr denn?"

„Elena und ich müssen dringend nach Hause und packen. Unser Flug geht um acht oder so."

„Halb acht."

„Und wo geht es hin?"

„Südfrankreich, wie jedes Jahr. Unsere Mutter kommt von dort."

Sven schlug mir auf den Oberarm. „Tja, und ich muss nach Hause. Ich würde dich ja gerne mitnehmen, aber es wird schon schwer genug, meiner Mutter meinen Zustand zu erklären. Tut mir echt leid."

„Schon okay. Alles klar." Ich überlegte. „Könnt ihr mich bitte beim nächsten Bahnhof absetzen."

„Kein Problem."

Ich hatte mir eingebildet, das Bad im See hätte mich frisch gemacht, aber als ich nun im heißen Auto saß und nach Fahrtwind lechzte, knüppelte mich die Müdigkeit wieder nieder. Anna fuhr, Elena saß neben ihr und Sven mit mir auf der Rückbank. Er hatte seinen Kopf ans Fenster gelehnt und war eingeschlafen. Ich überzeugte mich noch einmal, dass sich das Fenster nicht vollständig hinunterkurbeln ließ, legte meinen Kopf zurück und schloss die Augen.

Anna fand offenbar Spaß daran, uns unsanft zu wecken. Sie riss die Autotür auf, an die ich mich im Schlaf gelehnt hatte, sodass ich mit dem Kopf gegen die Innenverkleidung der Tür krachte. Mit einer Hand fing ich mich an der Nackenstütze des Vordersitzes, wodurch ich verhinderte, aus dem Wagen zu stürzen. Anna und Elena fanden das sehr komisch.

„Es ist doch eine Freude, die Prinzen wachzuküssen. Mal schauen, wie sich mein Lover anstellt."

Sie ging ums Auto herum, wartete, ob Elena und ich zusehen wollten. Klar wollten wir.

Svens Stirn lag nach wie vor an der Scheibe. Sein Gesicht glänzte vom Schweiß, aus seinem hängenden Unterkiefer lief Speichel, der eine schmale Bahn übers Kinn zeichnete.

„Seht euch das an! Sieht doch lecker aus, oder? Ich kann doch wirklich stolz sein, dass dieser appetitliche Dunstlappen mein Freund ist.“ Damit riss sie die Tür auf.

Sven tat nichts, um den Fall zu stoppen. Wie ein Sack kippte sein Oberkörper nach draußen und er schlug mit dem Schädel auf den Asphalt. „Ah! Seid ihr verrückt geworden?“ Er blickte hoch, sah Anna, die noch den Türgriff in der Hand hielt. „Willst du mich umbringen?“

„Prima Haltungsnoten, mein Schatz. Komm schon, du Heulsuse, steh auf! Wir sind am Bahnhof.“

Fluchend rappelte er sich hoch und griff sich an die Stirn, wo sich Kieselsteine in seine Haut gedrückt hatten.

„Blute ich? Mein Gott! Ich blute ja! Schatz, ich liebe es, wie du mich weckst! Und auch meine Mutti wird völlig begeistert sein.“

„Mit Sicherheit, du Wonneproppen.“

Elena und ich schauten amüsiert zu, wie sich die beiden zankten, und als sie damit aufgehört hatten, hätte ich vieles darum gegeben, wenn sie wieder begonnen hätten. Unbeholfen standen wir herum, wussten nicht, wie wir uns verabschieden sollten. Mit dem Wunsch für ein schönes Leben? Oder dem Versprechen auf ein baldiges Wiedersehen, das unwahrscheinlich war? Ich blickte hinter mich auf den Bahnhof.

„Wartet ihr bitte noch einmal kurz auf mich? Ein letztes Mal, ich schwöre!“

Ohne eine Antwort abzuwarten, lief ich die Stufen nach oben, drückte die Schwingtür auf und blickte mich in der Schalterhalle um. Gewisse Läden gab es auf jedem Bahnhof, gehörten einfach dazu. Zeitschriften, Reiseproviant, Tabakwaren und – ah, hier – Blumen. Ich lief zu dem Stand, der in die hintere Ecke der Halle gedrückt war. Aus einem Eimer zog ich zwei Rosen und gab der Frau mit Strickweste und grüner Schürze, die hinter dem kleinen Tischchen saß, das Geld.

„Kann ich bitte auch eines der Kärtchen haben?"

„Nehmen Sie ruhig."

Ich hastete weiter zum Kiosk und zum Laden mit den Lebensmitteln. Warum gab es nicht ein Geschäft, in dem man alles bekommen konnte? An einem unbesetzten Schalter schrieb ich auf die Zigarettenpackung meine Telefonnummer. Ich klappte das Kärtchen, das mir die Frau am Blumenstand überlassen hatte, auf, überlegte kurz, was ich hineinschreiben sollte, beließ es dann aber bei meinem Namen und der Handynummer. Das Kärtchen band ich an den Stiel einer der beiden Rosen.

Elena und Anna lehnten an der Motorhaube, Sven saß im Wagen, die Beine auf der Straße. Meinen Rucksack hatten sie bereits aus dem Kofferraum geholt.

„Ich wollte mich bei euch bedanken."

Damit reichte ich Sven die Packung Zigaretten und eine Dose Bier.

„Danke, Friedrich. Erst gestern getroffen und du weißt, worüber ich mich am meisten freue. Meine große Liebe hier hat es nach sieben Monaten noch immer nicht begriffen."

„Acht!"

„Meinetwegen."

Wir gaben uns die Hand, wobei Sven den Versuch, aus dem Wagen zu steigen, auf halber Strecke abbrach.

Ich reichte Anna die Rose ohne Kärtchen. Sie drückte mich, gab mir einen Kuss auf die Wange.

„Freut mich, dass wir dich aufgepickt haben und du mitgekommen bist. Von Sven bekomm ich nie eine Rose."

„Stimmt nicht!"

„Stimmt doch. Und außerdem solltest du dir einmal überlegen, warum Friedrich nicht so stinkt wie du." Anna schickte mir noch eine Kusshand, bevor sie einstieg.

Nun war es an der Zeit, mich von Elena zu verabschieden. Ich zögerte verlegen, ehe ich ihr die Rose reichte. Sie lächelte mich an und ich schwor mir, dieses Lächeln niemals zu vergessen.

„Komm her!“ Sie schlang einen Arm um meinen Hals, den anderen um meine Hüfte und drückte mich fest an sich. Ich erwiderte ihre Umarmung, hoffte, sie würde ewig dauern. Als sie mich losließ, küsste sie mich flüchtig. „Du bist ein wirklich lieber Kerl.“

Damit drehte sie sich um und stieg in den Wagen, der im nächsten Moment anrollte. Aus drei Fenstern ragten noch kurz winkende Hände, dann zwängte sich der Mercedes vor einen Bus.

Ich fühlte mich elend. Frustriert trat ich mit voller Wucht gegen meinen Rucksack, der drei Stufen nach oben zum Eingang flog und dann wieder nach unten kullerte.

25.

Umsteigen. Warten auf den Anschlusszug.

Es war sechs Uhr. Ich hatte Zeit und spazierte durch den Bahnhof. Während der bisherigen Fahrt hatte ich dahingedämmert, aber meine Niedergeschlagenheit hatte sich nicht vertreiben lassen. Immer wieder musste ich an Elena denken. Sie hatte sich nicht mehr bei mir gemeldet und nun war sie auf dem Weg zum Flughafen oder bereits dort. Ich schlenderte durch halbdunkle Gänge mit Neonröhren an der Decke, deren Fassungen grau geworden waren. Menschen, die sich durch den Bahnhof drängten. Ich wusste jetzt noch weniger, was ich von den Ereignissen der letzten Nacht halten sollte. Vermutlich nichts. Ich versuchte nichts zu sehnen, nicht an sie zu denken. Schwor mir, nicht auf ihren Anruf zu warten.

Dennoch wurde ich das Verlangen nach ihr nicht los, verfolgten mich ihr Lachen, ihr Duft. Die Erinnerung an ihre Berührungen, ihre Küsse ließ mich erschauern.

Jemand rempelte mich an und ich merkte, dass ich, von der Menschenmenge mitgetragen, in die Vorhalle des Bahnhofs gelangt war. Freitagabend, die Menschen hetzten in ihr Wochenende.

Suchend blickte ich mich nach einer ruhigen Insel um, auf die ich mich retten könnte, und bemerkte wenige Meter von mir entfernt die Glasfront einer Buchhandlung. Ich schob mich durch die Menge und ging hinein. Überrascht von der Größe des Ladens schlenderte ich durch die Gänge. Mein Blick tastete über die aktuellen Titel der Belletristik, als mir die Melodie im Hintergrund auffiel. Ich summte leise mit, überlegte, woher ich das Lied kannte. Beim Refrain fiel es mir ein.

„*Who's to say where the wind will take you?*"

U2. „*Kite*". Vater hatte dieses Lied geliebt. Ich blieb stehen, hörte zu. „*Don't wanna see you cry. I know that is not goodbye.*"

„Junger Mann, könnte ich bitte mal vorbei."

Mit meinem Rucksack hatte ich den Gang versperrt. „Tut mir leid."

Wir quetschten uns umständlich aneinander vorbei.

Ich nahm wahllos Bücher in die Hand, wollte nichts kaufen, las nur die Texte auf den Umschlägen, die mich langweilten, bis mir ein Buch ins Auge stach. Anna hatte gestern davon erzählt, und dass sie es gerade fertiggelesen hatte.

„Ihr kennt doch das Gefühl, oder? Man nähert sich dem Ende eines Buches, liest die letzten Seiten schneller und giert dem Finale entgegen, aber dann, wenn man fertig ist, bedauert man es. Man ist traurig, fühlt sich alleingelassen. So, als ob ein guter Freund plötzlich nicht mehr da ist und auch nicht mehr wiederkehrt."

Ihre Begeisterung für das Buch war schwer zu bremsen gewesen, aber Sven hatte nur amüsiert die Zunge unter die Oberlippe geschoben. „Vielleicht hast du jetzt ja mehr Zeit für mich, wenn sich der andere Freund verzogen hat."

„Sven, dass du das Gefühl nicht kennst, ist mir klar. Deine Fähigkeit lesen zu können ist pure Verschwendung."

Ich beschloss, mir das Buch zum Geburtstag zu schenken. „Alles Gute nachträglich!"

Der Mann, der neben mir stand und die Inhaltsangabe eines der gestapelten Bestseller las, hatte aufgeblickt, als ich mit mir selbst gesprochen hatte. Ich lächelte verlegen, hob das Buch in die Höhe. Aber er verzog keine Miene und widmete sich wieder seiner Lektüre.

Die Uhr über dem Ausgang der Buchhandlung zeigte noch immer mehr als zwanzig Minuten bis zur Abfahrt meines Zuges. Mein Blick wanderte über die Schilder der Abteilungen und blieb an einem davon hängen. Geschichte. Neugier trieb mich zu dem Regal und ich überflog die Buchrücken. Bis es mir plötzlich auffiel. Ich hatte es zu Hause nie bemerkt, obwohl es dort mit Sicherheit unübersehbar präsentiert wurde. *„Das mesopotamische Reich – Vom Aufstieg und Fall des Zwischenstromlandes"* von Edgar Verlinski und – Bertram Seidler.

Ich kippte das Buch aus dem Regal. Auf der Rückseite lachte mir Bertram in schwarz-weiß entgegen. Das Foto musste schon einige Jahre alt sein. Darüber das Bild des anderen Autors, das ich sofort wiedererkannte. Es war das gleiche, das auch in Bertrams Büro hing und über dessen Ecke eine schwarze Schleife gespannt gewesen war.

Edgar Verlinski.

Nun hatte ich einen Namen zu dem Gesicht. Ich las noch die beiden Lebensläufe und stellte dann das Buch an seinen Platz zurück. An der Kasse kaufte ich noch eine Ansichtskarte, die ich Mutter schreiben wollte, und ging anschließend zum Bahnsteig. Im Zug suchte ich einen Platz am Fenster und griff mir den Fahrplan, der auf dem gegenüberliegenden Sitz lag. Um 19:06 Uhr sollte ich ankommen.

Der Zug hatte nur wenig Verspätung. Auf dem Bahnhofsvorplatz ging ich zum Taxistand und beugte mich beim ersten Wagen zum Fenster an der Fahrerseite.

„Wo soll es denn hingehen, Jungchen?"

Der Taxifahrer hatte dunkle Ringe unter den Augen und hängende Backen, auf denen graue Bartstoppeln sprossen. Ich sagte ihm die Adresse.

„Aber das kannst du auch laufen. Das sind keine fünfhundert Meter."

Er stieg aus dem Wagen und erklärte mir den Weg. Ich bedankte mich und lief los. Mit einem Mal kehrten meine Zweifel wieder und wuchsen mit jedem Schritt, mit dem ich mich meinem Ziel näherte, über die Vorfreude hinaus.

Zum dritten Mal hob ich die Hand an den Klingelknopf. Diesmal würde ich ihn auch drücken. Keine Gegensprechanlage. Als der Summton ertönte, presste ich mich gegen die Tür. Ich trat ins Treppenhaus und hörte, wie in einem der oberen Stockwerke die Wohnungstür geöffnet wurde. Nervös stieg ich die Stufen hinauf, unsicher, wie sie auf mein unangekündigtes Erscheinen reagieren würde. Stufe um Stufe umklammerte ich die Blumen fester, die ich am Bahnhof gekauft hatte. Ich hatte Antonia nicht mehr gesehen, seit sie damals im Regen davongefahren war.

Im Treppenhaus war es dunkel, nur aus einer der Wohnungen im zweiten Stock fiel Licht. Hier musste es sein. Auf dem Treppenabsatz blickte ich nach oben und sah einen Mann, der wartend vor der Tür stand.

„Ja?“ Er trug ein weißes Hemd, dessen Ärmel bis über die Ellbogen aufgekrempelt waren, und Jeans.

„Guten Abend.“ Ich war außer Atem, holte noch einmal Luft. „Mein Name ist Friedrich Aufsess. Ist Antonia zu Hause?“

„Friedrich, ja?“ Er musterte mich, steigerte dadurch meine Anspannung und ich wünschte, ich wäre nicht gekommen. Dann eine kurze Kopfbewegung hin zur Tür. Ein Lächeln.

„Komm rein. Antonia hat von dir erzählt. Ich bin Thorsten.“

Händedruck, dann ging er vor mir in die Wohnung. In diesem Augenblick kam Antonia aus einem der Räume, schaute über Thorstens Schultern hinweg.

„Friedrich? Friedrich! So eine Überraschung!“

Sie kam auf mich zu und umarmte mich. Ihr Bauch war noch erheblich gewachsen und ich hatte Sorge, sie zu fest zu drücken.

„Ich hoffe, ich komme nicht zu ungelegen?“

„Ach was, komm herein!“

Gemeinsam führten sie mich in die Küche, nahmen mir den Rucksack ab und drängten mich auf einen Stuhl.

„Willst du etwas essen oder trinken?“

„Sehr unverschämt, wenn ich beides mit ‚ja‘ beantworte?“

Antonia öffnete den Kühlschrank. „In Ordnung, wenn ich dir ein Omelett mache?“

„Bestens!“

Thorsten lehnte an der Anrichte und sah mich an. „Was möchtest du trinken? Wir haben Wasser, Apfelsaft, Orangensaft, Milch. Oder trinkst du ein Bier?“

„Thorsten?“

Antonia hielt damit inne, Lebensmittel neben dem Kühlschrank zu stapeln. Brauchte sie das alles für ein einfaches Omelett?

„Was? Der Junge ist alt genug, um Bier zu trinken. Vermutlich hat er auch schon einmal eins gehabt.“ Grinsend fügte er hinzu: „Und seinem Geruch nach zu urteilen ist es nicht allzu lange her.“

Ich dachte an Annas Beschwerden über Svens Gestank. Verlegen blickte ich an mir hinunter, sah den Staub und die Grasflecken auf meiner Hose, Rotweinspritzer auf meinem T-Shirt. Mit einem Mal war mir mein Aufzug peinlich.

„Tut mir leid, aber ich bin seit gestern unterwegs und wir hatten eine kleine … Feier. Wäre es vielleicht möglich, dass ich mich noch schnell dusche?“

„Klar, das Essen ist sowieso noch nicht fertig.“

Thorsten führte mich ins Badezimmer, legte mir ein Handtuch zurecht. „Brauchst du sonst noch etwas?“

„Danke, nein.“

Er zwinkerte mir zu. „Und nachher ein Bier?“

Ich grinste ihn an und nickte.

Das dampfende Omelett, das den ganzen Teller bedeckte, war ein buntes Gesamtkunstwerk farbenfroher Zufälligkeit. Gläsern glänzten Zwiebeln neben Tomaten. Streifen grüner Paprikaschoten mischten sich mit vom Fett schimmernden Salamischeiben. Käse, der sich durchs Ei zog. Pünktchen schwarzen Pfeffers.

Antonia brachte Brot an den Tisch, während Thorsten ein Bier auf zwei Gläser aufteilte. Eines davon stellte er vor mich hin und prostete mir zu. Antonia setzte sich ebenfalls an den Tisch, legte ihren Arm auf Thorstens Schulter und lächelte mich an.

Ein Gefühl, das mir vor einiger Zeit abhandengekommen war, trieb in mir hoch und breitete sich wohlig aus. Ich fühlte mich geborgen. Ich fühlte mich zu Hause.

„Danke. Danke für alles!“

Die letzten Sonnenstrahlen des Tages leckten über die See, ließen unsere Schatten wie jene dürrer Riesen erscheinen. Der Wind fegte die Wärme des Tages aus dem Sand, spielte mit den Grasbüscheln auf der Düne. Wir schlenderten nach unten, setzten uns in den Sand und blickten schweigend aufs Wasser.

Nach zwei Tagen war dies der erste Moment, in dem wir nichts zu tun hatten und wir unseren Gedanken die Möglichkeit geben konnten, loszurennen. Dennoch fehlten mir die Worte, fand ich keinen Anfang. Ich sah in meine Handfläche, in deren Mitte sich der rote Fleck der geplatzten Blase abzeichnete. Wie oft an diesem Tag mochte ich Möbel zum Selbstaufbau verflucht haben, samt der kleinen Inbusschlüssel, die in Säckchen mit Schrauben auf den Amateurschreiner warteten?

„Tut es noch weh?“

Ich schüttelte die Hand aus. „Nicht der Rede wert.“

Etwas abseits von uns spielten Kinder. Sand klebte an ihren Armen und Beinen. Mit Schaufel und Eimer errichteten sie einen kleinen Staudamm und liefen eifrig zwischen der See und ihrem Bau hin und her, schütteten Wasser in ein Loch, sodass es weit aufspritzte.

„Bald hast du deine eigene Familie.“ Ich sah sie nicht an, sondern blickte zu den Kindern hinüber. Dennoch merkte ich, dass sie lächelte. „Hast du Angst?“

„Wovor?“

„Weiß nicht. Ich denke mir, es ist ein Augenblick, in dem man Angst haben könnte. Vor der Geburt. Vor der Verantwortung. Vor dem, was kommt. Die Angst, die eigenen Erwartungen an das Elternsein nicht erfüllen zu können? Keine Ahnung.“

„Ich habe Angst vor der Geburt, ein wenig auch vor den Schmerzen. Ich mache mir Gedanken um die Gesundheit des Kindes, aber mein Vertrauen in die Zukunft ist viel größer als diese Sorgen. Die Freude auf das Baby überwiegt alles andere und ich kann kaum mehr erwarten, dass es losgeht."

Die Kinder hatten aufgehört, Wasser zu schöpfen, saßen jetzt lachend in dem Loch und spritzen einander nass.

„Jedenfalls ist das Baby gerade wach. Schau, wie es strampelt!"

Antonia zog ihre Bluse hoch. Mir fiel der Nabel auf, der sich nach außen wölbte. Dann sah ich, wie plötzlich eine Beule entstand und wieder verschwand.

„Nicht möglich!"

Antonia grinste. „Fühl mal!"

Ich wischte den Sand von meiner Hand und streckte sie ihr zögernd hin. Antonia griff meinen Unterarm und legte die Hand auf ihren Bauch. Ich fühlte etwas unerwartet Hartes unter der weichen Haut und schaute Antonia fragend an.

„Die Füße."

Fasziniert spürte ich die Tritte des Kindes.

„Vielleicht ist es kitzelig?"

„Vielleicht."

Ich zog meine Hand zurück und Antonia streifte ihre Bluse nach unten.

Mehrere Minuten saßen wir wortlos nebeneinander. Wir sahen den Kindern zu, die nun im seichten Wasser lagen und sich von den Wellen umspülen ließen. Die Kälte der See schien sie nicht zu stören.

Antonia schien auf etwas zu warten und ihr Schweigen drängte mir den Gedanken auf, warum ich sie hatte sehen, mit ihr reden wollen. Warum ich sie brauchte.

„Heute …" Ich brach ab, setzte nach einer Pause erneut an. „Heute hatte ich wieder diesen Traum."

Antonia schwieg.

Ich nahm eine Handvoll Sand und ließ die feinen Körner auf meine Hose rieseln.

„Ich habe wieder von Karolus geträumt. Von seinem Tod, weißt du." Wieder eine Handvoll Sand. „Ich träume ..."

Ich brachte meinen Satz nicht zu Ende. Tränen liefen mir über die Wangen. Antonia legte mir ihre Hand auf die Schulter. Drückte sie mich oder ließ ich mich sinken? Meinen Kopf in ihrem Schoß, lag ich bei ihr wie ein kleines Kind.

„Ich kann doch nichts dafür! Ich habe ihn nicht umgebracht! Warum nur habe ich diesen Traum?"

Mein Blick war trüb von den Tränen, die wegzuwischen ich mir nicht die Mühe machte. Bilder flochten den Horror der Nacht.

„Warum nur träume ich, dass ich ihn töte? Dass ich ihm, der schlafend vor mir liegt und sich nicht wehrt, den Hals zudrücke? Warum höre ich sein Röcheln vergehen? Wenn sich meine Hände lösen, hinterlassen sie rote Druckstellen auf seiner Haut. Seine Augen drehen sich nach oben. Jedes Scheißdetail! Warum träume ich das? Ich habe ihn nicht getötet. Ich habe ihn nicht ..."

Zusammengekauert lag ich da, die Hände zu Fäusten geballt und ans Gesicht gepresst. Nur langsam löste sich der Krampf und ich sank in einen Zustand der Benommenheit, in dem ich lediglich ihre Hand sanft auf meiner Haut fühlte. Diese kontinuierliche Berührung, die langsam meine Beklemmung wegstrich.

Mit einem Ruck richtete ich mich auf und wischte mir über die Augen, über die nassen Wangen. „Tut mir leid! Du hast im Moment wirklich andere Sorgen als meine Heulerei. Tut mir wirklich leid."

Antonia legte ihre Hand wieder auf meinen Oberarm und drückte mich sanft zurück in ihren Schoß. Ich blickte auf die Wellen, die müde zu uns heraufrollten.

„Was ist geschehen, bevor du Karolus gefunden hast?“

Die Frage hatte sich leise und unaufdringlich ins Rauschen der See gemischt. Danach schwieg Antonia, wartete, ob ich für mich eine Antwort finden würde.

Was war vorher geschehen?

Ich hatte nicht mehr daran gedacht, hatte die Erinnerung verdrängt, hinuntergewürgt. Nur in meinen Träumen war sie wieder hochgekommen, bis ich nicht mehr wusste, was wirklich passiert und was meiner Fantasie entsprungen war. Realität und Täuschung, wie ausgestreute Bilder waren sie durcheinandergeraten und aus Furcht vor der Wahrheit hatte ich mich geweigert, sie zu ordnen.

„Ich bin mir nicht sicher.“ Räuspern gegen die Brüchigkeit der Stimme.

Ich fühlte das Baby gegen meinen Hinterkopf treten und hatte aus irgendeinem Grund plötzlich keine Angst mehr, die Bilder zu sortieren. Im Gegenteil, im Schutz von Antonias Zuversicht und Geborgenheit fühlte ich das Verlangen, zu erzählen und Erinnerungen von Trugbildern zu trennen.

„Schon am Vormittag dieses Tages bin ich in Karolus’ Zimmer gewesen.“

Der Gedanke, dass ich damals meinen Bruder zum letzten Mal lebend gesehen hatte, jagte mir einen Schauer über den Rücken.

„Er war wach und bat mich um ein Glas Wasser. Eigentlich hatte ich keine Lust ihn zu bedienen, war schlecht gelaunt, weil er krank geworden war, während uns Bertrams Dienstreise die Möglichkeit zu mehr Freiheit geboten hatte. Als ich das Glas auf den Nachttisch neben seinem Bett gestellt habe, sind mir die Tabletten aufgefallen. Sie waren noch in der Schachtel. Ich habe ihn gefragt, woher er sie hat, und er hat erzählt, Mama habe sie ihm gebracht und er solle eine nehmen, falls es ihm nicht besser ginge.“

Er richtete sich auf, trank einen Schluck Wasser und als er das Glas zurückstellte, bemerkte ich sein Zittern. Er sank in sein Kissen und vergrub sich unter der Decke. Er atmete schwer, drehte sich zur Seite und kauerte sich zusammen.

„Ich habe ihm geraten, besser gleich eine zu nehmen, habe die Tabletten aus der Verpackung gezogen und ihm eine herausgedrückt. Eine. Nur eine!“

Die weiße Tablette in meiner Handfläche. Ich nahm sie zwischen zwei Finger, beugte mich zu Karolus und steckte sie ihm in den Mund.

„Er hat sie genommen. Ich habe ihm dabei geholfen.“

Ich führte das Glas an seinen Mund. Während des Trinkens rann ihm ein Faden Wasser aus dem Mundwinkel und bildete einen feuchten Fleck auf dem Laken. Sachte legte ich seinen Kopf auf das Kissen.

„Die restlichen Tabletten habe ich auf dem Nachttisch liegen gelassen. Ich bin erst wieder ins Zimmer, um ihm das Essen zu bringen.“

Es war kühler geworden und mich fröstelte. Antonia streichelte über die Gänsehaut an meinem Arm.

„Du machst dir Vorwürfe ihm die Tablette gegeben zu haben? Aber du hast es gut gemeint und es war nur eine.“

„Ich bin mir sicher, es war nur eine! Auch wenn ich mir manchmal einbilde, ich hätte ihm eine nach der anderen in den Mund gestopft, bis die Packung leer gewesen ist.“

„Es war nur eine. Die Kriminaltechniker haben das bestätigt. Sie haben das Tablettenbriefchen untersucht und nur deine und Karolus’ Fingerabdrücke darauf entdeckt. Und nur eine der Kammern zeigte Spuren, dass du die Tablette herausgedrückt hast. Bei allen anderen fanden die Kollegen Karolus’ Fingerabdrücke.“

Sie hatte ruhig gesprochen und machte nun eine Pause. Langsam sackte die Bedeutung ihrer Worte in mein Bewusstsein.

„Meiner Ansicht nach hättest du das früher erfahren sollen, aber die Kollegen waren anderer Meinung und nachdem ich weggezogen bin …“ Sie beendete den Satz nicht.

„Man hat geglaubt, es wäre nicht wichtig für dich. Man wollte dich ‚nicht weiter belasten‘.“

Sie machte wieder eine Pause, dachte vielleicht an die Diskussionen mit ihren Kollegen.

„Friedrich, du wolltest Karolus nur helfen. Versuche diesen Gedanken aufzunehmen. Vielleicht machst du dir auch Vorwürfe, weil du die Tabletten liegen gelassen hast, aber es war nicht damit zu rechnen, dass Karolus alle auf einmal nehmen würde. Es trifft dich keine Schuld.“

Sie hatte Recht und ich wusste es, dennoch wurde die Last nicht kleiner. „Manchmal denke ich, er hat Selbstmord begangen. Hatte einfach die Schnauze voll. Voll von Bertram. Voll davon, sich mit mir auf dem Dachboden zu verkriechen. Voll davon, unser bisheriges Leben mit Papas Tod verloren zu haben. Er war verletzlicher, als er sich anmerken ließ, und er hat Papa vielleicht noch mehr vermisst als ich.“

Die Sonne war längst untergegangen, die Kinder waren verschwunden.

„Wir haben die Möglichkeit in Betracht gezogen, dass sich dein Bruder das Leben genommen haben könnte. Aber nichts von dem, was wir erfahren haben, lieferte stichhaltige Indizien dafür.“

Für einen Augenblick hielt sie inne. Von irgendwo drang der Signalton eines Dampfers.

„Ich persönlich gehe davon aus, dass er einfach seinen gesundheitlichen Zustand verbessern wollte. Er war verzweifelt, hatte vielleicht Angst und wollte die Schmerzen überwinden, ohne die Konsequenzen zu bedenken oder zu kennen. Friedrich, es war ein Unfall! Eine unglückliche Verkettung der Umstände. Ich bin fest davon überzeugt, dass es weder

Selbstmord war, noch dass du oder deine Mutter Schuld an seinem Tod tragen."

Nachdem sie eine Weile geendet hatte, rappelte ich mich hoch und kniete mich neben sie. Unfähig meine Gefühle in Worte zu fassen, beugte ich mich zögernd zu ihr. Sie umarmte mich und ich schmiegte mich an sie, sog den Duft ihrer Haare ein, der sich mit dem salzigen Geruch der See mischte. Ich schloss die Augen und hoffte, dass sie meine Dankbarkeit spürte.

Irgendwann lösten wir uns voneinander.

„Lass uns noch ein wenig laufen! Mir wird kalt."

Ich stand auf und streckte die Hand aus, um ihr aufzuhelfen. Lächelnd hakte sie sich bei mir unter.

26.

Als ich erwachte, fiel mir die Ruhe in der Wohnung auf. Noch ein Moment, um Augen reibend die Schlaftrunkenheit zu verjagen, dann stand ich auf. Ich wusste, ich hatte ihre Abfahrt verpasst.

Gedämpftes Tageslicht im Flur. Die Tür zum Schlafzimmer stand offen, die Vorhänge waren zugezogen. Die rote Sporttasche, die immer an der Garderobe gestanden hatte, war verschwunden.

Es war also soweit. Entweder bekam Antonia gerade das Baby oder sie war schon Mutter. Ich versuchte mir einen Kreißsaal, die Szene einer Geburt vorzustellen. Monitore, grünes Linoleum, ein Bett. Antonia, schwitzend, keuchend, schreiend. Thorsten neben ihr, bleich und zu Tatenlosigkeit verurteilt. Mit einem feuchten Tuch in der Hand Antonias Stirn betupfend. Aber vermutlich war die Wirklichkeit ganz anders.

In Boxershorts ging ich in die Küche, setzte Kaffee auf und legte zwei Brötchen aus dem Gefrierfach auf einen Teller. Kurz gab ich Mutter mein tägliches telefonisches Lebenszeichen, dann stellte ich mich unter die Dusche.

Später saß ich am Küchentisch und tupfte die letzten Krümel meines Brötchens mit der befeuchteten Fingerspitze auf. Das Buch, das ich am Bahnhof gekauft hatte, lag aufgeschlagen vor mir, aber ich konnte mich nicht auf die Handlung konzentrieren, steckte unmotiviert auf Seite 47 fest. Der Freund, von dem Anna erzählt hatte, war noch nicht zu mir gekommen.

Ich musste an Antonia denken. Ob sie ihr Baby bereits halten und an sich drücken konnte, so wie sie es ersehnt hatte? Ich wünschte ihr, dass sich ihre Träume bereits erfüllt hatten. Aber noch hatte Thorsten nicht angerufen und so blieb mir nur, zu warten.

Der restliche Kaffee war mittlerweile kalt. Ich trank ihn trotzdem. Dann klappte ich das Buch zu. Neun Uhr. Es war erst eine Stunde vergangen, seit ich aufgestanden war, und die dritte Tasse Kaffee hatte mich nur noch kribbeliger gemacht. Ich musste etwas tun, konnte die nächsten Stunden nicht untätig warten. Ich wusste nicht einmal, wie lange die beiden schon weg waren. *Die beiden, die zu dritt wiederkommen würden.* Der Gedanke machte mir meine Begeisterung für das Leben bewusst.

Mit dem Teppichmesser bearbeitete ich den letzten Verpackungskarton, der im Kinderzimmer gelegen hatte. Zwei andere hatte ich bereits zerkleinert und in den Altpapiercontainer gestopft, der dank meines Zutuns allmählich überquoll. Immer wenn ich vom Hof zurückkehrte, fiel mein Blick auf die Küchenuhr, deren Zeiger sich aber nur träge weiterschleppten.

Gelangweilt blätterte ich durch ein Gesellschaftsmagazin mit Hochglanzseiten, das im Wohnzimmer gelegen hatte. Bilder der weiblichen High Society in Kleidern, deren Schöpfer stets benannt werden konnten. Ragte aus den Krägen ein Etikett des Meisters, oder was? Stilvoll betrunkener Jungadel, der sich bei einer Benefizveranstaltung für Erdbebenopfer pietätlos amüsierte. Zu Hause bei einem Starregisseur in dessen Mailänder Wohnung, der Gemütlichkeit beschwor, diese aber mit schweren Teppichen, klotzigen Sofas und wuchtigen Tischen erschlug.

Ich stutzte bei der ganzseitigen Aufnahme eines mir unbekannten, aber erfolgreichen Fernsehmoderators, der sein Fitnessprogramm vorstellte und mich geduckt auf dem Fahrrad sitzend und mit triumphierend geballter Faust anstrahlte. Kämpferisch vorgeschobenes Kinn, breites Lächeln, das die Authentizität des ehrgeizig errungenen Sieges über die Trägheit unterstrich. Blonde Föhnfrisur, gescheitelt, kein Haar verlegt. Auf der Stirn keine einzige Schweißperle. Ein Bild, eine Lüge. Angewidert warf ich die Zeitschrift auf den Couchtisch.

Die Waschmaschine lief tatsächlich. Stolz blickte ich durchs Guckloch in die noch still stehende Trommel, die gerade Wasser aufnahm. Ich öffnete die Lade, in die ich das Waschmittel gefüllt hatte, und durch die nun Wasser zischte. Das Pulver war verschwunden. Mit wachsender Begeisterung beobachtete ich, wie sich auf der Wäsche erste Schaumkronen bildeten und sich die Trommel seufzend zu drehen begann.

Den Staubsauger fand ich in der hinteren Ecke des Vorratsschranks. Ich saugte die Pappkartonfusseln im Kinderzimmer auf, ergötzte mich daran, wie der Schmutz in den Schlund des Metallrohres gerissen wurde. Anschließend wanderte ich staubsaugend durch die gesamte Wohnung, stellte Stühle in

Ecken und wieder zurück, hob Teppiche an den Rändern an und umschiffte Blumentöpfe.

In der Küche wieder der Blick auf die Uhr. Endlose Warterei, die scheinbar mit nichts wirkungsvoll zu bekämpfen war.

Endlich der Beweis, dass auch am Vormittag im Fernsehen ausschließlich Mist lief. Genervt zappte ich durch die Programme, bis ich bei Tom und Jerry hängen blieb. Nachdem Tom wieder ganz übel die Hucke voll bekommen hatte und mit Verbänden übersät aus dem Bild gehumpelt war, kam der Abspann. Während Katz und Maus noch einpackten, wurden weltexklusive Diättipps eines verblassten Hollywoodsternchens angekündigt. Noch eine Rundreise durchs Programm, dann wurde der Bildschirm schwarz und mein Finger rutschte vom Knopf der Fernbedienung. Halb elf.

Wieder wanderten meine Gedanken zu Antonia. Verwechselte ich Fürsorge mit Zuneigung? Professionelle Hilfsbereitschaft mit menschlicher Wärme? Dankbarkeit mit Liebe? Schüchtern gestand ich mir ein, Antonia zu lieben, so, wie ich vielleicht für eine große Schwester gefühlt hätte. Bedingungslos, ohne Eifersucht oder Neid, ohne Verlangen und ohne Egoismus. Der tief empfundene Wunsch für ihr Bestes, was immer sie sich darunter vorstellen mochte.

Leider nahm das Packen des Rucksacks kaum Zeit in Anspruch. Ich hatte nicht allzu viele Dinge und obwohl ich alles fein säuberlich faltete, waren danach nicht mehr als zehn Minuten vergangen.

Die Waschmaschine war fertig. Die Wählscheibe stand auf Stopp und ich wartete auf das Lösen der Verriegelung. Ein Schnappen und die Tür sprang auf. Stück für Stück nahm ich die Wäsche heraus, warf sie in einen Korb und stapfte damit auf den Dachboden. Nachdem ich sie aufgehängt hatte und wieder in die Wohnung zurückkam, war es dreiviertel zwölf und das Lämpchen am Anrufbeantworter blinkte. In der Annahme, der Anruf könnte nur von Thorsten gewesen sein, drückte ich die Wiedergabetaste.

„Hallo Schatz", flötete eine weibliche Stimme aus dem Apparat, „ich wollte mich nach dir erkundigen, aber vielleicht ist es jetzt gerade soweit. Nicht auszudenken! Das ist ja so aufregend! Also melde dich!"

War ich froh, auf dem Dachboden gewesen zu sein.

Eigentlich hatte ich keinen Hunger, aber ich bereitete mir bereits ein drittes Wurstbrot zu. Feinsäuberlich schnitt ich eine Gewürzgurke in dünne Scheiben, zeichnete mit Mayonnaise Schlangenlinien aufs Brot. Essen als Zeitvertreib.

Irgendwo klingelte mein Mobiltelefon. Kauend rannte ich ins Kinderzimmer. Neben der Matratze auf dem Boden lag das Handy. Ich blickte aufs Display. Thorsten!

„Wie geht es euch? Was ist mit Antonia?"

Ich hörte, wie er grinste.

„Es geht ihr gut. Und dem Baby auch!"

„Ja!" Meine Stimme überschlug sich vor Freude. „Ich gratuliere euch!"

Thorsten bedankte sich. „Es ist übrigens ein Mädchen."

„Gott sei Dank!"

Es war mir einfach herausgerutscht. Thorsten lachte.

„Wieso?"

„Nur so. Vielleicht mag ich Mädchen einfach lieber?"

„Willst du kommen?"

„Darf ich denn?"

„Klar, kurz, wenn du möchtest."

„Und ob ich will!"

Ein Mädchen! Über meine Begeisterung selbst erstaunt lief ich jubelnd durch die Wohnung.

Auf der Suche nach der Zimmernummer, die mir der Portier gegeben hatte, taxierte ich die Türschilder. 6-24B. Tafeln mit Zetteln, auf denen neben vorgedruckten Bärchen die Namen der Mütter standen.

„6-24B. Antonia Previer". Mit Kugelschreiber hatte jemand „& Luise" hinzugefügt.

Das Herz schlug mir bis zum Hals, als ich leise klopfte. Ich hörte Schritte und Thorsten öffnete.

Er strahlte. „Komm rein!" Dann legte er den Zeigefinger auf seinen Mund. „Sie schläft."

Er ging voraus, und während ich zögernd den Raum betrat, setzte er sich wieder neben Antonia aufs Bett. Sie winkte mir und flüsterte eine Begrüßung. Sie war blass, hatte Ringe unter den Augen, aber ich bildete mir ein, noch nie einen so glücklichen Menschen gesehen zu haben.

Sie wandte den Blick von mir ab und schaute in ihre Armbeuge. Und dann erst sah ich sie, eingebettet in Tücher, ein Häubchen reichte in die Stirn. Das winzige Gesicht! Sie war so unglaublich zart und schutzbedürftig.

„Du kannst ruhig näher kommen."

Der fein gezeichnete Mund, die ein wenig gespitzten Lippen, das Kinn, nur durch ein Grübchen von der Unterlippe getrennt, die flache Nase, die Lider, die über den Augen ruhten, die feinen Wimpern, die rötliche Haut. Eine Hand lag an ihrer Wange und ich betrachtete fasziniert die winzigen Fingernägel.

„Sie ist unendlich süß!" Ich lächelte die Eltern an.

„Darf ich vorstellen? Das ist Luise."

„Hallo Luise! Freut mich sehr, dich kennenzulernen. Ich bin Friedrich und das ...", ich holte meine Hand hinterm

Rücken hervor, „... das ist Edwin. Eigentlich Edwin Zwei, denn das Original habe ich mit vier niedergeschmust, aber du darfst Edwin zu ihm sagen. Er ist nicht kleinlich." Vor Wochen hatte ich das Kuschelschwein zufällig in einem Spielzeugladen in der Stadt gefunden und legte es nun auf die Bettdecke neben Luise.

„Danke, Friedrich."

„Ich habe euch zu danken, dass ich Luise schon so früh kennen lernen durfte!" Verlegen streckte ich die Hand zu ihr hin, berührte leicht den Stoff des Lakens, dort, wo ich ihre Beine vermutete.

„Sie ist wirklich entzückend. Sie ist das Süßeste, das ich je gesehen habe."

Beide schmunzelten mit elterlichem Stolz.

„Danke auch, dass ihr mich aufgenommen habt. Ich weiß, das war keineswegs selbstverständlich, aber es hat mir sehr geholfen."

Antonia blickte mich an. „Du willst fahren? Aber du kannst gerne noch bleiben."

„Danke, aber ich denke, ihr habt jetzt etwas viel Wichtigeres zu tun. Ich habe schon meinen Rucksack draußen. Aber versprochen, ich melde mich bald wieder."

Zum Abschied beugte ich mich zu Antonia, legte meine Wange an ihre.

„Ich kann leider nicht ausdrücken, wie sehr ich mich für euch freue."

„Machs gut, Friedrich! Du kannst jederzeit anrufen."

„Mach ich."

Thorsten gab mir die Hand. „Danke für deine Hilfe mit den Möbeln."

„Gern geschehen."

Ich blickte noch einmal auf das Baby, das noch immer friedlich in Antonias Arm schlummerte.

„Tschüss Luise. Dir auch alles Gute. Edwin, pass gut auf sie auf!“

Einsilbig beschrieb mir der Portier den Weg zum Bahnhof, für meinen Dank erntete ich nur mürrisches Nicken. Dennoch, mit dem Bild von Luise im Kopf konnte ich nicht anders als fortwährend zu lächeln.

27.

Geduckt schlich er durchs Bahnhofsgelände. Er drückte sich an den Wänden entlang und stieß nur in die weiten Gänge, um sich hastig zu bücken. Er warf kaum einen Blick auf das, was sich in seiner Hand befand, steckte es nur schnell ein und noch ehe er sich aufgerichtet hatte, war er wieder an der Wand und der Strömung hin- und hertreibender Menschen entronnen.

Ich beobachtete ihn, während ich Mutter auf den Anrufbeantworter sprach.

„Hallo Mama. Antonia hat ihr Kind bekommen. Es ist ein Mädchen. Luise. Ich habe sie schon gesehen. Mir geht es gut. Ich melde mich in ein paar Tagen wieder. Bis dann.“

Keine Ahnung, warum ich auf ihn aufmerksam geworden war, wo er doch versuchte, so unscheinbar wie möglich zu sein und in der Öffentlichkeit unterzugehen. Seine verfilzten Haare lagen auf dem Kragen seines Wintermantels, den er trotz der Hitze trug. Die braune Cordhose war zu kurz, dennoch streiften die sich von dem Saum lösenden Fransen auf dem Boden. Seine nackten Füße steckten in abgelatschten Sandalen. Wuchernder Bart und strähnige Haare verbargen das Gesicht fast vollständig.

Nachdem ich das Mobiltelefon in meine Hosentasche gesteckt hatte und wieder aufsah, war er verschwunden.

Neugierig machte ich zwei, drei Schritte in die Richtung, wo er eben noch gestanden hatte, doch ich konnte ihn nicht mehr entdecken. Ein wenig enttäuscht suchte ich einen Platz, setzte mich und kramte wieder mein Telefon hervor. Ich wog es unentschlossen in der Hand. Sollte ich zum vermutlich hundertsten Mal die Textnachricht lesen? Ich kannte die wenigen Worte auswendig, dennoch, die unbefriedigende Zweideutigkeit des Inhalts drängte mich wieder dazu, die Nachricht zu öffnen.

„Hi, ich hoffe du bist gut angekommen, wohin du auch gefahren bist. Es tut mir leid wegen gestern. Danke für die Rose. Alles Gute.“ Kein Name. Nur ein Buchstabe. „E.“

Ich biss mir auf die Unterlippe. Was tat ihr leid? Sollte es ihr unangenehm sein, sich mit mir eingelassen zu haben? Klang der Abschied nicht nach Endgültigkeit? Die Zweifel klebten wie Kletten an mir. Ich starrte auf die Anzeige des Telefons, bis die Worte keinen Sinn mehr ergaben und die Buchstaben ineinander verschwammen. Das geschäftige Treiben auf dem Bahnhof verflüchtigte sich in den Hintergrund, versank in der Monotonie der Geräuschkulisse. Ich versuchte mir vorzustellen, wie sie die Nachricht getippt hatte. Wie ihr dabei eine Strähne in die Stirn gerutscht war und sie die einzelnen Worte leise mitgesprochen hatte.

Laut Empfangszeit hatte sie die Nachricht kurz vor ihrem Abflug geschickt. Meine Versuche, sie anzurufen, waren vergeblich geblieben. Frustriert darüber, dass ich sie nicht erreichen konnte, umklammerte ich das Telefon, drückte zu, als wollte ich es für seine Mitschuld bestrafen. Wenigstens würde sie bei ihrer Rückkehr etwas zu lesen haben, denn ich hatte ihr bereits drei Nachrichten geschickt und fand, dass es Zeit für eine vierte war.

Ich wollte gerade anfangen zu tippen, als ich ihn wieder sah. Er kniete in der Nähe des Eingangs und versuchte etwas aus der Fuge zwischen Asphalt und Fliesen zu bekommen. Für einen Augenblick konnte ich eine abgeknickte Zigarette erkennen, bevor er sie in seine Manteltasche steckte und zufrieden mit der flachen Hand daraufklopfte. Er stand auf und stieß dabei mit einem Passanten zusammen. Erschrocken wich er zurück, verbeugte sich devot in Richtung des schimpfenden Mannes und bog mit gesenktem Kopf in die andere Richtung ab.

Diesmal sollte er mir nicht entwischen. Ich schnappte meinen Rucksack und eilte ihm nach. Er strich die Wand entlang, wieder mit eingezogenem Kopf, diesmal aber nicht suchend, sondern zielgerichtet, und er schien sich zu beeilen. Einmal kreuzte er den Gang, wobei er sich nach beiden Seiten umsah, als müsste er eine stark befahrene Straße überqueren. Er lief den Korridor entlang, der unter den Gleisen hindurchführte. Hier, an den Ausläufern des Bahnhofes, versiegte der Strom der Menschen und er hastete weniger geduckt weiter. Mit einigem Abstand folgte ich ihm. In einer Nische der Treppe, die zu den äußersten Gleisen führte, setzte er sich auf den Boden. Er beachtete mich nicht, als ich an ihm vorüber die Stufen nach oben stieg. Am Bahnsteig hockte ich mich hin und schaute durchs Geländer nach unten.

Er saß auf einer zerlumpten Decke und breitete vor sich eine Handvoll abgebrannter Zigaretten und eine zerbeulte Tabakdose aus. Einem Stummel nach dem anderen schälte er sorgfältig das Papier ab und bröselte den Tabak in die Dose. Als er damit fertig war, angelte er sich Zigarettenpapier aus seiner Manteltasche und begann, sich eine zu drehen.

Er erschrak, als ich plötzlich vor ihm stand. Kurz sah er zu mir hoch und blinzelte ins Licht. Er hatte junge, lebhafte Augen, dennoch war es mir unmöglich, sein Alter zu schätzen. Dann wandte er den Blick ab, packte mit wenigen Handgriffen seine Habseligkeiten zusammen und stopfte sie in seine

Taschen. Unruhig streiften seine Augen über die Decke. Seine Finger tippten nervös aneinander und als ich ihm die kaum angebrochene Packung Zigaretten, die ich aus meiner Hosentasche gefischt hatte, entgegenstreckte, zuckte er zusammen.

„Ich habe gerade aufgehört. Vielleicht kannst du sie gebrauchen."

Er nahm die Packung und roch daran.

„Wenn ich dir damit einen Gefallen tue."

Seine Stimme klang jung. Ich lächelte und wandte mich zum Gehen.

„Eine Letzte?"

Er hielt mir die Schachtel entgegen, grinste und ich konnte seine faulen Zähne erkennen. Als er mir Feuer gab, züngelte die Flamme vor seinem Daumen. Ich beugte mich zu ihm, blickte auf seine mit unzähligen Brandwunden und Narben übersäte Hand, seine schwarz umrandeten, zersplitterten Fingernägel. Ich zog den Rauch tief in meine Lungen, bedankte mich und ging.

Von der untersten Stufe des Ausstiegs musste ich einen dreiviertel Meter in den Kies springen. Wie unterschiedlich Bahnhöfe sein konnten. Der Zugbegleiter grüßte den Bahnhofsvorsteher, ehe dieser das Signal gab und sich der Zug wieder in Bewegung setzte. Ich war der Einzige, der ausgestiegen war. Vom zweiten Gleis stapfte ich über die Schienen, zwischen deren Schwellen Grasbüschel wuchsen, hin zu der kleinen Station.

„Junge, dich kenn ich ja gar nicht."

Der Bahnhofsvorsteher war auf der Plattform stehen geblieben. Hinter ihm die Schaukästen für ankommende und abfahrende Züge, darunter Blumenkästen, die nur mit Erde gefüllt zu sein schienen. Ein Plakat warb für eine preiswerte Familien-Städtereise im vergangenen Herbst.

„Kennen Sie jeden, der hier aussteigt?"

„Fast. So viele Züge halten nämlich bei uns nicht."

„Kennen Sie vielleicht auch Klaus Simonis?"

„Klaus? Klar kenn ich den. Willst du zu ihm?"

„Ja. Ist es weit?"

Er blickte zum Himmel, als müsste er das Wetter prüfen, und wandte sich nach einigem Überlegen wieder mir zu.

„Na, ein Stückchen ist es schon zu laufen. Zweieinhalb bis drei Stunden, schätze ich. Bis dahin ist es längst dunkel."

„Gibt es vielleicht ein Taxi? Oder einen Bus?"

Meine Frage amüsierte ihn.

„Wir haben Erwin."

Damit ging er ins Bahnhofsgebäude, tauchte wenig später hinter dem Fenster des Schalters auf und öffnete das Türchen in der Scheibe. Dann warf er sich auf den Drehstuhl und stellte das Telefon vor sich hin.

„Mal sehen."

Er wählte eine vierstellige Nummer, lehnte sich weit im Stuhl zurück und blickte zur Decke.

„Ich bin es. – Hast du Zeit? – Zu Klaus, dem alten Heimkehrer. Du weißt schon. – Genau. – Bis gleich."

Er warf den Hörer auf die Gabel und sah mich an.

„Erwin bringt dich hin."

Es war zugig auf der kleinen Ladefläche. Ich hatte mich ans Führerhaus gelehnt, stützte mich auf meinen Rucksack und sah zu, wie sich die Straße unter mir abrollte, wie Bäume und Wiesen an mir vorüberzogen. In den wenigen Häusern am Straßenrand brannte vereinzelt Licht. Schlaglöcher schüttelten das Fahrzeug durch. Reste früheren Ladeguts, Schotter, Heu und ein runzlig gewordener Apfel vibrierten in den vorderen Ecken. Erwin manövrierte den alt gewordenen Zwitter aus Motorrad und Minilaster mit erstaunlicher Geschwindigkeit über die enge Landstraße durch zersprengte, dorfähnliche Hausansammlungen, kleine Wäldchen und an Feldern entlang.

Das Land war flach und einsam.

Als Erwin hielt, vermutete ich einen Defekt seines Gefährts. Ich stemmte mich auf der Ladefläche hoch, um nach der Ursache des Haltens zu sehen. Da sah ich abseits der Straße einsam ein kleines Haus und daneben stand, unter einer vom Dach gespannten Plane, Klaus' alter Peugeot.

Erwin stieg ab und deutete mit einer Kopfbewegung auf das Haus. Zumindest Fremden gegenüber schien er kein Freund großer Worte. Jetzt ging er voraus, stieß die Gartentür auf, die sich quietschend ins hohe Gras drehte. Ich kletterte von der Ladefläche, schulterte meinen Rucksack und folgte ihm.

An der Tür war keine Klingel, deshalb hämmerte Erwin mit der Faust gegen das Holz. Es dauerte eine Weile, bis das Geräusch schleppender Schritte zu hören war und Klaus Simonis öffnete. Ausdruckslos sah er auf seine beiden späten Besucher.

„Erwin. Georg-Friedrich."

Seine Stimme verriet keine Überraschung, sondern er begrüßte uns, als hätte er uns erwartet, als wären wir nur für eine schnelle Erledigung weg gewesen. Er trat zur Seite und bat uns herein.

In dem Raum brannte kein Licht. Nur durch zwei kleine Fenster, die sich durchs dicke Mauerwerk schoben, fielen kraftlose Lichtstreifen des versinkenden Tages. Auf der gegenüberliegenden Seite des Zimmers wurde eine Tür von einer Anrichte und einem alten Holzofen flankiert. Ohne Aufforderung rutschte Erwin auf die Eckbank unter dem Fenster. Klaus deutete mir, ebenfalls Platz zu nehmen. Er schaltete die Lampe über dem Tisch an, die das Zimmer in warmes Licht tauchte.

Ich befand mich im Haus eines alten Mannes.

Alles wirkte reinlich und gepflegt, aber dennoch schmuddelig. Ein ausgefranster, aus bunten Stoffresten gewebter Teppich bedeckte einen Teil des Schiffbodens, dessen Bretter unterschiedliche Maße hatten und durch dunkel gewordene Fugen getrennt waren. An den Kanten der weiß lackierten Möbelstücke splitterte die Farbe ab, darunter schimmerte fasriges Holz. Rechts vom Herd stand eine Spüle aus Email, unter der auf durchhängendem Band ein gemusterter Vorhang hing. Neben dem Becken stapelte sich abgewaschenes Geschirr und auf dem Wasserhahn trocknete ein blaugestreifter Lappen. Auf der anderen Seite der Eingangstür befand sich eine Garderobe, an der eine Kappe mit dem Aufdruck eines Reifenhändlers und eine zerknitterte Jacke hingen. Die Luft war abgestanden und modrig. Der undefinierbare Geruch des Alten.

Klaus öffnete die verglasten Türen der Anrichte, nahm eine Flasche ohne Etikett und zwei Schnapsgläser heraus und brachte alles an den Tisch.

„Willst doch einen."

Erwin brummte eine Zustimmung und nickte solange, bis Klaus die Gläser bis zum Rand gefüllt hatte.

„Prost!"

Am Flaschenhals rann ein Tropfen nach unten. Die Männer kippten sich den Inhalt der Gläser in den Mund.

„Chh!"

Erwin schüttelte sich, lächelte und drehte sein Glas zwischen den Fingern.

„Noch einen?"

Gemurmeltes Einverständnis. Abermals tranken sie mit einem Schluck ihren Schnaps, dann stellte Erwin das Glas vorsichtig auf die Tischplatte und deutete an, dass er gehen wolle. Ich rutschte von der Eckbank und ließ ihn zur Tür. Die beiden Männer drückten einander die Hände, dann schlurfte Erwin hinaus, ohne mich anzusehen oder meinen Gruß zu erwidern. Wir hörten, wie er den Motor anließ und tuckernd davonfuhr. Klaus stellte die Flasche in die Anrichte zurück, nahm die Gläser vom Tisch und brachte sie zur Spüle.

„Hast du Hunger?"

„Ein bisschen."

Für einen Moment verschwand er im Nebenraum und kam mit einer Stange Wurst, einem großen Stück Käse und einem halben Laib Brot wieder. Er legte alles vor mich hin. Aus der Schublade des Tisches holte er ein Holzbrett und ein Messer, dessen Klinge vom häufigen Schleifen dünn geworden war. Ich bedankte mich.

„Wasser oder Wein?"

„Wasser bitte."

Er nickte, brachte ein Glas Wasser und setzte sich dann zu mir an den Tisch. Weißes Fett drückte sich aus der Wurst, als ich mir eine Scheibe abschnitt.

„Freut mich, dich wiederzusehen, Georg-Friedrich."

Sein Atem roch nach Schnaps. Er sah mir zu, wie ich einen Keil aus dem Käse schnitt und in kleine Würfel teilte.

„Ich hoffe, ich störe Sie nicht."

„Du störst mich nur, wenn du weiterhin ‚Sie' zu mir sagst."

Der Käse war würzig und brannte ein wenig auf der Zunge. Dann steckte ich mir ein Stück Wurst in den Mund, schob einen Bissen Brot nach und kaute beides lange, wartete, bis sich der Geschmack des groben, dunklen Mehls mit der Würze des Fleisches vermischt hatte, bevor ich schluckte.

„Erwin wollte kein Geld annehmen. Ich habe ihn gefragt, was die Fahrt kostet, aber er hat mich ignoriert."

„Er will kein Geld. Er will nur ab und zu das Gefühl haben, gebraucht zu werden. Hier in der Gegend ist Anerkennung schon etwas, nach dem man lechzen kann. Erwin ist einer der wenigen, die nicht weggezogen sind, nachdem sie die Möbelfabrik vor eineinhalb Jahren geschlossen haben und alle entlassen wurden. Keine Aufträge mehr, nicht zu diesem Preis. Seither ist diese Ecke noch um vieles einsamer geworden."

„Warum werden Sie – äh – wirst du der ‚alte Heimkehrer' genannt?"

Es war ungewohnt, ihn zu duzen.

„Wer hat das gesagt? Vermutlich der Bahn-Heini."

„Bahn-Heini?"

„Eigentlich Heinrich Schlier, aber alle nennen ihn Bahn-Heini. Vermutlich auch dann noch, wenn der Bahnhof aufgelassen wird. So etwas wie hier nennt man eine ‚strukturschwache Region'. Investitionen gehören der Vergangenheit an und nicht einmal Politiker beschwören mehr eine rosarote Zukunft. Das Träumen ist den Leuten vergangen und das macht das Lügen sinnlos."

Er schnitt sich ebenfalls ein Stück Wurst ab.

„Der ‚alte Heimkehrer'? Nun, in den letzten Jahren war ich wohl der Einzige, der hierher zurückgekommen ist. Das scheint bezeichnend zu sein. Um hierher zurückzukehren, muss man dieses Land entweder sehr mögen oder gierig nach Einsamkeit sein. Auf mich trifft wohl beides zu."

Er lächelte und ich versuchte in seinen Augen zu lesen, ob er glücklich war.

28.

Das scharrende Geräusch war zuerst in meinem Traum aufgetaucht. Es war das Kratzen, das Karolus und ich auf dem Dachboden hörten, weil der Baum hinter dem Haus im Wind wogte und seine Äste dabei über die Dachziegel strichen. Das Dachfenster und der Sternenhimmel, der sich dahinter ausbreitete, verschwanden beim Erwachen. Das Scharren blieb.

Ich öffnete die Augen und blickte mich um. Der kleine Raum, den mir Klaus zum Übernachten zugewiesen hatte, war völlig schmucklos. Keine Bilder, Vorhänge oder Ähnliches. Die Bretter der Regale, vollgestellt mit Büchern und Ringordnern, waren unbehandelt und mit wuchtigen Winkeleisen an die Wand geschraubt. Vor dem Bett stapelten sich Bücher und Zeitschriften, die er gestern in aller Eile von der Matratze geräumt hatte.

„Auf Besuch bin ich wirklich nicht eingerichtet", hatte er gemurmelt, während er ein Laken über die fasrige Matratze gespannt hatte. Dann hatte er aus dem Nebenzimmer eine Decke und ein mit grobem Stoff überzogenes Kissen geholt.

Das Scharren war immer noch zu hören. Ich rieb mir den Nacken und stand auf. Kraftvoll drückte ich gegen die verzogene Zimmertür, die knarrend in den Vorraum zum Hof schwang. Ein Huhn schreckte auf, zwängte sich panisch durch den Spalt der hinteren Haustüre und hüpfte flügelschlagend nach draußen. Eine Stahlfeder am Rahmen zog die Tür hinter ihm zu.

Ich fand Klaus am Gartentisch sitzend. Er schälte kleine, mit schwarzen Sprenkeln übersäte Äpfel und schnitt sie in Spalten.

„Gut geschlafen?"

Er hatte nicht aufgesehen, sondern schälte die Frucht in seiner Hand weiter.

„Danke. Ja."

Ich wunderte mich über die Stille im Garten. Das einzige Geräusch schien das Messer zu machen, das durchs Fruchtfleisch schnitt.

„Kann ich helfen?"

„Nein, bin fast fertig. Setz dich, wenn du möchtest."

Ich folgte seiner Aufforderung. Ein Kerngehäuse fiel auf das Zeitungspapier, das ausgebreitet neben der Schüssel mit den Apfelspalten lag.

„Du hast Hühner?"

„Ein paar. Hast du Bekanntschaft mit ihnen gemacht?"

„Eines hat an meiner Tür gekratzt."

„Das war bestimmt Isolde. Sie findet immer einen Weg ins Haus. Sucht ihr Futter überall."

„Isolde?"

Er nahm den letzten Apfel, begann ihn zu schälen.

„Isolde, ja."

Er hielt kurz inne und sah mich an. Ich glaubte in seinem Blick die Zuneigung für mich, die dritte Generation Aufsess, die er kannte, zu lesen.

„Meine Hühner tragen alle Namen aus Opern. Ännchen. Leonore. Violetta. Elsa. Und natürlich Don José, der Hahn." Der Schalenkringel fiel aufs Papier. „Als mir mein Nachbar seine Hühner vermacht hat und ich über deren Namen nachdachte, hörte ich gerade Carmen. Der Hahn lebt noch, aber Mercedes und Carmen haben sich bereits vor einiger Zeit in die Nahrungskette eingefügt."

Die letzten beiden Apfelspalten sprangen in die Schüssel und Klaus wischte das Messer an der Zeitung ab.

„Ich mache uns Frühstück. Du kannst ruhig sitzen bleiben. Ich komme gleich wieder."

Er packte das Zeitungspapier um die Schalen, schnappte sich den Topf und verschwand im Haus.

Die aufgerissene Pore wurde von einem Blutstropfen markiert, der anschwoll, sich löste und eine gezackte Spur auf das feuchte Kinn zeichnete.

„Das macht nichts. So etwas passiert. Hier."

Klaus riss ein Stück Klopapier von der Rolle. Ich tupfte das Blut weg, bevor es den Rand meines T-Shirts erreichte. Aus dem Schlafzimmer schmetterte Lohengrin ins Bad. Ich spülte die Klinge mit kaltem Wasser und machte weiter.

Als ich fertig war, klappte ich das Rasiermesser zu und wusch mir den restlichen Schaum aus dem Gesicht. Klaus reichte mir ein Handtuch.

„Gut gemacht, mein Lieber."

Ich betrachtete mich im Spiegel, legte prüfend den Kopf nach hinten. Vereinzelte Blutstropfen. Im Ohr etwas Schaum. Klaus hielt mir eine Flasche Rasierwasser entgegen, deren zeitloses Design mir Großvaters Badezimmer in Erinnerung rief. Ich träufelte mir etwas Eau de Cologne in die Handfläche, verrieb es und klatschte es mir ins Gesicht. Durch die zusammengebissenen Zähne sog ich pfeifend Luft ein. Mir wurde übel und ich wusste nicht, ob der beißende Gestank oder das Brennen auf der Haut dafür verantwortlich waren.

Die leckende Flamme schickte Rußfahnen in die Luft, während ich den Glassturz der Petroleumlampe vorsichtig in die Metalllaschen presste. Ich drehte den Docht zurück, bis die Flamme nur noch leicht aus der Öffnung züngelte und dennoch ausreichend Licht gab. Noch immer hing der Duft von geschnittenem Gras im Garten. Den halben Tag hatte ich mit einer Sense die Wiese gemäht. Klaus hatte anfangs am Türpfosten lehnend zugesehen, war dann aber im Haus verschwunden. Irgendwann stand ein Krug Wasser auf dem Tisch. Als das Gras in Haufen auf der Wiese lag, kam er zu mir und klopfte mir anerkennend auf die Schulter.

Die Dämmerung brach schneller herein als noch vor wenigen Tagen, als ich mit Antonia an der Ostsee gewesen war. Der Abend senkte sich in die schwarze Nacht, die Dunkelheit fraß gierig die Umgebung auf. Ich blickte in die kleine Flamme der Lampe und dachte an Luise.

„Wieso grinst du?“

Klaus war aus dem Haus gekommen und stellte zwei Gläser auf den Tisch.

„Ich habe gerade an ein Baby gedacht, das ich vor kurzem gesehen habe. Ein Mädchen. Es war erst wenige Stunden alt. Ich kann mich nicht erinnern, schon einmal bewusst ein Neugeborenes gesehen zu haben. Hat mich ehrlich beeindruckt und irgendwie … gefreut.“

Klaus setzte sich und entkorkte die Weinflasche.

„Hast du nie darüber nachgedacht, einmal zu heiraten? Kinder zu haben?“ Ich war in Gedanken noch bei Antonia mit dem Baby im Arm und hatte nicht überlegt, ob die Frage unangebracht war.

Klaus reagierte nicht. Er schenkte die beiden Gläser zur Hälfte voll und drehte dann in sich gekehrt den Korken von dem altmodischen, T-förmigen Korkenzieher.

„Es gab eine Zeit, vor mehr als meinem halben Leben, da wünschte ich mir nichts mehr als eine Familie. Ich sehnte mich nach Kindern und malte mir aus, wie ich in der Rolle des Vaters sein würde. Ich freute mich auf den Tag, an dem ich mit meinen Kindern im Sand sitzen und mir dabei einen nassen Hintern holen würde.“

Er nippte an seinem Glas und sprach dann weiter, aber er sprach nicht mehr mit mir, sondern zu sich selbst. Er erlebte seine Erinnerungen.

„Wenn ich mit Beate spazieren ging und wir Eltern sahen, die ihre schaukelnden Kinder anschubsten, sodass die Kleinen am Scheitelpunkt leicht aus den Sitzen gehoben wurden und vor Freude jauchzten, dann drückten wir unsere ineinander gelegten Hände noch ein wenig fester. Wir schlenderten mit gleichen Vorstellungen in unsere gemeinsame Zukunft, strahlten vor Vorfreude und schmiedeten Pläne.“

Klaus hatte noch nie von seiner Freundin erzählt. Er hatte vielmehr stets den Eindruck eines eigenbrötlerischen und nach Einsamkeit suchenden Mannes vermittelt. Der Gedanke, dies sei einmal anders gewesen, war mir bislang nicht gekommen. Ich versuchte ihn mir vorzustellen, Hände haltend mit dieser Frau. Ich dachte ihn mir jünger, steckte ihn in Klamotten, wie ich sie aus Schwarz-Weiß-Filmen kannte, stellte ihm eine Brünette mit Föhnwelle, Rollkragenpulli und knielangem Rock daneben. Aber die Vorstellung wollte mir nicht gelingen, das Bild zerplatzte an der Realität. Vor mir saß ein alter Mann. Die Haut an den Händen war dünn und mit Altersflecken übersät. Er trug eine schlabbrige Strickjacke, deren Ärmel durchgewetzt waren. Aus dem Kragen seines Hemdes quollen graue Haare. Sein Gesicht war knöchern, die Wangen nicht mehr so glatt rasiert wie früher. Vielleicht wirkte er durch die tanzenden Schatten des flackernden Lichts noch älter, aber ich konnte den jugendlichen Liebhaber, von dem er erzählte, einfach nicht sehen.

Sein Lächeln veränderte sich. Es war nicht mehr Ausdruck einer heiteren Erinnerung, sondern verwandelte sich in ein verbittertes Grinsen.

„Nein, Georg-Friedrich, ich muss mich korrigieren. Es passiert mir immer wieder, dass ich das verwechsle. So wie ich bereits damals eine falsche Wahrnehmung hatte, drängt sich diese noch heute in den Vordergrund. Aber man darf auch nicht erwarten, dass die Erinnerung ehrlich zu einem ist. Die Wahrheit liegt nicht einfach darin, was wir gefühlsmäßig aus unserer Vergangenheit gerettet haben. Die Wahrheit spielt mit uns, versteckt sich und verlangt nach dem zweiten Blick. Also lass mich richtigstellen: Ich war es, der Beates Hand fester drückte, ohne dass sie es erwiderte. Ich hatte meine

Vorstellungen von der Zukunft und sie hatte ihre. Ich sprach von unserer Familie und merkte nicht, dass sie dabei immer nur schwieg."

Er trank einen Schluck.

„Du siehst, nicht nur die Erinnerung kann trügerisch sein, sondern auch die Gegenwart. Damals täuschte meine Euphorie die Wahrnehmung und ich war nicht imstande, die Zeichen zu erkennen. Vielleicht macht Liebe ja wirklich blind."

Er tauchte seinen Zeigefinger kurz in den Wein, sodass ein Tropfen daran hängen blieb, den er kreisend am Rand des Glases verstrich. Vermutlich wollte er es zum Schwingen bringen, aber das dickwandige Glas blieb stumm.

„Wir saßen gemeinsam auf einer Parkbank. Sie hatte mich nicht angesehen, während sie mir erzählte, sie hätte sich in einen Werner verliebt und könne mich nicht mehr treffen. Sie machte es kurz, brauchte nur zwei Sätze, um mich zu vernichten. Dann stand sie auf und ging, ohne sich umzudrehen. Ich blickte ihr nach, bis sie verschwand, und fühlte, wie die Welt in mir zusammenkrachte. Es war, als würde alles Gefühl und alles Denken aus mir herausrinnen. Wie Wasser aus der Wanne in den Ausguss fließt und ein kleiner Strudel entsteht, so wurde ich leer. Und als nichts mehr übrig war, keine Trauer, kein Schmerz, keine Wut, kein Hass, keine Liebe, nichts, gar nichts, bin ich nach Hause gegangen. Am nächsten Morgen nahm ich den Frühzug nach Süden. Ohne Ziel. Und traf auf deinen Großvater."

Klaus kramte aus seiner Jackentasche Tabak und die schlichte schwarze Pfeife und begann sie schweigend zu stopfen. Als er damit fertig war, klopfte er sich auf der Suche nach Streichhölzern auf die Taschen. Ich schob ihm das Päckchen hin, das ich zuvor aus der Küche geholt hatte, um die Lampe anzuzünden. Die Flamme an dem Hölzchen zog er mit einem schmatzenden Saugen nach unten, bis die Oberfläche des Tabaks orange glühte. Er blies die Flamme aus und legte das abgebrannte Streichholz neben den Korken auf den Tisch.

„Du kennst das Geräusch, wenn man eine junge Pflanze gewaltsam aus dem Boden zieht? Wenn die zahlreichen dünnen Wurzeln dem Zug nachgeben und eine nach der anderen reißt. Wenn der Boden sich leicht hebt und die Erde in Kügelchen davonspritzt. Es hört sich an wie die Salve aus einem Maschinengewehr, abgefeuert in einiger Distanz. Viel, viel leiser, aber dennoch tödlich. Immer wenn ich an diesen Augenblick denke, an dem Beate weggegangen ist, glaube ich, dieses Geräusch zu hören. Ragatagatag. Es hat sich untrennbar mit meiner Erinnerung an diese Situation verbunden. Als wäre in mir etwas ausgerissen worden, das nie wieder nachgewachsen ist und einen kleinen Krater hinterlassen hat.

Es muss die Sehnsucht nach der eigenen Familie gewesen sein, die mir in diesem Augenblick genommen worden war, herausgerissen von der Angst, diese Enttäuschung noch einmal zu erleben."

Die Flamme hatte sich mehr und mehr in ihren Schlitz verkrochen und war zu einem bläulichen Schimmer verkümmert. Klaus' Gesicht verschwand langsam im Schatten der Nacht.

„Wenn auch der Wunsch nach einer eigenen Familie nicht mehr bestand, machte es mich doch sehr glücklich, in eine andere aufgenommen worden zu sein. Mit deinem Großvater verband mich nicht nur die Arbeit und eine tiefe Freundschaft, sondern auch meine Dankbarkeit, mich an seinem Glück teilhaben zu lassen.

Mit Freude sah ich deinen Vater heranwachsen, der gerade erst laufen konnte, als ich in die Firma kam. Und bei deiner und Karolus' Geburt empfand ich so etwas wie großväterliche Erfüllung. Als mir dein Vater dich in den Arm legte, da zitterten meine Hände und vor Freude schlug mir das Herz bis zum Hals. Später seid ihr ins Büro gestürmt, habt auf der Schreibmaschine herumgehämmert, mit Stempeln Postamt gespielt und mir Papierhüte gebastelt. Mit der Nachsicht des Älteren genoss ich jede Sekunde, freute mich an eurer lebhaften Art, wenn ihr Bahnen von Klebestreifen über den Schreibtisch gezogen oder die Lehmkügelchen der Hydropflanzen durchs Büro gefeuert habt."

Er lachte beim Gedanken an unsere Kindereien.

„Ich war stolz auf die ersten Worte, die ihr gebrabbelt habt, auf eure ersten wackeligen Schritte."

Er drückte mit seinem Pfeifenstopfer die Glut weiter in den Tabak.

„Und ich habe die Bilder, die euer Vater im Büro aufgehängt hat und die ihr von Feuerwehrautos und Flugzeugen, Bauplätzen und Tieren gemalt habt, bewundert, als wären sie von Picasso gewesen."

Drückende Stille, nachdem Klaus geendet hatte. Die Grillen hatten längst ihr durchdringendes Zirpen eingestellt. Kein Windhauch, der Blätter zum Rauschen hätte bringen können. Klaus beugte sich vor, lächelte und blickte beseelt in die kleine Flamme der Lampe.

Und mit einem Male störte ich mich an dem gefälligen Schwelgen des alten Mannes in einer verklärten Vergangenheit. Ich ertrug sein Lächeln nicht und nicht das sehnsuchtsvolle Klammern an längst vergangene Tage, die mit der Gegenwart nicht mehr gemein hatten als ein Traum. Hatte er mir nicht eben erklärt, die Erinnerung sei eine Lüge und dass sich die Wahrheit verbergen würde? Die Wahrheit war der Schmerz, den er unter dem Schutt der Erinnerung zu verbergen versuchte. Die Wahrheit war, dass mein Bruder tot war.

„Wie hast du erfahren, was mit Karolus passiert ist?"

Er änderte seine Körperhaltung nicht, aber ich merkte an seinem Gesichtsausdruck, wie die glitzernde Seifenblase der Vergangenheit zerplatzte.

„Eure Nachbarin. Ilse Fried. Sie hat mich angerufen."

Er machte eine Pause, bemerkte meine Überraschung.

„Kurz bevor ich hierher zurückgezogen bin, begann ich losen Kontakt mit ihr. Nicht dass ich sie leiden kann, aber sie ist wenigstens gesprächig genug, um mich bereitwillig über euch auf dem Laufenden zu halten. Deine Mutter hätte nicht gewollt, dass ich mich nach euch erkundige, aber um nichts in der Welt wollte ich zulassen, euch völlig aus den Augen zu verlieren.

Ilse Fried ist eine Tratschtante. Eine, die jemanden braucht, dem sie fremde Schicksale erzählen kann, weil sie dadurch die Tragik der eigenen Existenz vergisst. Und so berichtet sie mir alles über euch, was sie weiß. Zum Beispiel von deinen Problemen in der Schule, über die deine Mutter mit ihr gesprochen hat, oder dass du mit dem Rauchen begonnen hast und das eine oder andere Mal sternhagelvoll nach Hause gekommen bist."

Wieder ein Lächeln, diesmal war es angerührt vom Stolz über das Wissen und von der Nachsicht mit der Tatsache.

„Als sie mich anrief, um mir von Karolus zu berichten, wieder mit der zitternden Erregung des Überbringens einer Sensation … ich habe irgendwann einfach aufgelegt und sie für diese Nachricht gehasst. Das war meine erste Reaktion. Um nicht über das nachdenken zu müssen, was geschehen war, habe ich mich vor Ilse Fried geekelt."

Mit einem Zug trank er sein Glas aus. Als er absetzte, hing ein Tropfen an seiner Unterlippe, den er mit dem Handrücken wegwischte.

„Ich habe an diesem Tag die wenigen Gegenstände, die ich von Karolus hatte, zerstört. Zeichnungen und Basteleien. Notizen von früher. Eine Postkarte aus der Zeit nach meinem Umzug. Kleinigkeiten. Ich habe alles verbrannt. Aber die Erinnerungen da drinnen", er tippte sich mit dem Zeigefinger an die Schläfe, „die wurden nicht zu Asche. Aber was erzähle ich dir?“

Er verharrte einen Moment, dann stand er mit einem Ruck auf, ging wortlos ins Haus und ließ mich verdutzt am Tisch zurück. Wenige Augenblicke später drang Musik aus dem Haus. Leise und elegisch zogen sich die Klänge der Streicher durch die Luft, kündeten mit ihrer Schwermut von bevorstehender Trauer, von Untergang und Tod. Verdis *„La Traviata“*. Großvaters Lieblingsoper. Ich wartete, bis die Ouvertüre ihre Leichtigkeit fand und in die Ausgelassenheit des ersten Aktes mündete, und als ich glaubte, die Stelle wiederzuerkennen, an der Violetta jene Worte sang, die Klaus und mein Großvater zitierten, wenn sie sich zuprosteten, hob ich mein Glas und trank einen Schluck Wein.

„Dem Vergnügen gebe ich mich hin
Und lindre mit dieser Medizin meine Pein.“

29.

Zuerst der unterdrückte Schrei. Fast gleichzeitig das aufgeregte Gackern des Huhnes, das wild mit den Flügeln schlug. Ich rannte zum Stall, sah, wie der Pfahl, an dem Klaus gearbeitet hatte, polternd gegen die Seitenwand und dann zu Boden fiel. Ich sah das Messer, das in seiner Hand steckte.

Isolde stob davon.

Fluchend und nach dem Huhn tretend zog er mit einem Ruck das Messer, dessen Klinge sich schräg in sein Fleisch gebohrt hatte, heraus. Blut begann gleichmäßig aus der Wunde zu quellen, rann zum Handgelenk und zog dabei seine Spur über den Unterarm. Das Messer fiel zu Boden.

„Friedrich, schnell! Im Schlafzimmer, im großen Schrank. Dritte Schublade. Dort sind saubere Tücher.“

Ich sprintete ins Haus, suchte, aber als ich wieder durch die Hintertür in den Garten lief, war Klaus verschwunden. Eine Spur roter Punkte auf dem staubigen Boden führte ums Haus. Ich fand ihn aufs Gartentor gestützt.

„Hast du etwas gefunden?"

So gut es ging, verband ich die Wunde mit einem Tuch. Sofort saugte der Stoff das Blut auf und das in der Sonne blendende Weiß färbte sich Rot.

„Das wird nicht lange halten. Komm!"

Gemeinsam hoben wir das Gatter hoch und drückten es nach außen.

„Bist du schon einmal gefahren?"

„Ich? Ja, einmal, aber das ist eine Weile her."

„Dann kannst du fahren. Ist Automatik, noch leichter. Der Schlüssel steckt."

Damit öffnete er die Beifahrertür und stieg ein. Ohne es zu bedenken, fand ich mich Sekunden später hinter dem Lenkrad eines Autos wieder. Kurz dachte ich daran, wie ich mit Vaters Wagen gefahren war, wie er über meine Fahranfänge gelacht und mir Anweisungen gegeben hatte. Ich legte die Hände auf das durch die Sonneneinstrahlung brennend heiße Lenkrad und konzentrierte mich auf den Augenblick.

„Bremse treten und starten. Den Hebel hier auf ‚R'."

Der Motor sprang sofort an und ich legte den Rückwärtsgang ein. Vorsichtig löste ich die Bremse und der Wagen setzte sich in Bewegung, ohne dass ich das Gaspedal bediente. Ich drehte mich um und schob durchs Gartentor nach draußen. Vor der kleinen Böschung, die auf die Straße führte, blieb ich stecken.

„Ein bisschen Gas wirst du schon geben müssen, ansonsten verblute ich hier am Ende noch."

Ein kurzer Blick zu ihm. Das blutrote Tuch, das alle Farbe aus seinem Gesicht zu saugen schien. Ich trat das Gaspedal.

Gutmütig schob sich der Peugeot hoch, bis er quer auf der Fahrbahn stand. Zum Glück gab es in dieser verlassenen Ecke so gut wie keinen Verkehr. Klaus deutete in die Richtung, in die wir fahren mussten. Ich legte den Vorwärtsgang ein und konzentrierte mich darauf, den Wagen in der Spur zu halten.

Wir fuhren zehn Minuten die Landstraße entlang, erreichten das nächste Dorf und langsam glaubte ich, mehr Sicherheit über den Wagen zu bekommen. Klaus neben mir atmete schwer und als ich einen Blick auf seine Hand warf, sah ich, dass das Tuch durchtränkt war und Blut auf seine Hose tropfte.

„Im nächsten Dorf die erste Straße rechts, bis wir nicht mehr weiter können. Es ist nicht zu verfehlen."

An der beschriebenen Kreuzung bog ich ab. Klaus hatte die Augen geschlossen, sein Kopf wackelte mit der Bewegung des Wagens. Die Straße mündete in eine Allee. Durch die Blätter der hohen Bäume flackerte die Sonne, warf helle Flecken auf den rissigen Asphalt. Wir erreichten ein altes Gut und ich fuhr durch die Einfahrt auf den geschotterten Vorplatz. Der Hof wirkte verlassen. Farbe war von den Wänden geplatzt, Fensterläden geschlossen.

„Sind wir hier richtig?"

„Ja. Hup einmal!"

Keine Reaktion. Klaus kletterte schwerfällig aus dem Wagen und verbot mir, ihm zu helfen. Stattdessen sollte ich den Wagen abstellen und mitkommen. Ich folgte ihm zur Tür des Hauptgebäudes, wo er ungeduldig an einer Kette zog, die irgendwo im Haus eine Glocke läutete.

„Julchen! Julchen! Verdammt! Gert!"

Ich wollte loslaufen, um jemanden zu suchen, als eine junge Frau die Tür einen Spalt öffnete und ihren Kopf durchschob.

„Herr Simonis?"

„Ist Gert da?"

Ich folgte ihrem Blick, der auf Klaus' eingebundene Hand fiel.

„Mein Gott, was ist denn mit Ihnen los?"

Julchen öffnete die Tür und trat zur Seite. Sie nahm einen weißen Kittel vom Haken hinter sich und zog ihn an. Als sie sich wieder zu uns wandte, war der Schreck aus ihrem Gesicht gewichen.

„Ich hole den Doktor. Gehen Sie bitte voraus und legen Sie sich auf den Tisch! Sie kennen ja den Weg."

Damit verschwand sie. Klaus und ich gingen in den Behandlungsraum. Ich half ihm auf den Tisch in der Mitte, der höher und kürzer als gewöhnlich war. An der Wand hingen Urkunden von Dr. Gert Hafner. Tierarzt.

Blut quoll aus dem Tuch und besudelte die metallene Oberfläche.

„Klaus, alter Kupferstecher! Hast du Mist gebaut?"

Polternd trat ein dicker Mann von Mitte sechzig ins Zimmer. Er war blond wie Julchen, hatte einen buschigen Schnauzbart und trug eine Hornbrille mit dicken Gläsern. Schweiß rann ihm in Bächen übers fleischige Gesicht, durchweichte den Kragen seines Hemdes, dessen oberste Knöpfe offen standen. Seine braune Cordhose steckte in verdreckten Gummistiefeln und er roch nach Tier und Stall.

„Verzeih meinen Aufzug, aber ich war gerade bei Cloe. Sie wird bald kalben. Also zeig mal her!"

Er zog einen Kittel an, wobei er sich nicht die Mühe machte, diesen zuzubinden, und wusch sich die Hände. Schnalzend streifte er sich Handschuhe über.

„Mensch, Klaus, du blutest ja wie eine Sau! Und ich weiß, wovon ich rede!"

Lachend wickelte Hafner das durchtränkte Tuch von der Hand und betrachtet die Wunde.

„Messer, oder?"

„Ja."

„Letzte Tetanusimpfung?"

„Keine Ahnung. Zehn, zwanzig Jahre."

„Dachte ich mir. Julchen!"

Die Frau zog eine Spritze auf, während Hafner die Wunde reinigte.

„Das erinnert mich an die Geschichte bei Frentzens vor ein paar Wochen. Ihre Stute hatte sich die Flanke an einem Zaun aufgerissen. Hässliche Sache, sag ich dir. Aber sie ist schon wieder fit."

Mir wurde schlecht, als Hafner den Hautlappen aus medizinischer Notwendigkeit oder menschlicher Neugier noch einmal hochklappte und den Blick auf das darunter liegende Fleisch freigab. Ich verließ den Raum.

Rauchend saß ich auf der Treppe vorm Haus und blickte ungläubig auf den Wagen, weil ich es gewesen war, der Klaus hierher gefahren hatte. Zu meinem Staunen über die Tatsache mischte sich Stolz. Zufrieden mit mir drückte ich die Zigarette aus und schnippte die Kippe in den Kies. Ich schlenderte über den Hof und lugte gerade in einen der Ställe, als mich Dr. Hafner rief. Schnaufend kam der Arzt auf mich zu. Den Kittel hatte er ausgezogen, das Hemd hing ihm über die Hose.

„Friedrich, hallo. Wir hatten zuvor keine Gelegenheit uns vorzustellen. Ich bin Dr. Hafner, aber bitte sag Gert zu mir!"

Er streckte mir die Hand entgegen, die mich an meine Kindheit erinnerte, als mir Hände von Erwachsenen immer riesig vorgekommen waren.

„Hast du sehr gut gemacht, Klaus hierher zu bringen."

„Danke. Wie geht es ihm?"

Er kniff seine Augen zusammen und drehte seine Hand vorm Gesicht. „Er hat eine Menge Blut verloren und ist schwach auf den Beinen."

Hafner führte mich ein Stück weiter, und als er wieder sprach, dämpfte er seine Stimme, als ob er Sorge hätte, Klaus könnte uns hören. „Er braucht auf alle Fälle viel Ruhe. Ich habe ihm gesagt, er soll hier bleiben, aber er will nicht." Er schüttelte den Kopf über den Starrsinn seines Patienten. „Ein brunftiger Ziegenbock ist für ärztliche Ratschläge aufgeschlossener als Klaus." Sein Kichern schwoll zu einem dröhnenden Lachen, bei dem er seinen wippenden Bauch mit einer Hand stabilisierte. Vielleicht hatte er Angst, die Knopfleiste seines Hemdes würde der Belastung ohne Gegendruck nicht standhalten. Als er sich endlich beruhigt hatte, sah er mich fest an.

„Friedrich, darf ich dich um etwas bitten? Ich mache mir Sorgen um ihn. Er möchte wieder nach Hause gefahren werden. Kannst du noch ein paar Tage bei ihm bleiben und mich notfalls anrufen? Er weiß nicht, wie lange du ihn eigentlich besuchen wolltest, und würde dich auch nicht fragen, aber mir wäre wohler, wenn jemand bei ihm wäre."

„Gerne, kein Problem. Ich habe Ferien."

Sichtlich erleichtert gab er mir die Hand.

„Ich muss wieder zu Cloe. Willst du nicht mitkommen und zusehen?"

„Nein danke, ich würde lieber gleich aufbrechen, wenn es recht ist. Erstens kommt dann Klaus früher ins Bett und zweitens vermeiden wir die Dunkelheit. Wissen Sie, ich fahre noch nicht so lange Auto."

Die Schöpfkelle tauchte in die Suppe, die seit einer Stunde auf kleiner Flamme köchelte. Klaus stand lächelnd neben mir und deutete auf das Bein, das, mit gelber Haut überzogen, im

Topf schwamm. Ich fischte es heraus und gab es in den Teller, der nun überzugehen drohte.

„Prima."

Er setzte sich an den Tisch und nahm erwartungsvoll den Löffel in die Rechte. Vorsichtig trug ich den Teller zu ihm. Schillernde Fettaugen, Nudeln und Karotten schwammen neben Herz, Niere und dem Bein des Huhnes.

„Danke. Jetzt ist Isolde doch noch zu etwas gut."

Er wartete, bis ich meinen Teller geholt hatte, und begann dann mit Hingabe die Suppe zu löffeln.

„Hast du deine Mutter angerufen?"

„Habe ich bisher vermieden."

Er rührte in der Suppe, aß einen Löffel und zog schlürfend eine Nudel ein.

„Du erinnerst mich an deinen Vater."

„Wieso, weil ich Mama nicht anrufen möchte?"

Er lachte.

„Deshalb vielleicht auch. Dein Vater hatte ebenfalls – sagen wir – Respekt vor den Emotionen deiner Mutter. Aber ich habe den Vergleich als Kompliment gemeint."

Er angelte sich den Knochen aus dem Teller, hielt ihn am Ende und begann damit, ihn genüsslich abzunagen.

Später, als ich den Abwasch erledigt und die Küche gereinigt hatte, setzte ich mich zu ihm auf die Bank vorm Haus. Ich stopfte ihm nach seinen Anweisungen die Pfeife und gab ihm Feuer. Danach zündete ich mir eine Zigarette an. Rauchend saßen wir nebeneinander, vor uns eine Flasche Rotwein und zwei Gläser. Er hatte mir erläutert, wie wichtig Rotwein für den Aufbau roter Blutkörperchen sei, weshalb er zur Förderung des Heilungsprozesses seit dem Unfall ein Gläschen mehr trank.

Mir ging seine Bemerkung über Vater und mich, die er bei Tisch fallen gelassen hatte, nicht aus dem Kopf. Sie hatte einen alten Zweifel freigelegt, den ich trotz meiner Angst vor der Wahrheit endlich beseitigen musste.

„Klaus, ich suche nach einer ehrlichen Antwort auf eine Frage."

„Und du meinst, ich kann dir helfen?"

„Du bist vermutlich der Einzige, der das kann."

Ich machte eine kurze Pause, holte tief Luft.

„Alles in allem, was würdest du sagen?" Ich drehte nervös mein Glas. „War mein Vater ein … ein Versager?"

Er nahm seine Pfeife aus dem Mund und blickte mich überrascht an.

„Friedrich, ich muss dich enttäuschen. Ich kann dir die Frage nicht beantworten. Das musst du für dich selbst tun. Du musst Ehrlichkeit von dir selbst verlangen und dich fragen: War mein Vater ein Versager? Alles andere ist unwichtig, denn jeder wird die Frage anders beantworten. Jeder sah deinen Vater in einem anderen Licht, hatte andere Erwartungen in ihn gesetzt und somit hatte jeder unterschiedliche Voraussetzungen bei seiner Betrachtung. Dein Großvater zum Beispiel. Würdest du ihm die Frage stellen, ich glaube die Antwort zu kennen. Er hatte in deinem Vater stets den Erben gesehen, der sein Lebenswerk weiterführen sollte. Das Lebenswerk deines Großvaters war sein beruflicher Erfolg, sein gut gehendes Unternehmen, das er aus einem kleinen Eisenladen zu einem wirtschaftlichen Faktor in der Region ausgebaut hatte. Aber unter der Führung deines Vaters schmolz das Errungene schnell zu einem Nichts zusammen. Dein Großvater, der die Zerstörung seines Werks als Tilgung seines Lebens verstand, die noch dazu von der Hand seines Sohnes ausgeführt worden war, würde deine Frage verbittert mit ‚Ja' beantworten."

Er trank einen Schluck Wein, ehe er fortfuhr.

„Oder stell dir vor Professor Seidler zu fragen. Vermutlich würde er ohne Zögern dem Urteil deines Großvaters zustimmen. Bertram Seidler hat zur Bewertung eines Menschen stets dessen akademischen Erfolg als ausschlaggebend betrachtet. Schlimm genug, dass dein Vater deine Mutter geheiratet und sie ihm, der aufstrebenden universitären Lichtgestalt, dadurch weggeschnappt hat. Darüber hinaus hat dein lieber Herr Papa im Studium keinerlei ernst zu nehmende Leistung erbracht und der Schlaganfall deines Großvaters war vielleicht eine nicht ganz unwillkommene Entschuldigung, um das Ganze hinzuwerfen."

Er klemmte die Pfeife zwischen die Zähne und presste den Pfeifenstopfer mit seiner gesunden Hand auf die Glut. Paffend sprach er weiter.

„Deine Mutter? Du fragst sie besser selbst, aber ich denke, auch sie war von deinem Vater enttäuscht. Sie hat mehr finanzielle Sicherheit, mehr Wohlstand erwartet. Sie mochte es, die Chefin im Unternehmen zu sein, anerkannt von der oberen Gesellschaft, eingeladen und hofiert. Und dann der Konkurs und das damit verbundene vorgegaukelte Mitleid, Gekicher hinter vorgehaltener Hand und das Gefühl, dass andere mit Fingern auf einen zeigen. Und wenn du am Boden liegst und getreten wirst, kann es sein, dass deine Wut nicht auf jenen fällt, der dir Gewalt antut, sondern auf den, der dich zum Stolpern gebracht hat. Und das war aus ihrer Sicht eben dein Vater."

Er hatte vielleicht Recht, was die Ehe meiner Eltern betraf, aber ich war damals zu jung gewesen, zu abgeschirmt von Querelen, als dass ich diese Facette in ihrer Beziehung hätte einschätzen können. Für mich hatte sich im Lauf der Zeit das Wort „Zweckgemeinschaft" als Synonym für „Ehe" etabliert. Aber noch war ich nicht zufrieden mit seiner Antwort.

„Was denkst du? Wie fällt dein Urteil aus?"

Er lehnte sich zurück, legte beide Hände auf den Tisch.

„Aus geschäftlicher Sicht hat dein Vater unverzeihliche Fehler begangen. Vor diesen habe ich ihn gewarnt, aber er hat beharrlich seinen Weg verfolgt. Bis zum bitteren Ende. War es Dummheit, Ignoranz oder Hochmut? War es die Verzweiflung darüber, es seinem Vater nicht recht machen zu können?

Aus diesem Blickwinkel müsste ich mich dem Urteil der anderen anschließen, doch das Bild wird deinem Vater nicht gerecht. Ich sehe deinen Vater nicht als Versager. Zu viel hat mich mit ihm verbunden. Zu sehr habe ich ihn unter den Zwängen und Erwartungen seiner Umwelt leiden gesehen. Trotz dieser wurde er nicht verbittert, sondern suchte weiter seinen Weg. Dafür habe ich ihn geachtet, auch wenn er damit gescheitert ist. Und leider ist er zu früh gestorben, um seinen Platz im Leben noch zu finden.

Andererseits war er als Vater seinem eigenen Vater und vielen anderen, die ihn aus unterschiedlichen Gründen schmähten, weit überlegen. Ich habe ihn für die aufopfernde Liebe, die er euch entgegengebracht hat, bewundert. Aber das Urteil in dieser Kategorie bleibt auch dir überlassen.

Mein lieber Georg-Friedrich, wie du mit Sicherheit weißt, leben wir in einer Welt, in der das Ansehen und die Einschätzung einer Person stark an den beruflichen und monetären Erfolg gekoppelt sind. Natürlich ist das eine Binsenweisheit, aber dennoch nicht weniger wahr und die Tatsache, wenn man dieser Erwartung nicht entspricht und scheitert, nicht weniger schmerzhaft."

Er hatte seinen Monolog beendet und überließ mich meinen Gedanken. Ich dachte an Vater, hing seinem Bild nach. Ich sah ihn vor mir, wie er nach der Arbeit nach Hause kam und mit uns spielte. Ich sah ihn nachts im Arbeitszimmer, wo er seine Papiere ordnete und ich zu ihm schlich, weil ich nicht schlafen konnte. Dann durfte ich auf seinen Schoß und er erzählte mir, was er gerade machte, oder er erfand eine kleine Geschichte, bevor er mich wieder ins Bett schickte. Ich hatte das Bild seines beladenen Schreibtisches vor mir.

„Vor kurzem habe ich in Vaters Unterlagen gestöbert und ich bin auf seine Kontoauszüge gestoßen. Ich habe dabei einen auffällig hohen Betrag gefunden, den er ohne Verwendungszweck überwiesen hat. Es war vor etwa fünf Jahren. Weißt du etwas darüber?"

„Vor fünf Jahren sagst du?"

Ich nickte. Klaus betrachtete den Verband an seiner Hand, den Dr. Hafner heute Morgen neu gemacht hatte. Der Veterinär hatte zufrieden genickt, als er die Wunde besehen und die Fäden entfernt hatte. Nur sehr wenig Blut war aus den feinen Kanälen geronnen. Der Schnitt begann zu verheilen, auch wenn eine breite rote Bahn noch deutlich seinen Verlauf zeichnete. Aber der Hautlappen würde nicht abfallen und die beiden Männer hatten diese Feststellung mit einem Klaren begossen.

Klaus strich mit der gesunden Hand über den Verband, der am Handgelenk zugeknotet war.

„Es juckt. Das ist unangenehm, weil man sich nicht kratzen kann, aber wenigstens weiß man, dass es heilt."

Dann sah er mich an und ich versuchte aus seiner Miene zu lesen, was in ihm vorging.

„Das Geld? Ich weiß von dem Geld, von dem du sprichst. Dein Vater hat auch damals meinen Rat ignoriert. Von seinen geschäftlichen Fehlern war das meines Erachtens der größte. Ich habe versucht, ihm die Sache auszureden, vor allem in Hinblick auf seine finanzielle Situation. Damals, als die Auftragslage bereits schlecht war und er mitten im Bau eures Hauses steckte. Aber die Idee gefiel ihm und er genoss auch den Gedanken an die Macht, die ihm die Transaktion bringen würde."

Er nahm einen Schluck Wein und begann zu erzählen.

30.

Regentropfen schlugen gegen das Glas und wurden vom Fahrtwind in unregelmäßigen Bahnen zappelnd die Scheibe entlanggetrieben. Seit zwei Tagen regnete es unaufhörlich, die Luft war kalt und böiger Wind fegte erste Blätter von den Bäumen. Die Tage fanden nicht den Weg aus der Dämmerung und selbst jetzt, am frühen Nachmittag, war es düster. Meine Stirn lag an der kalten Scheibe. Ich blickte nach draußen auf die vorbeiziehende Landschaft. Hügel verloren sich im Grau des Himmels. Lichter, die durch die Fenster der Häuser drangen, verloren sich in nebliger Unscheinbarkeit.

In dem überheizten Abteil, das ich für mich alleine hatte, brannte kein Licht. Nur der Schein der Leuchtstoffröhren im Gang wurde von der Scheibe, an der ich lehnte, reflektiert und zeichnete unwirkliche Lichtbänder in die trübe Landschaft. Hinter mir wuchtete der Kellner seinen mannshohen Wagen mit Getränken und Snacks scheppernd durch den schmalen Gang. Ich sah sein Spiegelbild und jenes der schimmernden Aluminiumwand seines Wagens. Polternd zog er die Schiebetüre auf.

„Guten Tag. Darf es was sein?"

Das Völlegefühl nach dem Frühstück hatte mich am Bahnhof den Gedanken an Proviant verwerfen lassen. Plötzlich verspürte ich aber Hunger. Ich kaufte eine Dose Cola und ein Schinkensandwich und riss ungeduldig an der verschweißten Verpackung. Nach drei Bissen war das halbe Sandwich verzehrt und es war absehbar, dass ich davon nicht satt werden würde. Ich trank einen Schluck von der Cola und legte meine Füße entspannt auf den gegenüberliegenden Sitz.

Klaus hatte heute Morgen erstmals seit seinem Unfall das Frühstück zubereitet, um zu beweisen, dass ich beruhigt fahren konnte. Er trottete zu den Hühnern hinaus, beraubte Ännchen und Violetta ihrer Eier, die er dann zusammen mit Speck briet. Er schnitt zwei dicke Scheiben Schwarzbrot vom Laib, brühte Kaffee auf und erwärmte eine Schale von der fetten Milch, die er von Gert bei seinem letzten Besuch bekommen hatte. Als wir mit dem Essen fertig waren, erledigte er den Abwasch, räumte alles auf und strahlte mich dann zufrieden an. „Siehst du, es hat doch prima geklappt. Komm, lass uns fahren! Es wird Zeit."

Damit ging er zu seinem Wagen. Ich folgte ihm, warf meinen Rucksack auf die Rückbank und wir fuhren schweigend zum Bahnhof. Seine gespielte Heiterkeit am Morgen war einer verbissenen Konzentration gewichen, die alles um ihn herum auszuklammern schien und seinen Blick geradeaus auf die Straße zwang. Auch ich stierte aus dem Fenster, betrachtete die Getreidefelder, die sich von der Straße bis in die Deckung der Regenwand schoben. Der Wind fuhr mit pulsierenden Böen in die hochstehenden Ähren, die sich vor dieser Kraft demütig verneigten. Verlassen schien die Welt und sie schien aufgrund ihrer Einsamkeit zu trauern. Eine unaussprechliche Schwermut lag über der Szenerie.

Meine Gedanken schweiften wieder zurück, setzten sich zu Klaus auf die Bank vor dem Haus. Der Geschmack des Weines, der Geruch der Pfeife, das Gespräch über meinen Vater. Hatte ich es richtig verstanden und nicht nur wohlwollend interpretiert? Für Klaus war Vater kein Versager gewesen, hatte dieser das Spiel um die Gunst nicht verloren. Hatte ihn nur seine Zuneigung gnädig gestimmt? Wie auch immer, meine Zweifel waren ausgeräumt, Klaus' Bestätigung hatte den Blick frei gemacht und ich wusste, auch in meinen Augen war Vater niemals ein Versager gewesen. Aus Liebe? Und wenn schon. Ja, ich hatte ihn geliebt und diese Liebe war nach seinem Tod an meiner Sehnsucht gewachsen.

Und Mutter?

Dort, wo die vom Regen aufgequollene Erde auf die Landstraße gespült worden war und sie mit einer matschigen Schicht überzog, reduzierte Klaus die Geschwindigkeit. Die Scheibenwischer zogen jammernd immer gleiche Schlieren über die Windschutzscheibe.

Meine Mutter? Wo war nach Vaters Tod ihr Platz in meinem Leben? Musste sie nicht unweigerlich im Treibsand des Alltags versinken, während ich Vater auf das Podest der verklärten Erinnerung hob? Trug ich nicht seine Monstranz auf meiner Prozession durchs Leben und ignorierte ungerechterweise Mutter, die mit mir in der Gegenwart litt, kämpfte und sich sorgte? Und mit einem Mal konkretisierte sich meine Schwermut in der Facette des Mitleids, das ich für sie empfand.

„Wir sind da."

Klaus stieg nicht aus dem Wagen, er stellte nicht einmal den Motor ab. Er wollte uns keine Zeit für den Abschied lassen. Keine Zeit für Sentimentalität. Die Scheibenwischer schmierten ächzend über das Glas. Ich beugte mich ins Wageninnere.

„Tschüss."

„Lass etwas von dir hören! Dann bin ich nicht auf die alte Ilse Fried angewiesen."

„Danke für alles."

„Friedrich, ich habe dir zu danken."

„Pass auf dich auf!"

„Ja, ja."

Ein letztes Winken, dann legte er wieder die Hand aufs Lenkrad und wartete aufs Zuschlagen der Autotür. In der Sekunde, in der er mich anblickte, traf mich eine Erinnerung aus meiner Kindheit wie ein Blitz. Ich sah ihn, nachdem er mit Vater in aller Stille das Geschäft aufgelöst und seine Sachen gepackt hatte. Der letzte Händedruck der beiden Männer. Die Trauer, die damals in Klaus' Augen geschimmert hatte, ich glaubte sie jetzt wieder zu sehen.

„Tschüss Klaus. Alles Gute." Flüsternd sandte ich ihm den Gruß hinterher.

Am Bahnhof schaltete ich mein Mobiltelefon ein und stellte fest, dass ich endlich wieder Empfang hatte. Klaus hatte mich immer kopfschüttelnd beäugt, wenn ich in seinem Garten oder auf unseren Fahrten zu Gert und zum Lebensmittelladen auf mein Handy gestarrt hatte. „Was ihr jungen Leute immer telefonieren müsst. Als Nächstes beschwerst du dich, dass ich keinen Fernseher habe?"

Kaum hatte ich den Bahnhof betreten, fühlte ich den Vibrationsalarm, der mich auf den Erhalt von Nachrichten in der Mailbox aufmerksam machte. Es war eigenartig, Mutters Stimme zu hören, wie der Beweis der Existenz einer anderen Welt, die ich vor Wochen verlassen hatte. Sie habe seit Tagen nichts von mir gehört und sich gesorgt.

Thilo wollte wissen, wie es dem „größten Schwerenöter aller Zeiten" gehe und wann ich mal wieder im Lande sei. Seine Ferienarbeit sei fast vorüber, ob ich das vergessen habe. Er komme um vor Durst.

Beim ersten Ton der nächsten Nachricht durchzuckte es mich und bis zu deren Ende hielt ich das Telefon fest umklammert. Die Anweisung zum nochmaligen Abspielen konnte ich nicht richtig erfassen, drückte die falsche Taste und nervös, ob ich die Mitteilung nun gelöscht hätte, lauschte ich der metallischen Stimme. Da war der Anruf wieder, der mich in solche Erregung versetzt hatte, dass ich mich in eine Ecke des Bahnhofs gekauert und das Telefon fest gegen mein Ohr gepresst hatte.

„Hallo Friedrich. Elena. Hi. Ich bin seit heute zurück aus dem Urlaub. War schön und ich bin auch richtig braun geworden.“ Ich spürte ihre verlegenes Kramen nach passenden Worten. „Ich habe nachgedacht und ... ich fürchte, du hast meine Nachricht missverstanden. Jedenfalls hatte ich den Eindruck nach all den Nachrichten, die du geschickt hast.“ Sie seufzte. „Ist gar nicht so einfach zu sagen, aber ich glaube nicht, dass wir uns wieder treffen sollten. Wäre keine gute Idee. Ich hoffe du verstehst das. Tut mir leid.“

Die Aufzeichnung blieb für einen Augenblick stumm, dann brach sie ab. Ich kaute auf meiner Unterlippe, spürte kaum, dass ich mich gebissen hatte. Noch einmal hörte ich Elenas Nachricht ab. Ihre Worte hatten mich betäubt. Ich ignorierte die Botschaft, klammerte mich verzweifelt an ihre Stimme, lehnte mich an sie und stürzte trotzdem.

Auf dem Weg zum Bahnsteig begleitete mich Antonias Nachricht. Sie hatte sich nur schnell melden und für alles bedanken wollen. Sie seien seit zwei Tagen wieder zu Hause und gerade dabei, sich einzugewöhnen.

Noch einmal Thilo. Diesmal mit Zeitangabe. Drei Uhr morgens. Laute Musik im Hintergrund. Ob ich mich bei der Fremdenlegion gemeldet hätte und ich solle ihm doch wenigstens eine Karte aus Französisch-Guyana schreiben. Prost.

Ich stopfte die Kunststoffverpackung des Sandwichs und die leere Dose in den kleinen Abfallbehälter im Abteil.

Elena. Sie hatte beendet, was niemals eine Chance bekommen hatte zu beginnen. Sie bat um Verständnis und erntete das Gegenteil. Ich angelte das Telefon aus meiner Tasche, löschte ihren Eintrag in meinen Kontakten und die Nachrichten, die ich von ihr erhalten hatte. Impulsiv hatte ich die spärlichen Beweise, die ich von Elenas Existenz gehabt hatte, gelöscht. Das Einzige, das blieb, war die Erinnerung, die nicht zu tilgen war, die mich vielleicht einmal glauben machen würde, ich hätte nur von ihr geträumt. Und wie zur Bestätigung sah ich sie aus Svens Wagen steigen, als ich die Augen schloss. Sie kam lächelnd auf mich zu und ich fühlte die Erregung, die mich verlegen machte. Mit ihrem Lächeln schlief ich ein.

Galle stieg mir hoch. Ich würgte, schluckte, dennoch kroch sie weiter in den Mund, verbreitete ihren ekelhaft bitteren Geschmack. Panisch riss ich mich hoch, suchte nach dem Griff am Fenster, tastete im dunklen Abteil den Rahmen der Glasscheibe ab, bis mir einfiel, dass sich Fenster in diesen Zügen nicht öffnen ließen. Als könnte man in die Klimaanlage kotzen.

Krachend flog die Schiebetür zur Seite. Ich stürzte auf den Gang und rannte. Die ruckartigen Bewegungen des über die Schienen rasenden Zuges ließen mich taumeln, drückten mich gegen die Wände. Ich riss an der verschlossenen Toilettentür, hastete stolpernd weiter, bis ich das Ende des Waggons erreichte. Zischend öffnete sich die Verbindungstür zum nächsten Wagen und ich trat auf die metallene Plattform des Zwischenraums. Die Tür zog sich wieder zu und ich hockte mich in der Schleuse zwischen den Waggons auf den Boden. Keuchend atmete ich die kalte Luft, die von draußen hereinströmte und nach Regen und Schmieröl roch.

Im Mantel war das Loch deutlich zu sehen gewesen, groß wie eine Münze und um den Rand die schwarze Färbung. Es war der Mantel des Obdachlosen aus dem Bahnhof. Der grobe, schmutzige Stoff, dem man sein Gewicht angesehen hatte. Der Körper des Mannes, der noch zuckte. Der Kampf, der noch nicht zu Ende war. Das Loch, das meinen Blick gefesselt hatte, der noch tiefer eindringen wollte, um zu sehen, wie das Leben aus dem Körper wich.

Ich hatte mich nur gegen Tims Zudringlichkeit gewehrt. Hatte ihn von mir gestoßen, die Waffe gezogen, den Abzug betätigt. Er lag vor mir in den Lumpen des Obdachlosen. Seine Hand, die er mir eben noch zwischen die Schenkel gesteckt hatte, zitterte.

Mein Atem ging schwer, ich bekam kaum Luft.

Ein letztes, schwaches Aufbäumen gegen den Tod.

Ich schob meinen Fuß weit unter den Leichnam und zog ihn nach oben.

Ich wollte das leblose Gesicht sehen.

Der Körper kippte zur Seite, ein Arm klatschte auf den Boden. Mein Fuß schwebte für einen Augenblick über dem Toten, der weiße Turnschuh blutverschmiert.

Mein Blick wanderte über die Brust nach oben.

Aus Bertrams Mund ein blutiges Rinnsal über die glatt rasierte Wange. Bertram?

Ich hatte in meinem Traum Bertram getötet. Ich erkannte den dunklen Anzug, die Krawatte, die er mir geliehen hatte. Die Brille lag zerbrochen neben seinem Gesicht. Mit meinen Händen schlug ich gegen meine Schläfen.

Die Waffe. Ich hatte sie noch in der Hand. Ungläubig blickte ich auf die Pistole, löste die Umklammerung der Finger. Die Waffe glitt mir aus der Hand und fiel ins Bodenlose. Ich konnte nicht hören, wie sie auf dem Asphalt aufschlug.

Ich drehte mich von der Leiche weg und rannte. Ich lief einen Gang entlang, dessen Ende nicht näher kam. Unsicher blickte ich zurück, befand mich aber noch immer neben dem Toten. So sehr ich mich anstrengte, um in die Unendlichkeit zu laufen, ich bewegte mich doch kein Stück. Mit brennenden Lungen brach ich neben der Leiche zusammen. Galle drängte nach oben, kalter Schweiß lief über meine Stirn.

Galle, die ich beim Erwachen geschmeckt hatte. Schweiß, der mich nun frieren ließ.

Mit dem Ärmel rieb ich über meine Augen, versuchte den Fluch des Traums zu vertreiben und wurde dennoch das Gefühl von Angst und Schuld nicht los.

Nur langsam nahm ich das ohrenbetäubende Rattern unter mir wieder wahr. Ich blickte auf meine Turnschuhe. Sie waren nahezu fleckenlos weiß.

31.

Ich stieß die Tür weit auf. Sofort umfing mich gewohnter Geruch. Die Mischung aus Mutters Parfum, das sie vorm Verlassen des Hauses schnell noch auftrug, und dem Aroma von Zigarren, das aus Bertrams Mantel stieg.

Mit wachsendem Widerwillen war ich zurückgekehrt und jetzt, an der Schwelle, hatte ich bei aller Vertrautheit das Gefühl, nicht hierher zu gehören. Ich rief, aber anscheinend war niemand zu Hause. Ich machte Licht und stieg zögernd die Treppe nach oben.

An der Stelle, an der ich die Kante des Holzes ertastet hatte, setzte ich das Messer an. Die Spitze drang durch den braunen Papierklebestreifen. Mich zur Ruhe zwingend zog ich sorgfältig die Klinge, die scharf genug war, um das Papier nicht zu zerreißen, entlang der Kante nach unten. In der Ecke angekommen drehte ich das Bild und schnitt die nächste Seite entlang.

Beim Absetzen des Messers merkte ich das Zittern meiner Hand, das mir meine Anspannung bewusst machte. Gierig hatte ich diesen Moment seit jenem Abend bei Klaus herbeigesehnt, hatte in jener Nacht lange keinen Schlaf gefunden, in Erwartung, das große Bild aus der Kiste im Keller zu holen. So wie er es mir geraten hatte. Nüchtern hatte er mir die Geschichte erzählt und – ohne Triumph in seiner Stimme – erklärt, wo ich die Beweise finden würde. Ich hatte mir die Begebenheit vorgestellt, die er mir beschrieben hatte, hatte das Büro als Bühne aus meiner Erinnerung gekramt, meinen Vater vor den Schreibtisch platziert, vertieft in sein Tun. Wie er den Papierbogen zurechtschnitt und auf den Rücken des Bildes legte, wie er Klebestreifen abriss und über den Spalt zwischen Papier und Rahmen klebte, wie er abschließend mit dem Daumen einmal über die Fuge strich.

Nachdem ich die dritte Längskante aufgeschnitten hatte, richtete ich mich auf. Ich blickte auf den Rücken des Bildes, das vor mir auf der Kiste lag, und für einen Moment dachte ich daran, einen Klebestreifen zu suchen, den Papierbogen wieder festzukleben und Klaus und seine ganze Geschichte zu vergessen. Dabei wusste ich, dass dies unmöglich war. Zitternd klappte ich das Papier hoch und das Licht der von der Decke hängenden, verstaubten Glühbirne fiel in den größer werdenden Spalt.

Rauchend stand ich auf der Terrasse und blickte in den Regen. Die Tür zum Wohnzimmer stand offen und der Faden des Rauchs, der von der Zigarette aufstieg, zog in den Raum. Wen kümmerte es? Dann würde es wenigstens nicht mehr nach der Unerträglichkeit der Vergangenheit und Gegenwart stinken.

Als ich hörte, wie der Wagen auf den Hof fuhr und das Garagentor geöffnet wurde, schnippte ich die Kippe in den Garten und ging ins dunkle Haus. Bedächtig schlenderte ich durch die Küche zum Treppenabsatz und von dort nach oben. Als ich die Tür zu meinem Zimmer öffnete, war er schon an der Garderobe. Auf dem Schreibtisch hatte ich alles vorbereitet. Ich hatte gehofft, dass er vor Mutter nach Hause kommen würde, und irgendwie wäre es mir unlogisch erschienen, wenn es anders gewesen wäre. Die Kälte des Metalls jagte mir einen Schauer über den Rücken, als ich die Waffe in den Bund meiner Hose steckte und sie meine Haut berührte. Ich ließ mein T-Shirt über den Gürtel fallen.

Als ich nach unten ging, dachte ich daran, wie Karolus und ich Winnetou und Old Shatterhand gespielt hatten und sich der eine für den anderen in die tödliche Kugel geworfen hatte.

Er hatte mir den Rücken zugewandt, stand am Esstisch und sortierte die Post. Briefumschläge klatschten auf die Tischplatte, eine Zeitschrift.

„Bist du also wieder hier. Hab es schon gerochen."

Ohne sich umzudrehen, trennte er weiter Korrespondenz von Werbung, Notwendiges von Nutzlosem. Ein Teil würde gelesen werden, der Rest unbeachtet in den Müll wandern. Weizen und Spreu.

Als er mit der Durchsicht der Post fertig war, schnappte er sich den einen Stapel und spazierte aus der Küche, ohne mich weiter zu beachten. Ich zwang mich zur Ruhe, zählte murmelnd die Sekunden bis zu einer Minute, bevor ich ihm ins Arbeitszimmer folgte. Als er an seinem Schreibtisch sitzend hochblickte, war er erstaunt, mich in der Tür stehen zu sehen.

„Willst du etwas?" Er lächelte, seine Stimme troff vor Sarkasmus. „Sollen wir uns Urlaubsfotos ansehen? Oder einen heben? Du bist doch sicherlich in Übung."

Belustigt über seine Bemerkung griff er nach dem Brieföffner und schlitzte mit einer raschen Bewegung ein Kuvert der Länge nach auf. Er nahm das Schreiben heraus und begann zu lesen.

„Verlinskis Tod muss dir sehr nahegegangen sein."

Bertram hielt inne, sah mich kurz an, blickte dann wieder auf das Blatt Papier in seinen Händen und antwortete in gefühlvollem Ton.

„Ja, Friedrich, du hast recht. Sein Tod stellte einen unendlichen Verlust für mich dar. Er war mein Mentor und akademischer Vater in jungen Jahren, mein intellektueller Weggefährte und Kamerad nach meiner Berufung und der darauffolgenden Karriere. Ein so wertvoller Mensch, wie man ihn selten findet. Ich verdanke ihm viel."

Für einen Augenblick schien ihn die Erinnerung einzuholen. Er schluckte. „In der Tat haben wir gemeinsam viel erreicht, Edgar und ich. Auch einige Bücher zusammen veröffentlicht. Manche davon mit recht schönen Verkaufszahlen."

Ein Seufzen, ein wohliger Schauer, vielleicht wegen der Gedanken an gemeinsame Verdienste. Das Papier in seiner Hand raschelte, der Augenblick der Hingabe verpuffte. Bertram fand sich wieder und las weiter.

„Ich hab mir eines gekauft."

Er blickte mich überrascht an.

„Was? Ein Buch? Wirklich?"

Ich nickte, sah wieder das Regal in der Buchhandlung am Bahnhof vor mir, sah meine Finger das Buch so weit hineindrücken, dass die danebenstehenden Buchrücken sich wie ein Vorhang davor zuschoben.

„Friedrich, mein Junge, das freut mich zu hören!"

„Ich hab es am Bahnhof entdeckt."

„Am Bahnhof? So, selbst dort kann man meine Bücher kaufen."

Er nickte zufrieden, der Hauch des Ruhms schien ihn anzuwehen und mit seinem Duft zu berauschen.

„Aber Friedrich, du hättest mich einfach um ein Exemplar bitten können." Augenzwinkernd fügte er hinzu: „Signiert!"

„Vielleicht können wir das ja nachholen, das Signieren, meine ich. Darf ich mir eine Widmung ausdenken, die du reinschreiben könntest?"

Bertram legte geschmeichelt den Brief aus der Hand und stand auf. „Gerne. Hätte ich nur dein Interesse geahnt." Lächelnd ging er um den Schreibtisch herum und lehnte sich mit verschränkten Armen an dessen Vorderseite. „Aber du hast vermutlich nur ein wenig darin geblättert, oder?"

„Es wird dich überraschen, aber ich habe tatsächlich einige Kapitel gelesen. Recht aufschlussreich, das muss ich zugeben. Außerdem …" Mich zu leichtem Plauderton zwingend fuhr ich fort. „Außerdem wollte ich doch wissen, wofür mein Vater bezahlt hat. Wofür er sich ruiniert hat." Meine Hände schwitzten. Bertrams Augen verengten sich zu Schlitzen und ich merkte an seiner Körperhaltung, dass er etwas von seiner Lockerheit verlor.

„Daher weht also der Wind. Und?"

Und? Das Wort, die bellende Frage hallte nach, bebte durch meinen Körper.

„Also, was soll das Theater, was willst du?"

Ich musste seinem Blick standhalten. Ich musste.

„So wie ich es sehe …"

Meine Güte, ich stockte bereits bei den ersten Worten. Der Wurm, der das Märchen vom Helden geträumt hatte, der sich alles so schön ausgedacht hatte, würde bereits bei der ersten Attacke des Bösen vernichtet werden. Ich räusperte mich.

„… hast du dich mit dem Geld meines Vaters in die Oberliga der Historiker eingekauft."

An seinem Ausdruck erkannte ich, wie er lauerte, wie er Kraft für den Angriff sammelte. Trotz meiner Angst fuhr ich fort.

„Mit Verlaub, aber du hast zur Erlangung deines Traums von höheren akademischen Weihen deine mangelnde Befähigung durch den Einsatz von Geld ausgeglichen. Und meine Vermutung ist, für Edgar Verlinski war Geld wichtiger als Charakter und fachliche Kompetenz. Letztere hatte er anscheinend selbst, nur am Geld schien er zu scheitern."

Seine verschränkten Arme öffneten sich. Er ließ sie nach unten gleiten und hielt sich an der Tischplatte fest.

„Verlinski, ein brillanter Geist, fürchtete, man könnte an seiner werten Alma Mater von seinem geheimen Fluch erfahren. Sein Hang zum Glückspiel und die daraus resultierende finanzielle Schieflage. Eine unangenehme Mixtur, von der man ihm angedroht hatte, sie publik zu machen, und die auch in den akademischen Kreisen Torontos nicht sonderlich populär gewesen sein dürfte."

Mit versteinert belustigter Miene blickte mich Bertram an, aber seine funkelnden Augen verrieten lodernden Hass. Dennoch, sein Schweigen ließ mich selbstsicherer werden.

„Jedenfalls war er bereit für eine – nennen wir es – intellektuelle Zweckgemeinschaft. Er fand einen finanziell potenten Partner, der ihm diskret aus seiner Situation helfen konnte und der im Gegenzug nach wissenschaftlicher Unterstützung mangels eigener Fähigkeiten lechzte. Jemand, der vollgestopft war mit unbefriedigtem Ehrgeiz und geiler Eitelkeit und der bereit war, für das Parkett der akademischen High Society Eintrittsgeld zu bezahlen."

Langsam begann ich die Situation zu genießen, die Überlegenheit, die mir meine Informationen verschafften, das Gefühl, Bertram in die Enge zu treiben. Seine Miene war eingefroren und verriet kaum, was in ihm vorging. Aber ich war mir sicher, dass hinter der Fassade seine Ausgeglichenheit ins Wanken geriet.

„Wenn ich an Edgar Verlinskis Foto in deinem Büro denke, an die schwarze Schleife, die sich über die Ecke spannt, dann frage ich mich, wie du wirklich über seinen Tod denkst. Bist du froh Ruhm und Ehre für die gemeinsame Arbeit allein abschöpfen zu können? Oder kriecht dir die Angst vor der Zukunft in den Nacken, weil du weißt, du hast deinen Geist und deinen Witz verloren?"

Er antwortete nicht, aber seine zuckenden Augäpfel verrieten seine Unruhe. Dann hatte er plötzlich einen Gedanken gepackt und mit einem Ruck drückte er sich vom Schreibtisch ab und kam auf mich zu. Einen halben Meter vor mir blieb er stehen, starrte mir ins Gesicht und schrie mich an.

„Wann warst du in meinem Büro? Sag schon, wann?"

Sein Atem roch nach scharfem Essen. Tröpfchen seines Speichels sprühten aus seinem Mund.

„Hast du wirklich gedacht, ein Student klaut Prüfungsfragen?"

Im nächsten Augenblick sprang er auf mich zu, packte meine Haare und riss mir den Kopf in den Nacken, als wollte er meine Kopfhaut vom Schädel ziehen. Ich glaubte vor Schmerz die Besinnung zu verlieren, bunte Lichtpunkte tanzten durch meinen Blick.

„Du kleiner Scheißkerl! Du mieser kleiner Scheißkerl!"

Er spuckte die Worte von sich, als hätte er etwas Ekelhaftes im Mund.

„Du denkst, du kannst mich beleidigen und mich ausspionieren? Glaubst du wirklich, du bist so schlau und kannst mir das Wasser reichen? Ich verspreche dir eines: Ich werde dir das Leben zur Hölle machen und du wirst dir wünschen, nie von deinem beschissenen Trip zurückgekommen zu sein!"

Mit jedem Satz, den er mir ins Gesicht schleuderte, riss er an meinen Haaren. Ich bog den Rücken durch, versuchte dem Zug nachzugeben. Als er fortfuhr, breitete er süßliche Melodie über seinen beißenden Zorn.

„Weißt du, wenn ich dich ansehe, dann erinnerst du mich an deinen Vater. Du bist ihm sehr ähnlich, wusstest du das?

Und ich habe deinen Vater verabscheut! Mein Gott, habe ich diesen Versager gehasst!"

Geifer, der sich auf seinen Lippen und in seinem Mundwinkel gesammelt hatte, spritzte auf mich herab. Er drehte seine Hand, zerrte weiter an meinen Haaren.

„Und nicht nur äußerlich, nein mein Lieber, auch mit deiner Dummheit und Arroganz erinnerst du mich an ihn. Auch er hat geglaubt, er sei so schlau und hätte mich in der Hand. Aber leider …", und er zog dieses letzte Wort in die Länge, „… leider ist er ja viel zu früh von uns gegangen. Weißt du was? Ich verrate dir jetzt auch ein kleines Geheimnis." Er beugte sich zu mir, legte seinen Kopf seitlich an meinen, flüsterte in mein Ohr. „Ich hätte auf der Beerdigung deines Vaters vor Freude tanzen können! Es war einer der schönsten …"

Der Schmerz hörte sofort auf, als er erschrocken meine Haare losließ. Er richtete sich auf, blickte mich erstaunt an, bevor er nach hinten wich.

Ich hatte die Pistole aus dem Hosenbund gezogen und sie ihm mit aller Kraft in die Leiste gerammt. Nun, mit einigen Schritten Abstand, streckte ich meine Hand aus und hielt die Waffe auf ihn gerichtet. Ich widerstand dem Verlangen, mir durch die Haare zu fahren, meine brennende Kopfhaut zu massieren. Er starrte auf die Pistole, schien sie wiederzuerkennen.

„Hab ich mir ausgeliehen. Besten Dank dafür. So ein Ding ist manchmal ziemlich nützlich."

Mit dem Lauf der Waffe deutete ich auf seinen Stuhl.

„Setz dich doch bitte wieder."

Meiner Aufforderung folgend ging er um den Schreibtisch herum und ließ sich in seinen Ledersessel fallen. „Du kleiner Scheißkerl", zischte er, während er sich den Krawattenknopf lockerte.

„Nachdem wir das nun geklärt haben, möchte ich mit dir eine Kleinigkeit besprechen."

Ich steckte die Pistole ein, ging zum Regal, in dem sein Humidor stand, und wählte eine Zigarre, die ich ihm fragend zeigte. Da er nicht reagierte, nahm ich sie, legte sie samt Anschneider, Streichhölzern und Aschenbecher vor ihn auf den Tisch. Aufmunternd deutete ich auf die Zigarre, zog mir einen Stuhl vor den Schreibtisch und zündete mir eine Zigarette an.

Rauchend saß ich da und wartete, dass er nach der Zigarre griff. Die Minuten vergingen. Mit dem Stummel der ersten Zigarette zündete ich eine neue an und drückte die Kippe im Aschenbecher aus. Als ich mich vorbeugte, spürte ich den Druck der Pistole. Ich zog sie heraus, legte sie in meinen Schoß und lächelte ihn an. Widerwillig nahm er die Zigarre und schnitt sie mit einer raschen Bewegung an, wobei er mich nicht aus den Augen ließ. Ohne die für ihn sonst typische Hingabe paffte er die ersten Züge.

Als ich aufstand, war Bertrams Zigarre bis zur Hälfte abgebrannt. Die Luft im Raum war dick vom Qualm und im Aschenbecher lagen fünf Kippen.

Die Wut war abgeklungen, aber der Hass war geblieben.

Ich stellte meinen Stuhl an seinen Platz zurück, dort, wo er die vier Abdrücke im Teppich hinterlassen hatte. Noch einmal betrachtete ich die Waffe in meiner Hand und legte sie dann auf den Tisch. Ich verpasste ihr noch einen Stoß, sodass sie sich drehte. Als sie stillstand, zeigte der Lauf in Bertrams Richtung. An der Tür drehte ich mich noch einmal um. Bertram saß in seinem Stuhl und blickte auf die Pistole.

„Sie ist natürlich nicht geladen. Die Patronen habe ich zurückgelegt. Rechte untere Lade."

Damit verließ ich zufrieden das Zimmer.

32.

Irgendwo im Haus rief Mutter nach mir. Mich entschuldigend nahm ich das Telefon vom Ohr, drückte den Hörer gegen die Brust und ging ans Ende der Terrasse.

„Was ist denn?“

Der Kopf meiner Mutter erschien im Kellerfenster.

„Ob du bitte Kartoffeln kochen kannst? Ich mache hier noch die Wäsche und hole dann Hühnchen. Okay?“

Ich nickte und legte das Telefon wieder ans Ohr.

„Da bin ich wieder.“

Ich war mir nicht bewusst gewesen, dass Mutter mein Gespräch hätte belauschen können, und während ich in die Küche ging, ließ ich mir das Telefonat noch einmal durch den Kopf gehen. Beruhigt stellte ich fest, nicht einmal den Namen von Klaus erwähnt zu haben.

„Kartoffeln. Ja. Und was sagt Gert?“

Aus einem der Fächer des Küchenschranks holte ich einen Topf und ließ ihn mit Wasser halbvoll laufen. Anschließend hob ich ihn mit einer Hand auf den Gasherd und drehte den Schalter nach rechts. Wieder kein Feuerzeug. Man sollte es neben dem Herd anbinden. Ich ging zur Anrichte und suchte danach.

„Und Julchen ist gar nicht seine Tochter?“

Mein Blick fiel auf den Blumenstrauß, der auf dem Tisch stand. Siebzehn rote Rosen. „Von Bertram. Er vergisst nie einen Jahrestag!“, hatte Mutter heute Morgen gesäuselt und genießerisch an den Blumen gerochen. Das Intermezzo mit meinem Vater hatte Bertrams Berechnung der Jahreszahl offenbar nicht irritiert. „Ich bin glücklich wie am ersten Tag.“ Dann war sie aus der Küche geschwebt.

Feuerzeug. Auch in der Tischlade keines.

„Mist. Nein, nicht du. Julchen?“

Ich ging hinunter zur Garderobe und suchte in meiner Jacke nach einer Packung Zigaretten. Darin sollte ein Feuerzeug stecken.

„Ich habe mir eingebildet eine Ähnlichkeit zu erkennen."

Das Päckchen war voll und versiegelt. Ich trottete nach oben in mein Zimmer. Auf meinem Schreibtisch lag noch die Zeitung mit der Immobilienseite aufgeschlagen. Drei blaue Kreise hatte ich auf der Seite verteilt, einer davon war bereits durchgestrichen. Daneben eine Schale mit Weintrauben und eine angebrochene Schachtel Zigaretten. Ich nahm sie in die Hand, als Klaus sich verabschiedete. Er müsse noch weg, aber „Gut gemacht!"

„Danke. Dir alles Gute und schöne Grüße. Ja, mach ich. Tschüss."

Ich legte das Telefon auf den Tisch und dachte an Klaus. Er hatte also Recht gehabt, hatte den Verbleib des Vertrags richtig im Kopf behalten, vor allem, weil es ihm so übertrieben vorgekommen war, wie Vater das Dokument an der Rückseite des Bildes versteckt hatte. Auch Bertrams Eitelkeit und dessen Angst vorm Bekanntwerden mancher Details seiner Karriere hatte er richtig eingeschätzt. Erpresser. Das Wort blitzte durch meinen Kopf, aber mein Hass auf Bertram walzte es sofort nieder. Ich hatte nur Vaters Geld zurückverlangt. Auf Raten. Wie im Vertrag vorgesehen. „Rechtsnachfolger" hatte Klaus das genannt.

Und der Dienst, Mutter davon zu überzeugen, dass es das Beste für mich sei, von Zuhause auszuziehen, war eindeutig auch in Bertrams Interesse gewesen. Nur dass er damit auch mir einen Gefallen getan hatte, war für ihn ein Wermutstropfen gewesen.

Ich dachte daran, wie Mutter in mein Zimmer gekommen war und mir die Entscheidung mitgeteilt hatte. Es sei für alle eine gute Lösung. Sie verstehe meine Belastung, meinen Schmerz. Auch sie habe bereits daran gedacht, das Haus zu verkaufen, habe sich aber nicht dazu entschließen können. Und da auch Bertram meinen Wunsch befürworte und für die Mehrkosten aufkommen wolle. Es sei ja nicht weit weg. Ich könne jederzeit zum Essen kommen und auch die Wäsche bringen. Eine Probezeit müsse natürlich sein. „Bis zum Halbjahreszeugnis, in Ordnung?"

Ich warf die Zigarettenpackung in die Luft und fing sie wieder auf, als das Telefon klingelte.

„Ja?"

„Hallo Friedrich."

„Sven." Ich erkannte seine Stimme sofort, obwohl ich seit damals nichts mehr von ihm gehört hatte. „Wie geht es?"

Keine Auskunft, nur Sprüche.

„Und Anna?"

„Mag mich noch. Erstaunlicherweise."

Er druckste herum.

„Tut mir leid wegen Elena. Wollte dir das einmal sagen, habe aber erst heute deine Nummer von ihr bekommen. Bist echt ein feiner Kerl."

„Schon in Ordnung."

Pause.

„Und sonst?"

„Nicht viel."

Ich tippte auf die Zeitung, die aufgeschlagen vor mir lag.

„Ich ziehe von zu Hause aus."

Meine eigene Wohnung. Meine Unabhängigkeit. Es schien, als würde meine Jugend mit diesem Sommer zu Ende gehen. Oder gerade erst beginnen.

„Cool! Das würde ich auch gerne, aber meinen Alten brauche ich damit nicht zu kommen. Und schon was gefunden?"

Ich sah auf die Kringel in der Zeitung. „Zwei Angebote sind in der engeren Wahl. Eines davon werde ich mir heute noch ansehen. Besichtigungstermin um sechs."

„Hammer!"

Wieder stockte das Gespräch, das nie richtig in Gang gekommen war. Mir wurde bewusst, dass es nichts mehr gab, was uns verband. Der Moment der Gemeinsamkeit war verflogen. Wir saßen nicht mehr mit zwei Promille nebeneinander auf dem Dach eines rostigen Wagens und starrten auf den See. Frustriert begann ich zu akzeptieren, dass die Erinnerung an unsere Begegnung nicht mit Freundschaft zu verwechseln war und Sven nur ein Blitzlicht in meiner Vergangenheit sein würde. Ebenso wie Elena. Und dazu das Ende des Gesprächs, dessen Peinlichkeit beinahe schmerzhaft war.

„Also."

„Bis dann."

„Also, bis dann."

„Mach es gut!"

„Grüße Anna. Und Elena."

„Halt die Ohren steif. Und vergiss nichts zu Hause!"

Dann der gleichmäßige Signalton. Wir hatten uns wenigstens kein „Ich melde mich bald mal wieder" vorgelogen.

Ich griff in die Schale mit Weintrauben neben der Zeitung. Nachdenklich perlte ich eine Handvoll ab und ließ mir die kernlosen Früchte in den Mund tropfen. Bei jedem Biss platzte die Haut der Trauben und Saft und Fruchtfleisch quollen hervor. Ich genoss die intensive Süße, die beim Schlucken ein leichtes Brennen im Rachen verursachte.

Was hatte Sven gesagt? *Vergiss nichts zu Hause!* Ich wusste, der Satz war ohne Hintergedanken gefallen, aber seltsamerweise hatten sich die Worte festgesaugt. *Vergiss nichts zu Hause!*

Bildete ich es mir nur ein oder geriet meine Euphorie für den Auszug ins Wanken? Spürte ich einen Anflug von Abschied und Einsamkeit? War es die Endgültigkeit? Und ich bekam das Gefühl, mit Sicherheit etwas zu Hause zu vergessen, etwas zurückzulassen.

Meine Kindheit? Aber diese war ohnehin passé und die Erinnerung daran war nicht an mein Elternhaus gebunden. Lächerlich. Ich überlegte weiter. Meine Wurzeln? Wie bei Klaus waren sie mir ausgerissen worden, nur war es bei mir nicht ruckartig geschehen, Bertram hatte sie langsam eine nach der anderen ausgezupft. Kein Grund zu bleiben.

Meine Geborgenheit? Hatte sich nicht in jedem Raum, an jedem Ding in diesem Haus Bertrams Anwesenheit als unsichtbare, aber übel riechende Schicht abgesetzt? Überzog diese nicht alles und verursachte mir beißendes Unbehagen? Nein, die Geborgenheit würde mir nicht fehlen, denn sie war längst ausgetrieben. Außerdem gierte ich nach Freiheit.

Was hatte Bertram gemeint? Er hatte sich in seinem Ledersessel nach vor gebeugt, mit seiner Zigarre, die am hinteren Ende bereits vom Speichel dunkel geworden war, auf mich gezeigt und überlegen gegrinst.

„Du suchst Freiheit, aber weißt du, was du bekommen wirst? Verantwortung. Und die, mein Bürschchen, wird dir gehörig um die Ohren fliegen, denn auf die bist du nicht vorbereitet, mit der hast du nicht gerechnet. Und ich werde dafür sorgen, dass sie dich einholt."

Ich nahm noch ein paar Weintrauben. Das Gefühl, etwas zu vergessen, war immer noch da.

Karolus? Würde ich ihn vergessen? Der Gedanke kam mir absurd vor. Karolus war ein Teil von mir und ich brauchte nichts, um mich an ihn zu erinnern. Und obwohl mir dieses Argument überzeugend erschien, ging ich in sein Zimmer.

Ich stand vor seinem Schreibtisch und mit einem Mal, als mein Blick über die sauber aufgeräumte Tischplatte strich, wurde mir eine Veränderung bewusst. Eine Veränderung, die mir zwar aufgefallen war, mich aber nicht als ungewöhnlich durchdrungen hatte. Die Beobachtung war im Meer des Wandels untergegangen und trieb plötzlich wie ein Korken an die Oberfläche. Dabei passte es so gar nicht zu Karolus.

Sein Tisch war leer.

Lediglich die Lampe stand an ihrem Platz und das Glas, in dem Stifte und Schere steckten. Keine Bücher, die sich wie früher neben- und übereinanderstapelten, dazwischen vielleicht noch ein Comic, der Taschenrechner oder der aufgeschlagene Atlas. Kein nach erledigter Schulaufgabe achtlos hingeworfenes Heft. Es fehlte sein Spiralblock, der immer oben auf dem Stapel gelegen hatte und in dem er nach Lust und Laune Türme gerechnet oder Bilder mit Bleistift gezeichnet hatte.

Jetzt war der Tisch leer, was nie vorgekommen war, solange Karolus gelebt hatte.

Und ich erinnerte mich wieder daran, wie ich Karolus gefunden hatte, wie ich zum offenen Fenster gelaufen war und die Sauren Zipfel auf Mutters Geranien gekotzt hatte, wie ich mich zurück in den Raum gedreht hatte und, bevor ich Mutter mit dem toten Kind im Arm auf dem Bett sah …

Der Tisch war damals schon leer gewesen!

Ich ließ mich auf Karolus' Schreibtischstuhl fallen, dessen ausgeleierte Feder keuchend meinem Gewicht nachgab. Ich senkte den Kopf, schloss die Augen und versuchte mich zu erinnern. Kein Zweifel, der Tisch war leer gewesen. Und als ich am Morgen in sein Zimmer gekommen war? Vor mir sah ich wieder das Durcheinander, das immer auf dem Tisch geherrscht hatte. Nein, ich hätte mich gewundert, dass er aufgeräumt hatte, hätte ihn aufgezogen und festgestellt, dass er wirklich krank sein müsse.

Karolus musste in der Zeit zwischen meinem Besuch am Vormittag und seinem Auffinden den Tisch aufgeräumt haben!

Die Feststellung machte mich stutzig. Wieso hätte er das in seinem Zustand tun sollen? Es wollte mir keine vernünftige Erklärung einfallen. Und Karolus hätte es nicht zugelassen, dass Mutter aufräumt.

Ich öffnete die Schublade in der Mitte des Tisches. Ich suchte nichts, war nur neugierig, wohin sein Krimskrams verschwunden war.

Zuoberst lag der Spiralblock, dessen karierte Vorderseite mit Kugelschreiber zu einem Muster aus kleinen Quadraten ausgemalt war. Ich legte den Block auf den Tisch und wühlte halbherzig in der Lade, in der sich alles befand, was ich auf dem Tisch erwartet hatte. Und noch mehr. Stifte, Radiergummi, Aufkleber, die er gesammelt hatte, selbst welche von unserem Geschäft waren noch dabei. Ein Jugendmagazin, der silberne Schlüsselanhänger in der Form eines „K", den ihm Großvater geschenkt hatte. Ich schob die Lade wieder zu. Ich hatte die Dinge gefunden, nach denen ich gesucht hatte, aber eine Erklärung war nicht darunter gewesen.

Ich schlug den Spiralblock auf und blätterte darin. Zahlen tanzten auf dem Papier, bewiesen Karolus' Leidenschaft für Mathematik. Ein kurzer Text. Karolus, dessen Ziffern kaum als solche erkennbar waren, hatte eine Handschrift von gestochener Gleichmäßigkeit und unkindlicher Eleganz gehabt. Dazwischen seine Zeichnungen. Flugzeuge, von Zeitschriften abgemalt, Autos aus unterschiedlichen Perspektiven, der Versuch einer neuen Comicfigur.

Die Blätter fächerten über meinen Daumen und ich stoppte dort, wo die glatten Seiten an die gewölbten, beschriebenen stießen. Ich war neugierig, womit er sich beschäftigt hatte, als er das letzte Mal an seinem Tisch gesessen war.

„Lieber Friedrich."

Mir stockte der Atem. Mein Körper spannte sich. Es schien mir, als würde Karolus die Worte mit meinem Lesen eben erst schreiben, als würde er neben mir sitzen, Buchstabe für Buchstabe zu Papier bringen und die Silben mitsprechen. Seit seinem Tod war mir Karolus nicht mehr so nah gewesen wie jetzt.

„Es tut mir leid. Unendlich leid. Aber ich habe keine Kraft mehr. Genug des Versteckens. Meine letzte Flucht nach oben. Unterm Dach kann ich es nicht mehr aushalten. Vielleicht ist es darüber schöner.

K."

Meine Augen waren ausgetrocknet und brannten. Ohne zu zwinkern, starrte ich auf das Blatt, bis die Worte verschwanden. Dann sprang ich auf, rollte den Spiralblock zusammen und drosch damit wie von Sinnen auf die Tischplatte.

„Verräter!"

Unzählige Male schrie ich meine Wut aus mir heraus.

„Feigling!"

Ich schlug und brüllte. Geifernd und atemlos.

„Du mieser Feigling!"

Aber der Schmerz wuchs nur immer weiter.

Ich feuerte den Block durchs Zimmer. Blätter lösten sich, flogen durch die Luft und verteilten sich im Raum. Ich suchte die Seite, die ich gerade gelesen hatte, hob sie auf und riss sie in der Mitte durch, legte die Papierbahnen übereinander und zerfetzte sie weiter und weiter, bis ich nur noch Schnipsel zwischen meinen Fingern hatte, die ich auf den Boden warf.

Ich ging zum Tisch, nahm die Lampe in beide Hände und hieb damit blind auf das Regal ein. Glas splitterte. Ich schlug zu, bis das Gestänge der Lampe brach. Ich schleuderte die Reste zu Boden und drosch mit den Fäusten weiter auf das Regal, bis es sich aus der Wand löste. Ich ergriff es, schlug damit um mich, bis ich nichts mehr fand, das ich zerstören konnte.

Das Bild an der Wand. Drei Generationen Aufsess. Ich zog noch einmal das Regal auf, holte zum Schlag aus, warf es aber aus der Hand, bevor es das Glas traf, sodass es gegen den Fensterrahmen krachte.

Plötzlich nahm meine Wut eine andere Richtung. Nicht mein Bruder war schuld. Nicht er. Nein, er war nur das Opfer, das unter seinem Peiniger zusammengebrochen war.

Ich stürmte aus dem Zimmer. Mein rechter Fuß schmerzte beim Auftreten. Am Boden sah ich meine blutigen Abdrücke. Die Scherben der Lampe hatten meine Fußsohle zerschnitten. Unbeirrt lief ich die Treppe nach unten in Bertrams Arbeitszimmer. Die Türe flog auf. Ich rannte zum Schreibtisch, riss die linke obere Lade heraus, sodass sie polternd zu Boden fiel.

Ganz hinten lag sie.

Ich nahm die Waffe heraus, untersuchte sie. Bertram hatte sie nicht wieder geladen. Nacheinander riss ich alle Schubladen aus dem Tisch und leerte ihren Inhalt. Keine Patrone, die scheppernd zu Boden fiel. Nicht eine einzige.

Ich schleuderte die letzte Lade von mir weg und stieg keuchend über das Chaos, das ich angerichtet hatte. Resigniert warf ich die Pistole auf den Haufen aus Ordnern, Papieren und Schubladen. Schweiß stand mir auf der Stirn. Suchend blickte ich mich um und ging dann zu dem Tischchen, das vor einem der beiden Fenster stand.

Vier Flaschen Whiskey.

„Ene, mene, muh und raus bist du!"

Ich nahm eine davon, riss den Korken aus der Flasche und trank. Der Schnaps brannte in meinem trockenen Rachen und ich musste husten. Hitze breitete sich in mir aus und ich trank wieder, bis die Flasche halb leer war. Dann öffnete ich den Humidor und kippte die restliche Flüssigkeit über die Zigarren, die darin in Reih und Glied lagen. Der letzte Tropfen saugte sich noch in die Tabakrollen, als ich mich mit einem Mal völlig ausgelaugt fühlte. Kraftlos warf ich die Flasche auf den Boden und sank auf meine Knie.

Was hatte ich getan?

Zweifelnd blickte ich um mich. In Gedanken wanderte ich in Karolus Zimmer.

Was hatte ich nur getan?

Was hatte er nur getan?

Warum nur war meine Welt zerbrochen?

Warum? Warum? Warum?

Ich spürte wieder den Fahrtwind in meinen Haaren und über meine Haut streichen. Ich schloss die Augen. Vater neben mir am Steuer. Ich hörte die Musik.

„The winner takes it all."

Ich summte die Melodie.

Mein Denken war abgeschaltet, der Kopf außer Betrieb. Die Seele hatte Auszeit genommen. Kein Gefühl, keine Emotion störte die Ruhe. Nur diese Melodie, der Refrain, der sich stupide immer wieder durch mich hindurchwälzte.

Das Gefühl für Zeit war mir abhanden gekommen. Schwerfällig erhob ich mich. Erst auf allen vieren, dann richtete ich mich auf. Mein Fuß kribbelte, war eingeschlafen, und als ich auftrat, schmerzte er. Ich vermied den Blick ins Zimmer, sah aus dem Fenster, als ich in meiner Hosentasche grub. Ich zog die Packung heraus, steckte mir eine Zigarette in den Mund, fischte das Feuerzeug aus der Schachtel. Während ich aus dem Zimmer ging, ohne mich noch einmal umzudrehen, versuchte ich, mir die Zigarette anzuzünden, aber das Rädchen wetzte nur am Feuerstein, sodass Funken spritzten. Ich schüttelte das Feuerzeug, ging in die Küche und versuchte es wieder.

Den Geruch des Gases hatte ich nicht bemerkt.

33.

Das Licht, das die Augen blendete und die Dunkelheit mit sich brachte.

Der Knall, der die Ohren zerfetzte, als Vorbote der Stille.

Die Wucht, die mich von den Füßen hob und gegen den Türrahmen schleuderte.

Die Hitze, die mich überrollte und von Kälte nicht zu unterscheiden war.

Der Hauch der Unendlichkeit, der doch nur den Einzug des Endes ankündigte.

Karolus?

Oliver Graf wurde 1970 in Gmunden, Oberösterreich, geboren. Nach dem Studium in Wien und Graz und einem mehrjährigen Aufenthalt in den USA lebt er heute mit seiner Familie in Erlangen, Bayern.
Er ist Gewinner des „Schaeff-Scheefen-Preises“ 2012 sowie Preisträger bei weiteren Literaturwettbewerben.

„Fast eine Jugend“ ist sein erster Roman.

Danksagung

Viele Menschen haben in den vergangenen Jahren meinen Weg bis zur Veröffentlichung von „Fast eine Jugend“ unterstützt. Mein besonderer Dank gebührt dabei folgenden Personen: allen voran Marie Theres (für alles), meinen Kindern und meinen Eltern (für nicht viel weniger), Michaela (weil nicht nur die Semmel teilbar ist) sowie meiner gesamten Familie (ihr seid meine Heimat), Georg (für die unermüdliche Designarbeit), Helmut (für die Einsatzfreude), Leon (fürs Frieren im April), Friederike, Monika und allen Probelesern (für die zahlreichen Rückmeldungen) und nicht zuletzt dem sonderpunkt Verlag (für die Möglichkeit, das Projekt ans Tageslicht zu bringen).

Ihr habt an mich und den Roman geglaubt. Ich bin dankbar dafür, dass ihr mich begleitet.

Oliver Graf

www.olivergraf.info